恰逢其时

增订版

中国出版集团有限公司
华文出版社

序言　没有一天能放下

韩美林

二十年前，我牵着建萍的手，在中国美术馆的圆厅我第五次个展的开幕式上当着所有人宣布："朋友们，我和周建萍结婚啦！"

◀ 2001年12月31日，我们结婚啦

当时中国美术馆的圆厅人潮涌动，我这样一宣布，现场的朋友们在短暂的错愕后，随即爆发出了热烈的掌声和欢呼声。人群中的我们，在相机中定格了那个瞬间。

主持人王刚在左侧，把鼓掌的手举得高高的。我和建萍紧紧靠在一起，脸上洋溢着同一个表情——幸福得乐开了花。只不过建萍那朵花更美，美得让人窒息，让人一辈子不能放下。

那一天，建萍说："把美林交给我吧！我想，我已经准备好了！"

这一幕，恍如昨天！

这手一牵，就从昨天牵到了今天和明天……再也没能放下。

大丈夫，拿得起放得下。

可是一介凡人，不可能什么都拿得起，世间哪有这样的天才全才？也不可能什么都放下，四大皆空一心向佛，内心深处也总有念念不忘。人和人之所以不同，全在这内心的念念不忘。

念念不忘，必有回响。

这二十年来，我和建萍有着太多共同的念念不忘。这些念想有些已经实现，成了生命中最难忘的记忆；有些还有待努力，成与不成且由天意。全球巡展、荣耀时刻、建立四座韩美林艺术馆、发起韩美林艺术基金会、出版"韩美林艺术大系"、父子情、师徒情、友情和亲情……这其中闪耀的情感交融与人性光芒，是我和建萍共同见识见证的天地、众生和自己。

这些念想已经把我们俩紧紧连在了一起，不可能放下。

生活中的建萍是个有心人，凡事都要做好计划和预案，考虑得细致周到，跟我一样，她也喜欢给人惊喜。婚前，我的岳父母筹划闺女的嫁妆时，我说了一句："陪嫁建萍的大脑就足矣……"

确实，建萍的大脑挺厉害，生活中的大事小情，都在她的脑子里。我的朋友多，家里迎来送往，她安排得井井有条，和这些朋友聊天蹦出来的天马行空的想法和创意，有利于家庭生活的，她努力实践；有利于事业发展的，她想尽办法让它们变成现实。建萍认准的目标，绝不会轻言放弃，在她的词典里，没有"不可能"，只有"怎样才能"，那些在外人看来一个又一个不可想象的"奇迹"，正是这样实现的。

这些年来，建萍目之所及、心之所想，一路收藏的生活点滴细节，在忙碌中不忘探寻这些细节背后的感动和意义，都让我们没法放下。我想，这是对待生命的无尽挚爱，是对生活的不一般的情怀

▶ 开启北上生活

▼ 幸福万岁

和悉心。这一点，建萍值得所有人钦佩。

近些年，我感觉自己进入了创作的高峰期，我的精力更多放在艺术创作上，雕的、刻的、画的、写的、染的、印的、捏的、铸的、编的、剪的……各种艺术喷涌而出，无所不用其极，犹如打开了潘多拉的魔盒，一发而不可收，所有的创作都是我的"孩子"。

这些"孩子"来到世界上，如何表现她们？如何向世界播撒美的种子？这些事，都是建萍带领着我们四座艺术馆的"钢铁战士"们在负重前行。

全球巡展、艺术大篷车、基金会的慈善和美育、艺术馆的运营管理……所有的工作在建萍的运筹帷幄下，靠着全体"韩馆人"的不懈努力和各路朋友的倾情支持，都做得有声有色。世间种种，都是小事，这些小事累积起来，就是一路前行、一路有你。

时至今日，我还时常想起二十年前婚礼上和建萍牵手的那一瞬间，所不同的是，现在我们可以一个牵着天予的左手，一个牵着天予的右手。我们有了自己的孩子——天予，这让我们两双大手和一双小手，更加甜蜜温馨地牵在了一起。

天予的名字是老友大冯所起，正如这个名字，天予是老天的赐予。这个孩子的降生，让我觉得此生所有的苦难都烟消云散，不值一提。为了天予，建萍所承受和付出的，远非常人能够想象，天予的到来也是恰逢其时。二十年的婚姻路，仿佛电影放映一样一闪而过，又如同《恰逢其时》这本书中的每一个字，值得人细细回味，悠远绵长。

再读建萍的《恰逢其时》，其实很心疼自己这个"傻媳妇儿"。

◀ 与美林并肩作战

▶ 韩天予一岁生日

▼ 一次又一次策展会

生活中每段难忘的时光，都是建萍在一段时间内放不下的事，背后都是她的努力和坚持。所有这些努力和坚持并非都可以诉诸文字，其中的艰辛也只有建萍自己最清楚。当其中某件事有了阶段性的成果，以为可以歇一口气的时候，那些新的让人放不下的事又扑面而来，新的征程又在眼前。

为亲人爱得长久，没有一天能放下，

为朋友感动常在，没有一天能放下，

为事业坚持不懈，没有一天能放下，

为国家不停奉献，没有一天能放下，

为人类继往开来，没有一天能放下，

为世界心怀大爱，没有一天能放下，

为宇宙踽踽求索，没有一天能放下，

⋯⋯⋯⋯

好在恰逢其时。

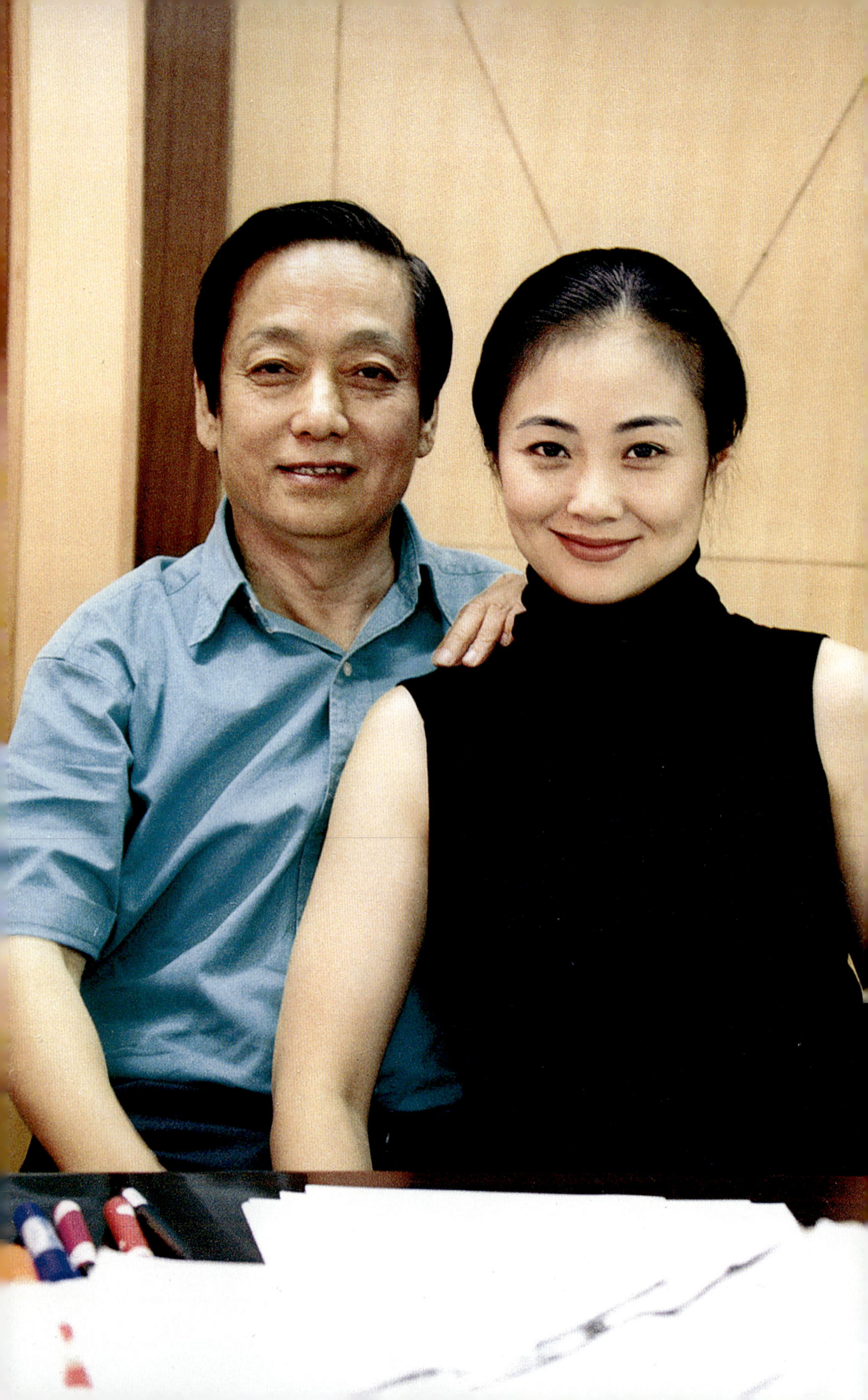

自序　恰逢其时

2021年12月31日，我与美林结婚二十周年。虽然是"瓷婚"，但我们坚如磐石。

◀ 结婚照

美林说，他是"空间穷人"，也是"时间穷人"，因为那场"浩劫"剥夺了美林人生中最美好的岁月，为了和时间赛跑，这二十年里，我们用了"洪荒之力"发展并捍卫了韩美林艺术。

2001年12月31日，美林在中国美术馆第五次个人艺术展开幕式上大声宣布："朋友们，我和周建萍结婚啦！"彼时的情景还历历在目……记得当时我对全场嘉宾们说了一句大言不惭的话："把美林交给我吧！我想，我已经准备好了！"现在想来，能说出这样的豪言壮语，应该是我不成熟、不自量的表现。为了这个承诺，我迷茫过、痛苦过、挣扎过……

在人生中最困顿的时候，为了寻求心灵的慰藉，有一阵子，我疯狂地在宿命中奔走。记得有人告诉我，我的生命中会出现贵人，现在看来，这个贵人正是美林。

曾几何时，谢晋导演想把我托付给美林，但还未来得及彼此介绍，美林又扬起了婚姻中新的风帆。这是一个百折不挠的男人，无论经历多少磨难、多少痛苦，总能坦然、乐观地面对世界和人生。我无论如何没有想到，在我的生命中与美林还会有交集，直到现在已经与其携手共度了二十多个年头，不知不觉地创下了美林四段婚姻中时间最长的纪录。

回首三十五岁那年，我北上嫁给了美林。我始终认为，三十五岁是生命中的分水岭，对女人来说尤其珍贵，因为这个年龄段的女人，经历过岁月的起伏而成熟，感受过生命的脆弱而温暖，体察过人情的厚薄而知性，而能够在人生中最美好的阶段遇到最爱的人，是上天给我的恩赐，我感恩于心。

事实上，我们的婚姻与普天下大众的婚姻一样，也经历了从磨合到契合的过程。好在我们的磨合期不长，离七年还远点；好在我们的人生观、价值观几近相同，即便在磨合期，尚保存着为美林艺术拼搏的斗志。所以，哪怕我俩时而踩着不那么协调的音符，也没耽误我们事业前进的步伐。

好的婚姻是彼此成就。我想说，美林和我的婚姻成就的何止是彼此。

二十年间，我和美林诞下了五个"孩子"——四座韩美林艺术馆和儿子韩天予，美林将5000余件精品力作无偿捐给了杭州、北京、银川、宜兴等市人民政府，我们唯一的诉求是将韩美林艺术馆作为国家事业单位，免费对公众开放，传播中华文化，在更多人心中播下美的种子。

当韩美林艺术基金会理事白岩松在2015年12月21日银川韩美林艺术馆开馆仪式上称我为"周建馆"时，其中的酸楚我最清楚，然而，与一座座拔地而起的艺术馆相比，任何艰辛都不值一提。每一座韩美林艺术馆的诞生均会经历大约五年的时间，其过程如同一个婴儿的孕育、阵痛和分娩。业界人士都明白，建馆容易养馆难，培养人才则更难，留住人才真是难上加难。我们的员工年龄跨度从"60后"到"00后"不等。如果说，一件事做五年是一种习惯，那么，做了二十年，那一定是一种信仰。如今，这种信仰除了我自己以外，已经深深地根植于我们员工的心中。对于仅十几年馆龄的单位，员工中工作年限在十年以上的占半数之多，这在当今充满机遇和诱惑的社会里非常少见，那么，是什么力量让他们和艺术馆休戚与共？我想，除了四座韩美林艺术馆的员

▲ 初入韩门

▲ 与美林做客《艺术人生》

恰逢其时

恰逢其时
增订版
Just
in
Time

010

工均是"公家人"以外，最重要的还是艺术的魅力，古老而现代的韩美林艺术深深吸引着每一位与之惺惺相惜的有志向、有情怀的人，孩子们从心灵深处对璀璨的中华文化的顶礼膜拜，那种成就感和荣誉感是无可替代的。白岩松在我们馆入职课堂上对新人们说："别人是学习艺术史，你们是参与艺术史，因为这里，就是艺术史的一部分。"

冯骥才老师在他的文章《大话美林》中是这样评价美林的："一刻不停地改变自己，瞬间万变地创造自己。每一天都在和昨天告别，每一天都被他不可思议地翻新。两年，韩美林可以给你一个世界！"

两年，给你一个世界；那么，二十年是怎样一个概念？

二十年间，美林就像一个三级火箭，创作了无数城市标志性雕塑，设计了北京奥运会申奥会徽，担纲了中国人

◀ 韩美林艺术馆大家庭

北京韩美林艺术馆
BEIJING
HAN MEILIN ART MUSEUM

银川韩美林艺术馆
YINCHUAN
HAN MEILIN ART MUSEUM

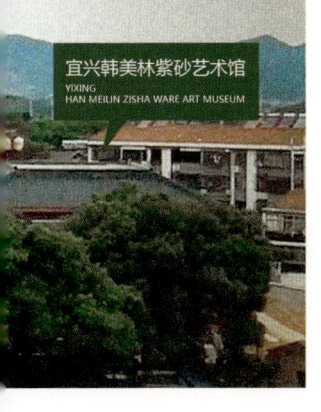

民解放军07式军服服饰和新时期军服服饰设计总顾问，设计了奥运会吉祥物"福娃"和国航机舱内饰。获得"联合国教科文组织和平艺术家"称号和布什签发的"总统教育奖"，国际奥委会为他颁发"顾拜旦奖"，韩国政府为他颁发"韩国总统文化勋章"。成立了"清华大学韩美林古文字艺术研究中心""清华大学韩美林艺术研究中心"以及韩美林艺术基金会；担纲丁酉、己亥、庚子生肖邮票设计，出版了《天书》、"韩美林艺术大系"……

人的一生如白驹过隙，按理说八十岁应该是颐养天年的年龄段，但是为了传播中华文化，推动中国文化走出去，美林却坚定地吹响了"韩美林全球巡展"的号角。2016年开始，我们几乎投入了全部积蓄，先后在意大利威尼斯、法国巴黎、列支敦士登、韩国首尔、泰国曼谷等国家城市成功举办了韩美林艺术大展，与此同时，我们在中国国家博物馆、故宫博物院、深圳关山月美术馆、深圳南山博物馆等场馆举行了国内巡展……"韩美林"三个字，已经从一个艺术家的名字，逐渐成为当代文化领域的"中国事件"和"中国现象"。

如果说，世上所有的相遇都是久别重逢，那么我唯一想表达的是：恰逢其时。

▲ 杭州韩美林艺术馆外景
◀ 北京韩美林艺术馆外景
◀ 银川韩美林艺术馆外景
▼ 宜兴韩美林紫砂艺术馆外景

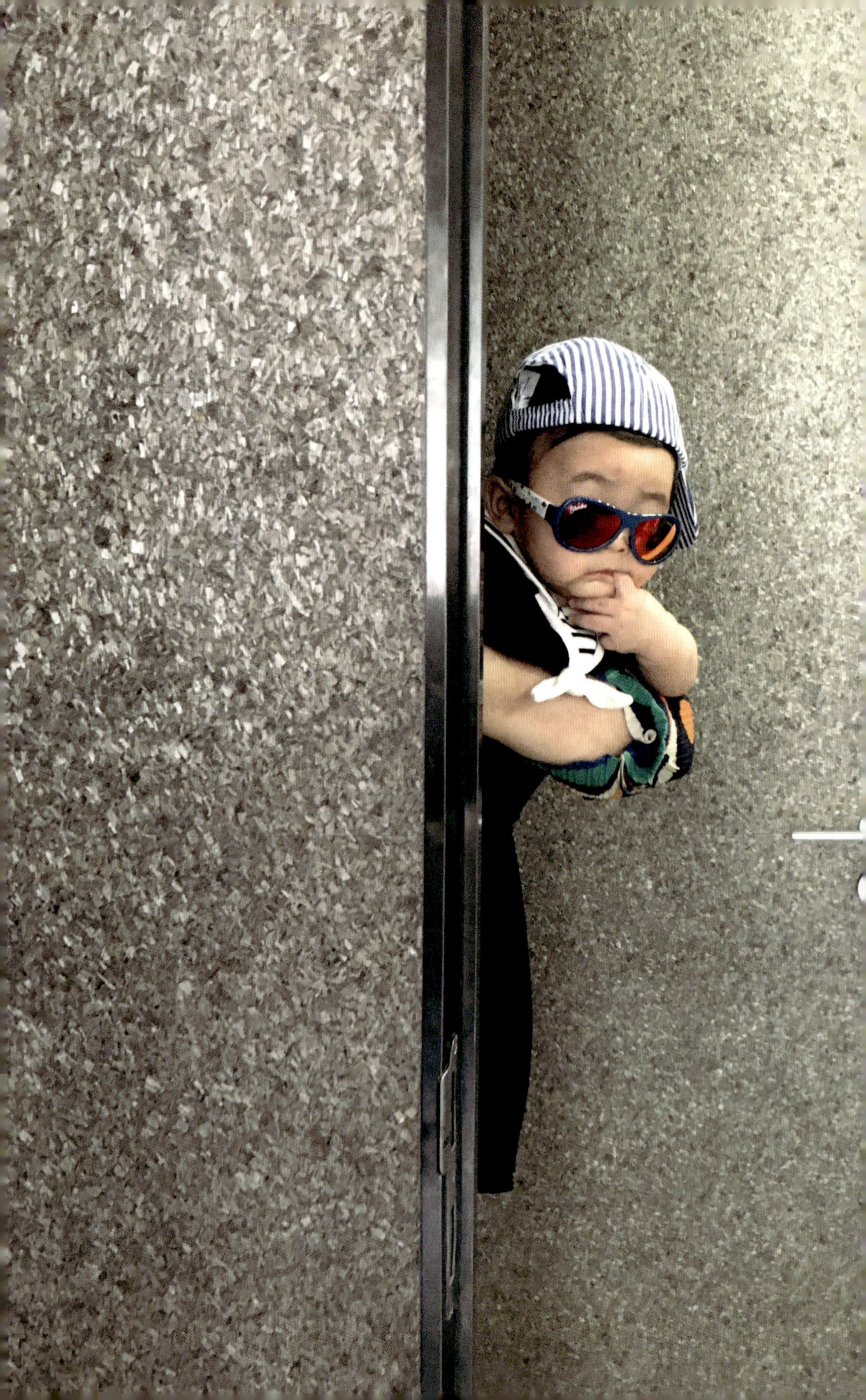

恰逢其时
增订版

Just in Time

请把美林交给我吧

我想我已经准备好了……

南水北调	001
铁蛋雨男	025
缘分天空	041
九命老猫	053
一路花香	069
生命剑客	087
砥砺修行	103
高光时刻	117
厚积薄发	149
固若金汤	175
四驾马车	197
爱情红利	223
和解苦难	257
生生不息	283
向阳而生	313
后　记	345

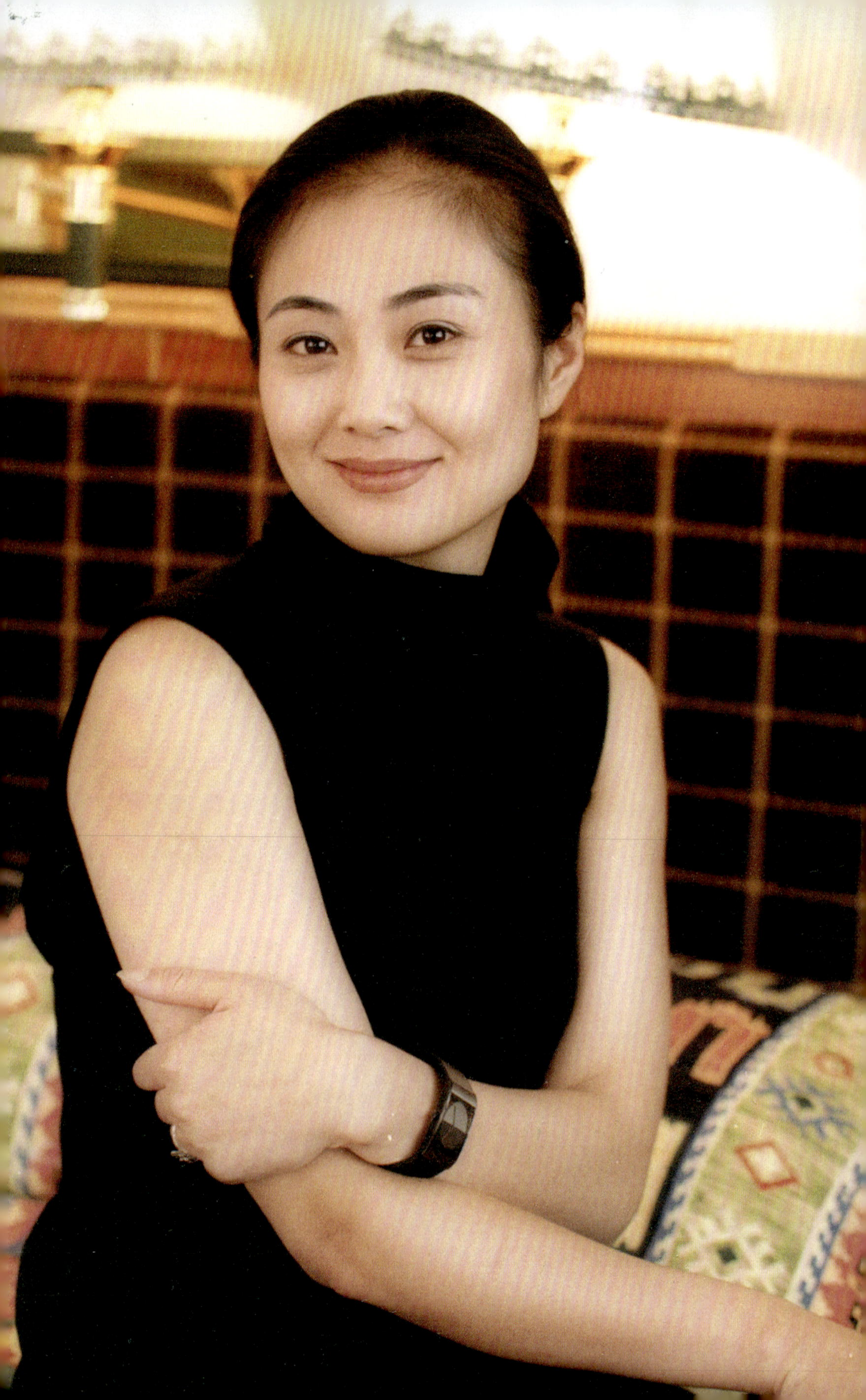

南水北调

我的人生大致分为两个阶段，以三十五岁为分水岭，之前在南方，之后在北方。

▶ 全家福

◀ 准备北上

1964年12月15日，我出生在杭州。我的父亲和母亲都是机关公职人员。我小时候长得人见人爱，因为父母公务繁忙，哥哥只比我大一岁，故我基本是吃百家饭长大的。

我是一个典型的射手座女孩，崇尚自由、喜欢冒险、乐于助人——所有射手座应有的特质我都拥有。十九岁那年我爱上了一个比我大九岁的青年才俊，于是我自作主张偷了家里的户口本，与其登记结婚了。为此，最疼爱我的爸爸伤心欲绝，他因责怪妈妈没有藏好户口本而动手打了她，到现在我都记得当时妈妈撕心裂肺的哭声。

我想不是因为父亲的拳头，而是因为任性的我实在太让她失望了。

由于过早恋爱和结婚，我第一年没考上大学，后来因为有了家庭、有了儿子，在学业上付出了惨痛的代价，这是我一生中最大的耻辱，以致后来我用了十年的时间不断学习，从电大到杭州大学中文系到浙江大学中文系作家班，来弥补这个缺憾。那段时间，浙江图书馆教室、杭州大学校园、浙江大学校园经常会出现一个火急火燎地骑着一辆配有儿童座椅的自行车、又像妈妈又像姑娘的我。最艰难的时候，我每天一大早将几个月大的儿子送到育婴室，交给老师一个鸡蛋一瓶牛奶后，便匆匆赶到学校去上课，下了课赶紧去育婴室将儿子从痰盂上解救下来（因为当时孩子多老师少，婴儿基本被绑在一个个痰盂上）。我回到家给屎尿一身的儿子洗澡、喂奶，将其哄睡之后再复习功课。这种生活我坚持下来了，那是我自己酿的苦酒，我必须自己喝下去。

所幸的是，大学没考上，上帝却给了我一份喜欢的工作，这得益于我在高中时期获得过中学生演讲比赛第一名，故被浙江展览馆录取，当上了讲解员。因为那里的讲解工作是阶段性的，1983年夏天我被借调到浙江省电影家协会（以下简称"影协"），影协的上级主管单位是浙江省文学艺术界联合会（以下简称"文联"），主要工作是协助举办那年的全省电影剧本创作年会。这一次借调，让我在电影界待了三十三年，直到提前退休。

或许是自己性格中的倔强和吃苦耐劳的秉性成就了我，自从

▼ 与大儿子了然

到了浙江省电影家协会，一路走来，从秘书到副秘书长，再到秘书长、副主席。三十岁前，我结婚生子、完成了学业、入了党、提了干，成了当时单位里最年轻的处级干部。所有的动力，我想是来自未考上大学的羞辱，以及我对父母的愧疚。

在事业上，我遇到的第一位伯乐是浙江省文联原主席顾锡东，他是浙江剧作界的领军人物，一生创作了六十余部剧目，如《五女拜寿》《汉宫怨》等，写过两百多篇戏剧类评论文章。他的大智、大德、大善、大爱，为我树立正确的人生观、价值观奠定了良好的基础。顾伯伯当时作为浙江文联党组成员，分管戏剧、电影。他非常勤奋，每次去他办公室汇报工作时总是看见他在伏案疾书，他的稿子非常工整，没有一个错别字。也许是因为当时我在各协会中年龄最小的缘故，顾伯伯对我呵护备至，浙江电影家协会工作后来能在全国影协中脱颖而出，主要得益于顾伯伯的引导、信任和支持。

2003年，我从北京回到杭州参加顾伯伯的追悼会时伤心欲绝，我后悔2001年离开杭州后没有经常回去看他，我更后悔顾伯伯因为在雪地里摔了一跤引起并发症后我没有去医院探望他。当我听说浙江医院的医生对顾伯伯的病情恶化束手无策，顾伯伯绝望地说了一句"一帮庸医"后抱憾九泉时，我痛苦得不能自拔，之后很多年，每每想起这句话，我仍心如刀绞。

浙江文联绝对是一个人才辈出的地方。20世纪80年代初，艺术家生活条件都不怎么好，文联在离西湖不远的一栋小楼里，一层是会议室，二层是办公室，三层是宿舍。记得当时只有会议室有空调，夏天，每到中午大家都会去会议室纳凉，可谓各路精英济济一堂，场面相当壮观。记得美术家协会（以下简称"美协"）有姜宝林、曾宓、董小明、潘鸿海、魏新燕，作家协会（以下简称"作协"）有张晓明、袁敏、盛子潮、朱海、陈建军，舞蹈家协会（以下简称"舞协"）有郭桂芝、马云，曲艺家协会（以下简称"曲协"）有马来法（马云的父亲），还有摄影家协会（以下简称"摄协"）的周润三，基建科的钟睒睒等，文联还时不时有名家来访，像麦家、余华、茅威涛、何赛飞等都曾来切磋或来投稿。

记得马云、钟睒睒、卢小萍、石红等我们几个趣味相投的

▲ 由浙江省电影家协会承办的2000年夏衍百年诞辰活动

发小经常聚在一起，马云年轻的时候并不像如今这样锋芒毕露，甚至还比较含蓄腼腆，我想当年我过早地恋爱结婚生子一定让他们觉得很无趣。否则，我们的青春期互动应该更多一些，至少马云去西湖边练习英语口语时，我时而也能成为"跟班"。记得马云即将离开文联去读大学前夕，文联几个年轻人自发组织去诸暨五泄风景区游玩，我因一早送儿子去托儿所未能赶上火车。为了追赶大部队，表达我的"忠心"，我还是坐上了下一班火车，尽管落日时才赶到那里，但五泄的夕阳下，看见钟睒睒、马云、张建安等众兄弟姐妹远远地向我招手的时候，我仍感到无比幸福。

2006年，马云与太太张瑛来我们杭州馆的家做客时，我们一别已近二十年。虽然彼此的人生都发生了巨大的变化，但年少时的记忆犹存。比如，单位路口有一个卖馄饨和葱煎包子的小摊，大家都喜欢在那里吃早点，尤其是钟睒睒，几乎每天光顾。

在马云求学、创业，钟睒睒创办养生堂、农夫山泉的那段时间里，我除了继续弥补校园的缺失外也没闲着。女人嘛，除了安宁的生活，我能做的就是将浙江省电影家协会的本职工作做好，像我们这种群众团体，国家给钱有限，基本靠秘书长自己去化缘和创收。记得我们这个协会当时在整个文联中是最富有的。

20世纪80年代末一直到整个90年代，我也是全国电影家协会里年龄最小的秘书长，其次是江苏省电影家协会秘书长陈国富。江浙影协是全国影协中工作最出色的两个协会，全国性电影活动此起彼伏，各种创作年会、观摩活动办得风生水起。1992年在山东召开的华东六省一市影协工作年会上碰到黄宗江先生，黄老给我和陈国富起名为"金童玉女"，这个称呼在电影界足足用了三十年，直到2015年12月我主动提前退休。

1991年夏天，浙江大学作家班的最后一个学期交毕业论文选题，我选择了"大墙内的女子"这个题材。起因很简单，我的一个美院的朋友在劳教，我去看过她一次，便被那儿吸引了。浙江省司法厅监狱管理局高明副局长为我安排去浙江金华十里坪女子劳教所体验生活，顾锡东主席为我写了推荐信。在一个烟雨蒙蒙的清晨，我踏上了去浙西方向的列车，毅然闯入了浙江十里坪女子劳教所这个神秘而又陌生的地方。面对许多性格迥异的姑娘或警惕或呆滞的目光，我的第一感觉是，我来对了！因为我看到了这里集中了最聪明和最愚笨的女人，而这两种女人恰恰是最有故事的女人。

劳教，顾名思义，是对犯罪情节较轻者进行强制性的劳动教育，本质上还是以人民内部矛盾待之。2013年劳教制度已

▼ 与著名表演艺术家于洋、田华

被废除。劳教所里许许多多失足女子，卖淫、盗窃、行凶、诈骗，伤风败俗、寡廉鲜耻，说起来令人齿寒，难道她们被社会所抛弃，都是咎由自取吗？她们大都有不幸福的畸形家庭，不正常的社会遭遇，其中固然有她们自己的责任，但是其中所反映出的家庭和社会深层次的不谐之音，也许更值得人们深思。

去劳教所前，我要求不以采访者身份，而以被劳教人员的身份进入，与她们同吃同住同劳动。这在当时情况下还没有先例，但是最终还是做到了。据说当时的省司法厅胡厅长还请示了公安部的张秀夫部长，部长指示：在保护好采访者人身安全的情况下，尽量满足采访的要求。

到了十里坪女子劳教所，我首先认识了所长陈素明，这是一个非常干练的女警官，还有指导员"老歪"。我进了劳教所后受到了女劳教人员的极力追捧，令我有些受宠若惊。无论女孩，还是大妈，都愿意把她们的故事讲给我听，白天，我与她们形影不离，学着里面的行话；晚上，在被窝里将心底积压的那些令人心

▼ 与电影《女儿谷》的演员们在浙江金华十里坪女子劳教所体验生活

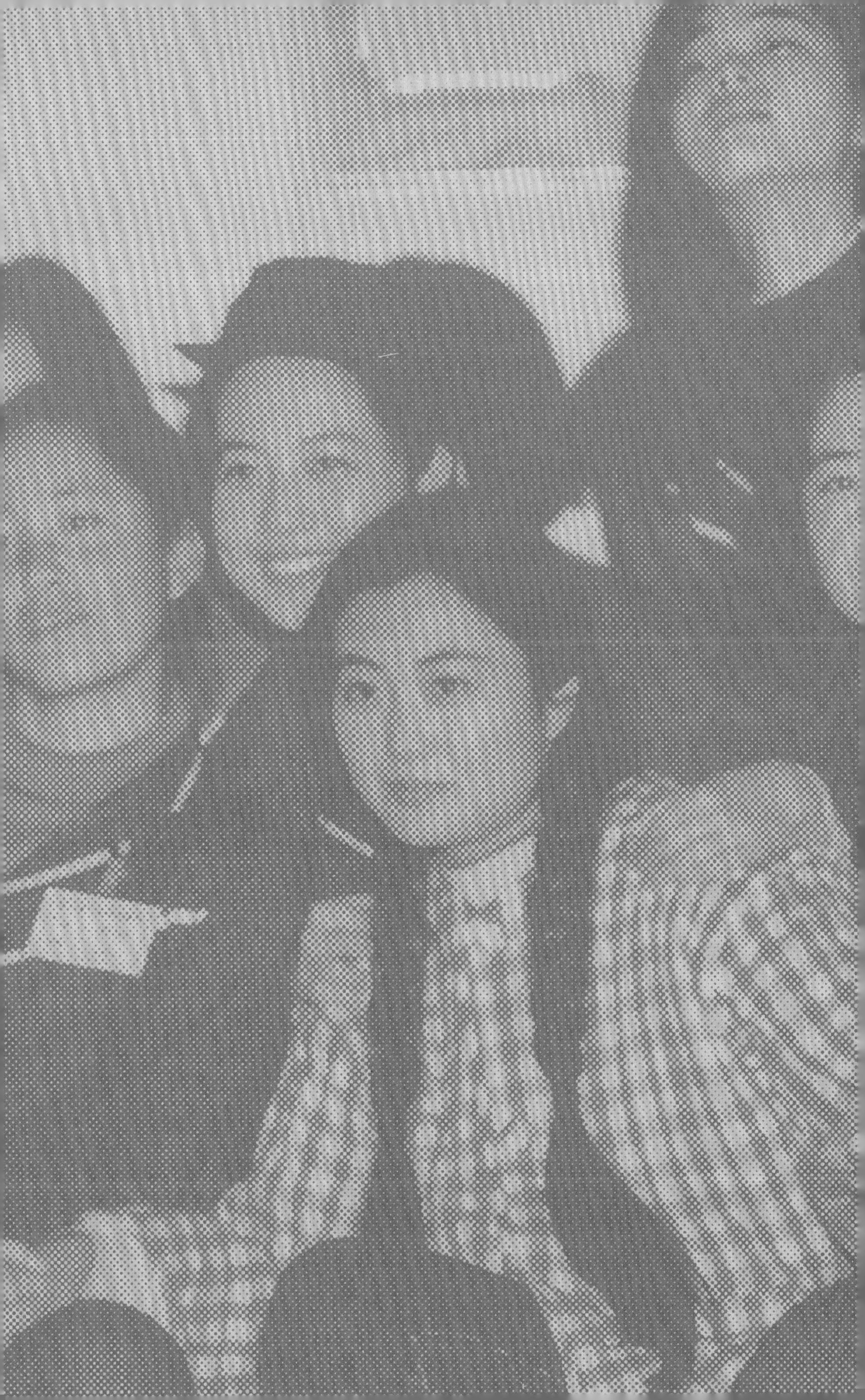

痛的故事像挤牙膏般挤出来，那个时候没有手机，也不方便用纸笔记录，只有默默地把这些记在脑子里，然后抽时间偷偷整理出来。两个月后，一些自称"男部"的人开始喜欢我，有的甚至还为我大打出手。在被骚扰得无处藏身后，我不得不公开身份。没想到，公开身份后那些人更加肆无忌惮地"爱"我，因为谁也不曾想到一个"采访者"可以跟她们生活在一起那么长时间，她们对我简直佩服得五体投地，我俨然成了英雄。

其实，除了陈所长、"老歪"政委外，食堂的王师傅也知道我的身份，打菜时他也会照顾我一下。出来以后，为了给我的"同教"更多温暖，十里坪劳教所汶口那个唯一的小卖部里的东西几乎被我买空，包括香烟。也许你不相信，一般糖衣炮弹打动不了这些满心疮痍的女孩，唯一见效的就是烟。几乎所有的姑娘们在它面前都不堪一击，她们太脆弱了，脆弱得只要嗅一嗅从我嘴里吐出来的烟圈就已心满意足。从那时起，我学会了抽烟。我辜负了所里领导对我的信任，胸前别着陈素明所长01号徽章自由出入戒备森严的大门，怀里却总是揣着劳教所最忌讳带入的东西。抽一根烟罚十天，我不会去害这些女孩，只得假装自己烟瘾大，一根接一根，在这迷漫的烟雾中，姑娘们向我吐露出如烟般的往事……

我以这种特别的方式获得了第一手资料，回来后完成了长篇纪实小说《回眸女儿谷》，它是我的毕业论文，在中国青年出版社的《小说》季刊上发表了。我的责编李硕儒老师对该作评价很高，那时他时常跟我谈起"大墙文学"之父从维熙。

我自小就喜欢写作，从小到大，豆腐块大小的文章经常在报刊上发表。我所在的单位也有不少知名作家，平时与《江南》《东海》《山海经》的编辑们在一个楼里上班，也许是耳濡目染吧，从那时起，我就与文学结下了不解之缘。我开始尝试写小说，写剧本。我与前夫的相识也是因为文学，他是一位优秀的编剧，

▲ 与谢晋导演在《女儿谷》拍摄现场哄小演员爱爱

天资聪颖、风流倜傥、才华横溢，我们是在一次生日聚会上相识的，后来当彼此有好感时，我向他袒露了自己在十七岁时单恋过一位有妇之夫，将这段"暗恋"写成的小说《他》交给他，并告诉他，恐怕自己在精神上已经不那么纯洁了。没想到看完我的小说，前夫说："哪怕你是一泡臭狗屎我也要抱在怀里了。"

《回眸女儿谷》是我在全国文学刊物上发表的处女作，不到一年，谢晋导演的制片人毕立奎给我打电话说，谢晋导演在《小说》杂志上看到我的纪实小说《回眸女儿谷》，想买断小说版权改编成电影剧本，我仿若在梦里，但想到那是我的第一手资料，又有谁比我更了解那些女劳教呢？这时候，我那射手座牛脾气又顶上来了，我对毕立奎主任说："毕主任，版权我不卖，除非让我自己改剧本。"

后来，谢导开恩了，说那就让她试试吧。

▲ 谢晋导演在拍摄现场给《女儿谷》演员说戏

▲ 与谢晋导演在《女儿谷》首映式上为观众签名

1993年夏，我被邀请到上海去见导演，这也是我第一次以作者身份与谢晋导演面对面。那天我穿着花背带裤、戴着花帽子去位于徐家汇的上海电影制片厂找谢晋，谢导正与潘虹等人在会议室开会，见到我拉了拉我的帽檐哈哈大笑说："完全是一个小姑娘嘛！怎么听说有孩子了？"晚上，谢导请我吃饭，还特意请来了宗福先老师，他希望宗福先老师给我些剧本修改方面的经验和建议。整个吃饭过程中，谢导一直在谈意大利新现实主义经典影片《罗马十一点钟》，希望我回去仔细阅读这个剧本，说对我的创作会有帮助。

回到杭州后，为了充实素材、丰满人物，我又去了两次十里坪女子劳教所。由于劳教最多三年，最少一年，我去时发现来了不少新人，也看到几位老人，只不过她们已是"二进宫"了。

我花了三个月时间完成了剧本《女儿谷》初稿，之后被邀请到上海谢晋恒通明星学校去修改剧本，我与谢导的学生们吃住在一起，他们中有李翠云、赵薇、马翎雁、郑蓉蓉、卢政萍、陈思诚、赵娜娜、渡边美穗、牟凤彬、王大安等，记得赵薇和马翎雁与我生肖相同，但比我小一轮，大家都叫我周姐。他们的老师是中央戏剧学院的张仁里，当过姜文的班主任。

到了学校，我才知道谢晋导演看上我小说的良苦用心，因为我写的是一群女犯，而他这部戏是给谢晋明星学校的首届毕业生量身定制的，所以，影片最初定位就是一部群戏。那段时间，谢导边安排学生排戏边让我修改剧本，他还专门请来了余秋雨老师为我开"小灶"授课。秋雨老师建议我在剧本的最后增加一场高潮大戏，他说看了我的剧本，发现其中有血有肉的人物就有十二人之多，这十二人又各自怀揣着不同的故事和秘密，难度的确很大，需要沉下心去写。

为了使故事更丰盈，人物更有个性，我又去了上海青浦女子劳教所体验了生活，影片中静儿的原型就源自上海青浦女子劳教所。

皇天不负有心人，八易其稿，剧本终于尘埃落定。谢晋导演的确会"压榨"编剧，他自己不写，但会煽动你写。1994年5月，《女儿谷》正式开机，马翎雁、赵薇、卢政萍、赵娜娜、牟凤彬等人如愿以偿担纲影片主要角色。谢晋导演让我待在片场随时为剧本修改台词，这好像是他的创作习惯，但对编剧来说却是一个考验。很多人说谢晋导演是明星的伯乐，我认为对编剧亦是。感谢谢晋导演，他使一个连起码的编剧基本要求也不懂的作者圆满完成了任务，使我领略了创作的艰辛，每当夜深人静我提笔痛苦得想甩手不干时，总觉得导演用一根无形的鞭子在抽赶着我，让我欲罢不能，否则就没有此后媒体"中国影坛上导演、编剧年龄最悬殊的一次合作"的报道了。

1995年，《女儿谷》杀青后在我的家乡杭州首映，我请来了从十里坪女子劳教所解除劳教的一些女孩，她们出来后大都"混"得不怎么好，除了社会歧视、

▲ 电影《女儿谷》荣获第四届大学生电影节特别荣誉奖

▶ 芳华

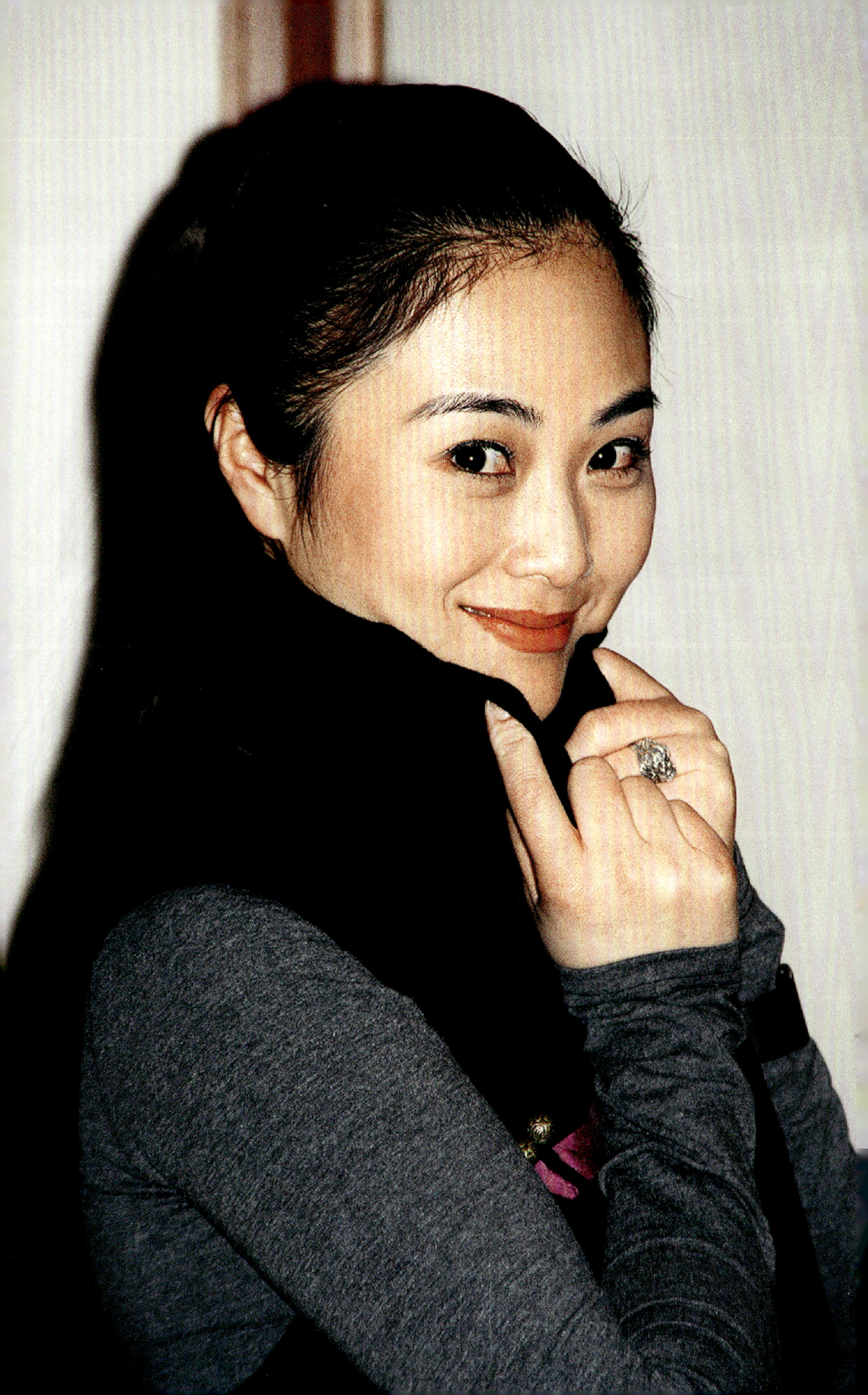

▲ 与法国南特电影节原主席阿兰·雅拉杜夫妇在戛纳电影节颁奖典礼现场

工作没有着落外，生活也不幸福，影片最后，由金复载作曲的主题曲《妈妈，别抛弃我》响起：

头顶的天空为什么这样小？
因为四周的围墙老高、老高。
夜晚的星星为什么这样陌生？
因为属于我的那一颗不见了。
啊，妈妈！
别抛弃我，别抛弃我……

那时，我觉察到了台下某个区域的抽泣声……

1996年，《女儿谷》被选为第四届妇女代表大会指定影片并荣获第四届大学生电影节特别荣誉奖。记得在北京师范大学领奖当天，正赶上赵薇参加北京电影学院表演系面试，领奖的前三分钟，远远看见身着我那件露腰小红棉袄、带着面试胜利微笑的小燕子向我们狂奔过来——尽管那时我们谁也不知道她是小燕子。

之后，我的文学作品集《回眸女儿谷》由中国文联出版社出版,恩师顾锡东在序里写道:"在小说《女儿谷》里,周建萍以其真挚的感情反映女子劳教所里的真实生活,剔其幽微,笔触细腻,抉其隐秘,描写大胆,一个个性格形象栩栩如生,颇有惊心动魄催人泪下的生动情节。这部作品的吸引力,是在于只现身而不说法,让读者们阅之而掩卷叹息,激起对她们畸形人生的感触,对社会弊病的思考,周建萍后来在电影文学剧本中为她们作了代言:'妈妈,别抛弃我!'"

记得中央电视台《半边天》栏目曾经来杭州采访过我,他们从我在单位上班跟拍到下班去幼儿园接儿子,再跟拍到菜场买菜,最后跟拍到家里做饭。记者问我,你希望做一个什么样的女人?我说,我希望做一个完整的女人,记者问什么是完整的女人?我说事业和家庭并举的女人。事实上,无论从内心,还是实践,我都是这样想也是这样做的。没有人不觉得我做家务是一把好手,不用提前预约,我能在一个小时内烧出一大桌可口的饭菜;很多人都觉得我带孩子是那样地干练自如,经常看到我一手推着自行车一手抱起儿子一把将他准确无误地扔到车后座椅上,且从未失手过;没有人不觉得我在工作上是拼命三郎、追求实效的人……

就在我努力地做着我认为的完整女人的时候,我在婚姻中迷失了,或者说走丢了……

是的,我十九岁结婚,我对自己的选择确信不疑。我享受过月底家里没钱用粮票去自由市场换鸡蛋的快乐;我享受过下午即将临盆,上午还在家里炒着香喷喷小核桃的悠闲;我享受过生了儿子回家,因为没有电梯,老公一把抱起我和儿子疾步登上五楼的愉悦……

我有点相信宿命。比如一生中,有的人可能有若干次婚姻,有的人只有一次,而我,命运则给我安排了两次，很蹊跷。我觉得很幸运，南北对我都不薄。我不太同意婚姻破裂论，更希望彼此为曾经拥有过的一段婚姻画上一个圆满的句号。我到现在也跟馆里的姑娘们说，不要怕婚姻失败而犹豫着不往前走，失败了画个句号继续往前行。人生有几个阶段，而每个阶段我们都尽可能做得圆满，包括事业，包括婚姻。

2000年初春，我因创作了《女儿谷》受邀去苏州同里参加全国电影创作年会，车窗外油菜花儿开得令人心醉，到了南京见到"金童"，还见到了苏小卫等国内诸多电影编剧，那时我的第二个剧本正在酝酿中，想着借此机会多向老师们学习，为此，"金童"还从中国电影资料馆调来了一些资料片。没想到刚出席完开幕式，就接到谢晋导演的电话，让我马上回杭州，陪他的朋友韩美林去一趟上虞，说是雕塑《大舜耕田》遇到了些麻烦。说实话，当时我特别沮丧，以前开会基本是我为别人服务，这次好不容易以编剧身份开个会，屁股都没坐热就要回去，但谢导催得急，没办法，只能与大家一一告别，踏上归途。

一路上，我想着韩美林，其实这三个字，我并不陌生，因为谢晋导演曾经说过要介绍我认识韩美林，并将我托付给他，当时只觉得"托付"这两字好重。后来谢晋导演又告诉我说，韩美林第三次结婚了。当时，我心中也没起任何涟漪，因为我除了知道韩美林是个画家外，其他一无所知。

下了火车，司机先带我到杭州大厦顶层，谢导正在那儿拍摄《女足9号》，看到谢导吃着香蕉看着监视器，我便问："导演，韩美林呢？谢导说：在疗养院呢！"我一看表，已经快下午六点了，看谢导没有收工的意思，想着赶紧先去接韩美林，然后请导演与他一起吃饭。

城西的杭州热水瓶厂改造的疗养院是我帮剧组联系的赞助，二十分钟我就到了疗养院，司机去敲韩美

▲ 初恋时与美林

林的房门,一个矮个子男人出来了。

司机小吴说:"韩老师,周建萍让我来接您去吃饭。"

韩美林疑惑地问:"周建萍?"

因为我在浙江也是小有名气的人,小吴以为韩美林没听清,又大着嗓门重复了一遍:"周——建——萍!"

韩美林说:"我不认识周建萍啊?"

这时候,我走了过去,韩美林见到我似乎先是一愣,后眼里放光看着我问:"你就是周建萍啊?"

我说:"是啊!"

他转身进去了,不一会儿出来,左手拿了一本画册,右手举了一尊像大印般龙的雕塑,递给我说:"原来准备送给你们省长,现在不送了,送给你吧!"

当时我有点不自在,刚认识,接受如此厚礼似乎不太合适,毕竟无功不受禄嘛!

当我们一起回到杭州大厦时,谢导已经收工,作为东道主,我安排谢导和韩美林在杭州大厦四楼的一个餐厅用餐。谢导嚷嚷着要喝黄酒,几杯酒下肚,大家畅所欲言,我和韩美林也不那么生分了。很奇怪，如今想起来，我跟美林结婚二十多年加起来也没见过他喝几杯酒，但那天他的的确确喝了很多黄酒！

我们从上虞雕塑谈到韩美林在中国美术馆的展览，从《鸦片战争》谈到《女足9号》，从北方谈到南方……可能因为当天从南京来回旅途劳顿的缘故吧，我那天不胜酒力，喝着喝着就趴在桌子上了，这时候，韩美林冷不丁地问了我一句：你先生呵护你吗？

平生，从来也没有哪个男人问过我这句话，我被问住了，说真的，我对"呵护"两个字的概念是模糊的，不知怎么搞得，泪水夺眶而出……

翌日，我陪韩美林出发去上虞，对于这座位于曹娥江畔的小城市我很熟悉。1998年10月，在浙江影协承办"谢晋从影五十周年"活动期间，我带领全体中外电影界嘉宾去过上虞，与上虞领导混得很熟。到了上虞，吃了霉干菜烧肉、霉千张后，下午参加雕塑《大舜耕田》会议，记得一位叫阿牛的副市长一上来就发难——他说：韩美林，我们给你的三百万，你们用到哪里去了？我要审计你！

目睹这种情形，我担心地看着韩美林，没想到韩美林慢条斯理地说：这座雕塑是谢晋老师委托我做的，这是一座巨型石雕，完成了恐怕是全世界最大的群像雕塑了。你们知道这座雕塑的体量有多大吗？为了这座雕塑，我们要砍掉山东的一座半山，运过来的石头要用一千三百辆卡车,这样吧！我先将钱退给你，我们将雕塑做好，钱你看着给吧！

阿牛似乎没有听见韩美林在讲什么，还是继续很强势地在讲。作为一个浙江人的我，当时只觉得羞愧难当。

我站起来对着阿牛说，陈市长，你是什么级别？韩美林是什么级别？他是全国政协常委，你说话的态度怎么能这样？我看这个会也别开了，我待会儿找你们领导。

说完,我拉着韩美林扭头就走!感觉自己不是浙江人,与韩美林倒是一伙的。

我与上虞其他几个部门的领导安顿、安抚好韩美林后,回到自己的房间,赶紧给时任浙江省委宣传部的梁平波部长打电话。

我说,梁部长,咱们浙江的干部今天真够丢人现眼的,素质太差,把韩美林得罪得不轻,您是否请上虞市委书记刘金熙来一趟做下解释呢?

梁平波部长自己也是画画的,他对韩美林很了解,马上请刘金熙书记来了。刘书记看到我说,建萍,我是来赔罪的!咱们一起请韩老师吃饭吧。

饭桌上,刘书记说今天下午没赶过来是因为市里为省里"三讲"巡视组开欢送会,而阿牛市长是这次"三讲"唯一没有通过的领导,他有情绪,不开心,最近又查出肝上有个囊肿,这几天在医院做检查。

听到这里,喝着绍兴女儿红的我们,似乎对阿牛市长的成见也烟消云散了。

谁都知道我和美林的媒人是谢晋,但我想真正意义上的媒人或许是阿牛市长。因为他,美林才知道浙江还有这么一位爱憎分明的巾帼侠女,这么一位外表温柔、捏捏扎手的烈女子。没有阿牛市长的这一出,我和韩美林只是一次出差;有了这一出,成就了一次邂逅。

2016年6月,我突然接到阿牛市长的电话,他说听说我们要去荆州为美林的《关公》揭幕,他很激动,说自己早已离开政府,最近十几年都在荆州,他开发的项目就在《关公》对面,这几年他是看着这座伟大的作品一点点矗立起来的!

6月17日中午我们如约见到了阔别十六年的阿牛市长,他一点也没变,还是那样清瘦,只不过被岁月磨砺得儒雅了不少,我们坐下来彼此

▲ 告别同仁

还是有点尴尬，毕竟用十六年来证明一件事情，时间长了点。

因为有了这次邂逅，我和韩美林的关系似乎跳了级，平时联系越来越多。那些年我因主持杭州电视台《相约龙井》的栏目，声带小结，嗓音沙哑，影响节目效果，医生推荐我去北京同仁医院做手术。

2001年春节前夕，我问韩美林，您在同仁医院有熟人吗？美林说，院长都是我哥们。于是，我提起行囊北上手术。

到了韩美林家，我看家里有好几拨客人，就待在一边观望着，韩美林一会儿招呼着客人，一会儿忙着送客，家里地上到处都是废报纸，估计是占地盘，每张报纸上都有狗的尿，感觉似乎有点杂乱无章。

这个家我是第二次来了，1993年第一次来的时候韩大师不在家。那年全国影协换届，作为全国影协理事的我还代表各协会在会上发了言，当时作为名誉主席的谢晋也在场，会后谢导说要带我去韩美林家看看，然后去他家对过的凯旋西餐厅吃蜗牛。我在主人不在家的情况下，有幸去了一趟位于王府井大饭店后院的韩府。记忆中，他家楼下有一个大佛头，家里有个小保姆叫小勤。说实话，这个家除了艺术给了我震撼以外，其他一无是处。尤其是通向家里的楼梯，那是我所见过的全世界最脏的楼梯，发了黑的地毯一脚踩上去尘土飞扬，真不知道那些经常去的名人、大腕、国际友人是如何看待这个楼梯的。

因为有过谢晋导演"我要把你托付给韩美林"之说，尽管韩美林之后又第三次结婚，我还是刻意地观察了一下这个家，的确不敢恭维，用"杂乱无章"四个字形容不为过。或许北方人的生活就是这样？但那个楼梯我始终不能释怀，作为大师级艺术家的韩美林自己掏钱整理一下楼梯又能怎样？这个心结等到我认识美林后得以证实。由于这个楼是王府井大饭店的附属办公楼，当初这个饭店产权是中国作家协会的，作协搬走了，留了几户住家在这里，在美林的大脑模式中，地毯应该隶属王府井大饭店，而从未想过会影响到自己的声誉。

当韩美林送走最后一批客人回来的时候，我们听到小狗抓门的声音，保姆赶紧去开门，发现韩美林脸色煞白地半倒在地上，我们赶紧将他扶了进来。美林躺在沙发上说，刚才来的是武汉市公安局的两位公安，说在他们那儿抓到两个卖白粉的，问他们毒资从何而来，他们说卖韩美林的画，公安在他们住所真的搜出了几幅韩美林的画，他们拿画来让美林辨别真伪。美林看到画后感觉到不妙，便上楼打开库房，发现已空空如也。他痛心地说了四个字："家贼难防。"

就这样，美林当晚因心梗住进了同仁医院，我的同仁医院声带小结手术计划暂时搁浅。

▶ 告别家乡

同仁医院的心血管疾病诊疗中心主任胡大一，在北京小有名气，也不知道是韩美林的血管特殊还是因为对待名人过于小心，胡大一在给美林做心血管造影时说美林心血管狭窄的位置非常不好，决定放弃造影，建议转院。

阜外医院是全国最好的心血管专科医院，血管造影对于他们来说是常规手术，但就这么个平常得不能再平常的手术，2001年1月17日中午，韩美林造影过程中突然出现了主动脉撕裂的事故。

手术台上大夫们惊慌失措，美林身上喷出的鲜血顿时染红了他们的白大褂，只见他们冲向办公室，用飞快的语速打着求援电话。在介入手术中发生血管撕裂的情况，对于国内最好的心血管医院来说，概率只是万分之一，却被美林碰上了。好在美林福大命大，被业界称为"胡一刀"的阜外医院外科主任胡盛寿及时为美林做了急诊搭桥手术。

在当时的情况下，尽管我和韩美林均已单身，但我的身份在医院这种特殊的场合下出现，还是有些尴尬。美林被推出手术室入ICU（重症加强护理病房）时，已是小年夜前一天，我只能打电话向远在杭州的爸爸"坦白"，爸爸平静地听完我的叙述后说："韩美林我知道，他是个好人，你不用担心家里，好好照顾他吧。"就这样，我决意不做逃兵，留下来照顾美林。

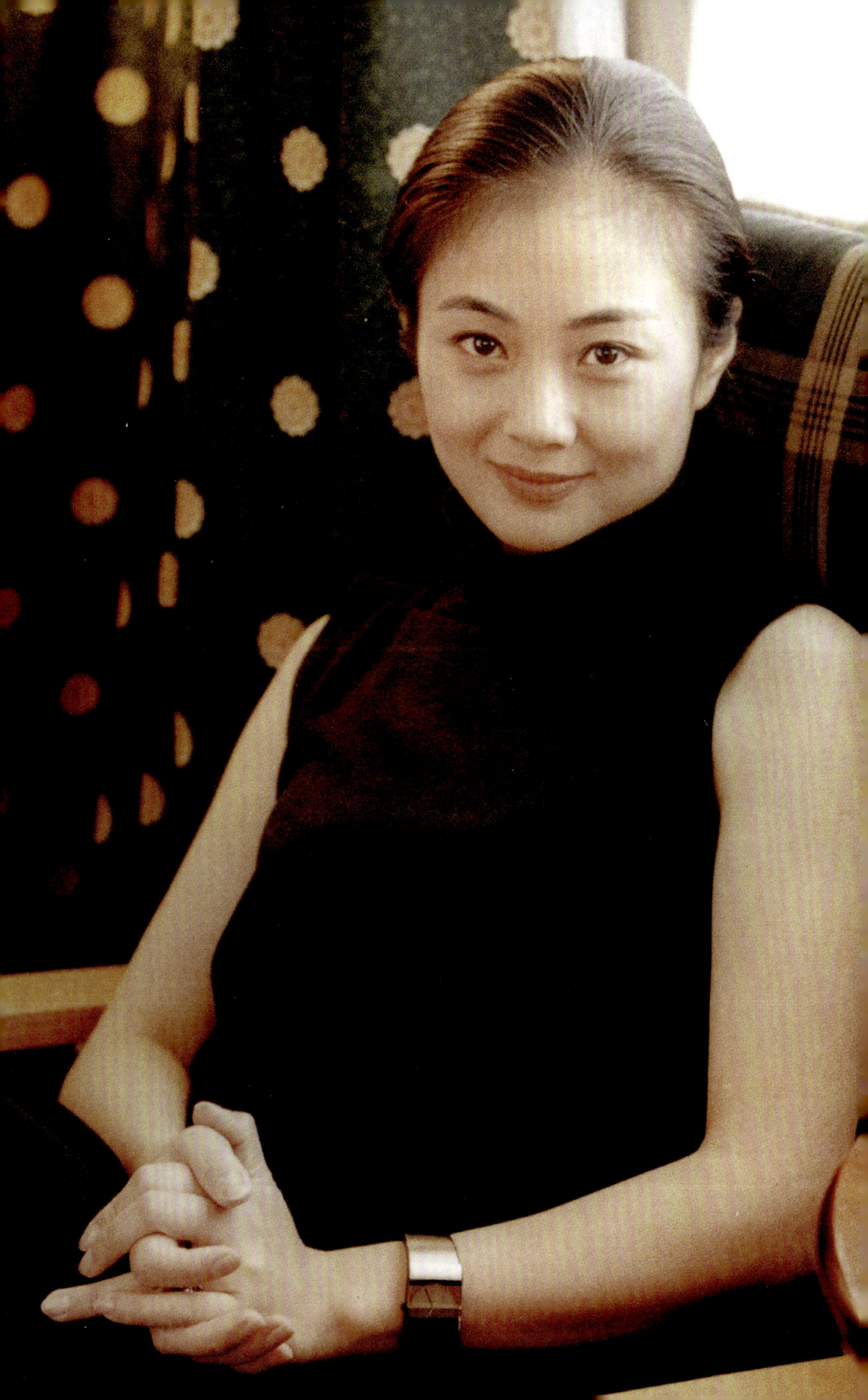

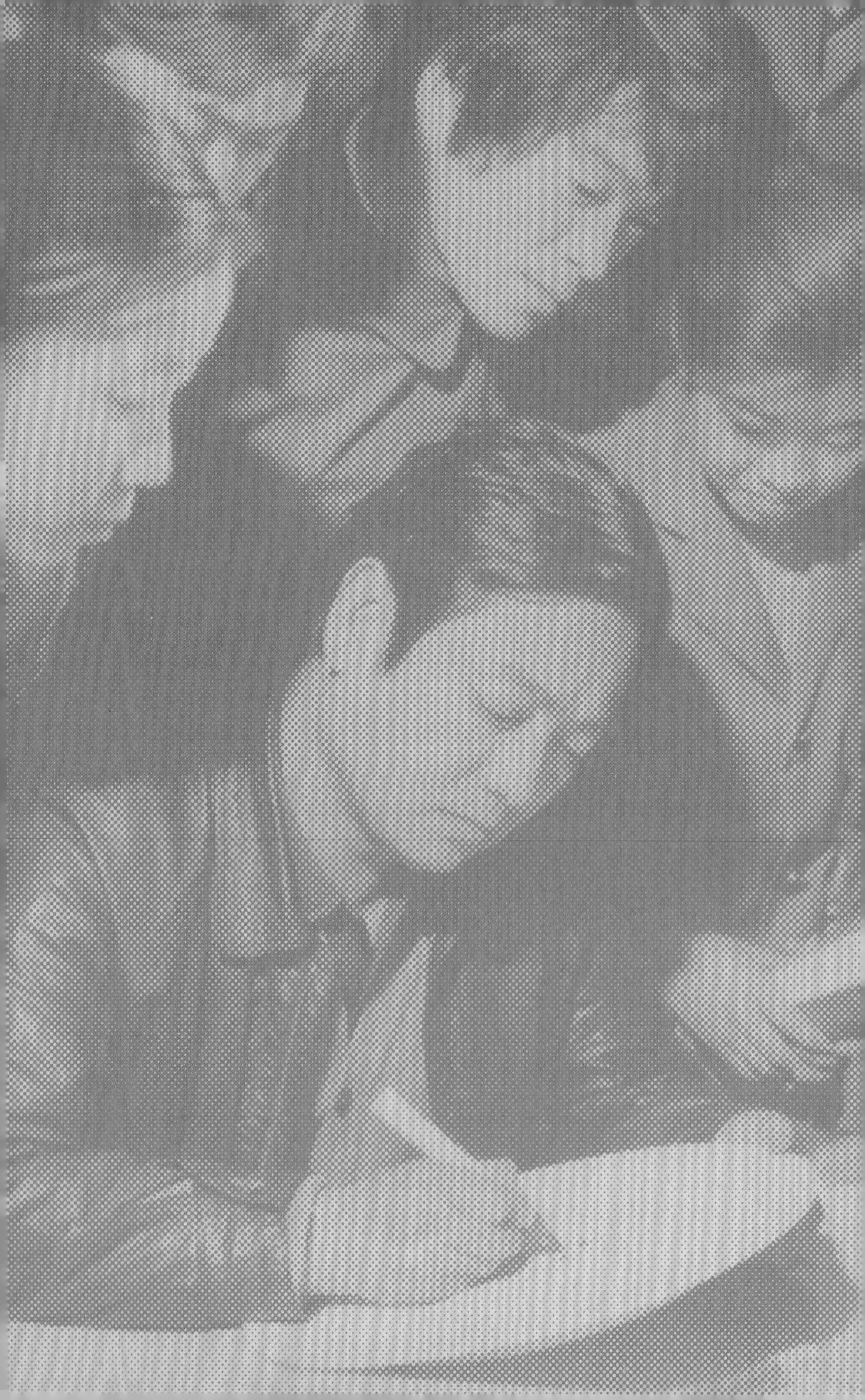

铁蛋雨男

美林还是个雨男，他只要出差，到哪儿，哪儿准下雨，我们验证了上百次，国内外均如此。有一次去克拉玛依，那个地方一年也没多少雨水，我们刚下飞机便下起了倾盆大雨，当地政府领导说韩老师给他们带来了福报，因为这个地方水比油要珍贵。

我经常说美林不是凡人，因为跟他好的人都升官发财，跟他不好的人，包括"文化大革命"时迫害他、将他手筋挑断、不让他画画的人不是死了、病了，就是出事了，美林也没对他们有过任何打击报复行为。更令人费解的是，还有一些得癌症的患者到美林这儿来求个佛，似乎癌细胞就消失了——这种现象用科学没有办法解释。

美林还是个雨男，他只要出差，到哪儿，哪儿准下雨，我们验证了上百次，国内外均如此。有一次去克拉玛依，那个地方一年也没多少雨水，我们刚下飞机便下起了倾盆大雨，当地政府领导说韩老师给他们带来了福报，因为这个地方水比油要珍贵。

莫言也说过韩美林的大脑需要医学部门去研究。

如果要剖析美林究竟是什么打造的，我想要追溯到八十年前的 1936 年 12 月 26 日。

美林出生时家里已经有一个比他大两岁的哥哥，两年以后，弟弟出生不到一个月时爸爸因为肺结核去世，从此，家里两个女人——奶奶和妈妈撑起了这个一贫如洗、

◀ 授课

饥寒交迫的家。长孙韩夫荣深得奶奶宠爱,弟弟韩夫贵当时还在妈妈怀里吃奶,老二韩美林最不受待见,但老天似乎有眼,美林尽管个子不高,但比哥哥弟弟长得好看。哥哥弟弟都是长脸,美林是圆脸;哥哥弟弟老了都秃顶,美林头发茂盛;不过三兄弟似乎基因都不错,我想,与爱有关,尽管美林的妈妈比他的爸爸大两岁,但夫妻俩相当恩爱。

▲ 美林的父母

美林的父亲韩鸿祥长了一张山东人典型的国字脸,母亲毛淑范祖籍浙江绍兴,端庄、秀丽。小夫妻婚后的幸福生活,一时成了街坊邻居的美谈。

再追溯到祖辈们——

美林的爷爷是济南有名的"扎彩匠",当时不论富贵还是贫穷,出殡都时兴扎纸。有一门手艺就有一口饭吃,家里温饱不成问题。奶奶生了三个孩子:儿子韩鸿恩、韩鸿祥,女儿韩鸿梅。可惜,好景不长,就在女儿不满周岁时,美林的爷爷暴病身亡。韩家男丁早逝,实属不幸。

◀ 韩氏三兄弟

▶ 美林十二岁参军

　　爷爷去世后，裹着一双小脚的奶奶一个人带着三个孩子，夜以继日地替人家做编织养家糊口，即便如此，仍然咬着牙送两个儿子去了私塾。几年私塾之后，十二岁的韩鸿祥被送往当时济南最大的药房——五洲大药房当学徒。这个聪明绝顶的男孩，在店中五年，不仅熟识了各味药物的名称、作用、产地等，还略懂了一些药理知识。十七岁那年，韩鸿祥正式成为五洲大药房店员。由于五洲大药房时常有洋人进出，韩鸿祥很快就学会了英语口语，能替人流利地翻译。更让人惊讶的是，韩鸿祥还开始自制药物。他配制的一种"消痔粉"，药效奇好，不仅在济南当地销量很好，而且在上海也很抢手。尽管"父亲"两个字在美林记忆中是模糊的，但他以父亲为荣。

　　美林的外婆是绍兴周家大户，清朝末年，嫁入济南毛家，当时济南有"张章毛茅"四大望族之说。只可怜外婆将母亲毛淑范带到人间后自己却因难产而死。美林的外公八天就续了弦，继外婆石氏生下六个弟妹后病重，外公接受不了破产的事实吞毒自尽。母亲是家里老大，忍辱负重担当起照顾弟妹的全部职责，直到二十六岁时出嫁。

◀ 美林在济南南城根小学任教

　　美林三兄弟出生在济南的皇亲巷，那里没有皇亲，只有一个司马府的后门。家里有两间狭小的卧室，一间客堂间，一间从客堂间辟出来的更小的厨房。这三间瓦房，是三兄弟最初的家，在这条街上算是好的了。但后来因为替父亲韩鸿祥治病、出丧，不仅花光了家中的所有积蓄，还欠下许多债务。不得已，韩家只能卖房抵债。奶奶和妈妈带着三个孩子，从皇亲巷这一头的瓦房，搬到了那一头的草屋。

　　就这样，两个有着相同命运、生过三个孩子、均是二十八岁守寡的女人，带着三个孩子开启了别样的人生。但无论生活有多窘迫，她们都坚守着祖辈的底线——再穷也不能穷教育，所以，美林三兄弟自小在私塾长大。

　　五岁，美林被送到私塾，跟私塾的赵先生练习小楷，临摹颜真卿和柳公权。那时的私塾先生习惯使用一种"背后拔子笔"的教学方式来鞭策学生。先生手执一副红漆板子，站在学生背后看他们写字，冷不丁从背后抽学生的毛笔，如果笔被抽出来，学生就要挨一顿板子。据说这是王羲之传授下来的古法，要求学生握笔一定要腕中用力。私塾的孩子们基本没少挨打，许多孩子被打得逃回了家。美林倒是没逃，正儿八经地练了五年。

　　之后，母亲把美林三兄弟送进了济南正宗救济会贫民学校。没想到因穷得福。该学校设在三兄弟步行十分钟就能到家的省府前街玉环泉西侧的"山西会馆"内。清朝末期，山西多有富商巨贾到济南经商，他们积德行善，特意让出会馆免费办学，大量富商捐款，资金雄厚，故请了很多优秀老师，专收贫民孩子，据说很多有钱人家的孩子也很想进这所学校。

该校除了重视对孩子们的品性教育外，还注重文体方面的培养，比如，三年级开始抄写《古文观止》；比如，学校门口放了三年级以下和三年级以上两个跳箱，每天体育老师在门口守着，跳过去的才能去上课，跳不过去的继续跳或者罚站；比如，学校有两架钢琴，一架在六年级教室里，另一架在学校礼堂，会弹的可以自由弹奏曲子；比如，六个班里有三位美术老师、两位音乐老师。弄得美林的哥哥参军以后还有音乐情怀，攒了钱买了把小提琴天天练，练了一辈子，只会拉一首曲子："小河的水……轻轻地流……"

▶ 美林为十二岁参军时的首长万春浦司令员画像并题字："司令、列兵、父子、前辈、恩师，鞠躬尽瘁、死而后已，共和国及千百年受苦的中国人民永远不会忘记您，万春浦司令员。公元二○一五年八月一日，乙未羊年六月（八一建军节）七十九岁学生韩美林叩首。"

◀ 恰同学少年

▼ 走在大路上（美林与大学同学们）

美林后来才知道给他们上过课的老师几乎都成了国家栋梁，如李元庆、赵元任、陈叔亮、秦鸿云、黎锦晖、白云等，其中教话剧的秦鸿云还是江青和赵丹当年的老师。当时一首校歌影响了美林的一生，歌词大意是："……但得有一技在身，就不怕贫穷，且忍耐暂时的痛苦，去发展伟大的前程……为母校争光、为国家争荣……"美林三兄弟的启蒙教育是从这里开始的。

精神上倒是温饱了，肚子里空空如也的三兄弟在回家的路上，经常吃茶馆倒掉的茶叶渣子充饥，即便这样，妈妈还是不让三兄弟申请学校的救济金，因为不想丢韩家的人。

自哥哥韩夫荣 1948 年参军以后，家里成了军属，少了一张嘴，日子好过一些，直到 1949 年 4 月 12 日十二岁的美林参了军，母亲才开始一心一意地培养弟弟韩夫贵，直到他考上了沈阳航空学校。三个孩子各有前程。

当初母亲送孩子参军，只是单纯地想给孩子找一条生活的出路。美林刚去部队时是给万司令当通讯兵，牵马、端饭、扫地、送信什么的，直到后来被烈士纪念塔建塔委员会下属一个雕塑组所吸引，因为那里有从各地调过来的艺术家，其中有刘素、王昭善、薛俊莲等。他们有的做雕塑，有的画油画。只要一有空，美林就像一块海绵那样吸取着这里的一切，他的人生转折点就在这里。

在烈士纪念塔，薛俊莲老师将美林当作美术学院学生，让本来就有画画天赋的美林拿起了油画笔，美林撕开自己的床单当画布，画了平生第一幅油画——斯大林肖像。万司令也看出了美林对画画的浓厚兴趣，当兵不到半年，就把他调到浮雕组，给那些艺术家当了通讯员，美林如鱼得水。

几年后，哥哥转业分到了上海松江博物馆，担任书记，美林转业分到济南市文化局话剧团，担任舞美和演员，弟弟毕业分到沈阳黎明机械厂（飞机制造厂），担任技术员。按理说两个寡妇能培养出这样的三个孩子应该是

半夜能笑掉牙的事情，但是三个孩子中两个长脸的安分，一个圆脸的不安分。

美林的哥哥弟弟都是安于现状的居家男人，结婚生子后便安于现状，没什么远大抱负倒也安稳，唯有老二美林开始了波澜壮阔的人生。

1952 年，全国文工团解散，美林被调到南城根小学教美术，其实他比他的学生也大不了几岁，从未经过科班训练的韩美林，却用科班学生才能得到的专业方法训练着一群十几岁的孩子。在南城根小学执教不到两年，美林便小有名气，应山东人民出版社之约，先后出版了《绘画基本知识》和《小学绘画教学参考资料》两本书。其中，《绘画基本知识》第一版就卖出十万册。美林很快在济南教育界炙手可热，被称为"少年天才"。

美林人生中第一个贵人应该就是南城根小学同事李淑华介绍的乐薇，她是上海美术学院学生，因病休学于济南老家。美林经常去她那儿求教，她是美林一生中最为欣赏的女神。一天，乐薇说要把全部的书和画材都送给美林，但希望美林答应她一个条件：报考中央美术学院附中。

1955 年，美林来到了北京找到了乐薇的高中同学宁珍，宁珍带着美林去见中央美术学院庞熏琹教授，庞熏琹教授看了美林的作

▲ 美林在中央工艺美术学院做班主任

业给出的建议让韩美林大吃一惊："你的作品我看了，是有发展前途的。我建议你直接报考大学。"

就这样，美林经过二十一天魔鬼式的复习，终于以第八名的成绩考上了中央美术学院。当美林回到济南怀揣着入学通知书，提着一网兜糖炒栗子骑着自行车去向乐薇报信时，李淑华告诉她，乐薇几天前刚刚去世了，这个令人难以置信的消息给了美林人生的第一次打击。

那年中央美院五个系在全国一共才招了二十三名学生。每个学生都是经过精心挑选的，老师数量比学生还多。美林考取了工艺美术系，崔栋梁、陈圣谋、蔡小丽都是他的好友，班里还有些白皮肤、蓝眼睛的外国留学生，如谢列克、傅铎若等。

那个时候，如果有人想亲眼一睹中国现代美术史上几位著名画家的风采，齐白石、徐悲鸿、吴作人、李可染、李苦禅、张光宇……应该不用费太多周折，静静坐在中央美术学院校门口，总能看到他们中的某一位出现。

▼ 1955年10月，中央美术学院工艺美术系55级学生在鹫峰山腰郊游写生

就学的几年里，李苦禅、沈从文都是美林的恩师。因为成绩出类拔萃，美林大学一年级就开始为《北京晚报》《人民日报》画插图什么的，稿费不断。当时在同学中有"小财主"之称，经常请客吃饭。

1960年夏天，临近毕业，学院号召学生到祖国最需要的地方去，从来听从组织召唤的美林，主动报名到云南少数民族地区工作，谁知，系里公布分配名单，韩美林竟然留校给装潢系郑可教授当助教。但这一年最让美林遗憾的一件事是，他拿到毕业证书的当天，奶奶去世了，这是他人生中遭受的第二次打击。

助教做了两年，1963年，安徽省筹建美术学院，向中央美术学院求援。院领导想到了韩美林，跟美林说："你年轻业务又好，到安徽帮助那里的工艺美术学院铺好摊子，三年后回来。"美林哪里想到，这是一次有预谋的"发配"，这一去，整整二十二年！

1964年，"四清运动"开始，学校整美林的人发来"里通外国"黑材料，美林成为"内控反革命分子"，被遣送到安徽省淮南陶瓷厂"劳动改造"，直至1967年4月，被淮南公安局以"现行反革命罪"逮捕，随即被关进"洞山一百号"监狱。

入狱期间，美林受尽非人的折磨，如手筋被"造反派"挑断、脚被踩得粉碎性骨折、陪绑假枪毙、血泊中游行、下班跪在厂门口被几千人吐成了痰人等精神和肉体上的折磨，加上四年零七个月痛不欲生的牢狱生活，真正领教了安徽淮南"九曲十八冈，冈冈出土匪"的险恶，也真正领教了中央美术学院同行们整起人来的丧心病狂。美林甚至到了吃石灰和安眠药以了却生命的地步，但因为命大，没死成。

1972年11月6日，监狱杨所长亲自带着被折磨得体重只剩下三十六公斤的美林出来晒太阳时说："马上要让你出去了，你有什么话现在跟我说，出去别乱讲。"美林说了三句话："第一，我不是'反革命'。第二，我不是'阶级敌人'。第三，你给我枪我也不会杀人。"杨所长说："你还是晒太阳吧。"

1972年11月7日，美林走出了洞山一百号，那天正好是苏联"十月革命节"。

出了监狱后的五年时间里，美林还是被监视在淮南陶瓷厂"劳动"，但比在监狱里好得多，因为厂里还是有不少心怀正义感

▲ 美林与恩师常沙娜在国航内饰模拟舱合影

▲ 美林授课

的人关心他、爱护他。1977年，美林受邀到广州创作花卉图集《山花烂漫》；同年到上海美术电影制片厂创作美术片《狐狸打猎人》，该美术片1980年获得南斯拉夫第四届萨格勒布国际电影节的最佳美术奖。

1978年秋，美林被彻底"平反"，不久从淮南陶瓷厂调到安徽省画院任副院长，接着当选为中华全国青年联合会常委，增补为安徽省政协常委。1985年正式调回北京前，时任中央工艺美术学院院长的常沙娜先生说了公道话："咱们可以证明，韩美林当年走的时候说为安徽工艺美术学院铺好摊子后回来，说好三年，结果去了二十二年，这个应该怪我们学校，是我们学校整的黑材料，不实之词都是我们学校讲的，所以我们应该给他'平反'。"美林回京手续，二十六天全部办妥。

  1979年6月，在中国美术馆举行第一次个人艺术展；
  1980年9月，以中国画界领军人物的身份，受邀前往美国二十一座城市举办个人巡回展；
  1988年7月，在中国美术馆举行第二次个人艺术展；
  1989年，中国美术家协会成立"中国美术家协会韩美林工作室"；
  1993年12月，在中国美术馆举行第三次个人艺术展；
  1999年5月，在中国美术馆举行第四次个人艺术展；
  2001年12月31日，在中国美术馆举行第五次个人艺术展；
  2005年10月19日，杭州韩美林艺术馆落成；
  2007年1月，担任中国人民解放军新一代军服设计总顾问；
  2008年6月25日，北京韩美林艺术馆落成；
  2011年12月31日，在中国国家博物馆举行第六次个人艺术展；
  2013年12月21日，韩美林艺术基金会成立；
  2015年10月13日，荣获联合国教科文组织颁发的"和平艺术家"称号；
  2015年12月21日，银川韩美林艺术馆落成；
  2016年10月27日，在意大利威尼斯大学举办"韩美林全球巡展——美林的世界在威尼斯"；

2016年12月21日，在中国国家博物馆举办"韩美林全球巡展——韩美林八十大展"；

2017年3月9日，在法国巴黎联合国教科文组织总部与巴黎中国文化中心举办"韩美林全球巡展——美林的世界在巴黎：爱与和平特展"；

2018年4月，荣获国际奥委会颁发的"顾拜旦奖"；

2018年4月13日，在列支敦士登国家博物馆举办"韩美林全球巡展——美林的世界在列支敦士登"；

2018年6月5日，在韩国首尔艺术殿堂举办"韩美林全球巡展——美林的世界在首尔：激情·融合·奥运"；

2018年10月24日，荣获韩国政府颁发的"韩国文化勋章"；

2019年1月5日，在故宫博物院文华殿举办"韩美林生肖艺术大展"；

2019年3月8日，在北京凤凰中心举办"美无止境——韩美林的雕塑世界"特展；

2019年12月21日，宜兴韩美林紫砂艺术馆落成；

2019年3月30日，荣获"影响世界华人大奖终身成就奖"；

2020年1月21日，在泰国曼谷中国文化中心及暹罗百丽宫共同举办"泰国欢乐春节——韩美林生肖艺术展"；

2020年12月21日，在深圳市关山月美术馆举办"美林的世界在深圳——韩美林艺术展：天·地·人·和"；

2020年12月21日，在深圳市南山博物馆举办"美林的世界在深圳——韩美林生肖艺术展"；

2020年12月21日，清华大学韩美林艺术研究中心成立；

2021年5月，担任中国人民解放军新时代军服设计总顾问；

2021年12月22日，在故宫博物院举办"韩美林天书艺术故宫展"；

2022年1月22日，在海口举办"海口韩美林生肖艺术展"；

2022年3月，在安徽省美术馆举办"韩美林艺术展"。

  不知为何，写到这里我不由自主地想罗列一下美林这些年部分大事记，让大家感受有一股能量在美林身体里持续地爆发。这是一种什么样的能量？我想正如美林所说：是羞辱带来的动力，是苦难造就了人生。

  与美林正好相反，几十年中，美林的哥哥和弟弟一直过着他们安宁、宠辱不惊的生活。美林告诉过我，妈妈生前要求三兄弟团结。尽管我没见过他的妈妈，也没尽过孝道，但我抱着母亲这句金言去梳理三兄弟的关系时发现一个事实，那就是，三兄弟在两代女人（美林的奶奶和妈妈）护犊子般的呵护下，血脉关系牢不可破。美林有今天的一切，除了天赋、勤奋、磨难、机遇以外，我想更多地来自这两个伟大的女人血脉里的东西，那就是豁达、灵性、高贵、坚韧、坦荡、慷慨……

  三兄弟甚至小时候每一件微小的事情都记忆犹新，可见对童年有多么铭心刻骨，比如，当年大哥怎样像孩子王那样带着两个弟弟在家门口的土包上插个"皇亲巷生产小学"的牌子，种了些土豆、豆芽之类的东西，结果也没见这些东西发过一根芽等。这种故事，每每聊起来三兄弟都会津津乐道，眉飞色舞。

  我虽然是韩家后来的媳妇，但我嫁过来后大哥执意将我的名字刻在父母的墓碑上，我感激涕零，不仅因为认可我是韩家的儿媳那么简单，更因为美林的外婆是绍兴周姓家族，而我祖籍也是绍兴周姓人家，是不是在血脉上有某种关系？我不得而知，但我喜欢南北联姻。

  如今，美林的大哥和弟弟均相继去了天堂陪伴母亲。

  爱将永垂于天堂。

▼ 最全的一张全家福

（2010年春节在山西大同）

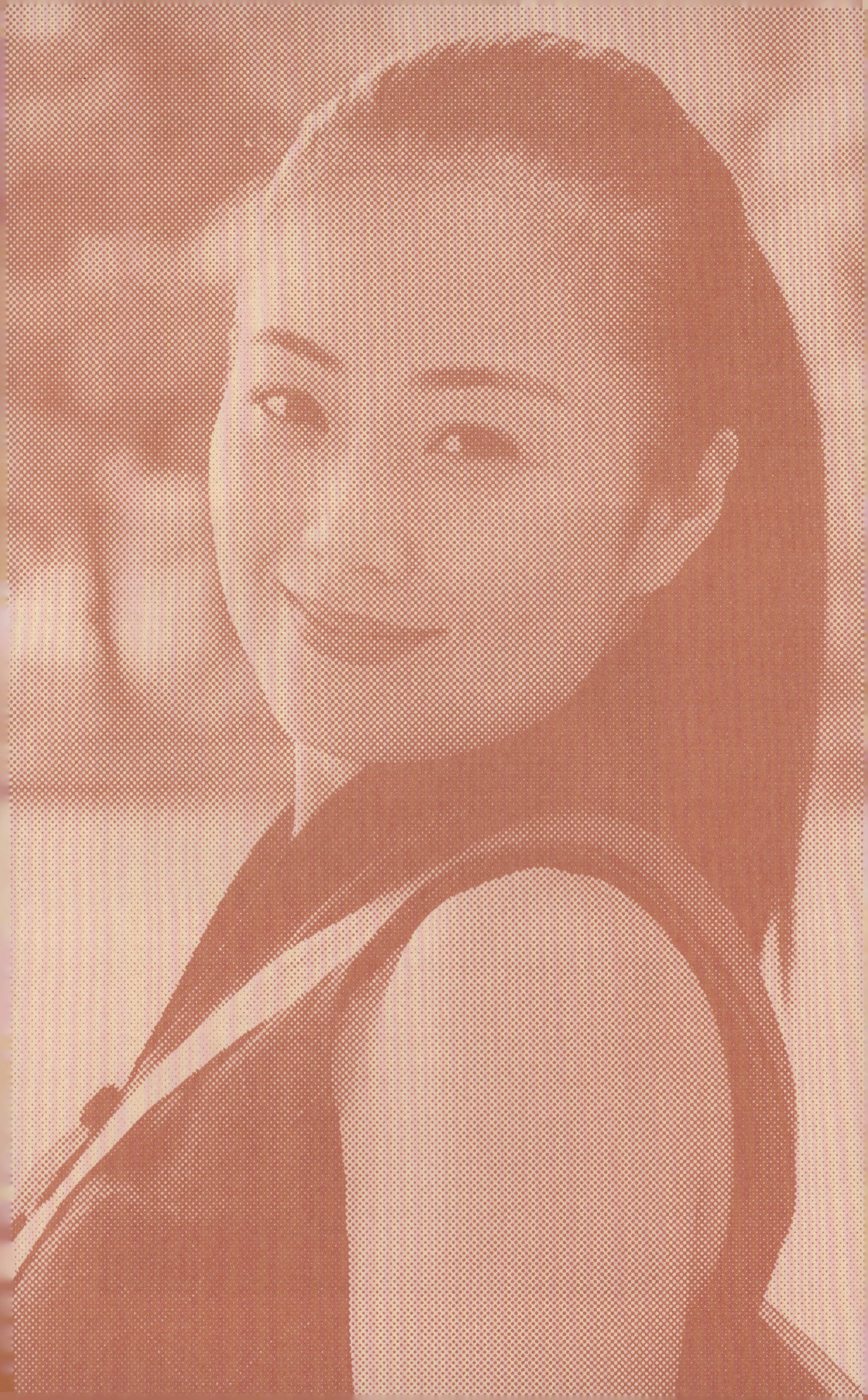

缘分天空

鼠与龙

摩羯座与射手座

以上是美林和我的属相和星座。

懂《易经》和星座的人，一定认为这两个人很般配。

▲ 北上

是的，嫁给美林之前我就有个一己之见，属相＋星座契合度与婚姻幸福指数是成正比的。也许人到了一定年龄、一定阅历、一定心态的时候，会相信点宿命。

二十年的婚姻，对我来说不算短，也不算长，细细体察下来，我庆幸自己的选择，也感谢上苍的安排。

2001年初夏，我第一次去河南少林寺，之前在阜外医院核磁共振室外偶遇过释永信，他也因为心血管病与美林一起在医院做检查，他们都是政协委员，之后我们带着学生们去河南禹州做钧瓷时便去了少林寺。

刚到少林寺安排我们去庙里抽签，我有点犯怵，因为我手气总是不佳，美林倒是爽快地先抽了，他抽完轮到我，我哆嗦着抽完，小和尚拿起我的签一脸愕然地看着我。

▲ 切磋

我问:"怎么?"

他说:"我们这儿上上签一共只有三根,两人同时抽到上上签也有过,但你与刚才那位先生抽的竟然是同一根上上签,太不可思议了!"

此事,冥冥之中对我之后嫁给美林起到了一点点作用。

尽管美林有过四段婚姻加许多段情感,美林自己也说他颇有女人缘,但一生中与所有女人的情爱加起来还不如一个花花公子一年的。这句话很悲壮,不是吗?客观原因,因为在美林的生命中,有二十二年非正常的生活;主观原因,我想用冯骥才《大话美林》文章中写的一段话来阐述再恰当不过:

尽管谁都愿意享受被爱,但爱比被爱幸福。爱的本质是主动的给予。这个本质与艺术的本质正好契合。因为,艺术不是获取,也是给予。爱便成了美林艺术激情勃发的原动力。美林的爱是广角的。他以爱、以热情和慷慨对待朋友,对待熟人,甚至对待一切人,以至看上去他有点挥金如土。这个爱多得过剩的汉子自然也常常吃到爱的苦果。不止一次我看到他为爱狂舞而稀里糊涂掉进陷阱后的垂头丧气，过后他却连疼痛的感觉都忘得一干二净，又张开双臂拥抱那些口头上挂着情义的人去了。然而正是这样——正是这种傻里傻气的爱和情义上的自我陶醉，使他的笔端不断开出新花。其实不管生活最终到底怎样，艺术家需要只是此时此刻内心的感动与神圣，哪怕这中间多半是他本人的理想主义。

在我之前，美林有过三段婚姻，我觉得只要美林娶为妻的，首先形象上一定是不错的，其次志趣上也应该相投。美林也是一个很好相处、生活上能上能下、情感上非常细腻的人。美林的第一任太太尤玉珍我没有见到过，她与她的先生来过一次家里，那天我有事去单位了；第二任太太朱娅我见过几次，很漂亮，声音也很甜美；第三任太太李小丁，个子高高挺文静的样子。

别人告诉我说第一任太太最漂亮，由此推断，前三任太太都比我漂亮，比我个子高。如果按照婚姻长短来看，我是四位太太中与美林婚龄最长的。但这有着特殊的历史背景，如果没有"四清"、没有"文革"，没有那段颠倒黑白、人性磨灭的历史，尤玉珍还会与美林离婚吗？我看未必。如今我成了四段婚姻中最大的受益者，除去那些宿命以外，我的受益体现在以下几个方面：其一，和谐年代；其二，彼此成熟；其三，事业平坦；其四，包容性强；其五，追求安宁；其六，心态平和。其实我和美林前三任太太一样，都享受过美林的热情、激情、豁达、幽默、慷慨……

不可否认，美林是一个天大的好人，他那种好，是很直接的，无私的，不需要去揣摩和证明的，因为他本性纯良。

美林一生中，除了我之前的三任太太以外，我觉得还有两位女性曾经在美林的生命里擦肩而过，一位是美林写的小说《初恋》里的丁亚英，另一位是亚露。这两位女性无论哪一位出现在美林的婚姻生活里，那美林的生活必将改写。

丁亚英是韩美林在南城根小学教书时的五号优等生，当时美林十六岁，亚英十三岁。可少男少女懵懂的爱情还未发芽，便随着一场暴雨泯灭了。有一天下课后，美林约了朋友姜振民与两位女学生一起画画，其中一位女学生便是丁亚英，大家画着画着外面下起了瓢泼大雨，回不去了，两个女孩便和衣在教室角落的乒乓台上凑合了一夜，美林和姜振民则去了教室旁的宿舍里挤了一宿。男老师、女学生、雨夜……第二天传到校长耳朵里，美林被叫去，狠狠地被批了一顿。从那以后，每逢济南市召开公判大会，校长就派美林去参加，大概意思是想让他头脑清醒清醒。

至今美林都还记得亚英那对销魂的酒窝。

有一年央视《朋友》栏目给美林做专题时，请来了美林各个时期的同学、朋友、同事、学生、街坊等，其中就包括丁亚英。尽管她已经年逾古稀，但能感觉到当年的温婉与美丽，美林见到她与见别的老乡没什么区别，我见到她当即被她眉宇间透出的睿智和善良所感动，尽管她与美林的"初恋"连一次手都没牵过，但我相信，如果她走进美林的生活，估计会成就一对金婚。

记忆中，美林觉得还错过了一个叫亚露的人。

那是韩美林在安徽合肥时认识的一位朋友的妹妹，她叫亚露。亚露是合肥一所中学的英语老师，老红军家庭出身，姐姐在合肥晚报印刷厂工作，姐夫是个作家。她漂亮且文静。韩美林在朋友家多次见到亚露，对她的印象非常深刻，颇有好感。每次韩美林在朋友家滔滔不绝聊天的时候，总能感觉到一旁角落里有双眼睛在静静地看着他，当他去捕捉那目光时，她却总是害羞地低垂着双眼。这种没有打破沉寂的美好感觉维持了一年后，韩美林再次到朋友家喝茶聊天，发现那双静静的眼睛不见了。急忙问，才知道亚露考上了上海外国语学院的硕士研究生，念书去了。这时候美林心里才好生失落，后悔当初没在人家面前表露心迹，现在想说了，人也走了。不久，美林经人介绍认识了朱娅，三个月内闪电结婚。结婚前两个星期，韩美林接到亚露姐姐的电话，说有一本日记要给他看看。日记的主人是亚露，日记里内容写的全是韩美林。点点滴滴地记录了她眼中的韩美林……因担心美林看不上自己，故决定报考上海外国语学院，想多学一门外语，日后韩美林的

▶ 与丁亚英

艺术走出国门时，她能帮到他。美林知道后追悔莫及，他甚至责怪自己不该那么快就决定了和朱娅的婚事。

婚后，韩美林和亚露单独见过一次面。那次见面的心情，很多年后美林仍然记得，徒然痛苦，但已经无可奈何地错过了。

2005年亚露携夫儿来北京看美林，她毕业后得知美林结婚了便去了日本，之后又去了美国发展，在美国成了家，生了个混血男孩，她给我的印象是一个知识女性，如果当初美林不错过她，估计她在事业上一定能助美林一臂之力。

2021年是我和美林结婚二十周年。回首二十年，真是弹指一挥间。通过二十年的磨合，我们的感情磨合到了最佳状态，美林经常跟我说，俺俩是"一套"的。我真的很钦佩及羡慕那些金婚夫妻。

2016年是美林的好友冯骥才和顾同昭老师金婚的大喜之年，这对夫妻绝对是我们的楷模。据说五十年前的12月31日，他们的新婚之夜正好赶上"造反派"让他们坦白，不让他们睡觉的残酷之夜。现在想来，当时顾老师娇小的身体依偎在大冯老师宽大的肩膀上时是何等的委屈又是何等柔情的画面啊！大冯老师有一本画册，里面有无数张年轻时与顾老师的照片，看了令人好生羡慕，单从夫妻相来看，他们绝对是一对契合度最高的夫妻。

▲ 采风

如今美林的生活每一天都过得很充实，这是他青春不老的原因。早上起来是他创作的最佳时间，家里一般有三个工作秘书和两个创作秘书为他工作，工作秘书承担组织、记录、登记等工作，创作秘书承担裁纸、铺纸、吹墨等工作，大家各司其职。创作大作品的时候，学生和馆里的员工也都会过来，这就是我最初设定的"馆里有家，家里有馆"的理念的优越性，符合美林的"招之即来，来之能战"的工作状态。现在大家对韩老师创作"起哄"很有经验，美林是个越"起哄"越来劲的人，我很少去凑热闹，偶尔出现得意之作，美林会叫我上去欣赏。午睡后美林或会客、或创作、或出去买书，过着自由自在的生活。晚上时常带着馆里员工和学生们出去吃"野饭"。

这种活动我一般很少去，一则怕浪费时间，二则美林爱吃的北方菜我不爱吃，而且我也有点私心，趁大家去吃"野饭"时可以做点自己喜欢的事，比如出去Shopping（购物），比如看一部美剧，比如约闺蜜一起去看场电影……如此这般，大家都有自己的空间，你好，我好,大家好。

  我特别感谢艺术馆的孩子们,是他们给了美林活力、动力和灵感,在这方面,我觉得美林要比黄永玉、范曾来得更幸福。作为四馆馆长的我,一年春秋两季招聘新人从未间断过,新人培训后第一时间就会被安排给美林做助理,让他们先了解韩美林和韩美林艺术,美林的助理从之前的80后到目前的90后,甚至未来的00后,这就是美林的作品越来越当代的原因之一。

  美林是个典型的山东汉子,仗义、豁达是他的本色,作为太太,在朋友面前当然要给足他面子。具体说来,他对朋友热情你要比他更热情,他对别人大方你要比他更大方。很多朋友来我们家前基本会与我联系一下,他们都知道美林是个情绪化的人,来了以后碰到韩大师高兴,会拉着人家聊天不让走;碰到韩大师不高兴便晾着人家自己干活。另外,我要是在,或许还能蹭上一顿韩家菜、喝上一顿革命的小酒;我要是不在,弄不好还败兴而归,因为美林根本不懂什么客套、礼节和人情世故。

  当然,美林还时不时地会干点令人哭笑不得的事,比如一次与员工一起吃饭,我怎么看有位女员工手腕上戴的那块

▼ 美林与北京韩美林艺术馆的娘子军们

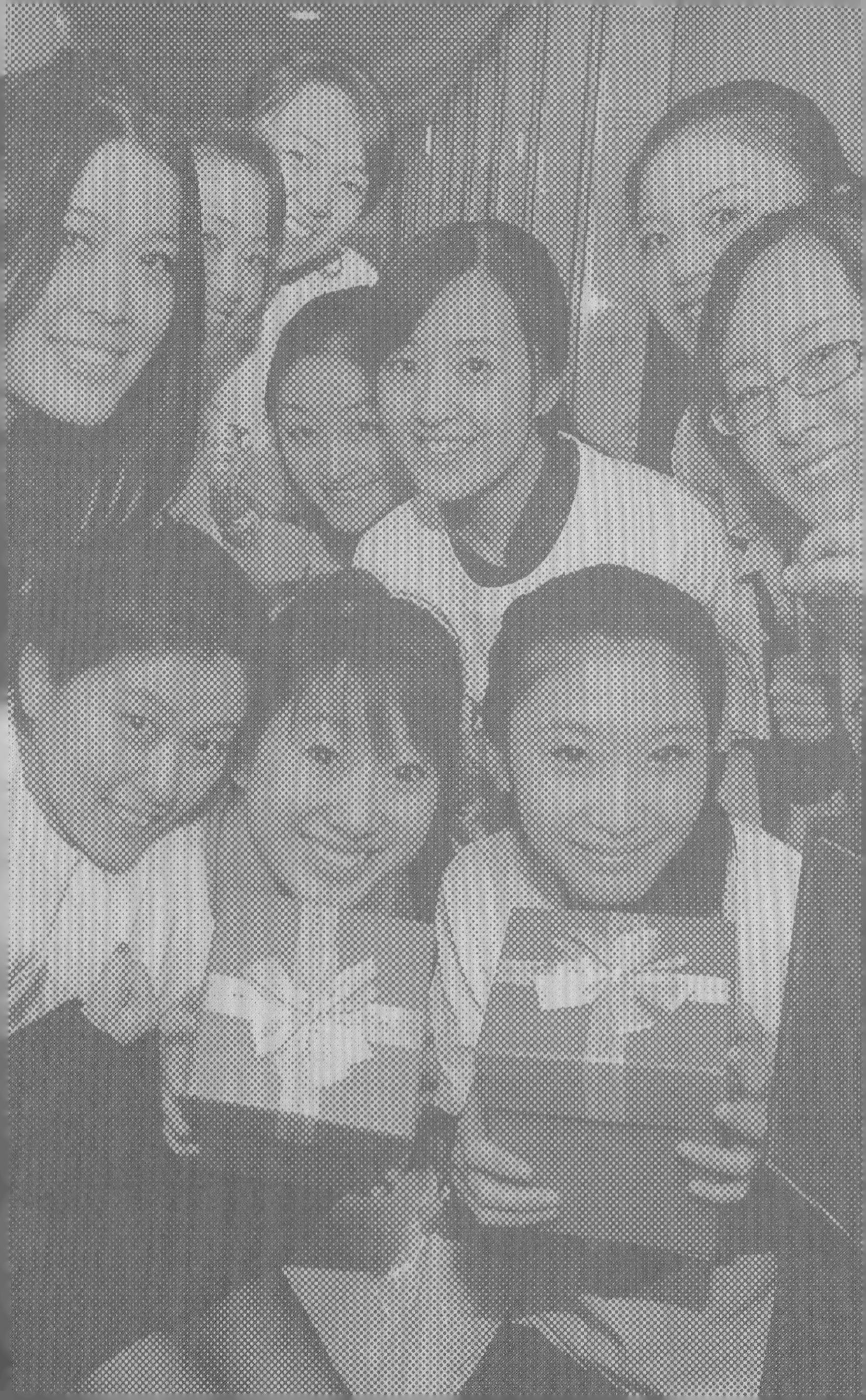

▶ 准备为美林庆生的"韩馆"娘子军们

表像是美林当初送我的定情物？定神一看，正是。她不好意思地说，这是韩老师送给她的。换作有的夫妻，估计会上纲上线，会觉得这不是一般的事，跟"移情""背叛"有点沾边，而放在美林这儿那叫不是事，他的理由很简单：表放在那里没人用送人很正常。

翌日，她给我写了一封信附上手表请秘书给我送了回来，我当即给她回了一封信，我说，韩老师和我都是愿意分享的人，这块表分享给你，希望你早日找到如意郎君，找到以后请你再将它分享给其他单身姐妹。同时我又附了一块最新款的爱马仕手表，说平时戴韩老师给你的这块，晚宴时可以戴我给你的这块。果然，没过多久，她找到了如意郎君。

还有一次，美林生病，一位三十开外的女子前来探望，据说是部队的武打演员，李存葆介绍的。我感觉自己在那里有点碍事，就借故出去买饭了。回来后发现她已经走了，便拉开抽屉拿碗筷准备吃饭，首先看到的是一块带着温度的丝巾……据美林坦白，刚才那女子说："韩老师你想吃点什么我去买。"

韩老师开玩笑地回答："狗屎。"

那女的说："我就是狗屎，韩老师你把我吃了吧！"

于是，她依依不舍地从脖子上摘下信物留给了她敬爱

▲ 关门夫妻

的韩老师。

　　这些事在我们家时有发生，足不为奇。

　　我和美林的婚姻也经历过灰色时期。像我们这样的年纪感情出现困顿，我想更多是停留在精神层面。对我而言，所谓的灰色和困顿，更多体现在思想跟不上对方，或者说双方交流不在一个频率方面。婚后第七年我才悟出了这些道理，之前的我，任性且自负，出现过迷茫期。此外，做韩美林夫人，除了需要智商和情商并举以外，更需要有一个很好的身体，因为在这个家做女主人，会有太多事务需要你去做，而且永无止境，没有充沛的体力是不行的。

　　更值得一提的是，你一定要是一个懂得分享的人，因为在美林这里，没有主次高低，没有贫富贵贱，有时候你的地位甚至还不如一个保姆。只要你明白这些道理，那你就生活在天堂。

　　结婚二十多年来，我与美林基本没有过两人世界，什么情人节、结婚纪念日、生日、七夕等，我也不觉得缺失了什么，因为已经习惯了这样的生活。2014 年情人节，我看馆里有三个女孩没有约会，就自告奋勇地开车带着美林与她们去三里屯永利大厦吃老妈蹄花。

按理说情人节应该是美酒加咖啡,我们这群被"老农民"带着的"小农民"似乎觉得老妈蹄花来得更实惠些。结果,回来时路还走错了,折腾到凌晨才到家。

我们经常借着各种理由,让美林慷慨解囊。除了父亲节,我看所有的节日美林都得掏腰包,情人节连保洁大妈都美滋滋地抱着韩先生送的巧克力回家炫耀去了。

因为学会分享,懂得分享,善于分享,我得到了很多。这恐怕是我在美林四段婚姻中最受益的原因之一。美林这辈子,因为糖尿病的原因,所享受的基本上属于"吃的是草,挤的是奶"的待遇,他这一辈子又何曾不在分享中度过?

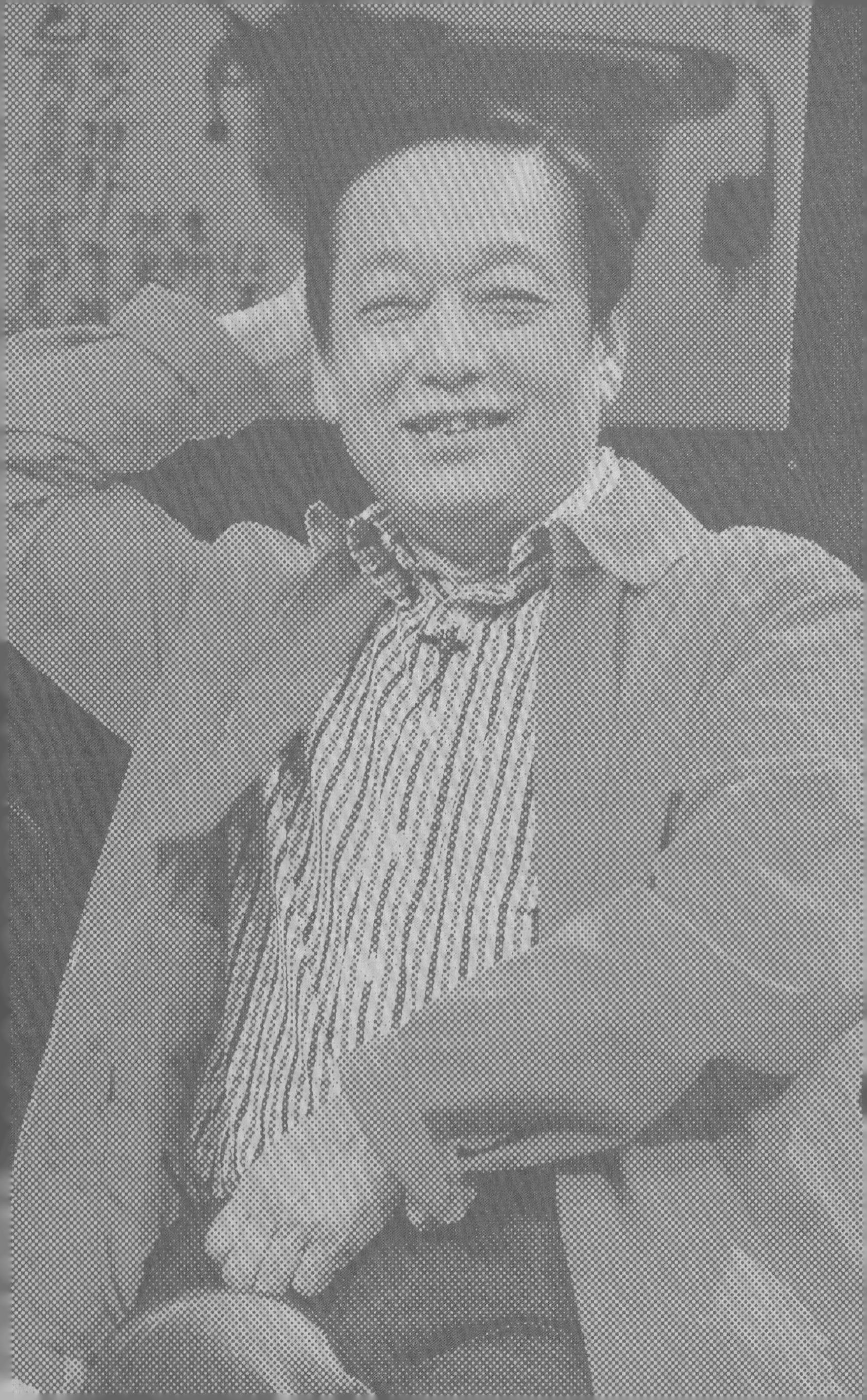

九命老猫

当你问美林属什么的时候，

他会开玩笑告诉你，他属猫。

▶ 九命老猫

从贫穷的童年、懵懂的少年、跨踏的青年，到苦难的中年、美好的老年，一路走来，磕磕碰碰，出生入死，几多风雨几多愁，但阎王爷一直没有收他。

还是上小学三年级的时候，一天美林突然发起高烧。母亲毛淑范到处求医抓药，几天下来，孩子的高烧一点不退。这天上午，母亲毛淑范又从外面抓了药回来，脚还没进家门，就听见奶奶的哭声。母亲吓得一惊，药掉了一地。进屋看到美林脸上盖了一张黄表纸，母亲冲过去，伏在儿子身上痛哭失声。

哭了好久，毛淑范抽噎着抬起头，想仔细看看自己的儿子，却看见黄表纸在微微颤动。孩子还在呼吸！毛淑范忙止住抽泣，用小褥子裹起孩子，发疯似的跑出门。一连去了几家医院，医生都诊不出是什么病，无法开药。天眼看着就黑了，跑了大半天也饿了大半天的毛淑范实在走不动了。路旁商店门前有几级台阶，她抱着儿子就势坐了下来。

儿子还活着，母亲高兴极了！可儿子的病到底该怎么办？

母亲没有了主张，只能坐在路边哭。天无绝人之路。一个偶然路过的人，救了韩美林的命。这个人是韩美林奶奶的娘家亲戚，姓戴，看到毛淑范抱着孩子坐在路边哭，就停下来问了大概。及至知道了情况，戴先生一把抱过韩美林，带着毛淑范一起往他的外甥家去。戴先生的外甥当过一段时间道士，后来做了中医。他看了韩美林的舌苔，号了脉，就取出几包药粉，细细叮嘱服用方法：一包泡在人奶里喝下，一包和在面粉里烙成薄饼吃下，其余几包煎成汤药服用。也是神奇，韩美林在戴先生外甥家服了第一包药粉，等毛淑范抱着韩美林离开时，韩美林的眼睛已睁开了。回家，几服药喝下去病就痊愈了。

长大成人后，美林才知道当时他患的是伤寒，偏巧戴先生外甥对古书《伤寒论》颇有研究，所以药到病除，救了他一命。

1967年，韩美林正式被捕。韩美林生命的独特烙印，在安徽淮南洞山一百号开始了。刚入狱，美林就想结束自己的生命，他偷偷在枕头里藏了七十二片安眠药。几次想把药从枕头里掏出来，又怕人看见，一直没有机会。没想到，安眠药被同监舍的人发现并告发了他，他被罚跪了一整天。

洞山一百号，每个月至少枪毙两三个犯人。遇到杀人，早上五点高音喇叭大声放起样板戏，杨所长身后跟着几个枪击手，走进监舍，开始阎王点名。忽然有一天，杨所长的手指落到了韩美林身上，随即两个枪击手娴熟地把韩美林五花大绑了，装进一条麻袋。

黑暗中，不知走了多久，一声"跪下"便知道刑场到了，美林被一脚踢倒在地。他已经感觉不到疼，还挺高兴，感觉终于要脱离人生苦海了！

"砰——"枪声响起了。一声、两声……韩美林默数着枪声，脑袋里一片空白。感觉整个人飘了起来……怎么，阴间还有月亮？

枪击手把他从地上拎起来的时候，韩美林看到了天空中的一弯冷月，他没有死。刚刚经历的，只不过是杨所长的新招：

"假枪毙"。后来，这种"假枪毙"，美林还领教过两次。

美林平时很少生病，生起病来却颇为惊魂。

2001年1月17日和2009年1月14日，美林两次被推进北京阜外医院手术室，做了两次迄今为止仍令大家心有余悸的手术。因过度劳累和二型糖尿病的困扰，美林身上的血管不同程度地出现病变，第一次因严重的冠心病做了心血管搭桥手术，第二次则因颈动脉狭窄至百分之九十以上做了颈动脉剥脱手术。

两次手术均在春节前几日，同一家医院、同一个手术室、同一位麻醉师、同一间重症加强护理病房（ICU），甚至同一位护士长……只是时间相隔了八年。如此惊人的相似，如此的戏剧性，令人难以置信。

不同的是，2001年1月17日，阜外医院在为心血管狭窄的美林做造影过程中突然出现了主干道撕裂的紧急情况，在毫无准备的情况下做了心脏急诊搭桥手术，当时医院向家属开出了"病危通知书"，唯一能替代家属签字的是美林所在作家协会的领导李荣胜。因为毫无准备，美林是在用过阿司匹林等抗凝药的情况下被紧急送手术室做的急诊心脏搭桥手术，手术的风险可想而知。为了在美林狭窄的心血管上搭起四根"桥梁"，需要暂时让心脏停止跳动，按当时的医疗条件，采用的是体外循环术，也就是美林醒来后经常对人说起的："所有的内脏被掏出来又塞回去了。"

好在美林福大命大，当时被业界称为"胡一刀"的阜外医院外科主任胡盛寿正好带着他的专家团队为一位疑难病人做完手术后集中在会议室做学术总结，恰好被李一石副院长给"一网打尽"，她号召会议室原班人马火速折回手术室，为已经昏迷的美林开胸做手术，专家组的精英大夫们在中午饭都没吃的情况下，开始了抢救韩美林生命的战役。

后来，医生告诉我说，美林在介入式昏迷前告诉他们，不要把他手术出现事故的真相告诉我。当时我心情极为复杂，自己原本是来北京做声带小结手术的，却蹊跷地误入抢救韩美林的生命的战役，我该何去何从？那时的我跟韩美林除了互相有些许好感外，没有任何深入的恋爱关系，只是去他家正好碰上了韩美林心梗，出于朋友关爱，将他送进了医院，没想到碰上了韩美林病危，不知道这是不是上帝的安排？

这是我人生中最为漫长的一次等待。政协王宝明局长、马武庆处长、作协李荣胜主任、美林的弟弟韩夫贵和我们一起守候在手术室门口，焦虑的心情无以言表！四个多小时后，一位个子高高的、容貌端庄的男大夫从手术室走了出来。

我跑上前去小心翼翼地问："请问韩美林手术怎样？"

他用透着自信的男中音答道："手术非常成功！"说完径直朝 ICU 走去。

"美林得救了？"大家都愣在那里没缓过神来。望着大

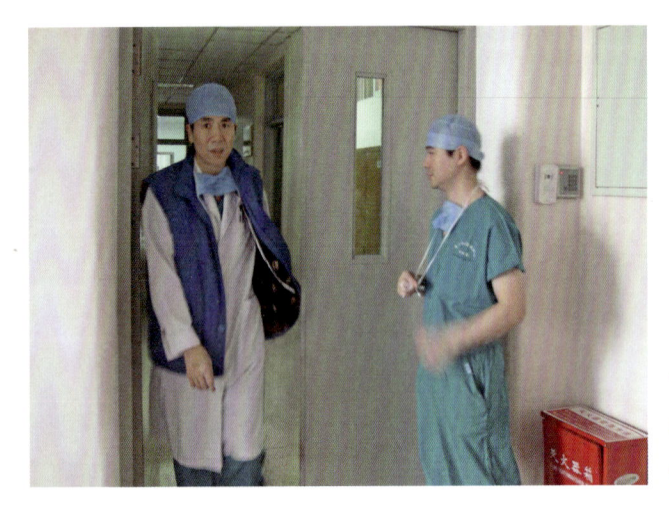

◀ "胡一刀"医生（左）从手术室出来，宣布手术成功

▼ 黄苗子、郁风夫妇看望术后的美林

夫远去的背影，我突然感到这个大夫是如此伟岸，如此爷们。他就是传说中的"胡一刀"，后来的阜外医院院长。我们至今都是非常好的朋友。

手术后美林被直接送往ICU病房，与外界隔离，但我还是选择留下。完全是因为美林被推入手术室前看我的眼神，我感觉他需要我。医生告诉我们，这种体外循环手术，即便搭桥成功，第一关是要跨越大脑缺氧可能会变成植物人或者痴呆的风险，第二关是拔去呼吸机肺功能能否恢复。当ICU传来可以送点流质食物进去的消息的时候，我说服了我的老乡——阜外医院的内科主任姚康宝，她给了我一件护士服，我拿着保姆小勤做的济南甜沫来到美林身边，看着全身插满管子、拔了呼吸机不久的美林：疼痛难忍，形容憔悴。

医生刚给他打了杜冷丁，我给他喂甜沫，他吃了几口，我试探地问：甜沫里少了什么？

他说：花生米和豆腐丝。

顿时，我喜上眉梢，韩美林没傻！

尽管是名人，但那时美林在医疗上还没享受部级待遇，虽然作家协会已经尽力，但多少自己还是需要承担一些。我问保姆兼出纳小勤，家里还有多少钱？她说账上只有三千多元，还有些欠款要不回来，再就是工作室学生的借款。美林告诉过我他一贫如洗，钱都被人骗走了。我说，那就将借款先要回来，后来因为无果，我将自己的钱拿了出来。

在美林没出ICU前，我找到中国美术家协会领导，请求他们暂时封闭通州区云景西里韩美林工作室的展厅，因为展厅里陈列着大量韩美林作品，绘画、书法、雕塑、钧瓷，总共数千件。我当时生怕韩美林住院期间作品再有闪失，不能再雪上加霜了。

记得当时美林的弟弟韩夫贵有些不高兴，因为那时候他管着工作室，我平静地跟他谈，我说，韩师傅，韩老师的作品不是他自己的，是国家的，如果作品少了你也要承担责任的，咱们是否请美协领导来一起先将展厅封起来，等美林出院后由他自己处理。美林弟弟同意了，并表示自己也要参与封存工作。

大年三十前夜，美林从ICU出来了。到了病房，他首先

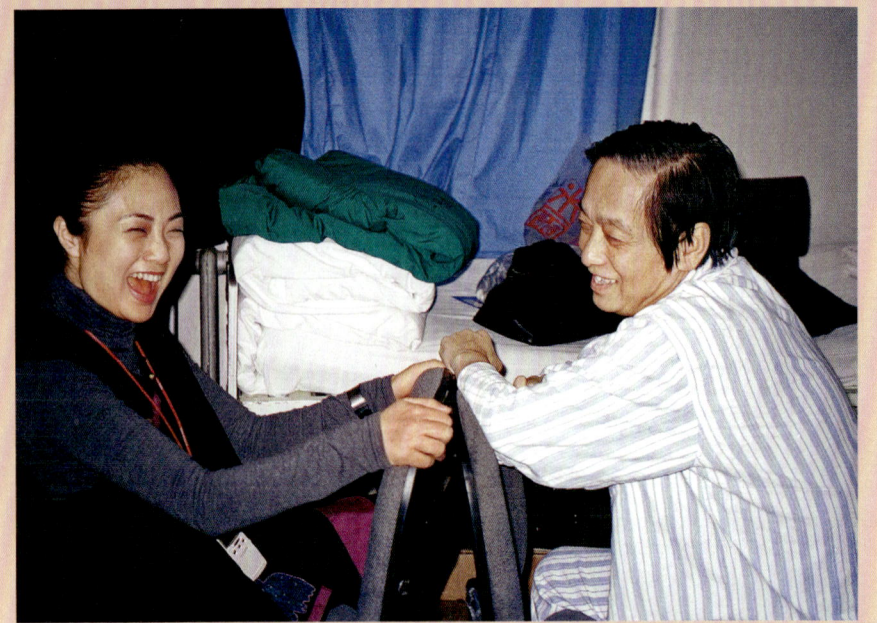

▲ 2001年春节美林心脏搭桥手术后即将出院

▲ "韩办"主任姜昆探望美林后,帮助医院排练春节联欢会舞蹈

将所有人都赶走，学生、弟弟、朋友、司机、保姆，唯独留下我。他告诉我他要上厕所，因为他身上还有很多管子，我赶紧去拿便盆，但美林不愿意，执意去洗手间，我坚决不让，推诿中，美林手上的吊针脱落了，血流了一地……

就这样，我留了下来，在医院里，在韩美林身边。

我亲历了世界华人协会主席拿着巨款来看望他的美林大哥，美林坚决不收；

亲历了富豪饭店的烤鸭师傅红着鼻子来看望韩老师，护士长以为他感冒了坚决不让他进，略带口吃的烤鸭师傅急了，一个劲解释说他那鼻子不是因为感冒，是常年烤鸭子引起的；

亲历了到小吃店去买紫米粥，店长听说韩老师患有糖尿病，立马把整锅甜粥倒了重新熬；

亲历了黄苗子和郁风夫妇专程从澳大利亚飞来看望美林，伤口还未痊愈的美林突然跳下床给老师磕头；

亲历了印度驻华大使一家来医院看望美林；

亲历了姜昆在病床前给美林表演春晚相声。

上天给了我这样的方式去解读一个人，我开始审视自己，审视我的人生观、价值观和爱情观，从模糊到清晰到坚定，这个过程似乎很短，但已经够了。

大年三十，保姆、司机都回家团聚了，我守着暖气片上那一锅美林的单位——中国作家协会送来的饺子，守着被疼痛煎熬着的美林，他的每一次艰难的咳嗽都令我无比痛心，屋里太热，美林肚子上仅盖了一床小被子，胸前和小腿上敞着蜈蚣般的伤口。我们拉着对方的手，用会意的、真实的、坚定的目光看着对方……

窗外，新年的鞭炮声此起彼伏，谁说爱情的防线一定要在激情中突破？

之后，我与美林幸福地走到了一起，因为心梗拯救了一场爱情，代价也太大了。

我的"南水北调"计划是从美林出院以后开始的，我发现他虽然是一个名人，但内心很孤独，孤独到一个人经常掉眼泪。尽管我对浙江影协工作有诸多不舍，尽管我对生活了三十五年的家乡有诸多不舍，尽管我对亲爱的父母有诸多不舍，尽管我……但我还是毅然决然北上与美林携手人生。

美林在给我父母的求婚信中这样写道：

尊伯父、伯母二贤：

敬鉴：

趁建萍回杭州带上我几个字，但它与平时"几个字"大不一样，起码在我脑袋里转了几个月。最后，把眼睛一闭：写吧！

我有自知之明，自感确实配不上这个"完人"，因为建萍太优秀，用什么词来形容她都不过分，她是那种属于天生就让一切人都疼爱的人！

认识她纯属偶然，绝对陌生，及至认识了她，尤其在我大病之时得到建萍和您们全家的关怀，我永志不忘。

人生美好，但只有一次，我来到这人间只是看到了美好但从没有得到过它，因为我没有这种机遇。过早的出名毁了我的青春和一切。从小孩的时候起，就想用热情来拥抱这个世界，虽然付出了巨大代价，但至今不悔。只要有机会我就全方位的（地）释放我的热情，因为我知道来到这个世上不容易。

我曾经说过，只要给我一滴水我就能活，但这滴水有时候也得不到。我只有站着，咬着牙也站着。不掉泪也不沮丧。这样的环境塑造了我，使我成了一条铮铮铁骨的好汉。

请二位老人放心的是，我深知人间冷暖，更知道真情难得，纵观建萍，从头到脚只一个"纯"字就够了，这是您们一生心血，把她给培养成一个神话里才有的好人……有幸认识她，屡感万千，如坐针毡，大叫一声："天下有这样好人？"男人掉泪犹如懦夫，我是几生几死的人，建萍用"纯"感动（的）得我眼泪在眼圈里直打转，不相信这个现实会有她！所以，见到她以后再也不愿绝了这样好友。

这封信不好写，像小孩做作业一样绕来绕去。我闭目自思：我算什么？能与建萍共度一生至今犹如梦中。就像以前革命年代里开生活联欢会一样：受苦一生的老农翻了身，穿上了革命装，加入了革命队伍，从一个牛马不如的

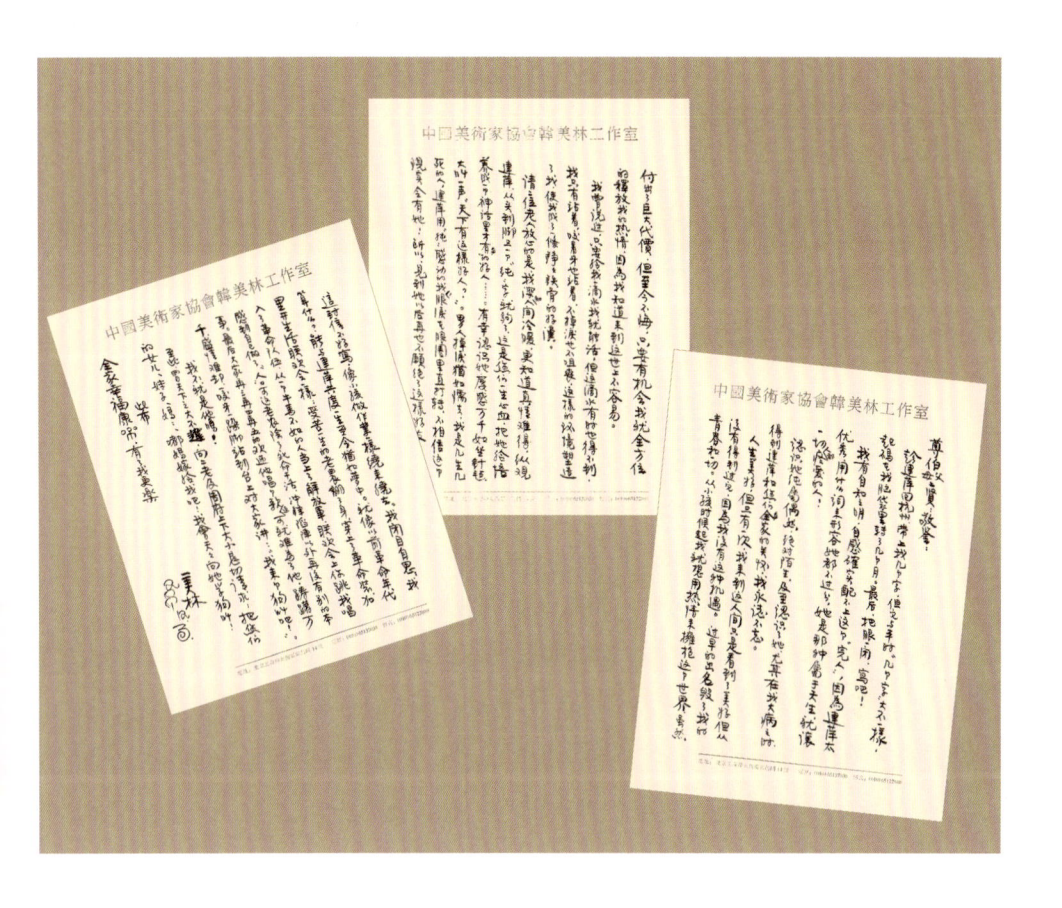

▲ 美林求婚信

人当上了解放军,联欢会上你跳我唱,感到自己做了"人"。可这老农除了死命干活、冲锋陷阵以外,再没有别的本事。最后大家再三再四再五的(地)欢迎他唱个歌,这可就难为了他,踌躇万千,盛情难却,一咬牙,一跺脚站到台上对大家讲:"我来个狗叫吧!"

我不就是他吗?

至此,冒天下之大不韪,向二老及周府上下大小恳切请求:把您们的女儿、妹子、妈妈、嘟妈(姑妈)嫁给我吧!我会天天向她学狗叫!

此致

全家幸福康乐,有了我更乐

美林　2001 年 12 月 3 日

这封求婚信发出之后，2001年12月31日，我在父母、亲人、朋友的祝福下，顺利加入韩门。

鉴于我在浙江影协工作中的骄人业绩，2002年年初，我顺利地调入了中国电影家协会，担任大型活动部主任，在先后负责了十四届金鸡百花电影节颁奖典礼之后，于美林八十岁之际全身而退，回归家庭。

美林在2001年心脏搭桥手术后写了一篇文章《我喝了半口迷魂汤》，其中他是这样记叙自己这条"九命老猫"的：

今年年初，也就是二〇〇一年一月十七日，我去了一趟阴曹地府，阎王爷见我乐了，说："你怎么这样自由散漫？这是你来的地方吗？还没到时辰就跑来了，还不快给我走人！"

我扭头就走。可我半路上又折了回来，向大门口的牛头马面讲："还有点事再见一见阎王爷。"他两个根本不理我。我一想，不理我就进去！既然来一趟不容易，顺便就办个事吧！

我来到阎王跟前，他一抬头看见了我，眉头一皱，唾沫星子喷了我一脸，喝问："你怎么回来了？"

我说："来这一趟不容易，回去见了朋友也得带点'参考消息'"。

他不耐烦地讲："快说，快说，你没看我这里还审着成克杰吗？"我往旁边一看，还真不假，我看见成克杰在那里龇牙咧嘴地下油锅，几个小鬼拿着铁叉挑上来又摁下去！于是我三下五除二，快刀斩乱麻，要问的事多，想知道的消息也不少，譬如：刘青山和张子善现在是托了个牛呢还是马？还有咱们的好书记焦裕禄而今可在阴间掌管着生死簿子？他可是个好人！……

我瞅着阎王红头绿脸急歪的样子，再不问就把我给留下了。情急之下就说了一句："我看看你的生死簿子，好吗？"

这一说不要紧，阎王爷不解地问："你不是没到时辰吗？跟你说，你还有一百年呢！"

我也乐了，我接上茬儿说："我的朋友多，起码我问一两个人……"

还没说完,阎王爷急了:"你怎么这样啰唆!再跟我胡搅蛮缠就让你留下来了!你没看见成克杰已经招了吗?我得看他招了哪几个,快……快说!"

这阎王爷真不错,我这么给他添乱他还没怎么急,他这一催我可急了。要问哪一个?我的朋友上了千,再不问连我也回不去。我顺口就来了个:"我的朋友李雪健和李媛媛都是好人,可偏偏生了一场大病,我想问一下他两个在人间还有多长的寿数?"

这一问不要紧,阎王爷乐了:"你还挺哥们儿的,叫焦裕禄来查查看,那两个好人还有多少年?"

我想,这世界还真有点意思,刚才我是猜到老焦到阴间来会被提拔的,果真掌了不小的权。不一会儿,焦裕禄拿着一个大红本子来了,仍然披着那个舍不得扔的大棉袄。他不认识我,我哪能忘了他!我敬佩他可有年头了。我看他和阎王爷交头接耳,翻着生死簿子那个亲热劲儿,就知道阎王很器重他。

忽然,阎王抬了头,大声对我说:"你听着,念你对朋友一番深情就告诉你吧!李雪健和李媛媛上一辈子也是好人,这辈子虽然生了一场不小的病,也不妨他们健康长寿。刚才我和裕禄一商量,每人再加六十年……"

还没有听完就屁颠儿屁颠儿地打道回京,后面牛头马面追着让我喝了迷魂汤再走,我可不喝那玩意儿。上一辈子我托生的时候就打了个马虎眼,喝了一半就折给拉登了……这次还是少喝为妙。我三步并作两步,恨不得立刻把这好消息告诉我两个好朋友……

一路上我想起成克杰下油锅的一幕,心里嘀咕着:还是人间好!还是人间好啊!

我死了三个半小时,长期不下"火线",我得了劳累型心肌梗塞,手术中我的动脉血管因老化而破裂,幸亏我遇上了好医生,中国心血管病"八大金刚"都在我的手术台上……

上万病例中只有一个活下来,那就是我!

…………

自2001年美林心脏搭桥后,时隔八年,2009年,血管病变引起的疾

▶ 术前专家会诊

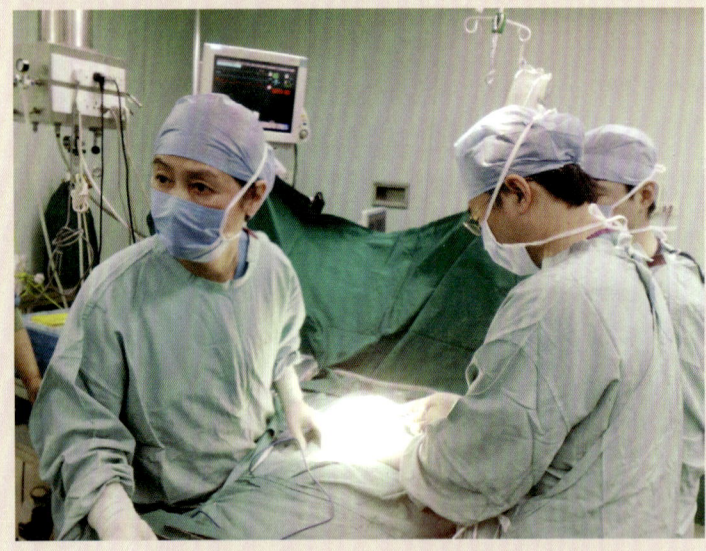

2009年1月14日中国最棒的神经外科主任管珩为美林做颈动脉剥脱手术

▶ 美林与中国佛教协会会长、广济寺住持演觉法师

病又一次向美林的身体发起了进攻。不同的是，这次打的是有准备之仗，颈动脉狭窄的前兆几年前就出现了，为了奥运会，为了艺术馆，为了他那些永远也不会枯竭、如泉涌般的灵感……由于一次次推延治疗时间，美林的颈动脉狭窄程度从百分之七十向百分之九十迅猛发展，直到有一次美林去洛杉矶领奖，UCLA（美国加州大学洛杉矶分校）医院的神经外科主任马丁先生闻悉后，派车将美林接到了医院，他用全世界最先进的仪器为美林做了颈动脉全面检查后说："美林，你是钻石，我们要像保护钻石一样地保护你，两个月内你必须手术！"这样美林才决定收心，乖乖地回到国内接受治疗。

2009年1月14日，美林在阜外医院做了颈动脉剥脱手术。与八年前不同的是，这次手术的方案是由当时的卫生部黄洁夫部长带领国内众多医学专家经过反复论证后实行的。也许有了上一次的意外，术前"家属签字"一栏我始终不敢落笔，直到黄部长说："小周，有那么多医院最好的大夫参与手术，我们也做了严密的后续保障准备工作，我有百分百的把握，你就放心吧。"

与2001年有所不同的还有，我作为妻子签了字。

为了让美林休息好迎接第二天手术，晚上八点护士就给美林打了辅助睡眠的针，美林故作轻松状地与我开着玩笑，不自觉地睡着了。那个夜晚，我坐在美林床边，用温水给他擦了脸洗了脚，捧着他那曾经被"造反派"踩成四十多块碎骨的脚，为他修趾甲，我

的眼泪不停地往下掉……美林啊，美林，你命如顽石吗？哪怕有一点医学常识的人都知道，脖子离脑子那么近，万一有个闪失，颈动脉中的斑块掉进你的大脑、哪怕是一点点就得要你的命啊！做什么你都要求做到极致，生个病有什么好逞能的呢？

翌日早上，广济寺的全体僧人为美林做了普佛法事，这是演觉住持安排的。政协的领导天还没亮就来看美林了，与八年前一样，还是这几个哥儿们，也许是由于手术部位的特殊性，自昨晚起医生就没有让美林清醒过来。迷糊中的美林在大家的祝福中被推进了手术室，还是八年前的那个手术室。

这次美林除了不住在四病区外，最大的变化是原来的胡盛寿主任成了胡盛寿院长了，我稍稍有点为他那天生做血管手术的手指而惋惜，他那十只细长的手指的精细程度绝对超过我们的好友、著名钢琴大师刘诗昆。

大家被安排到贵宾室等候，我独自去了八年前等待美林手术出来的地方，那里一切照旧，ICU 仍然在走廊的尽

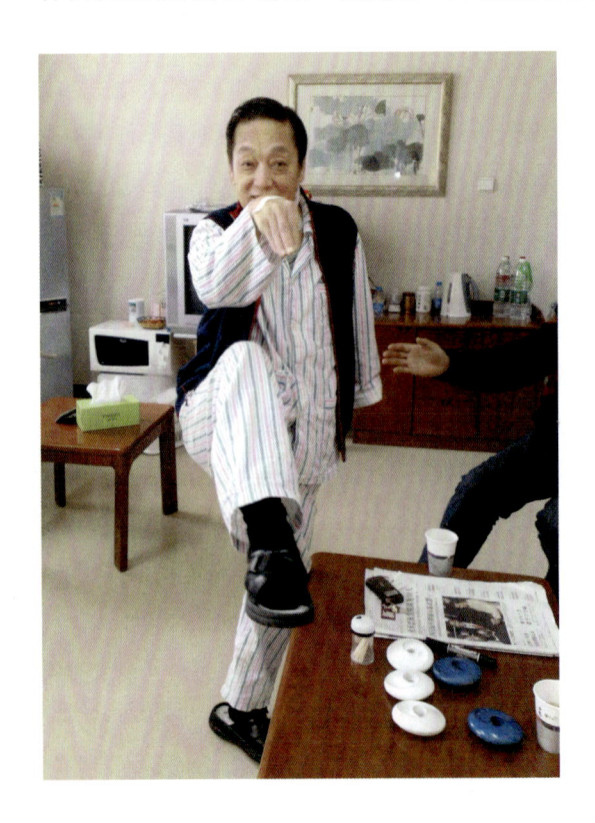

◀ 术后刚能下地，美林就开始打猴拳

▲ 冻龄

头,我看到八年前的护士长石莉了,八年了她一点都没变。

我似乎沉浸在蒙太奇中,一位个子高高的、容貌端庄的男大夫从手术室走了出来,他向我走了过来……时隔八年我们早已成了朋友,无须追问手术是否成功,看着胡院长脸上的表情,仿佛已经听到透着自信的男中音说:"手术非常成功!"

我感到有些恍惚,仿佛进入了一个时空交错的世界……

想欢呼,却恍若梦里。

自从这两次大手术后,美林似乎已经与大病绝缘,尽管每天睡眠时间很少,但精力尤其旺盛。著名中医世家、同仁堂名医馆馆长关庆维大夫说,韩美林的存在对我们中医是一种叩问,一个身体受过那么大磨难的八十岁老人,在没有任何保养的情况下,每天只睡三五个小时还保持着如此旺盛的精力,创作出那么多惊人的作品,真的不可思议。医学上没法解释。

后来有一次检查牙齿时大夫发现,年届七旬的美林,乳牙未脱。

用现在流行语言描述岁月在美林身上似乎停止的现象,或许该叫"冻龄"吧。

一 九命老猫 一

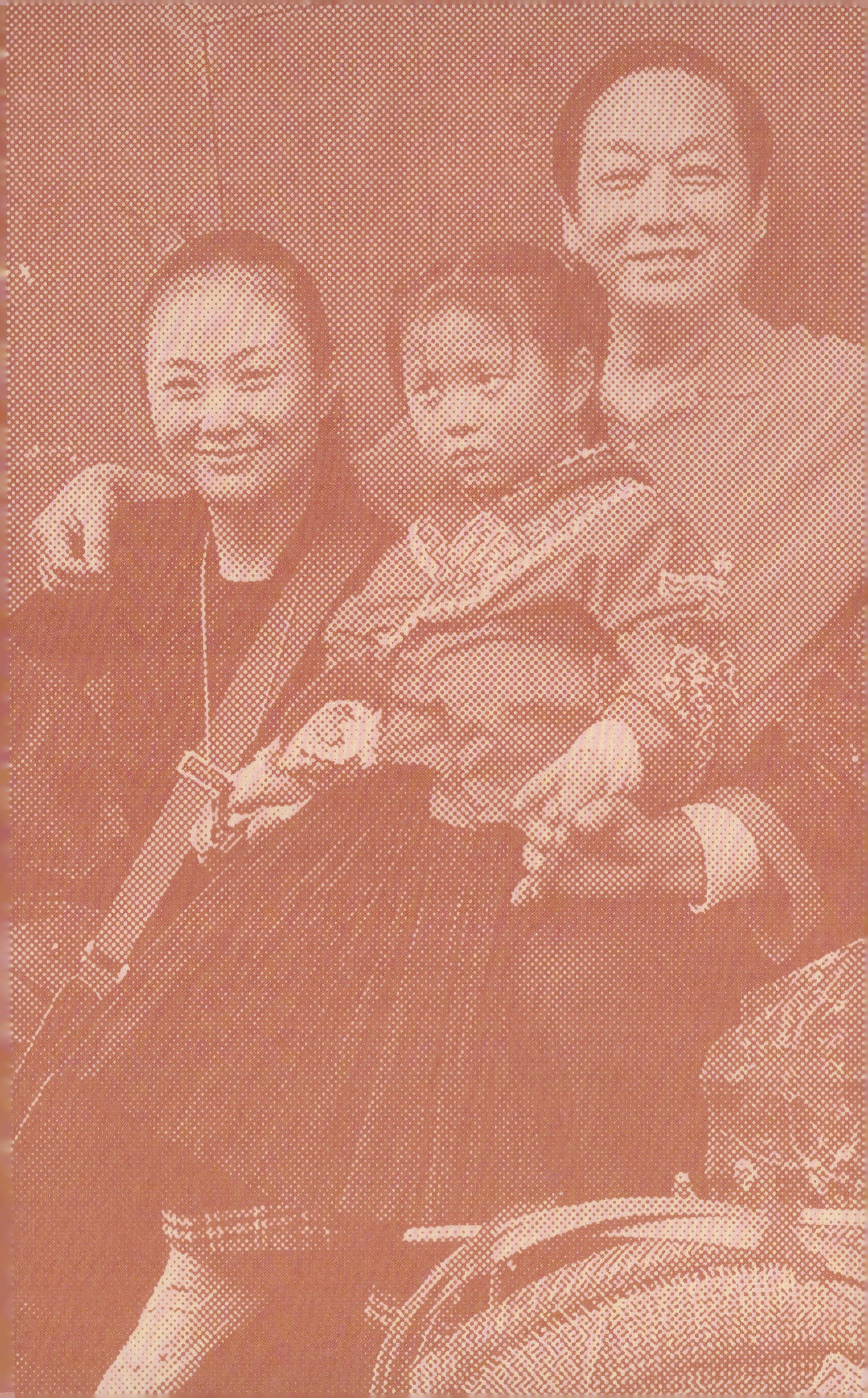

一路花香

很多看了美林作品的人都称美林为"中国的毕加索",但美林只说自己是"中国的韩美林"。我跟他探讨过这个问题,他说他与毕加索生活在两个国度,两国的文化又不尽相同,怎么可能相提并论?但他承认与毕加索有一个异曲同工之处,那就是:玩转了艺术形式。

▶ 2003 年韩美林"艺术大篷车"在贵州凯里

很多看了美林作品的人都称美林为"中国的毕加索",但美林只说自己是"中国的韩美林"。我跟他探讨过这个问题,他说他与毕加索生活在两个国度,两国的文化又不尽相同,怎么可能相提并论?但他承认与毕加索有一个异曲同工之处,那就是:玩转了艺术形式。

◀ 2003年，韩美林"艺术大篷车"在河南安阳考察甲骨文

  2016年8月我去北京山水美术馆看了毕加索的展览，除了欣赏毕加索作品外，我还看了毕加索专职摄影师罗伯特·卡帕（Robert Capa）镜头里的毕加索的摄影展。不知为何，我有种莫名的感动，感到毕加索与韩美林还真有点神似，比如创作中执着的状态，思考中深邃的眼神，休闲中形体的幽默，包括与动物在一起的柔情，与孩子在一起的挚爱——难怪外国人看了美林的作品也会说"中国的毕加索"。毕加索与韩美林究竟有多少渊源？后人自会评说。但无论如何，在当代中国，韩美林的名字几乎家喻户晓，"美林艺术"广为人知。他的艺术创作涉及绘画、书法、雕塑、陶瓷、设计乃至文学各个方面。在民间艺术方面，无论是剪纸、泥塑、陶器、钧瓷、草编、彩印花布、琉璃、紫砂，还是木雕，均有力作传世。他自称是"陕北老奶奶的接班人"，把具有浓厚民族色彩的各类艺术形式，通过独特的"美林风格"的艺术语言变幻出具有现代审美意境的作品。他所取得的艺术成就之高和其涉猎的艺术门类之广，查遍中外美术史，可以说是举世罕见。

  美林说，他的成功除了自己的天赋和后天的努力，追本溯源，归功于民族和人民，归功于行驶了四十多年之久的"艺术大篷车"。艺术大篷车这个说法是美林的创意，它的通俗定义就是"采风"。

  从1977年开始，美林的"艺术大篷车"开始行走于文化艺术的"三江源"。四十多年来，艺术大篷车驶过了祖国大江南北，从

▲ 2012年，韩美林"艺术大篷车"在非洲

▶ 1998年，韩美林"艺术大篷车"晋陕行

▼ 2011年，韩美林"艺术大篷车"在尼泊尔

▲ 2001年，韩美林"艺术大篷车"在河南禹州

▼ 2012年，韩美林"艺术大篷车"在马赛马拉

中原重镇山东、河南，西行到西北边陲的陕西、宁夏，攀登青藏高原进入青海、西藏，深入西南腹地贵州，又一路向南去了江苏、浙江，等等。1982年是艺术大篷车第一个丰收年，美林率领工作室四条汉子奔赴安徽泾县、河北邯郸、山东淄博以及江苏南通和宜兴，历时四个多月，行程三千余公里，创作了五十多件陶瓷作品、二百多件紫砂以及七十多件琉璃和大量造型可爱的韩式动物彩绘瓷盘。此后的三十余年，艺术大篷车行驶过了祖国大江南北九十万公里，载着韩美林和他的学生一路走来，深入挖掘、整理、研究各种民族民间艺术。多种古老的民间艺术形式，经过韩美林巧夺天工的现代设计理念，被画龙点睛般赋予了现代艺术灵性和韵味，使得古老的民族民间艺术焕发出新的生机和面貌，如凤凰涅槃，浴火重生。

四十多年来，美林情定禹州钧瓷、宜兴紫砂、龙泉青瓷、博山琉璃，陕北剪纸、安塞腰鼓、临沂土窑、贺兰岩画……

河南禹州，是我第一次随美林艺术大篷车出行的地方。这个城市虽然不大，却是钧瓷的发祥地。离禹州不远处有一个叫神垕的镇，这个地方几乎家家户户都在烧"黄金有价钧无价"的钧瓷，那里的土、那里的空气、那里的釉成就了钧瓷。众所周知，钧瓷之所以神奇，是因为它除了造型外完全是不可控的窑变的产物。所谓"入窑一色，出窑万彩"，指的就是钧瓷。传说封建社会为了烧制出好的钧瓷贡品，专门将童男童女扔进窑炉——"祭窑"，实属惨无人道，亦可见其弥足珍贵。2001年，我去神垕镇时发现很多钧瓷世家们家里供着的不是菩萨，也不是祖宗，而是美林的照片。后来得知，那是因为几十年来，美林艺术帮助这里的百姓脱贫致富了。

钧瓷元老苗锡锦老师说，禹州是钧瓷的发祥地。特别在20世纪七八十年代，是钧瓷发展的重要时期，国内陶瓷界有不少著名专家、学者纷纷来禹州创作钧瓷和传授技艺，对钧瓷的恢复、发展以及钧瓷文化的推广发挥了非常重要的作用。其中最为执着、创作时间最长、创作作品最多、影响及贡献最大者，当数韩美林。他对钧瓷热爱有加，称钧瓷为"众炉之首"，"满目丹霞"无人不爱。1986年到1987年，两年间，美林数次到禹州，亲手制作出一批造型优美、器型新颖的钧瓷和多种钧瓷陶艺作品，突破了钧瓷历史上"钧不过尺"和钧瓷只限于洗、钵、尊、碗等传统造型的成规。他的钧瓷陶艺作品摆脱了传统陶瓷的实用、功能特性和规格化的工艺性生产，以纯艺术性的崭新面貌，展现出自己的独特风范，为钧瓷造型艺术创新和钧瓷艺术走向市场开创先河，起到了划时代的里程碑作用。

钧美一厂是在1949年禹州市率先恢复钧瓷的厂家，技术力量较雄厚。韩美林来神垕镇创作钧瓷，首选钧美一厂，受到厂领导和全厂职工的欢迎。当时，钧美一厂卫生环境、生产生活条件都比较差，没有专门招待客人的住所。韩美林每次来钧美一厂时，只能睡在车间里；食堂没有餐厅，只能在厨房里就餐；厕所更糟糕，神垕镇因水源紧缺，厕所都是十分原始、卫生条件极差的"旱厕"，一进厕所，臭气冲天，尿液满地，非常难堪。韩美林是穷人家的孩子，当兵出身，一点都不计较生活环境和食宿条件，他全神贯注、夜以继日地进行创作，在不到两个月的时间内就创作出近千件佳作。

历经了唐、宋、金、元、明、清各代，钧瓷艺术几经兴衰。中华人民共和国成立后，经过民间艺人和专家的不断试验，钧瓷艺术才恢复元气。这其中，最为执着、在瓷区待的时间最长、创作作品最多、影响和贡献最大的，莫过于韩美林。美林对钧瓷情有独钟，他常说："钧瓷就像大美人，天下无人不爱、无法不爱。"从20世纪70年代至今，美林在禹州跋山涉水，多次感受到钧窑"窑变"的神奇与魅力，每当他走进窑炉等待开窑那一刻,又何尝不想自己艺术上也来一次"窑变"呢?

真是一方水土养一方人,和神垕一样,宜兴也有一个叫丁山的镇,那个地方的泥、水、空气成就了中国的紫砂。美林与宜兴丁山紫砂界已有四十二年的情缘。早在1979年,韩美林首次来到宜兴丁山,见到了敬仰的顾景舟,谈及紫砂创作,顾景舟对韩美林在紫砂壶形制上的创新、人文观念的融会,赞赏有加。于是,两人相知相交,一拍即合,决意合作。

当年,美林有幸与顾景舟合作过两把经典名壶——"此乐提梁壶"和"雨露天心提梁盘壶"。2010年5月下旬,"雨露天心提梁盘壶"在北京嘉德拍卖会上拍出了一千一百五十万元人民币的天价。这是一把怎样的"天价"壶啊?直线与弧线交错运用,转折处明快流畅。提梁及盖的设计新颖、大方。造型方面,壶流横平竖直,壶身外方内圆,以点、线、面为主,充分掌握运用了雕塑空间关系的美学概念。壶身刻有篆书"两三点露不成雨,七八个星犹在天"之铭文。韩美林设计的紫砂壶,打破了传统紫砂壶以"耳朵型"为主的单一

▶ 雨露天心提梁盘壶

形制，具有极高的美学价值，享有"美林壶"之誉。"美林壶"主要采用宜兴黄龙山泥矿的泥料，五色土都有，其中尤以最为珍贵的"墨绿泥"为主。

2011年，我陪美林去宜兴丁山，他跟我说，顾景舟先生性情清高、布衣淡饭、不慕财富、不求权贵，用"一片冰心在玉壶"来形容他最为合适。他不仅是紫砂大师，诗词写得也很好，在文学上很有造诣，他的紫砂艺术具有很高的文化价值。顾先生曾对他说，"始有人格，方有壶格"，顾老的每一把壶都是他人格、审美的一种宣示。在顾景舟晚年病重时，美林特意赶去探望，说起他们在"文化大革命"期间遭受的相同磨难，两人不禁抱头痛哭……

送别顾老后，美林与汪寅仙、施小马、陈国良等十七位紫砂大师开始了深度合作。美林说，紫砂集合了书法、绘画、诗词、设计、工艺等七八种方式，是综合性的艺术，也是人文艺术。宜兴市陶瓷行业协会会长史俊棠先生认为，紫砂壶既是造型艺术，也是手工技艺，而韩美林的设计，给紫砂艺术注入了一股清风；韩美林通过与现代社会、生活的结合，开创了紫砂设计的新造型、新思路，把紫砂艺术推向新境界。美林被史会长戏称为宜兴紫砂界的"太阳"。

据汪寅仙老师回忆：1988年下半年，韩老师再次被请到宜兴，这次他是有备而来。当时有好多技术员都拿到了韩老师的图纸，韩老师亲自给了汪寅仙九个壶样，她拿到图纸后非常高兴，停了手里的一切活儿，花一个多月的时间不分白天黑夜地赶制了九把壶。她白天在工厂做大部分壶的零件，下班后，用饭盒装上泥带回家里做。这批东西实在是太好玩了，如

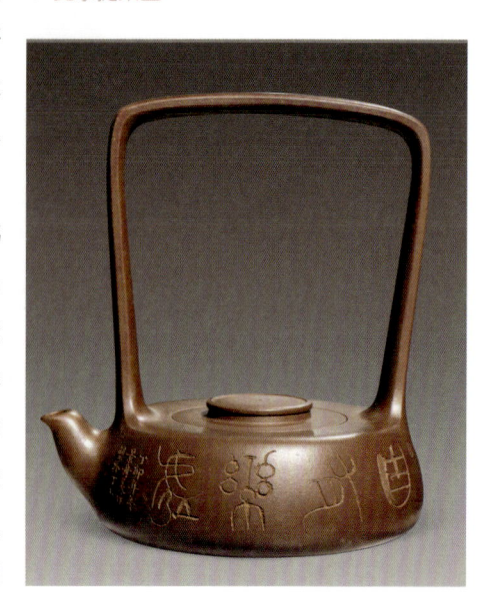

▼ 此乐提梁壶

▲ 20世纪80年代美林与紫砂大师顾景舟

▶ 2001年,与美林在河南禹州刻陶

▼ 美林创作天书紫砂壶

一路花香

◀ 创作紫砂壶

▼ 2015 年，美林与紫砂大师汪寅仙

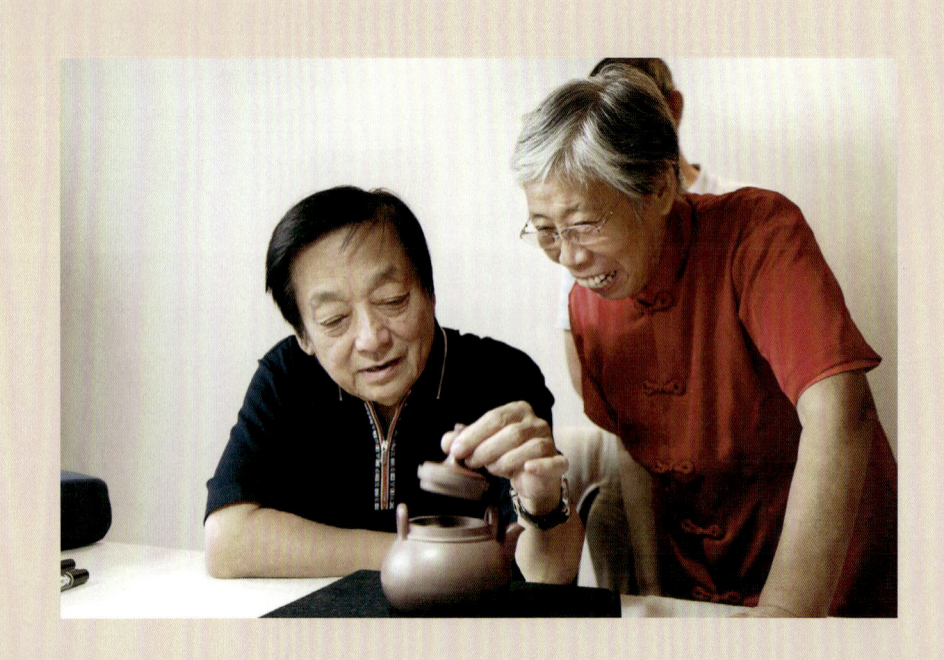

小放牛壶，椭圆的壶形，壶嘴是个牛头，壶把为牛尾，壶盖上骑着一个放牛娃，线条简洁生动，充满雅趣，该壶现收藏在香港茶具文物馆。还有荷花青蛙壶、小天鹅壶、江湖多白鸟壶、花蕾及光壶等。他们合作的双竹提梁壶，壶身简洁，短竹枝为壶嘴，两根细长的竹枝绑在一起环成壶的提梁；壶摘手是一段弯弯的细竹，形式新颖别致。壶做好后，韩老师在一面刻上了"气蒸阳羡三春雨"七个字，另一面是画了潇洒的竹子。汪老师说，韩老师把雨滴化成字，把句子化成雨散在竹林间惟妙惟肖，把宜兴古阳羡的美景也纳入壶中，真是才智过人，非同凡响。这些小壶烧好后，立即成了抢手货。当时，香港四家商客抢着要，最后只能分成四份，抽签分之。

如今，经过岁月的洗礼，宜兴丁山三剑客汪寅仙、陈国良、施小马成为美林的铁杆好友，美林的各种展览和活动，他们闻风而至；每次我们去宜兴都要把酒言欢。汪老师看到美林专心刻壶时，还主动承担起按摩师的职责。

琉璃制造在中国是一个"不养老也不养小"的行业。不养小，是因为没有若干年的功夫，很难掌握琉璃热成型的全部工序。刚入行的生手，要耐得住寂寞，扎扎实实地掌握琉璃制作的基本功，在学习阶段，废品率极高，爆裂时有发生，即便在作品造型完成之后。因此，能够独立上手操作的工人，基本上都不会特别年轻。不养老，是因为琉璃制造环境艰苦，又是重体力劳动，守着一千四百摄氏度高温的炉火，仅凭简单的工具在琉璃坯即将熔化的瞬间完成造型，为完成一件作品，需要几十次乃至上百次用铁管挑起几十斤重的琉璃坯，奔走于工作台和炉火之间。且不说成年累月的工作对眼睛所造成的伤害，单就这份力气，就不是一个上了年纪的人所能适应的。长期从事琉璃制造的老工人，身板虽然结实，但眼神已不大灵光了。

自1979年以来，韩美林的"艺术大篷车"曾经多次来过博山，与当地工人结下了深厚的友谊。在山东博

▲ 2014年，韩美林"艺术大篷车"在山东博山

山从事琉璃制作的老技师们都记得，20世纪80年代初，不知从哪儿来了一个四十多岁的中年人韩美林，在美术琉璃厂一待就是几个月。他爱说爱笑，随手就能在盘子上画个栩栩如生的小动物，特别可爱，人又随和，就在工厂的办公室里住，画的盘子和卡纸画，跟谁对脾气就送给谁。工人们窃窃私语："听说他可是全国知名的画家，陪他一起来的还是个什么美协的秘书长，应该是个大官吧？""听说他在'文化大革命'中可没少受罪，坐了好几年监狱，手筋都被挑断了……""还听说……"

后来，信息发达了，每当从报纸上、电视上见到韩美林，他们都会指给自己的孩子看："这个韩美林，原来还在我们这里待过呢……"

在博山琉璃厂徐月柱办公室里最显眼的地方，摆放着他当年到北京拜访韩美林时的合影，这段经历一直是他心中的骄傲。早在三十多年前，刚刚入行从事琉璃制作的徐月柱还是博山美术琉璃厂的学徒工，那时他就在韩美林的指导下工作过。如今已经是全国工艺美术大师的他，仍然时时回忆起那段时光。他这一辈子与琉璃已经分不开了，心中唯一的希望就是琉璃行业能够重振雄风，希望年轻的儿子接过他这门手艺，把祖宗留下的琉璃这个宝贝传承下去。

出生在博山的徐德宽是韩美林的入室弟子，从他身上大约可以体会到韩美林和博山的另一种缘分。他说韩老师经常告诫他的学生：心灵的升华，一定来自生活，来自现实。这里所讲的不仅仅是艺术，它同时带动了人生境界、生活视角、人生选择等方面的飞跃。他强调艺术家应该多为自己安排一些这种"上来下去"的机会，甚至应该把这当作与自己终身事业不可分割的天职。

2015年11月，在山东临沂牛纪义的花布印染坊里，美林与老友牛纪义再次重逢。一见面，美林就给牛纪义送上了一份"神秘大礼"，十几万元现金和一部苹果6（iPhone6）手机。美林关切地说："这钱你用来补身体、继续搞花布，这手机是最先进的，希望你也现代、也先进。"面对重金厚礼，牛纪义无言以对，躲在家人身后暗自抹起了眼泪。手捧着礼物，牛纪义把韩美林及"艺术大篷车"一行人带到了一间屋子。他指着满满一屋子色彩斑斓的彩印花布说："前年韩老师帮我联系医院，给我钱，治好了胃癌。之后，我印了四千多块包袱皮和壁画。我怕哪天我死了，就没人给韩老师印花布了……"当时年过六旬的牛纪义，是山东临沂地区唯一把民间包袱花布、蓝印花布和现代印刷相结合的人。

早在1981年，还在青岛工艺美术学院读染织专业学习时的牛纪义就听过韩美林授课。直到1999年，经朋友介绍，他认识了韩美林，开始了长达二十多年的合作。一个负责设计，一个负责制版，这些年，美林与牛纪义共同完成了许多独具民间特色，又不失时尚美感

▲ 2014年，韩美林"艺术大篷车"在山东临沂

的彩印花布。凭着多年的默契和经验，牛纪义早已能够"举一反三"。只可惜，2017年，牛纪义因上房给父母修漏，不慎从房顶上摔下来去世了。美林心痛不已。

去年美林随大篷车回来后跟我说，当他看到越来越多曾经辉煌的民间艺术，包括博山琉璃、临沂花布、陕北剪纸等面临着后继乏人、濒临失传的尴尬境地时，他心痛不已——尽管我们的大篷车实行的是"三零"政策：零招待，零设计，零接触，但也是杯水车薪，无济于事。关键是现在艺术家很少有这份责任感，社会逐渐变得浮躁，闭门造车的多，深入生活的少。

美林在他文章中几乎是呐喊："我走这条民族现代化的艺术之路，看我笑话的有之，尖酸刻薄批判我的有之，我不在乎。我心想，我跟着中国大地上的陕北老奶奶们是没错的。她们的背后是长城、黄河、长江、喜马拉雅山，那里屹立着千古不灭的龙门、云冈、贺兰山、阴山、沧源、石寨山、良渚、安阳、莫高窟……我是中国的艺术家，是中国陕北老奶奶的接班人。我还要不断地创作下去，深入下去，为了中华民族，因为中华民族文化的风采还远没在世界人民面前展现。"

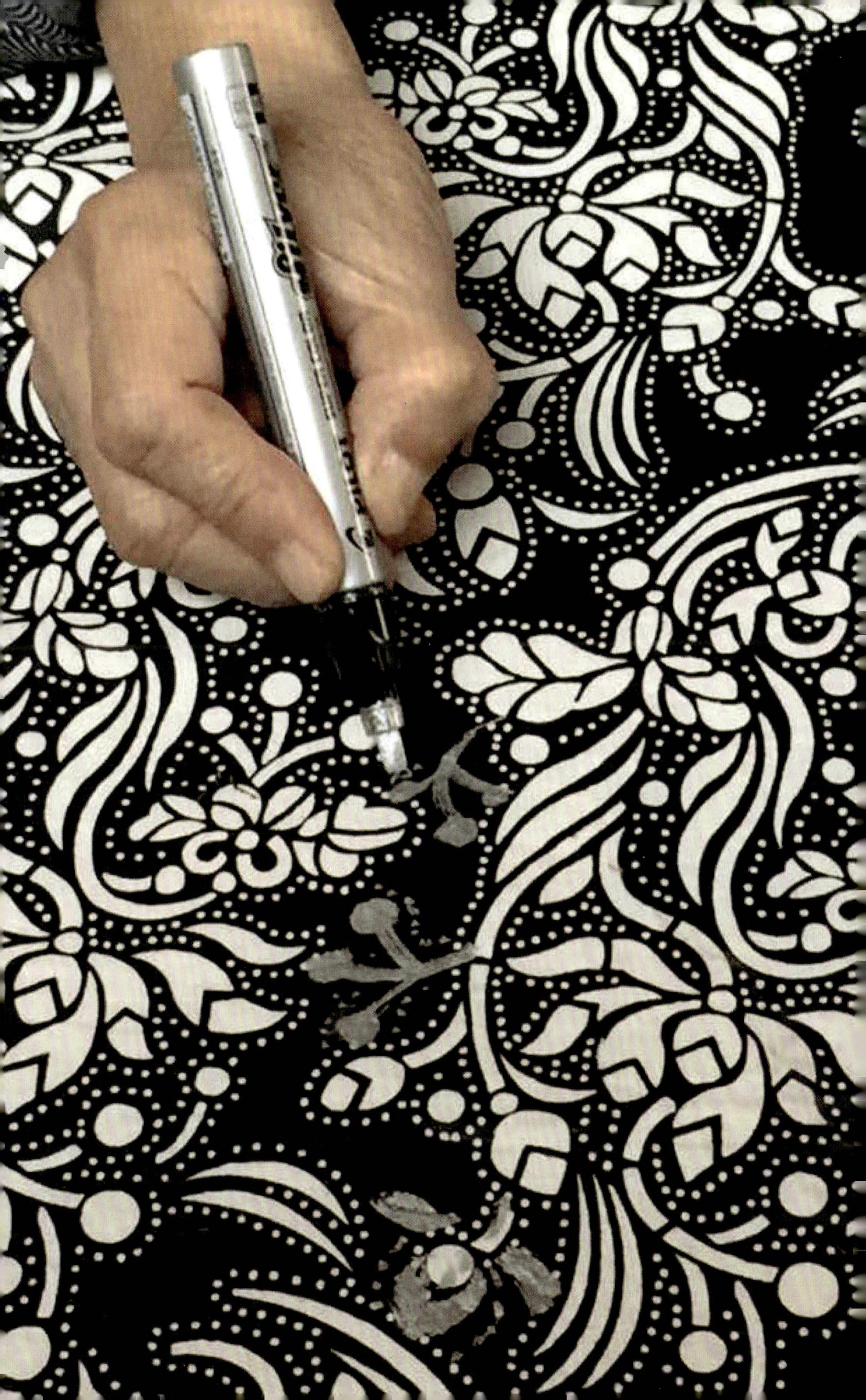

▲ 美林创作蓝印花布

▼ 美林在江苏南通蓝印花布馆

"韩美林全球巡展"2016年开启，著名艺术评论家、中国国家博物馆原副馆长陈履生为巡展写的文章里，意味深长地说：

> 因为近代中国的历史境遇，中国近现代艺术一直失衡在国际艺术体系的天平上有百年之久，尽管西方的汉学家或猎奇者用考古的眼光或猎奇的视野发现了东方艺术的价值，并通过各种手段收集各方面的中国艺术，使之在古董的层面上成为他们的珍稀，从而有了他们的博物馆中关于中国艺术的收藏和展示。可是，20世纪以来的中国艺术似乎在失去古董意义和博物馆价值之后，就难以有一个国际性的地位……
>
> 韩美林是新中国培养出来的第一代艺术家。他的代表性是和他的人生与艺术发展的经历联系在一起的，他的成就则是在代表性中所表现出的非凡的才情和智慧，以及超常的创作热情与多样的创作领域。韩美林的创作把东方的精神演绎到一个时代的高度，而他所关注的高度并不是周边视野中的峰峦，而是像珠穆朗玛峰那样有着与世界比高的气度和实力。

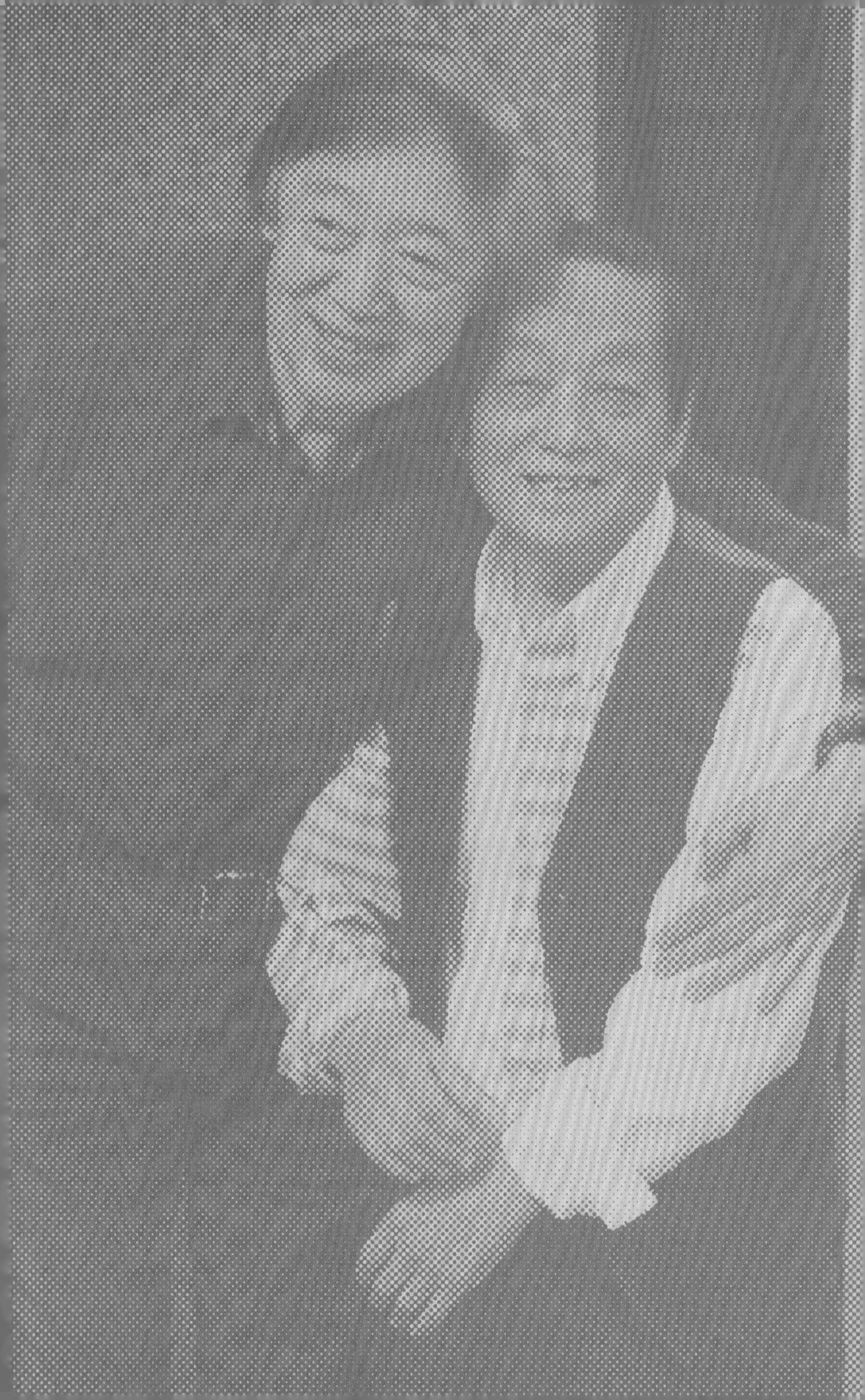

生命剑客

对民族来说，他是一个国宝；

对亲友来说，他是一座靠山；

对朋友来说，他是一种支柱；

对我来说，他就是我的全部。

▶ 美林与黄永玉

◀ 美林与冯骥才

朋友是美林一生中最大的财富，因为他的才情、慷慨和厚道，他在国内外拥有无数朋友。当美林两次手术、生命垂危的时候，我想得最多的就是如果出现意外，自己怎么向美林的朋友交代！作为他的妻子，我从没有觉得美林是我的"私有财产"，我从来认为他是世界的、民族的、朋友的，我只是上帝派来照顾他的。

对民族来说，他是一个国宝；对亲友来说，他是一座靠山；对朋友来说，他是一种支柱；对我来说，他就是我的全部。

▲ 美林与丁聪（左一）、郁风（左三）、黄苗子（左四）、沈峻（左五）

▼ 与"铁杆朋友们"

我们像对待熊猫般保护着他，生怕他磕磕绊绊，生怕他受委屈。

举一个最小的例子，2016年6月的一个早上，阿姨匆忙地来找我，说，韩老师被关在电梯里了！我赶紧跑出去，发现美林用脚一个劲地在踹电梯的门，我大叫：美林不能踹电梯啊，要掉下去的！可是美林听不见，因为他被关在两层的中间。我们火急火燎地终于等到电梯厂的维修人员将美林解救了出来。事后我才了解到因为维保厂家唯利是图，这部电梯平时维修时所换的配件均不是原配件！气得我马上召开中层干部会议，除了检讨自己管理失职以外，我怒气冲天地说："韩老师要是因为电梯事故而危及生命，那大家这些年的拼搏奋斗全部都会付诸东流！我们会成为人民的罪人、民族的罪人、朋友的罪人！"

男男女女、林林总总，美林有太多的朋友，现在请允许我来罗列一些美林生命中的剑客：

北上时我三十五岁，这个年龄段是女人一生中最美好的时候，包容、知性，由内而外的美丽，我也觉得自己嫁给美林时是我一生中最美丽的时刻，哪怕美林经常开玩笑地抱怨为何我十八岁不嫁给他。

在中国美术圈里我最喜欢两个男人，因为他们有才、有趣、有情，那就是韩美林和黄永玉。平时，我们见黄老不多，更多的是从他的作品和他写的书里去了解他，我很喜欢读黄老的散文。他和美林的共同点便是才气逼人、精力旺盛、记忆超群、幽默诙谐、性格刚烈……他们均属鼠，尽管黄老比美林大一轮，但其魅力不减，越来越man（男人）。与美林不同的是，黄老有一股子傲劲，美林则比较随和。以前黄老是我家邻居，偶尔我们还能去他的万荷堂吃顿烤全羊，玩玩大狗，他也偶尔自己开着红跑车与黄苗子、丁聪夫妇来吃韩家菜，我们还经常做些韩家菜、韩家包子给黄老送去。现在，黄老搬到顺义去了，我们很少见面，只能时时想念。

陈履生老师以前每年拜年总是一举两得，先去黄老家，后到我们家，然后告诉我们一些关于黄老的趣事。黄老八十九岁生日那年，当时我们不在北京，美林请履生代为送上一对自己设计的龙凤金碗，我则送上了一顶三宅一生的时尚帽子。

美林说，无论年龄，还是事业，黄老都是他的老师，但因为他比黄老小一轮，所以他可以用十二年的时间去追赶他。

黄永玉说他也很了解韩美林，曾经说起一句至理名言，他说：韩美林说的坏人一定很坏，因为他不轻易给人下结论，韩美林说的好人，你们千万别信，那才不一定呢！

我们的大家长冯骥才，是美林生命中一位不是亲人胜似亲人的人物，不可或缺，虽然一个姓冯、一个姓韩。

他俩也不知上辈子是什么关系，几十年来，一个一米九〇的大个子男人与一个一米六五的小个子男人之间总是有说不尽道不完的话语，他俩为何如此惺惺相惜？我想除了经历以外，更多的是相互有安全感。相对而言，冯老师给美林的安全感似乎更多一些，虽然他比美林年纪小几岁，但他跟美林在一起时更像一个大哥哥，冯老师看美林的眼神中流露出的那种爱怜，令人感动。

在2011年美林国博大展上，冯老师在开幕式上的发言流露出对美林的艺术深刻的认知和无限的爱：

什么是天才？天才的秘密是什么？我一直想找到答案，现在有了——天才的秘密还是天才；天才是与生俱来、特立独行和不可复制的；天才是世界有了他就会多一块，少了他就会少一块；所以我对韩美林说：你是天上掉下的林妹妹。

再说说韩美林这个人。

他是个以真实与真率生活的人，用情义生活的人——当然这也是最幸福的生活方式。我最欣赏他还是对世俗的无知。

他不识数，所以他无法做生意；

他毫无功利之心，又太感情用事，所以他的画多半都送人了；

他疾恶如仇，又不管场合，不知轻重，因此常放炮，得罪人；

但是对于这样一位创造了如此巨大成就的艺术家，我们还苛求什么？还是说歌德那句著名的话吧：只有太阳可以带着斑点运作。

我们这些韩美林的朋友，彼此之间，有一个共同点，都把欣赏别人的优点作为一种幸福。我与韩美林身高比例过于悬殊，我比他高二十五公分，所以与他站在一起时我必须俯视他，但我的心却经常在仰视他。

知美林者，骥才也。

冯老师完成美林的口述史前，每年全国两会期间他俩经常要求住在一起（隔壁或者对门），那些年冯老师也积累了不少素材。当时冯老师说，作为美林八十岁生日礼物，这本书非完成不可。于是他给美林下了个"你给我打工半个月，我给你打工半年"的死命令，美林则恭恭敬敬地回写了个保证书："我是个自由兵，什么都由着自己来，不过能坐得住也站得起。大个子放心，一不走神，二不接客，三不跑题，四不瞎编，上厕所都请假，有病不请假，是个好战士。"这似乎是他们之间的专属语言。

当然，因为有了冯大家长，当美林不听话时我也会少不了"告状"。有时候出现美林不肯看病、不肯吃药诸如此类的事，我就

▶ 美林给冯骥才写的保证书

▲ 美林与张贤亮

拿出大家长的"圣旨"来对付他，非常管用。

还有一位属鼠的人，想起他，心里很痛，他已经离开我们两年，他是美林与冯骥才共同的好友——张贤亮。

我认识贤亮是在20世纪90年代末，在谢晋从影五十周年活动上，贤亮作为电影《牧马人》和《老人与狗》的编剧，我作为《女儿谷》的编剧，还有《高山下的花环》的编剧李存葆等，都是在那个时候认识的。我当时感觉这个高个子男人气质出众，谈吐不凡，虽然来自西部，但活脱脱一个江南才子！与美林在一起之后，我才知道他们是几十年的好友，于是开始读解他与美林"文化大革命"期间二十多年相似的经历和别样的人生……贤亮是我们为数不多的几个相知、深交、要好的朋友之一。他虽然轻狂小资，但为人厚道。

2015年12月22日，参加完银川韩美林艺术馆开幕后，嘉宾们一同去镇北堡影视基地为贤亮扫墓，那天正好是冬至，寒风凛冽。美林、冯骥才、魏明伦、吴雁泽、王铁成等人在贤亮墓前久久不愿离去。

记得2010年夏天，我和美林，还有潘虹，一起去银川看贤亮。下了飞机，只见贤亮亲自开着宝马车来接我们，司机尽管一同前来，但只负责给他停车，一路上贤亮开着车，告诉我们说他刚领养了一个小女儿，小名毛毛，大名孝贤，希望长大了孝顺贤亮。

那一次，我们住在他位于西部影视城的四合院里，我和美林住在东厢房，潘虹住在西厢房，过了三天世外桃源般的生活。我终于明白贤亮为何不愿意来北京过都市生活了，他在自己的"独立王国"里是多么自在！他吃的菜是由专人种的，完全无污染，我每天都去他家菜园子摘取最新鲜的菜。每每饭后，我们大家会围坐在院子里，身边是跟随贤亮多年的爱犬，黄昏来临，高高的围墙上来回晃动着时刻守护着主人的一群藏獒……那是怎样的一种自在的生活！尽管如此，我总觉得他在那个"出卖荒凉"的地方待一辈子有点可惜了。

2014年9月30日，我代表美林去银川参加贤亮的追悼会时，他的家人才告诉我，去世前几天贤亮还在北京协和医院治疗，但他执意不让家属告诉我们。贤亮这辈子太固执又太要面子，半年前，贤亮来北京治病，我和美林托朋友联系了德国、日本的几家医院，与潘虹一起抱着说服他的信念，去北京一家中医院看望他。当我们刚刚开口劝贤亮先做活检（活体组织检查），以便确定病灶性质后去国外治疗，即被他一口否决，而且没有任何商量余地。

当时，美林有在银川建立第三座韩美林艺术馆的想法，首先是回馈贺兰山，回馈祖先，其次是老了与贤亮做个伴，没想到他就这么"不负责任"地走了。

谢晋导演是美林几十年的好友，因为我与谢晋导演合作过电影《女儿谷》，后来他成了我和美林的媒人。

自从嫁给美林后，我因刚调到中国电影家协会需要熟悉工作，加之刚入韩门，工作室有很多事需要梳理，家里家外每天忙得连睡觉的时间都没有，有时候谢晋导演来北京，我们也只是请他吃顿饭而已，现在想来很惭愧，那时他已经八十岁高龄。记得有一次我去机场接他，他微笑着拿着行李出来，半路上我接到机场电话才知道谢导将行李拿错了，赶紧停车查看，谢导还是确信那是他的行李，直到我与那位拿错行李的人联系上并去了她的酒店换行李时，才发现两个行李箱的样式完全不同！当即我便打电话给谢导公司的老总张惠芳，建议以后导演出门他们公司务必要有人陪同，当时还被一旁的谢导骂了一顿。后来，我和美林才知道那时候他的心情不好，因为筹备多年的电影《拉贝日记》被有关部门认为市场前景不好而搁浅，这件事对于一个八十岁的导演来说是致命的，因为那时候张艺谋、陈凯歌的导演事业风生水起，而谢导明显觉得自己老了没人重视了。

之后得知谢晋导演去台湾演出他导演的话剧《金大班的最后一夜》时从台上掉下来，眉骨磕破鲜血直流，缝了十几针。

其实，这些都是先兆，也是老天的提醒，而这些都没有引起大家的足够重视，但拗不过谢导，他仍然做他的孤行客。

2008年8月23日长子谢衍去世，对谢晋导演是一个致命的打击。记得谢导用苍凉的声音给我打电话说：建萍，谢衍没了……那一刻我才真正体会到白发人送黑发人的悲凉！后来，听张惠芳说谢导经济困难，美林赶紧让我寄钱给张惠芳，谢导又来电话说，买了个三穴墓地，三个儿子未来葬在一起。

那段时间美林因为奥运不辞辛劳，经常感觉头晕，我们以为是工作压力大的原因，结果被查出颈动脉狭窄90%以上。于是，我带着美林四处奔走求医，直到美国加州大学洛杉矶分校医院的神经外科主任马丁先生用全世界最先进的仪器为美林做了颈动脉

▲ 美林与谢晋

▶ "四剑客"在北京奥运会倒计时100天现场

检查后说：两个月内你必须手术！这时我们才高度重视。可就是在那段时间，谢晋导演因为失去谢衍而痛不欲生，原本想等美林手术完了去上海看他，接他们全家来北京住一段时间，可就在10月18日，谢衍去世也不到两个月，谢晋导演也走了。为此，术后的美林将对谢导的全部感情投入创作谢导的雕像之中，如今该雕像坐落在谢导上海福寿园墓地，伴随着谢导长眠。

谢晋导演去世后，他的小儿子阿四似乎突然长大变聪明了。2011年12月底，我们请谢导夫人徐大雯和阿四来北京参加美林国博大展，阿四最喜欢美林，喜欢待在他身边，还提出一个聪明的要求：要一把紫砂壶。回到上海，谢导夫人徐大雯经常给我来电话说，家里只要来客人，阿四总是指着美林给他画的猴子对大家说：韩美林——韩美林！

2014年春节，我们去上海与美林的大哥大嫂一起过年，顺便去看了徐大雯老师和阿四。那天，阿四挠着头腼腆地看着我们，我递上美林特意为他们母子画的贺年画——羊，上面有美林专门为他们母子写的题跋：百病皆除，大雯长寿，阿四痊愈，会唱《小苹果》。

2016年年初，接到谢晋导演司机小蒋的电话，他说徐大雯老师吃不下东西住院了，我们很是着急。之后，又听小蒋说徐老师好起来能吃饭了。2月15日，小蒋突然来电话说徐老师让我们去上海。我和美林心急如焚，当天就坐晚班飞机奔赴上海，因到上海已是半夜，准备翌日一早去医院。可是到了子夜一点半，小蒋突然来电话说徐老师让我们赶紧去医院，我们一分钟也不敢怠慢当即打车来到了医院。徐老师神志清醒，目光有神，美林握着徐老师的手说：大雯老师，我们来了，阿四你放心，交给我们。插着氧气的徐老师不住地点头，之后开始难受，她两次拔掉管子，我们赶紧叫来了医生，徐老师挥挥手，让我们回去休息。

没想到一个多小时后，凌晨三点二十八分，徐老师辞世……

作为谢晋导演的朋友，能为师母送别，是我们的荣幸。大雯老师在天国与谢导相见的时候请告诉谢导，一切的一切，请放心。

姜昆是我们家几十年好友，他和美林彼此了解且心心相印，韩美林工作室办公室主任的角色非他莫属，家里有个活动什么的都是他帮着张罗。姜昆每次来我们家，美林总要"搜刮"点东西送给他。美林经常对朋友说，好朋友多留点我的东西吧，反正我

◀ 美林与姜昆

以后也都捐给国家了。而姜昆每次拿到东西后一定会如获至宝地先将东西抱到车上，然后再回来聊天，主要是怕美林之后反悔。有一回，谢晋从老家扛了一只火腿来，碰上美林是"狗窝里放不住烧饼"的人，没一会儿，美林就打电话让姜昆把火腿扛走了。这下邻居就传开了，韩美林家分火腿了。

二十年前，美林送给姜昆一幅画，他当宝贝一样藏着。十五年后，美林对姜昆说，你把画拿来。美林这里加一笔，那里加一笔，一匹瘦马变成了一匹肥马。三十年来，美林给姜昆的任何东西，他都当宝贝一样藏着。有一次，美林又给姜昆电话：姜昆，我展览缺个猴子，你那里有吗？姜昆回答：有啊，你忘了，六十多斤重呢，那天搬得我都闪了腰啊。美林说：你赶紧拿回来，我展览缺个猴子。于是，六十多斤，又搬了回来。

美林对朋友，只愿意别人欠他情，不愿他自己欠别人的情。有时，姜昆看美林实在太累，写字写得手都抬不起来了，就帮他肩上按几下。字写完后，美林也非得给我按几下不可，否则他觉得不公平。

姜昆说他一直在琢磨美林，没有琢磨透。"80后"的美林，还像个孩子，他永远用孩子的眼光看这个世界，老气横秋、安度晚年等都和他无关。他的脸就是一个晴雨表，喜欢的，就往上；不喜欢的，就"腾"地往下了。

我们家有两位家长，"大家长"自然不用说，是冯骥才，"小家长"是白岩松，两人都是韩美林艺术基金会理事。大小家长都非常称职，美林遇到各种问题，尤其是思想、情绪问题，一叫一个准，一来准解决。

2016年春节，美林被"猴赛雷"弄得挺烦心的。年前央视委托美林设计猴年吉祥物，为了给全国人民送去猴年祝福，美林也是煞费苦心，设计了一批人见人爱的猴子。没想到央视将原作拿去之后无影无踪，在完全不尊重原创的情况下，3D的猴子做出来后惨不忍睹，还擅自发布了，结果全国人民骂声一片，几乎一夜之间，有一亿人在声讨韩美林。那几天我正陪着美林和爸妈在医院体检，美林待不住了，执意要回家。

我赶紧给"小家长"白岩松打电话说：美林气得睡不着觉，不肯体检。我让他来赶紧"救火"！

第二天，岩松笑着就来了，他只说了一句话就把美林哄乐了，他说：美林，没有猴赛雷，只有30后、40后、50后、60后、70后、80后的人认识您；有了猴赛雷，90后、00后的人也认识您了。这是好事啊！

2014年8月，韩美林艺术基金会组织"福娃游学，筑梦北京"

▶ 韩门"小家长"白岩松与美林的"著作等身"合影

▶ 美林与全国政协老友们

▼ 美林与姚明冰桶挑战

活动，安排了韩美林捐助的九所希望小学的孩子们来北京参加夏令营，孩子们的活动被设计得丰富多彩，其中一项活动是带孩子去五棵松列席了 NBA 姚明学校的毕业典礼。

篮球场上，在姚明叔叔的亲自传授下，孩子们有幸接受了一次运球、传球、接球的专业篮球技能训练。赶巧了，那天正好计划拍摄姚明冰桶体验，按惯例似乎冰桶体验的主角需要挑战一个对象，主持人问姚明，你想挑战谁呢？姚明下意识地看了下身边的韩老师，顺口就说，我想挑战韩美林老师。

话一出口，姚明马上后悔了，他知道韩老师已年近八十，且做过两次大手术，但既然被"钦点"了，美林哪是省油的灯！他马上脱衣服、脱鞋上阵了，他说，我可不能输在那么多孩子面前。于是工作人员拎着几桶冰水上场了，美林因为个子矮小多享受了些冰水，姚明个子高，上半部分享受的少些。英雄韩美林被淋了个落汤鸡后还雄赳赳气昂昂地带孩子们去吃了狗不理包子，回到家，被水泡过又焐干的衣服鞋子已经惨不忍睹。

事后，据说白岩松见到姚明时严厉地批评了他，姚明愧疚不已，现在想来估计还有点后怕。难怪冰桶以后，姚明都好久没来过我们家。

朋友是美林最大的财富，我和美林都是视朋友如生命的人。

除了以上说的"剑客们"，还有"女铁杆"，如卢燕、陈祖芬、潘虹、敬一丹、张抗抗、周涛、孙小梅、殷秀梅、关牧村等，只要有一段时间不见，美林就开始惦记着给她们打电话。见了面，无论对方身份、芳龄，美林都要将她们抱起来举在空中转几圈，这是他表达爱的一种方式，哪怕心脏刚做完搭桥手术不久。

▶ 北京奥运火炬手齐聚韩美林艺术馆

恰逢其时

Just in Time

▲ 美林与余秋雨、马兰

▶ 美林与联合国教科文组织前战略规划助理总干事汉斯·道维勒

◀ 美林与纽约新世贸大楼设计师丹尼尔·里伯斯金

▲ 美林与德国著名舞蹈家、德国汉堡芭蕾舞团艺术总监约翰·诺伊梅尔

▶ 美林与卢燕

▼ 美林与意大利著名设计大师门迪尼，双方坐在对方设计的椅子上合影

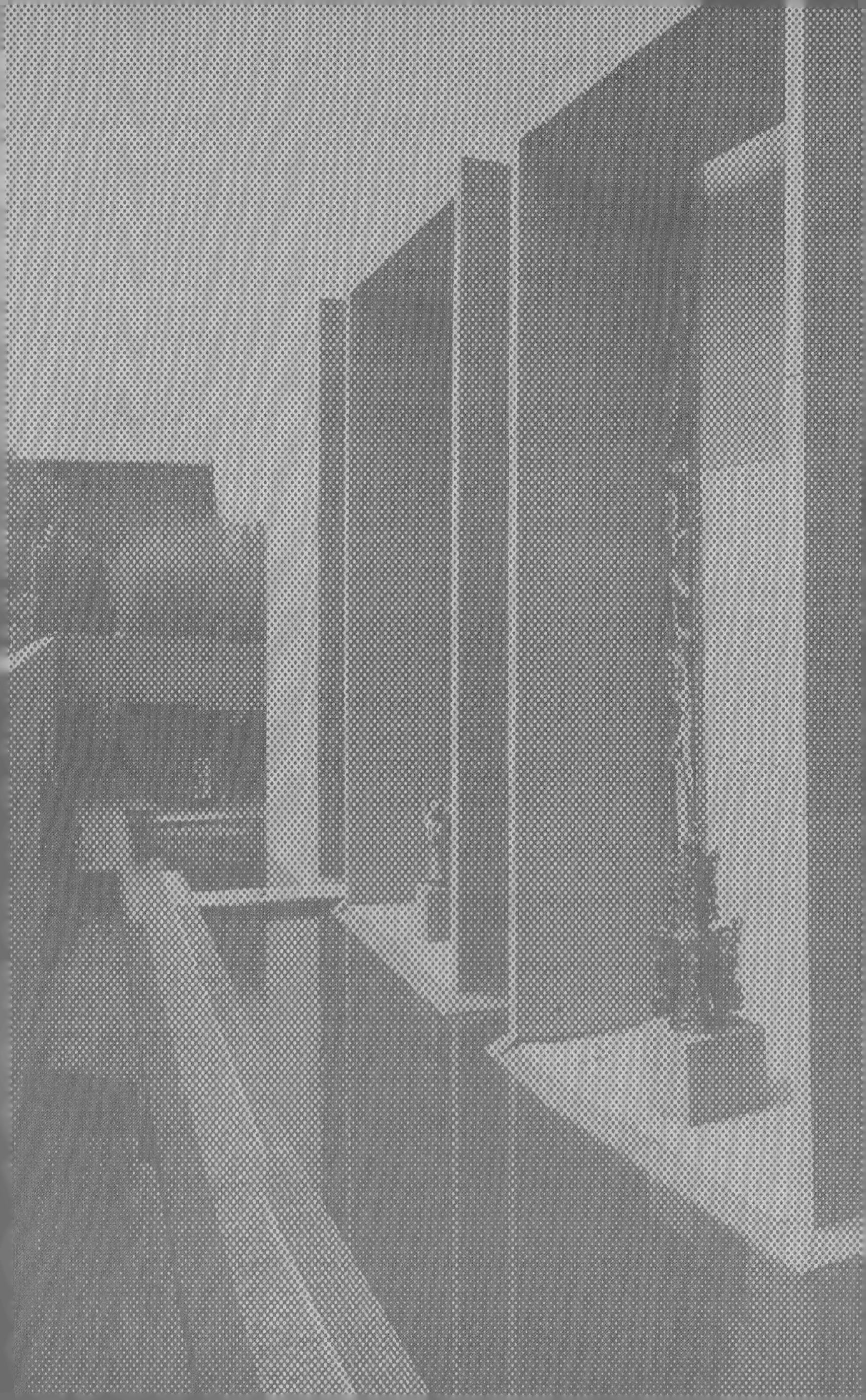

砥砺修行

从 2005 年到 2015 年，

十年间，我和美林的三个"孩子"

——位于杭州、北京、银川的

韩美林艺术馆相继诞生。

记得 2005 年初秋，我怀孕过一次。那年我正在紧张地筹备在三亚举办的中国金鸡百花电影节，因为举办地在天涯海角，来去不是很方便。当我告诉领导我怀孕时，领导比较为难，因为按照计划生育的政策，以我们夫妻俩当时的条件，是不可以要孩子的。当我知道如果我执意要将孩子生下来，除了我的公职不保外，我的同事们也很有可能因此降一级工资。我翻来覆去为此纠结了很久，想到正准备高考的儿子，想到尤其在乎我公务员身份的父母，想到杭州韩美林艺术馆即将开馆，想到很多很多……我与美林商量，去协和医院做了流产手术。回到家之后，我心痛了很久，以至于当地政府很多领导至今见了我，还惭愧地对我说："三亚欠你们一个孩子。"

◀ 北京韩美林艺术馆

▼ 与三座韩美林艺术馆的"钢铁战士们"

从此，我俩与孩子无缘。但从2005年到2015年，十年间，我和美林的三个"孩子"——位于杭州、北京、银川的韩美林艺术馆相继诞生。

这三个"孩子"的诞生，均经历了"备孕、怀胎、难产"的过程。萌生孕育第一个"孩子"——杭州韩美林艺术馆的念头是在2003年。我刚离开杭州不久，三十五年的杭州生活，让我对这座城市情有独钟、恋恋不舍。因此，我和美林经常以回去看望父母好友为由，去呼吸一下家乡的空气。

2001年美林心脏急诊搭桥这件事情对我们触动很大，假如手术出现意外，美林在通州工作室的几千件作品该如何处置？捐给国家？还是分享给亲友？这个问题在美林康复后我问过他无数次，他坚定地告诉我，他不走市场是因为他的每一件作品都不重样，卖一件就少了一种风格，他想将作品留给后人做研究。

如何完整地将作品留给后人？根据美林的创作态势，除了建馆别无他法。当时韩美林工作室坐落在通州区梨园镇云景西里一栋经常漏水漏电、且是借来的小楼里，周围如乡村般荒芜。直到2003年一次回杭州，我们与时任杭州市委书记的王国平不谋而合，决定在杭州建立首座韩美林艺术馆。虽然杭州市领导重视文化和人才，但毕竟浙江人才济济，杭州市政府放着中国美院众多资深的画家不管，却给一个山东人在西湖边建馆，当时的确引来了一些议论，但很快就消失了，因为韩美林向杭州市政府捐赠一千件心血力作，这种气度在当时同行中是难能可贵的。没想到更多的议论却来自美林的家乡山东，仿佛一时间山东人都在骂我，他们说韩美林娶了个新媳妇，将作品都"骗"到她家乡去

▶ 2005年10月19日杭州韩美林艺术馆开馆

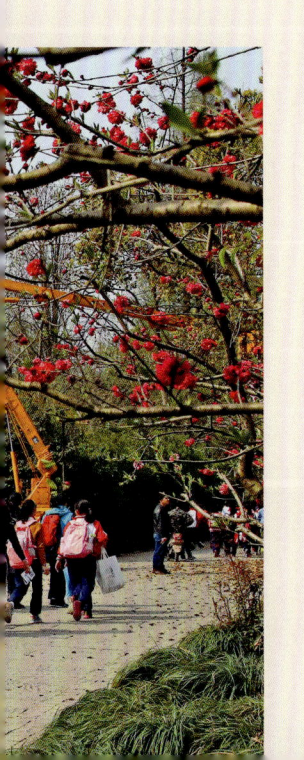

▼ 杭州韩美林艺术馆

了……我背负着骂名投入杭州馆"水深火热"的建设中，两年的艺术馆创业，令我尝到了建设者的艰辛。

杭州馆坐落在杭州植物园内，由于是旧楼改造工程，故无论在设计、施工，还是在展陈等方面，均遇到挑战，我们大部分时间往返于植物园的工地和位于钱塘江对岸杭州滨江区的家之间。按照我们当时的经济条件，那个家是用按揭的方式，在我浙江文联的老同事许广跃公司买的，念着十多年共事的旧情，许董事长还给我们打了九二折，当时没有概念，后来我才知道，对于房地产业来说，这是一个天大的折扣。当时的生活状态就是这样。但是——穷并快乐着——每每在工地与大家吃完盒饭、开着我的二手小红车载着我的"媳妇儿"（老公）一路欢声笑语跨过钱塘江回到温馨的小家，颇有点过"小日子"的感觉。

杭州的确是一座文化名城，各种性质的博物馆、美术馆、纪念馆比比皆是，单是主管我们的杭州风景名胜区管理处就拥有三十多座各种类型的馆。对于杭州市政府来说，建一座馆并非难于上青天，但有一件事令我铭心刻骨，这也是离开家乡后与家乡发生的第一次也是唯一碰撞。

那是2005年初春，距离开馆还有半年，杭州市政府派人来北京挑选一千件捐赠作品。美林爱我，当然也爱我的家乡，故热烈欢迎杭州市政府派人来挑选作品。按理说，捐赠作品、捐什么作品，应该是艺术家的个人行为。没想到派来的代表根据领导旨意说："50公分以上的作品要，50公分以下的作品不要！"

砥砺修行

105

这下把美林惹恼了，发了大火！他说我不捐了，馆我也不要了。作为杭州人，我可是犯难了。的确，现在有些干部不懂艺术，殊不知，美林一把小小的紫砂壶拍出了一千一百五十万港币的天价，艺术作品的价值怎么可以按体量来判断呢？这件事触碰了美林的底线，伤害了他。我无法忘记事情发生后，杭州市委书记派市政府秘书长顾树森前来北京向美林赔罪，美林不接受。艺术家倔起来真是几头牛都拉不回来。那天，顾秘书长一夜未睡，一早顶着刺骨的寒风独自在杭州驻京办事处附近的长安街上踱步，不到七点就给我打电话，希望我再做做美林的工作。我处于家乡与家人的两难境地，也挺痛苦，但换位思考一下，艺术家不一定对小体量的作品付出的心血不多，而有可能是更多！对家乡有着深厚感情的我开始循序渐进地做美林的工作，我说：不能因为某个干部的一言之词而影响大局，目前看来全国只有杭州有为个人建艺术馆的魄力，而且艺术家还不是杭州人。美林也是一个识大体的人，脾气过后双方冰释前嫌，重新携手。通过此事，美林与杭州关系更为密切，真是不打不成交。

2005年10月19日，杭州韩美林艺术馆正式开馆，全国各地去了很多领导和名人，时任全国政协副主席的王忠禹、时任浙江省委书记的习近平为艺术馆揭幕，韩国驻中国大使金夏中先生也专程到场祝贺。九十多岁的大家黄苗子、郁风，丁聪、沈峻均亲临现场。

冯骥才在致辞中说："我作为美林的朋友，也代表今天从北京来的朋友，站在这里，心里感到非常骄傲。有这么多的朋友跑过来，肯定给我们民航的航班造成了压力；能够给民航的航班造成压力的当代艺术家，大概只有美林了。韩美林凭什么有那么大的魅力，我想一方面是艺术魅力，一方面是我们大家都感受到的美林的人格魅力。我们都是美林的追星族。美林到哪里办画展，我们都会去。为了什么？因为美林的每一件作品都是新的，他从来不重复自己。这些作品都是从他生命中迸发出来的。他像一个原子反应堆，不停地裂变，不断地再生，灵感喷涌。美林的想象力是不可思议的，他的创造力是令人惊叹的，所以，美林经常说他到现在好像还没有开始。每一个艺术家都是一个谜。我们能够解释美林这个谜的只有一点，就是美林对于生活的激情，对于大地的激情，对于人民的激情，对于朋友的激情，对于美的激情。激情是艺术的动力，爱情也是一种动力，这个动力只有周建萍知道。我们羡慕杭州人，杭州人有福气，因为美林是杭州人的女婿。但是我不知道杭州人用什么办法把人间的姻缘转化成为美的姻缘。把一种艺术的美融入大自然和历史人文异常优美的环境中来，建起这样一座艺术馆。走进这座艺术馆，规模之宏大，艺术之灿烂，让我感到惊讶，感到震撼。这里像敦煌，是一个人的敦煌。它的美为杭州的人文增加了含金量，也给苏杭的文化增加了新的人文内涵。"

从此，在美林的生命中，杭州对于他来说，具有特别的意义。如果说，山东是他的"父亲"，那么杭州便是他的"母亲"，毕竟美林身上流淌着绍兴母亲的血脉。"杭州女婿"这个称呼，随着杭州馆的开馆应运而生。

杭州是美林的福地，因为有了杭州馆才有北京馆。

开馆当天，时任通州区委书记梁伟参加了杭州馆的开馆仪式，平日儒雅内敛的梁伟书记，一改往日的作风，他上台发言时突然宣布，明年，我们通州区也要建一座韩美林艺术馆！

这一宣布，让美林和我都有些措手不及。

杭州建馆的过程对于我俩来说尚惊魂未定，下一个建馆项目就伴随而来，的确有点招架不住。就这样，我们的"红舞鞋"未脱，便开始了北京韩美林艺术馆的建设。

第二个"孩子"的诞生比第一个还要困难。首先，它是一座拔地而起的全新建筑，建筑设计由中国建筑设计研究院的崔愷院长担纲，他的设计理念是一个"美"字，总体布局像一枚印章。艺术馆作为通州区梨园公园的一部分，其位置与形态对公园的空间格局将产生重要影响。如果我们把整个公园看作一幅自然山水画，那么艺术馆正好是作画完毕盖的一个印章。印章与画的关系对应着艺术馆与公园的关系，彼此缺一不可，相得益彰。而书法与篆刻恰好是韩美林艺术创作的一部分，因此选用"美"字作为艺术馆的平面图案原型，将书法的笔画与建筑的功能空间相对应。同时，"美"字既为美林名字中的一字，又可理解为美学、艺术之美，具有写实与抽象的双重特性。

由于当时建筑施工招标低估了该项目的难度系数，因此于出现了"难产"局面，并且还出现了两个很棘手的问题：一是漏水，二是清水混凝土墙体达不到设计要求。这两个问题都是艺术馆之大忌。怎么办？钱花了，预算也用完了，难道推倒重来？

2008年6月25日北京韩美林艺术馆开馆

北京韩美林艺术馆

谁也不愿意承担这份责任。无奈，我只能代表美林给时任北京市长王岐山写了封信。王市长雷厉风行，翌日就批复给了通州区，区里召开紧急会议，重新确立了整改方案，加大资金力度，最终交出了满意的答卷。

在北京馆这个项目上，我有一个心病至今未解。谁都知道，美林胸襟开阔，是一个不计前嫌的人，但是，十多年过去了，唯独与北京馆建筑设计师崔恺之间的隔阂一直没能化解，这是唯一遗憾的事。我从事电影工作多年，很多人都知道，电影是一门遗憾的艺术，但没有想到建筑更有过之而无不及。崔恺在国内建筑界是一位领军人物，无论在人格、人品上，还是在专业操守上，都堪称楷模，全国无数顶尖设计项目均出自其手，而唯独我们这个项目成了崔恺一辈子的遗憾，最直接的原因在于，当停留在图纸阶段的时候，由于大家都无法切身感受到空间与体量，均没有提出意见，而当土建完成以后，现实的体量和空间让美林看傻眼了！当他发现因为"美林"两个字的设计理念，将原本偌大的展陈面积分割成一个一个狭小的空间而无法表现其大尺度作品时，他几乎崩溃地对崔恺咆哮："你走！我不要你这个设计师！你是这个建筑的罪人……"我目睹了崔恺弟子吴斌含泪告别的情景，至今挥之不去。

之后的很多年，我都试图挽救这段关系，但一直徒劳无功。后来我听说全世界拥有个人艺术馆的艺术家与他们的建筑设计师之间或多或少都存在着矛盾，因为双方均有自己的专业立场且都想表现自我。这次合作，带给崔恺的经验是，设计个人艺术馆，一定要先剖析艺术家并解读其作品；而带给美林的一个经验则是，从此不再相信图纸。

2008年6月25日下午两点，北京韩美林艺术馆举行了盛大的开馆仪式，时任政治局委员刘延东为艺术馆揭幕，全国政协副主席郑万通、张思卿、贾春旺等三百余名国内外嘉宾，共同见证了这一历史性时刻。从此，京杭大运河的南北两端均有了韩美林艺术馆。给嘉宾们留下深刻记忆的是，美林在开幕式向通州区人民政府捐赠了2000件作品，他在发言时哭着说："祖国培养了我，我应该回报祖国，现在我脑子里有太多的东西想表现出来，可是我太忙了，我太懒了，我恨不得有人把我抓进监狱里去，到了里面我就可以静心创作了……"按理说，开幕式发言说这些似乎不合时宜，但这就是真实的韩美林！

现在，如果有人问我，韩美林在全国的三个馆中，哪个馆最

当代？哪个馆的作品最能代表韩美林的当今水平？我一定会说：银川。

要说与银川的结缘，那要追溯到美林的青年时期。大学毕业的美林带着老师在课堂上教的"三面五调、三度空间"诸如此类的理论走向了社会，当他对所学的知识感到困顿、迷茫的时候，是我们祖先的那些岩画为他打开了思路，找到了艺术的突破口。其中，不能不提的正是贺兰山岩画。

20世纪80年代开始，美林对贺兰山岩画做各种研究与解读，以其合璧古今的艺术才华，让艺术通过远古与现代的隔空对话得以继承与延续。他几进贺兰山，重返历史现场、探寻岩画之美，他以五千年的"长途"礼拜，对中华传统文化行了诚笃的顶礼。

2010年，在北京馆两周年之际，我们决定孕育第三个"孩子"——银川韩美林艺术馆。所幸的是，当地政府高度重视该项目，同意在贺兰山岩画保护区建立艺术馆，对我们提出的唯一要求是，让艺术馆与山体融为一体。

银川韩美林艺术馆的设计灵感，源于对贺兰山苍茫雄壮的感动，以及对当地居民因地制宜建造房屋方式的传承。艺术馆建筑的外形和构造完全与贺兰山融为一体，整体嵌入场地，空间错落有致。规矩方正的主展厅与更开放、更丰富的互动展区有机结合，并在多元化空间中引入日光与山景，真正做到了空间功能与空间形态的完美结合。艺术馆外墙面装饰毛石，均就地取材于贺兰山区域，是目前银川市最高的外装毛石砌筑建筑，同时也表现了现代艺术与大自然的对话。

在银川馆五年的建设中，我们对这座有着"塞上江南"美誉的城市有了更深入的了解，我和员工都爱上了贺兰山，爱上了山上的一草一木，爱上了那儿的岩羊、那儿的花草、那儿的白雪……

2015年12月21日下午，中外三百名嘉宾飞抵银川，冒着零下十摄氏度的寒冷共同见证第三座韩美林艺术馆在贺兰山下落地生根。西北人民在欣赏韩美林巨量作品的同时，亦可尽情地感受历史、艺术、自然与当代精神的交融对话。结缘贺兰山，是韩美林砥砺修行路上的菩提飘香，而贺兰山岩画结缘韩美林，必将重焕荣光，奕奕传神。银川

▲ 银川韩美林艺术馆

▲ 2015年12月21日银川韩美林艺术馆开馆

◀ 冯骥才在银川馆开馆仪式上讲话

韩美林艺术馆的诞生，是韩美林为泱泱中华献上的又一份深沉、尊贵的艺术大礼。

当开幕仪式进行到 1000 幅作品的捐赠环节时，美林缓缓上台，他出乎大家意料地转身，面朝贺兰山，深深地、深深地鞠躬，时间在这一刻仿佛凝固住了。

几秒钟沉默后，现场爆发了雷鸣般的掌声，所有人都知道美林在感谢祖先，感谢祖先留给我们的灿烂文化。

著名学者余秋雨在发言中说：

> 地球上有两条人造的长线，是中华民族独有的，是中国人的骄傲。一条是万里长城，一条是运河，这两条长线，使我们中国人站在地球上有一种分外的骄傲。
>
> 先说大运河这条长线，从杭州到通州。这一下子就令人想到了韩美林，他把大运河的头和尾贯通了，在大运河的这条长线，诞生了两座艺术馆。
>
> 还有一条长线，长城。长城的中心点就在宁夏，第三座韩美林艺术馆就建在贺兰山下。韩美林未必是从宏观的一个地球线条上来思考问题，但是我相信，最大的艺术家一定是

▼ 白岩松在银川馆开馆仪式上妙语连珠

▶ 余秋雨在第三届韩美林艺术讲坛上演讲

▼ 莫言在第三届韩美林艺术讲坛上演讲

得到了脉，韩美林得到了运河之脉、长城之脉。

　　这三座艺术馆，就热闹程度来说，在杭州、在北京的会热闹一些，那儿人多，经济也发达，但是在哲学意义上，我认为银川韩美林艺术馆更深刻。为什么呢？

　　人们在说起韩美林现象的时候，有很多解不开的谜，这个谜在贺兰山找到了答案，这是一个重要的标识。韩美林是饱尝苦难的人，但在韩美林的作品里，看不到任何灾难的痕迹，看到的是一片欢悦、一片爱心、一片天真。走过苦难岁月的人，怎么会这样？就像冯骥才先生讲的，任何时间的流逝在他身上找不到关系，而且韩美林的艺术也没有地域界限。他是一个没有地域的艺术家，这个艺术家在我们一般的美术史上是不可理解的。韩美林走出了艺术史的限制，走出了地域的限制，走出了我们一般所想象的一个男子汉有仇不报、有冤不申的逻辑。

　　我们从贺兰山岩画里找到了答案，原来他在这儿读懂了人之为人的根本。

至此，"一个韩美林，三地艺术馆"在中国大地上成为现实，且呈三足鼎立态势。

老天是公平的，如果说上半辈子美林受尽磨难和不公，那么下半辈子该"换了天地"。其实，美林从不怨天尤人，对自己更没懈怠过。他勤学苦练，将自己五千件心血力作捐给了国家，这就印证了他经常说的那句话：祖国培养了我，我的作品只有还给人民。

这不是豪言壮语，而是一个本性纯良血性男儿的胸怀。

三座韩美林艺术馆，便是豪迈的佐证。

2015年12月21日，白岩松在主持银川馆开馆仪式上突然称美林为"韩美森"，称我为"周建馆"。事后想想，这十年我们的确建了三个馆，美林的"林"改成了"森"，挺合适。我呢，为了建这三座馆，多年的媳妇也熬成了婆，将"萍"改成"馆"，似乎也挺有意味。

呵呵——岩松，有才！

鉴于美林和宜兴有着四十余年的情缘，宜兴市人民政府盛邀美

◀ 韩美林艺术馆的馆长们

▲ 杭州、北京、银川三座韩美林艺术馆

林在宜兴文化地标上建立宜兴韩美林紫砂艺术馆，为此，美林纠结了整整六年！总觉得全国有南、北、西三座韩美林艺术馆已经足够了，但终究还是抵御不了陶都人民的盛情、抵御不了自己几十年与这块神奇土地的情感。2019年12月21日，随着宜兴韩美林紫砂艺术馆的开馆，我们在全国开创3+1模式，即三座韩美林艺术馆+一座专题馆（紫砂馆）。

从此，一个艺术家，四地艺术馆。我们带着四个"孩子"，一路花香，一路欢唱。

Exposition itinérante des œuvres de Han Meilin

Le monde de Meilin à Paris:
l'amour et la paix

韩美林全球巡展
The Han Meilin World Tour

美林的世界在巴黎 | 爱与和平特展
The World of Meilin in Paris: Love & Peace

高光时刻

冯骥才说:"韩美林在一刻不停地改变自己,瞬息万变地创造自己。每一天都在和昨天告别,每一天都被他不可思议地翻新。"

◀ 美林的世界在巴黎

▼ 2011 年 12 月 26 日美林在中国国家博物馆韩美林艺术大展开幕仪式上致辞

在 2015 年的一次韩美林艺术基金会理事会上,白岩松理事根据儒勒·凡尔纳写的《八十天环游地球》勾勒出了"韩美林八十岁环游地球"的"蓝图",得到了全体理事的响应。大家一致认为,有着深厚中华文化基因和强烈现代精神的韩美林艺术应该属于世界,而美林艺术走出国门正是基于文化自信。

这种自信于 2011 年美林在中国国家博物馆的第六次韩美林艺术大展上得到印证。重建后的新中国

国家博物馆迎来首个艺术家个展——"韩美林艺术大展"。2011年12月26日，韩美林艺术大展在中国国家博物馆成功开幕。在四十五天的展期中迎来五十四万观众，真可谓盛况空前。此次大展的展陈面积为6000平方米，展出集书画、雕塑、陶瓷、设计等门类的韩美林新作3200余件。主办方官网称，"在山重水复的艺术道路上刻苦砥砺、修行十载的韩美林先生，其视野更为宏阔，进入到大自由和大自在的艺术境界，迎来了艺术创作的高峰。自美林2001年在中国美术馆举办第五次韩美林艺术大展后，经过十年沉淀，终于厚积薄发，为世人带来一场艺术之美的饕餮盛宴。"

其间，除了开着艺术大篷车驰骋于祖国大江南北，致力于民族民间艺术的研究和发展外，美林还在杭州、北京建立了两座韩美林艺术馆。不可思议的是，五年之后，2016年12月21日，美林重返国家博物馆举行了"美林的世界·韩美林八十大展"，与2011年韩美林国博大展异曲同工的是：相同的展陈面积，相同作品体量和相同的贺岁档时间，唯有不同的是，在短短的五年时间里，美林又创造了几千件完全不同的新作。

无论是审美价值，还是艺术形式，这些作品都体现了美林永无止境的创作激情。作为一个全能型艺术家，五年内完成数千件力作，这在当代中国，恐怕无人能出其右。

本次大展也是美林自2015年获得联合国教科文组织"和平艺术家"这一殊荣之后的履职与践行。展览主题是"致敬文艺复兴、回归民族之根、履职文化担当"，展览由"艺术大篷

▼ 员工们在中国国家博物馆"韩美林八十大展"现场

▲ 美林在"美林的世界在威尼斯·韩美林全球巡展"展览开幕式上致辞

车""草木皆实""百鸡迎春""泥土的光芒""展翅的凤凰""远古的呼唤""神遇而迹化""和平守望"八个部分组成。开幕式上，美林的导师、德高望重的百岁老人周令钊先生亲临现场宣布展览开幕。

与此同时，韩美林全球巡展在水城威尼斯正如火如荼地进行着。威尼斯是"80后"韩美林开启全球巡展后吹响的第一声号角。事实上，美林也是新中国第一个走出国门举办巡展的艺术家。早在1980年，美林便在美国纽约、波士顿等二十一个城市举办巡展，在当时的艺术界引起极大反响，成为流行一时的中国文化代名词。

在美国巡展期间，美林获得美国圣地亚哥市颁发的"金钥匙"奖，纽约曼哈顿区将1980年10月1日命名为"韩美林日"。之后的四十多年间，美林开着艺术大篷车深入民间，高举"同人民在一起，与传统共命运"的旗帜，创作出无数扎根于中华民族文化的优秀作品，并将作品无偿捐给国家，在全国东南西北建立了四座韩美林艺术馆。

完成了对祖国和人民的回馈之后，"80后"韩美林再次出发，走出国门，拥抱世界。

在中国国家博物馆"韩美林八十大展"开幕前夕，2016年

10月27日，"美林的世界在威尼斯·韩美林全球巡展"在历史文化名城意大利威尼斯成功举行，展期四个月。该展览吸引了来自世界各地的众多艺术爱好者，重量级嘉宾，如时任联合国教科文组织总干事伊琳娜·博科娃、意大利后现代设计之父亚历山大·门迪尼及法国卢浮宫博物馆、美术馆的代表和收藏家团体。不同肤色的人们纷纷前来观摩与交流，可谓近年来"中国文化走出去"的成功案例。

外媒报道称"威尼斯被韩美林所征服"，伊琳娜·博科娃总干事表示"联合国教科文组织为韩美林而骄傲"。10月28日，鉴于美林在艺术创作和国际文化交流上的突出贡献，威尼斯大学特别授予美林为"荣誉院士"。

如果说建馆和国内巡展我们还有点经验，那么走出国门办展则是摆在我们面前的新课题。我们的团队有着一股初生牛犊不怕虎的闯劲，从策展、设计、运输、布展，到开闭幕等，均做到井然有序地自主完成，这应该得益于我们的策展人——中央美术学院教授赵力。

2016年芒种那天，我们有幸认识了中央美术学院艺术管理和教育学院副院长赵力教授。曾几何时，我们如同找对象一般，在中国美术界优秀策展人中寻寻觅觅，最终与这位资深的、内敛的、务实的、渊博的、时尚的策展人牵手，这一牵手，我们便走过了五年的光辉历程。或许，连赵力自己也不曾预知我们之间有如此之深的默契度。五年间，在韩美林全球巡展总策展人赵力的"指挥棒"指

▼ 美林与韩美林全球巡展总策展人赵力

引下，我们打胜了一场又一场"硬仗"（大展），国际的有：意大利威尼斯、法国巴黎、列支敦士登、韩国首尔、泰国曼谷；国内的有：中国国家博物馆、故宫博物院、深圳关山月美术馆和南山博物馆。未来可期的国内外大展还有无数场。

"作为当代中国的艺术大师，韩美林的艺术创作始终伴随着中国的现代化进程，他的很多艺术杰作深入人心而影响深远，已经成为当代中国的文化代表、时代的文化标记和我们共有的文化记忆。"这是赵力写在《美林的世界》上的卷首语。

我们团队以此为感召，努力用艺术向世界表达中华文化。每一场战斗打响前，我们总是要做足"功课"，首先便是赵力的策展理念。每一次，我们都会耐心地等待赵力的策展"纲领"新鲜出炉。赵力则不负众望，拿出一个个不同凡响的策展"台本"，紧接着，我们开始做展陈方案，并付诸行动。每年的芒种日，我们总是不能忘怀，因为它是我们和赵力的"定情"日。

美林经常说，我是人民培养的，我的作品属于国家。国家对美林也寄予了厚望。2016 年 10 月到 2017 年 3 月，经中华人民共和国文化部批准，美林先后在威尼斯、北京、巴黎三地举行巡展。

展览由中国联合国教科文组织全国委员会、中华人民共和国驻意大利大使馆、中国文学艺术界联合会共同主办，由清华大学、威尼斯大学、威尼斯国际大学、中国美术家协会协办，韩美林艺术基金会、韩美林艺术馆（杭州 / 北京 / 银川）承办。

作为新中国培养出来的第一代艺术家、至今仍活跃着的中国当代艺坛领军人，面对全球化的文化环境和多元化的当代艺术格局，年届八十、艺臻巅峰的韩美林，希望通过"全球巡展"的方式走出国门，展现既传统又现代、既有东方特色又具国际化的艺术创作，展示东方艺术的神韵和精神内涵。

为何全球巡展首站选意大利？美林的回答是，中国和意大利是东西文化的两面旗帜，选择在威尼斯，是因为那里有古老的威尼斯大学。该大学创建于 1868 年，是欧洲第二古老的大学，也是意大利最早的公立大学之一。威尼斯大学校长米切拉·贝格里斯在开幕式上说："威尼斯是最早对中国感兴趣的西方城市，今天韩美林将中国艺术、中国艺术家的现代精神带到威尼斯，

▲ 时任联合国教科文组织总干事伊琳娜·博科娃赴威尼斯参观韩美林艺术大展

▼ 2016年"美林的世界在威尼斯·韩美林全球巡展"VI主视觉在贡多拉船上分外耀眼

正如七百多年前马可·波罗到中国一样,今天韩美林先生的到来,对于东西文化的交流和了解,无疑有着特别的意义。"

四个月的展期,威尼斯处处都散落着韩美林巡展的印痕,歌剧院、教堂、学校、书店、贡多拉,甚至在冰激凌店都能看到"韩美林全球巡展·美林世界在威尼斯"的海报,到处都充斥着——"I am Han Meilin"道旗。展览期间,有两位尊贵的嘉宾专程从巴黎和米兰赶到展览现场,至今令我们难忘。

一位是时任联合国教科文组织总干事伊琳娜·博科娃,她看完韩美林艺术展九个展厅九个主题的展览后,在嘉宾留言簿上写道:"壮观的展览!联合国教科文组织为有韩美林这样一位'和平艺术家'而感到骄傲,感谢他的作品所传达的人与自然的和谐之音。"当晚,在"罗卡宫"晚宴上,作为联合国教科文组织和平艺术家的韩美林做了"保护地球"的精彩发言,他谦恭地表示:"我今年八十岁,余年有限,此生第一职业:画画;第二职业:还是画画。以此呼吁天下的人们爱地球,爱人类,爱人类的朋友(动植物)。我将倾其所能为联合国教科文组织做一切可能做的事,爱护和平是我终身的天职。"

另一位嘉宾便是意大利国宝级设计宗师,被尊称为"意大利后现代主义设计之父"的亚历山德罗·门迪尼。2016年4月,我们专程去米兰门迪尼的工作室看望了他。当得知美林即将在威尼斯、北京、巴黎等城市举行世界巡展时,门迪尼说,他必须来观展。美林说,您是我的老师,您如来看我的展览,我当努力不令您失望。记得当时门迪尼先生说,我哪能做您的老师啊!美林回答说,在中国只要年长一天也是兄长,更何况您比我大五岁。门迪尼遵守诺言,2016年10月31日,一个风和日丽的上午,他风尘仆仆地下了火车,换乘快艇来到了威尼斯大学码头。美林兴奋地扑上去给了他一个"熊抱"。

门迪尼先生说,你的展览开幕后,我从意大利媒体上看到了铺天盖地的报道,从我艺术界朋友们那里听到了赞不绝口的评价,所以,我今天迫不及待地从米兰赶来了。参观结束,我们邀请门迪尼到我们临时下榻的伯爵府吃凌大厨掌勺的"韩家菜"。门迪尼说,他已经馋了三年"韩家菜"了,今天终于可以在他们的国度一饱口福了。

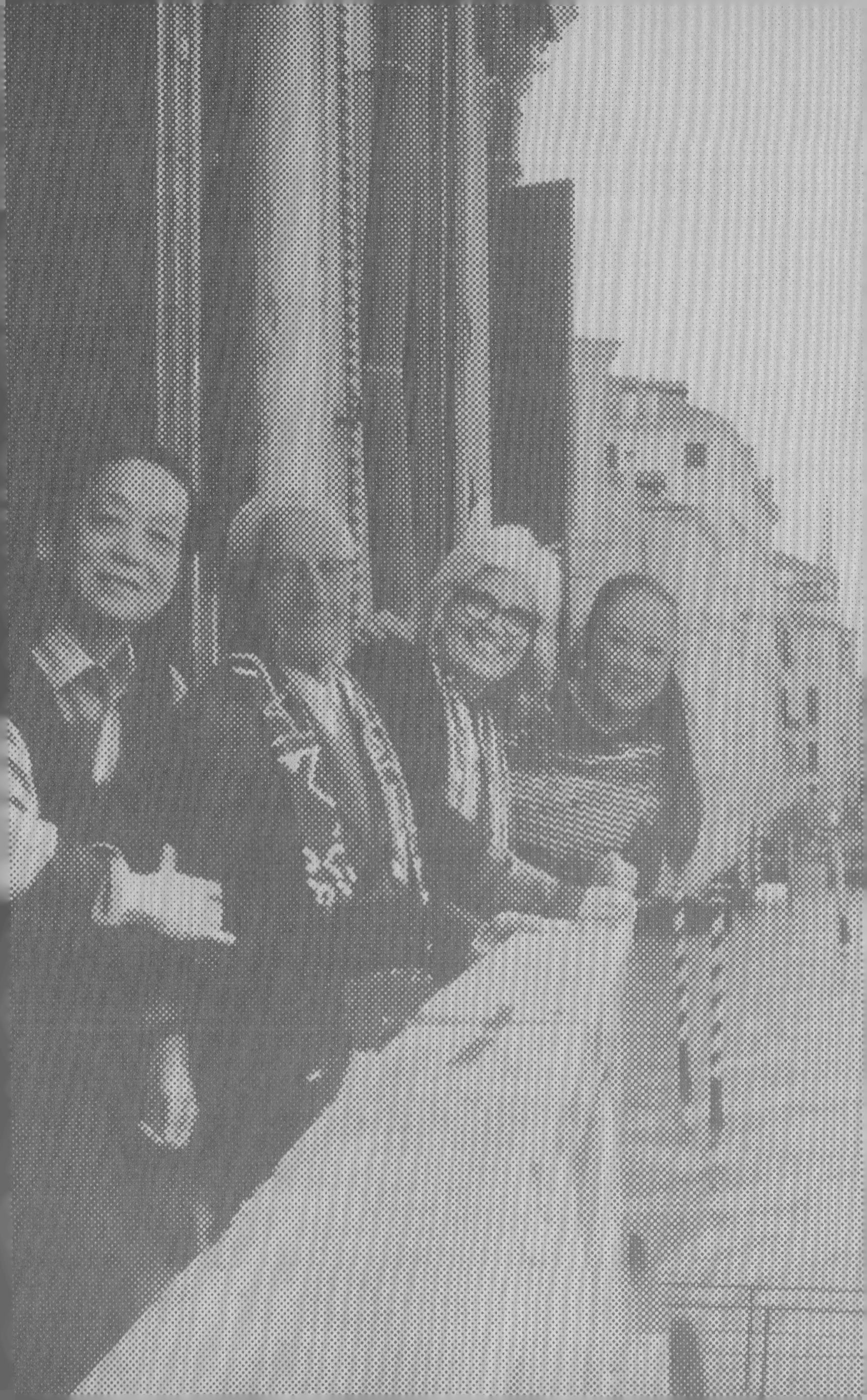

▶ 2016年10月31日门迪尼专程从米兰赶来巡展现场

由于展览周期比较长，为便于工作与生活，我们在威尼斯租赁了几个公寓，作为我们和员工们的歇息之地。威尼斯是座水城，令人垂涎的是几乎家家有码头，我们几乎天天在自家门口坐着快艇去超市和海鲜市场买菜。望着幸福地吃着韩家菜的门迪尼，美林对他说："也许上辈子我们是一对要好的兄弟，上帝看我们太好了，就让我们这辈子分开，另一个在意大利，一个在中国，等到耄耋之年才见面。更也许，上辈子我们是情人。"当翻译将韩美林的话转述给门迪尼时，门迪尼哈哈大笑，说："这辈子做情人也不晚！"没想到，那次见面竟成永别！那天在夕阳下，门迪尼在伯爵府码头坐上快艇、用手向我们做着"比心"的情景至今历历在目。

2016年10月至2017年2月，水城威尼斯掀起了一股"韩流"，美林无论走到哪里都会遇到善良可爱的当地人和游客。他们会对美林说："我认识你，你是韩美林，要不要去我家坐坐？"展厅的

◀ 在威尼斯运河边与门迪尼最后一次见面

高光时刻

125

留言簿上每天有无数观众留言。有的说："感谢你，这次巡展选择了威尼斯。"有的说："在韩美林作品中可以找到真正的纯净和狂野的精神，这里，我们感觉像漫步在彩虹上，我们从未见过如此温暖、如此充满爱的展览"；更有的说："韩美林的作品有些像 Tàpies（塔皮埃斯）、像 Miró（米罗）、像 Altamira（第一个被发现的绘有史前人类壁画的洞穴，位于西班牙北部），还有些像 Matisse（马蒂斯），当然，更像韩美林。奇妙！使独特的艺术，成为永恒。"对于几十年后初次走出国门的我们，所有的事情都是在摸索中前进，起初，巡展宣传我们请了国际公关公司，但他们拿出的方案令人失望，毕竟中国艺术家巡展的成功案例少之又少。我带领着团队只能硬着头皮自己上，我们开通了 Facebook、Twitter、Instagram 等国际账号——好在无知者无畏，虽然辛苦些，但我们成功了。

要说挫折，那是在意大利，我们见识了貌似纯粹，其实很"市井"的真正的"威尼斯商人"，代价是损失了点钱，但与我们成功地致敬了文艺复兴相比，这仅仅算是个小插曲。

四个月的展览，让我们爱上了威尼斯，爱上了南欧人的奔放，水城的浪漫，更喜欢那些充斥着文艺复兴印迹的威尼斯风情小巷。除了展览本身，最为难忘的是伯爵府，感谢伯爵夫人的慷慨，偌大的伯爵府能成为本次威尼斯展览的大本营，与有荣焉。伯爵府不仅满足了我们的"中国胃"，还带给我们一个欧洲的家，让我们身临其境，体验了一把中世纪的欧洲贵族生活，这何尝不是一次人生的体验？诸如伯爵家有着绅士风度的斯里兰卡管家，阁楼上整理得井然有序的家族资料，客厅墙上的老油画，餐厅尊贵的瓷器……午后落日下，我们喝

▶ "美林的世界在威尼斯·韩美林全球巡展"展览期间与伯爵夫人

◀ 开幕式上每一位嘉宾均戴着美林艺术元素的蓝染围巾

着咖啡，在阳台上欣赏着大运河中川流不息的贡多拉，在自家码头感受与客人挥手致意的别样情怀，如此这般，终将成为"韩美林全球巡展"首站的永恒记忆。

2016年到2017年，美林是忙碌的，意大利威尼斯和中国国家博物馆两个展览同步进行，紧接着，巴黎巡展的号角即将吹响。韩美林艺术基金会每年在12月21日举办"韩美林日"，这个日子除了是韩美林的奉献日外，还会举行一个艺术讲坛。

在2016年题为"跨越时空的艺术力量"艺术讲坛上，冯骥才说，"韩美林是不要传统吗？不是，他要传统，他要的是另外的传统，他抓到了传统两个最根本的东西，一个是远古，一个是民间"；余秋雨说："艺术家有一种非常特殊的生命力，这个生命力用孔子的话就是尽善尽美，韩美林身上，他每一幅画都能感觉到天地元气，这个'元'字，带有初创性，带有创新性，还像小孩一样，他将元气的'元'把握得非常准确"；范迪安说，"大家能够感受到韩美林的艺术是打破文化边界，或者说通过穿越文化边界而获得不竭创造力的艺术，是他融古汇今，在一种被称为艺术创造通感上所形成的成果"；汉斯·道维勒说，"韩美林的艺术创作奇妙多变，而通过创作，他成为自己那片天地的主人，他的作品以神奇的方式，把艺术品，审美难题，以及一个意志坚定、工作勤奋的创作人联系到一起"；叶锦添说，"但凡有美，黑暗里面也有光芒可以给人寄予希望"；马未都说，"从某种角度讲，韩美林就是一个良工，为我们，为民族去造物，大匠诲人，一个

◀ "美林的世界在巴黎·爱与和平特展"开幕前夕

人只有站得高的时候才能用你的言行教育别人，警醒这个社会"；白岩松说，"韩美林不管是有意识，还是下意识，还是经历给他的东西，他已经想明白了一个更大的道理，我要让我的作品中没有任何阴影，全部是美。当美占据了足够空间的时候，恶不就消失了吗？"

巴黎是个艺术浪漫之都，耳熟能详的便是埃菲尔铁塔、巴黎圣母院和卢浮宫，诸如奥赛博物馆、大小皇宫等这样被海明威称为"可移动的盛宴"的也不少。神奇的塞纳河哺育了众多杰出的艺术家，据说20世纪初，蒙帕纳斯艺术家，如亨利·米勒、马蒂斯、毕加索等均在巴黎受到了艺术的熏陶和滋养，从而厚积薄发，走上了属于自己的艺术巅峰。

巴黎时间 2017 年 3 月 9 日，"韩美林全球巡展"第三站在巴黎联合国教科文组织总部、巴黎中国文化中心开幕。

在"美林的世界在巴黎·爱与和平特展"上，联合国教科文组织副总干事格塔丘·恩吉达（Getachew Engida）致辞说："这是一个特别为联合国教科文组织'和平艺术家'韩美林先生所举办的展览，此次展览蕴含了韩美林艺术世界的广度与深度。在这次展览上，我们看到了韩美林与艺术的对话，看到了韩美林艺术的灵魂宗旨。韩美林先生，您曾经说过，我们不应该轻视艺术创

◀ 伊琳娜·博科娃参观"美林的世界在巴黎·爱与和平特展"

▼ 2017 年"美林的世界在巴黎·爱与和平特展"开幕式

高光时刻

作，它有着改变世界的力量。如今，我们所居住的地球生态变得越来越不平衡。但是我们可以通过教育下一代来保护这个我们赖以生存的星球。这次展览完美诠释了这些话，向观众传递了发扬中国传统文化的重要性，也强调了联合国教科文组织对保护世界和平的一贯倡导。"

当天下午，时任联合国教科文总干事伊琳娜·博科娃风尘仆仆从国外赶回巴黎。看了展览后，她对"韩美林全球巡展"第三站来到巴黎联合国教科文组织总部表示热烈欢迎，并对韩美林以"爱与和平"为主题而展出的作品赞不绝口，多次用中文说："非常美！"

冯骥才认为："选择在巴黎这样一座城市举办'韩美林全球巡展'第三站，让韩美林与塞尚、凡·高、毕加索进行了跨越时空又近在咫尺的艺术对话，这就是文化多元、文明多样，因交流、互鉴而呈现的多彩世界。"

中国文化走出去的成果，在美林巴黎巡展上得到了印证。"美林的世界在巴黎·爱与和平特展"在巴黎联合国教科文组织和巴黎中国文化中心展出的四十八天里，各国常驻联合国教科文组织代表团大使、法国文化部、法兰西艺术学院、巴黎美院、法国艺术家协会、大皇宫、小皇宫、奥赛博物馆、蓬皮杜艺术中心、橘园博物馆、德拉克洛瓦国立博物馆、吉美国立亚洲艺术博物馆等著名艺术机构的馆长及其代表，先后参观了展览，盛赞韩美林艺术，盛赞中华文化。巴黎七区区长看了展览留言道："韩美林先生对各个艺术领域的敏感性、优雅度与创造力，赋予了他这些伟大的作品一种可以为世人所接受的普适性与整体感。他的才华是多么让人震撼啊！"

一位正在学习中文的法国老爷爷，参观完展览后，带着激动的心情告诉工作人员："我认为，韩美林的艺术成就远远高于毕加索，他是最能代表中国文化的顶尖艺术家。一位艺术家能在自己的国家、在 1400 多年历史的大运河的两端分别拥有自己的个人艺术馆，是一件多么令人鼓舞的事。他的艺术的确令人叹服！"

出乎我们意料的是，我们为全球巡展制作的纪录片《韩美林》，在巴黎巡展期间与中国国家博物馆展览时一样，均成为网红打卡点，尽管巴黎展览的视频播放区域条件有限，但众多观众或站着或席地而坐看完这部长达 120 分钟的纪录片。美林历经磨难、跌宕起伏的风雨人生，精彩的艺术创作过程和艺术大篷车的采风经历，包括

◀ "美林的世界在巴黎"观众如织

◀ 刘延东副总理赠送美林作品《奔马》给法兰西学院

　　三座韩美林艺术馆的建设心路历程,均吸引了众多年龄、国籍各不相同的观众,大家看到情深时,感动得热泪盈眶。

　　2016年7月1日,时任国务院副总理的刘延东在出访的活动中,赠送给享有"法兰西文明的象征"之誉的法兰西学院一幅中国著名艺术家创作的艺术作品。刘延东副总理介绍说,这是联合国教科文组织"和平艺术家"韩美林所绘的奔马。美林为这幅作品的题跋为:"法兰西学院惠存,千里腾骧亦有神,万骏扬蹄先为龙。二〇一六年六月十八日海右人美林八十。"美林说,这是一匹千里马,马在中国又有"大龙"之称。在万马扬蹄奔腾之中,谁跑在前面谁就是龙。希望中法两国在推动世界文明交流和互鉴中,发挥榜样作用。

　　2018年,对于美林来说,也注定是马不停蹄的一年。4月

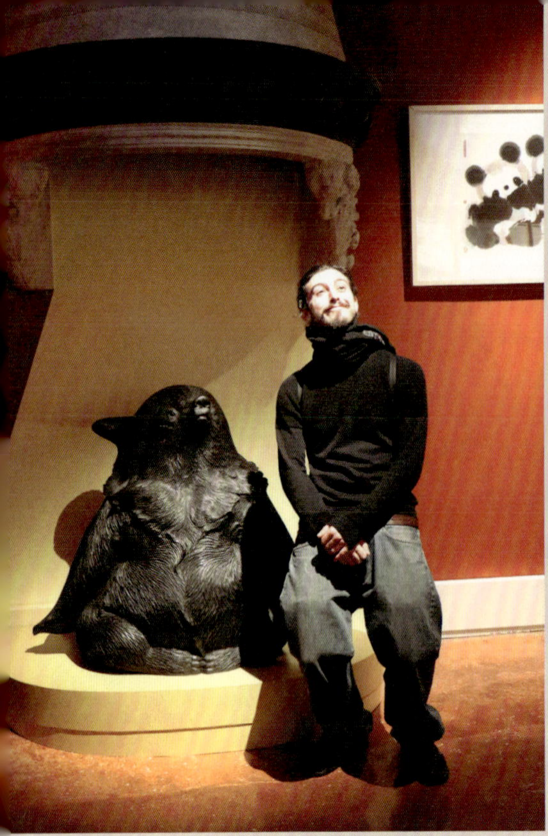
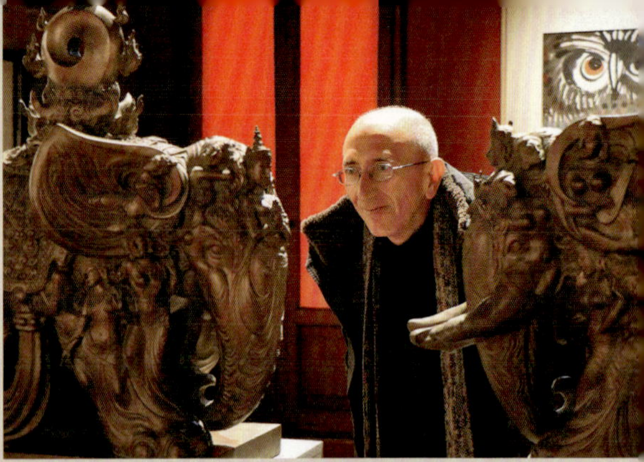
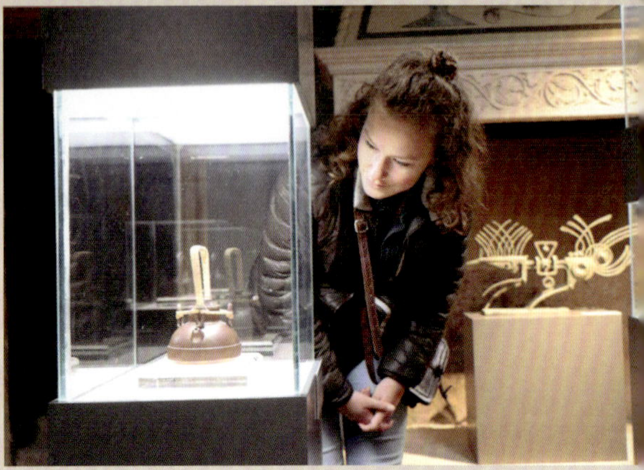
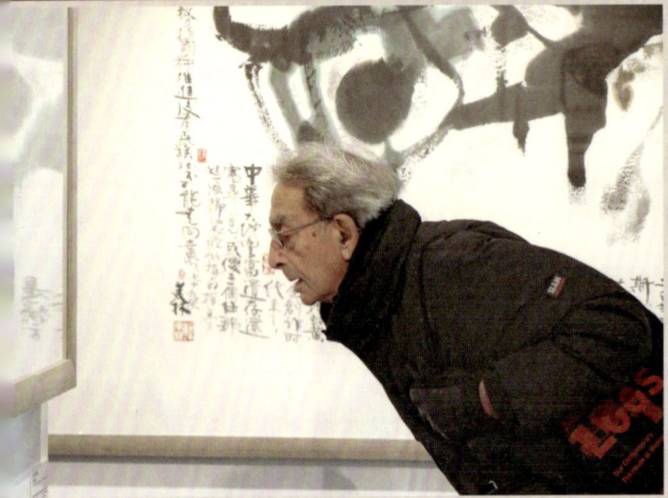
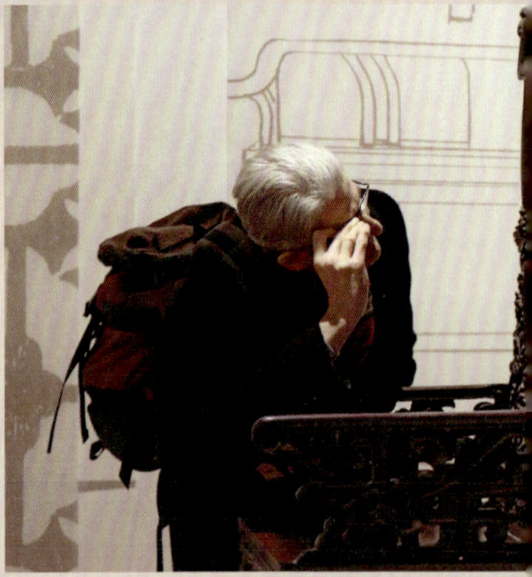
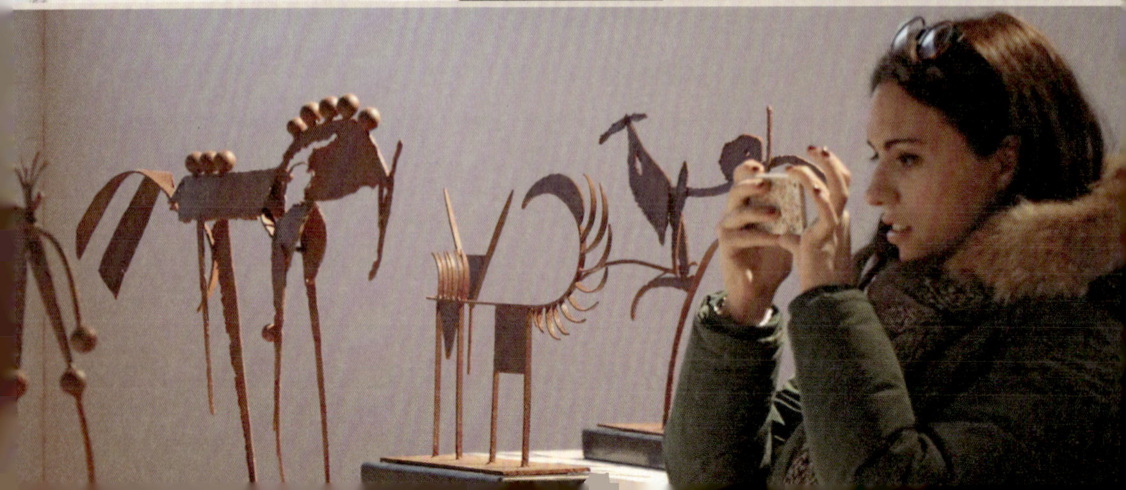

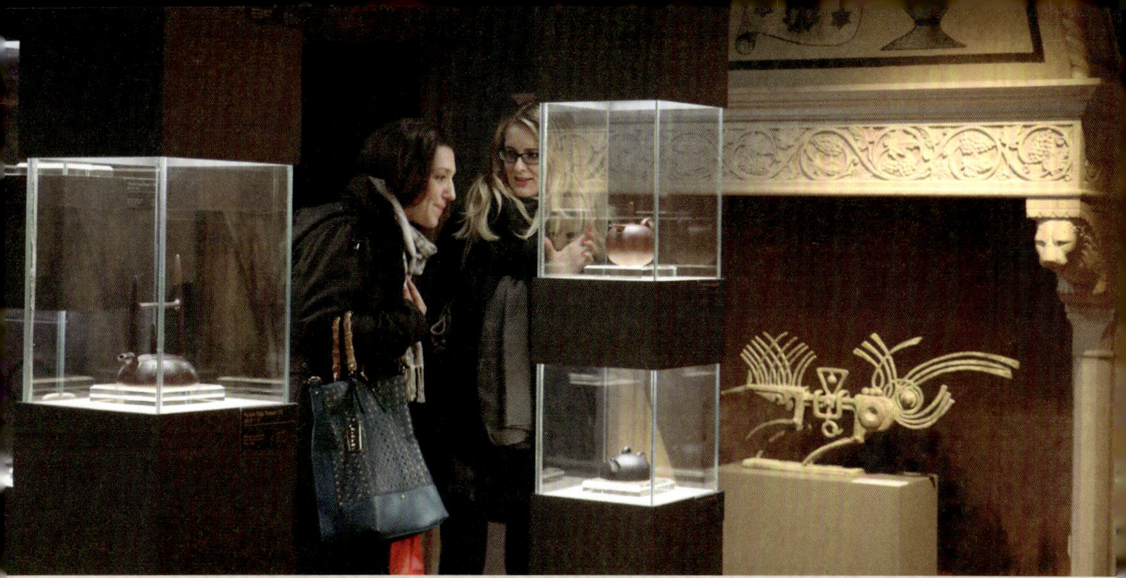
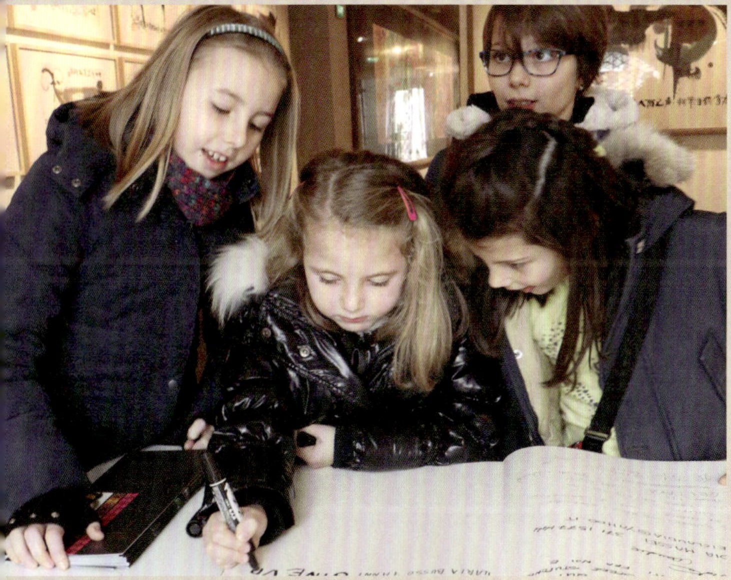
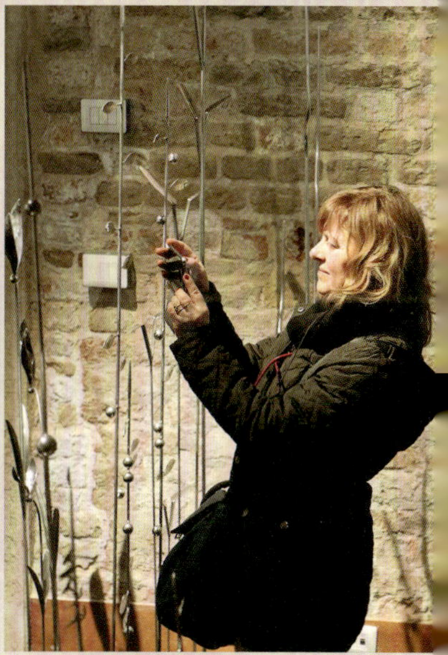
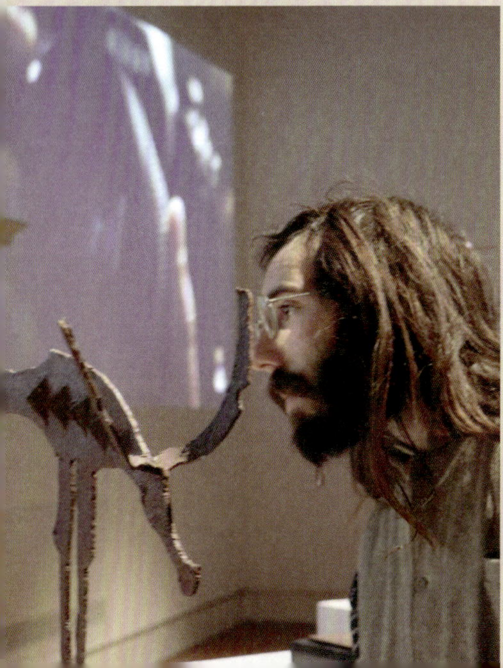
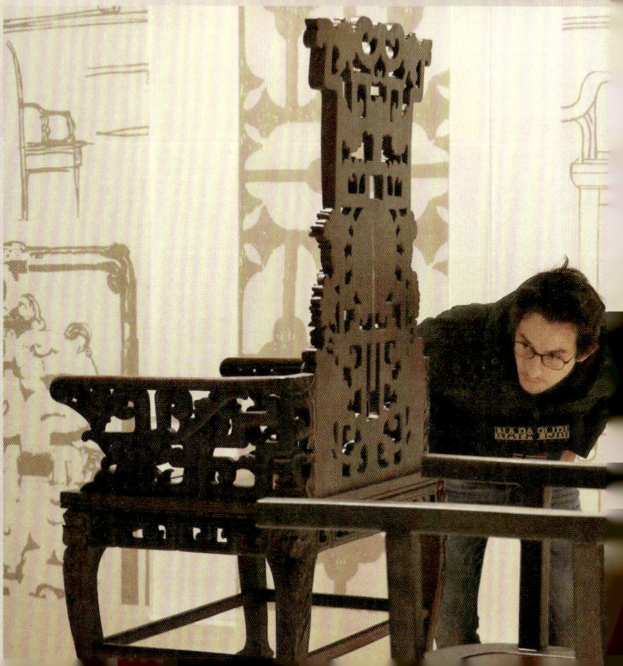

24日，美林在洛桑国际奥委会获得"顾拜旦奖"后，便直接来到全球巡展第四站——世界邮票王国列支敦士登。为什么选择在这样一个仅160平方公里，却有着百年邮票历史的袖珍小国办巡展？那是因为美林一直钟情于方寸的艺术——邮票，1983年的猪生肖邮票和1985年的熊猫邮票，均是美林艺术走进千家万户的"大功臣"。

从洛桑到因特拉肯，是我人生中走过的最美的一段路，生命起源的三要素——空气、阳光和水，在这里均是极品。登上位于瑞士因特拉肯小镇的亿万年永冻层少女峰（世界上最长的冰川）后，满目的蓝天白雪，让你感到世界竟是如此纯净，苍穹也只有一步之遥。在少女峰，我们的员工给他们的家人送上了祝福，美林与我也激动地给刚满百天的小儿子天予送上了祝福！

在卢塞恩湖，我们被一尊名为《垂死的狮子》的石雕震撼到了。1792年法国大革命期间，瑞士派了千名雇佣兵前往法国，战死他乡。为此，丹麦雕塑家巴特尔·托瓦尔森设计雕刻了这尊雕塑，雕塑的上方刻有拉丁文——"献给忠诚而勇敢的瑞士。"美国小说家马克·吐温赞颂这尊石雕是"世界上最哀伤、最感人的石雕"。美林说，二百多年前欧洲雕塑家居然创作出如此传神之作，真是了不起，可见艺术之永恒。

▼ 在瑞士少女峰

▲ 列支敦士登十二生肖纪念邮票

别看列支敦士登这么一个世界第六小的国家，却是2018年的人均GDP（国民生产总值）接近16.4万美元的富裕国，邮票产业在列支敦士登的国民经济中发挥着重要作用，占全国财政收入的百分之十。最有意思的是，国王就如他们的大家长，王宫位于山顶，国王在家时，家门口插上一面旗帜；外出时，旗帜就降了下来。只要旗帜在山顶高高飘扬，臣民们便可以随时去他家串门。

列支敦士登国家博物馆馆长雷诺是我们的好友，他经常来北京，与美林结下了深厚的友谊。雷诺馆长表示，列支敦士登国家博物馆能迎来像韩美林先生这样伟大的艺术家的作品，是一种缘分。中国驻苏黎世兼驻列支敦士登公国总领事赵清华也特意从瑞士苏黎世赶来参加开幕式，并对列支敦士登国家博物馆为推广中国文化艺术做出的贡献表示感谢。为了纪念"韩美林全球巡展"来到列支敦士登，列支敦士登邮政总公司发行了一版珍藏版邮票。票面图案取自韩美林精心创作的十二生肖作品。韩美林的生肖作品构思巧妙、造型夸张、色彩艳丽、生动活泼，广受艺术爱好者喜欢。韩美林为中国邮政多次设计生肖邮票，他的生肖作品登上了世界"邮票王国"的方寸天地，从而成为中国与列支敦士登文化交流的一大盛事。

继意大利威尼斯、中国国家博物馆、巴黎联合国教科文组织总部、列支敦士登展览之后，韩国首尔是"韩美林全球巡展"的第五站。本次展览由首尔艺术殿堂——首尔中国文化中心主办，并得到了韩国文化体育观光部、中国文化和旅游部、中国驻韩国大使馆、中央文史馆的大力支持。从最初的考察，到备展、布展，历时不到一年时间。

美林的首尔展源于2017年8月，美

林受中国驻韩国大使邱国洪之邀,为"中韩建交二十五周年庆祝活动"设计纪念标志,并在中国驻韩国大使馆举行"美林的世界·百鸡百吉"艺术展。与此同时,为纪念中韩建交二十五周年,艺术殿堂举办了"从木匠到大师——齐白石艺术作品展",邱大使夫妇邀请当时正好在首尔的美林和我陪同韩国总统文在寅的夫人金正淑女士观看展览。当年12月14日,金正淑夫人便来到北京访问了韩美林艺术馆。欣赏完美林的数千件作品后,金正淑夫人说:"我认为美林先生是当代中国艺术界唯一能与齐白石媲美的艺术家,作品中传达的重点思想都是和平,尤其是人与自然的和平。这是艺术打动人心之处,非常期待韩美林作品能来韩国!"首尔展就这样决定了。正如金正淑夫人后来给美林的来信所说:"这是缘分的延续……"

策展人赵力在思考首尔展时,考虑到正值韩国成功举办冬奥会之后,故将这次展览主题确定为:"韩美林的世界在首尔——激情·融合·奥运。""激情",是对韩美林创作语言的提炼;"融和",是对韩美林创作宗旨的阐释;"奥运"则是对国际奥委会授予韩美林"顾拜旦奖"的积极回应,也是对刚刚成功举办平昌冬奥会的韩国的由衷祝贺。因此,展览还特别加入了"你好首尔,我是韩美林!"和"奥运"两个特别展示项目。"你好首尔,我是韩美林!"以"时间轴"的直观方式以及在展览序厅部分以精心挑选出来的代表作品,向韩国观众介绍韩美林八十多年的艺术人生。而"奥运"展示项目,

▼ 韩国总统夫人金正淑参观北京韩美林艺术馆

则围绕着韩美林与奥运会的不解之缘,以艺术、设计作品及大量的历史手稿和文献,向大家讲述一个伟大的艺术家与伟大的奥运会之间过去已经发生过并且现在正在发生着的"传奇故事"。

2018年6月5日,一股"韩流""登陆"了首尔,"韩美林全球巡展·美林的世界在首尔"开幕式在艺术殿堂成功举行,韩国总统夫人金正淑、韩国文化体育观光部部长都钟焕、中国驻韩国大使邱国洪和美林等共同为展览开幕剪彩。金正淑夫人发表了热情洋溢的讲话。她说:"今天开幕的'韩美林全球巡展',是继去年庆祝韩中建交二十五周年而举办的齐白石作品展之后,又一重要的、具有深远意义的文化盛事。在齐白石作品展上,我有幸认识了韩美林。以此缘分为基础,去年12月以韩中首脑会谈为契机,我在北京参观了韩美林艺术馆。韩美林先生的作品令我深受感动,如今能有机会在韩国让更多人欣赏韩先生的作品,我感到非常高兴。"邱国洪大使致辞说:"在当前半岛局势出现积极变化、中韩关系持续深化发展的背景下,'韩美林全球巡展·美林的世界在首尔'展览在韩国的举办可谓恰逢其时,将为丰富中韩文化交流内涵、促进两国民心相通、拉近两国人民距离、巩固中韩友好合作发挥积极作用。"美林在致辞中表示:"我不是政治家,不推销政治,但作为一个艺术家,我推销感情。希望通过我的作品,能够传递爱与和平的理念,传达对真、善、美的追求。"

开幕式结束后,受文在寅夫人金正淑的邀请,美林和我、邱大使夫妇及出席首尔展的陈履生、赵力、李玉刚等部分嘉宾一同前往青瓦台,出席了总统夫人亲自安排的晚宴。在青瓦台,我们享受到了高规格的礼遇,感受到了文化外交的魅力。

那个初夏,"韩流"在首尔刮得有点猛,韩国人说,韩美林是韩国人,因为他姓"韩"。

子丑寅卯本是天上密码。作为国内为数不多的大量创作了"十二生肖"形象的艺术家,2019年韩美林再次携手中国邮政集团推出"猪"生肖邮票(《己亥年》特种邮票)。此举本身已经引起了社会的广泛关注,加之故宫博物院也正准备在春节期间推出"贺岁迎祥——紫禁城里过大年"活动,"韩美林生肖艺术大展"以此为契机在北京故宫博物院推出,真可谓"天时、地利、人和"。

▲ 2018年6月韩国总统夫人金正淑（左三）、韩国文化体育观光部部长都钟焕（左五）、中国驻韩国大使邱国洪（左二）、艺术家韩美林等共同为展览开幕剪彩

◀ 与美林在"美林的世界在首尔"——韩美林艺术大展开幕现场

▼ 2018年6月5日"美林的世界在首尔"——韩美林艺术大展部分嘉宾受总统夫人之邀在青瓦台

生肖是我们每个人的生命图腾和符号。冯骥才说，在故宫办生肖展真是一个奇妙的构想。赵力将本次展览策划为以韩美林的"生肖艺术"为核心，选择了绘画、书法、雕塑、陶瓷、紫砂、木雕、铁艺、家具、民间工艺等使用传统媒介的创作类型，以体现艺术家对传统技艺、传统风格、传统美学等的理解与传承，与此同时又能从个性气质与时代精神等多个角度来阐发韩美林的艺术突破与艺术创新。

展览分为"生生不息""艺术魔墙""艺术大篷车""'邮'中赞美""为美成林"五个部分，分别从不同角度呈现了韩美林的艺术创作和探索过程。赵力认为，韩美林是世界的，更是中国的，他的艺术以全球化的现代变革为背景，更源自中国的民族文化传统。这样的多面性无疑也具体反映在韩美林的"生肖"创作之中。从表面来看，"生肖"作品是韩美林动物题材创作的组成部分，但是从艺术成就来说，他的"生肖"作品更是对自我创作甚至是艺术传统的超越与提升。

2018年12月21日，故宫博物院举行新闻发布会，宣布"韩美林生肖艺术大展"将于2019年1月5日在故宫文华殿隆重开幕。

故宫博物院院长单霁翔在新闻发布会上表示，故宫博物院是中国传统艺术的宝库，它既古老又现代，既包容又开放，既民族又世界。韩美林先生是当代中国有影响力的艺术家，也是一位中国传统文化和现代艺术的开拓者、实践者和集大成者。生肖艺术是中国传统文化中具有永恒魅力和持久生命力的组成部分，"生肖"文化本就是中国人"过年"文化习俗中一个重要的组成部分，"韩美林生肖艺术大展"与故宫博物院即将举办的"贺岁迎祥——紫禁城里过大年展"必将相映成趣。

美林表示："我的'艺术大篷车'，走过了古老的文化，走过了中华大地，还走到了非洲、美洲，我们走了四十多年，又走回了家，走进了故宫。故宫是中华文化的一个最大的家，我的生肖艺术大展将在故宫与大伙儿一块过大年。"

己亥年正月十六，在"生肖艺术与文化基因"为主题的专家研讨会上，专家们的评价为历时四十五天、近五十万海内外观众享受的这场艺术盛宴——"韩美林生肖艺术大展"画上了一个圆满的句号。中国美协副主席、中国国家画院原院长杨晓阳发言时说："韩美林是个巨匠！他的作品摆在世界任何一个美术馆都不逊色。韩老师艺术的特点，这一百五十年来只有一个人跟他是同一个类型，那就是齐白石。他们的作品真正地体现了中国精神，因为他们不重复古人，不重复洋人，不重复时人。"

　　由于故宫生肖展是在春节期间，虽然我们的员工不能回家过年，但却对每天能"进宫"上班有些许成就感。故宫一天的参观人数对于我们馆而言，简直就是一个天文数字。作为艺术馆从业者，观众参观数量是衡量展览成败的标准，这四十五天里，大家仿佛每天都在过大年。

　　己亥年初始，2019 年 2 月 13 日，巴黎大皇宫刮起一股中国风。受法国艺术家沙龙展主席德拉乐芙女士 (Martine Delaleuf) 亲自邀请，经过德拉乐芙主席和沙龙展委员会的精挑细选，美林的三幅人体画作品远渡重洋来到法国，陈列展示于大皇宫展览的中央区域，这也是本次沙龙展内唯一的主办方邀约区域。

▲ "韩美林生肖艺术大展"专家研讨会在故宫举行

▶ 2019 年 1 月 5 日嘉宾们在故宫共同为"韩美林生肖艺术大展"揭幕

此次展出的三幅将中国水墨与当代西方人体绘画精妙结合的人体彩墨作品，是美林的代表作。作品中墨彩的晕染和浓淡传递着浓浓"中国味"，而画面主题却是超越中国传统纸墨作品的写意女人体，或是唯美的背影，或是温婉的侧颜，无不展现着女性独有的曲线之美。美林曾经在画册《豆蔻梢头》的序言中写道："人体是什么？我讲不好，但是我认为他是世界上最说不出、道不明的一个'什么'。人们的才智，即使最丰富的语言、最优美的乐章、最浪漫的诗歌又能怎么样呢？你急得满眼血丝、唾沫星子满天飞，料你也讲不好人体有多美！再能耐的画家、再瑰丽的色彩、再潇洒的线条也抹不出人体那些微妙的、独到的、抓耳挠腮的'美'。"

作为一个法国最具历史意义的艺术展，巴黎大皇宫艺术沙龙展一个多世纪以来接待了来自世界各地的艺术家，代表两方艺术界最鼎盛时期的印象派大师莫奈、塞尚以及雕塑家罗丹等，都因参加这个展览而开始为世人所熟识。

这次巴黎大皇宫展览期间，美林的作品吸引了无数观众的驻足，人们都被这种唯美、简洁又灵动的画风吸引，赞叹中国式水墨特有的淡雅所带来的别样的含蓄之美。

对于美林这次参展的作品，国际专业人士纷纷表示，在韩美林的人体作品里，让你感到一种速度的美，顺手牵羊的随意，不假思索的流淌，转瞬即逝的神来之笔。飞动的线条仿佛是在既定的轨道上滑行，准确地勾勒出千变万化的形体姿态，这体现了世界级艺术大师对美的提炼和升华。

早在 2018 年 4 月 5 日，应中国政府邀请前来访华的泰国公主玛哈·扎克里·诗琳通（Maha Chakri Sirindhorn）专程来到北京韩美林艺术馆参观。这位热爱中国文化的泰国皇室尊贵的公主，在北京刚刚过完六十三岁生日，第二天便来到了北京韩美林艺术馆。

诗琳通公主从小对中国文化耳濡目染，和韩美林艺术有着奇妙的缘分。整个参观过程，公主与美林跨越了语言的障碍，不像初次见面，倒像是老友久别重逢。更让人难忘的是，公主全程都拿着笔记本对每一件作品做了笔记。愉快的参观结束后，公主一行来到了美林画室，也许是被画室里的创作氛围所感染，公主和美林不约而同地邀请彼此共同执笔即兴创作书法《扎根沃土》，留作纪念。

参观结束后，我们请公主在家里享用了"韩家菜"。望着一桌子韩美林文创餐具，数十道韩美林元素创意菜，诗琳通公主笑言：你们家处处是艺术品，只要是经过韩美林的手，都是艺术。我为公主斟上了我家乡五十年的女儿红，大家杯盏交错，兴之所至。席间，艺术馆的员工们还特意为诗琳通公主推上了装饰有代表中国的熊猫和代表公主生肖的蛋糕，再次祝贺公主生日快乐。

整个用餐过程中，公主与美林交谈甚欢，公主说韩美林艺术馆是个不可思议的地方，数千件作品在全球巡展是个奇迹，韩美林本身就是个传奇！

2019 年 10 月 9 日，泰国国家旅游局局长育塔萨·素帕颂特地来到北京韩美林艺术馆参观并拜访韩美林。在交谈中，双方达成共识，决定在庚子鼠年到来之际，在泰国首都曼谷举办"韩美林全球巡展"第六站，并选定"生肖"作为展览主题。

2020 年 1 月 21 日，泰国首都曼谷迎来了"泰国欢乐春节——韩美林生肖艺术展"的盛大开幕。本次展览是在中国文化和旅游部、中国驻泰国大使馆支持下，由泰国国家旅游局、曼谷中国文化中心以及暹罗百丽宫联合主办。中泰两国友谊在庚子鼠年新春，以"韩美林全球巡展"的步伐，用韩美林生肖艺术的方式呈现，奏响欢

美林向诗琳通公主介绍"美林的世界在曼谷·韩美林生肖艺术展"展览作品

乐的新春序曲。

　　展览开幕的时候，武汉疫情已经暴发，美林说，我是个爷们，既然承诺了，这个时候，即便天上下冰雹我们也得去。于是，大年初一，我们一行人全副武装地奔赴大兴机场，登上飞往曼谷的飞机。

　　到了曼谷，我们感觉那儿的新春气氛比中国浓多了，满大街都是舞龙舞狮子的，完全没有疫情的恐慌。下了飞机，我们顾不上回下榻的酒店，便随泰国总理巴育以及各界人士一同参加了当天的泰国春节庆祝宴会。我们又一次见到诗琳通公主，并坐在她一侧。公主在她自己的国家享受着崇高的礼遇。她微笑着向我们问好，说欢迎我们来到泰国，并和蔼地向我们推荐泰国菜。宴会结束后，我们与公主合了影。由于泰国皇室有着至高无上的地位，故我第一次在别国土地上感受到"尊贵"二字。

　　2020年1月26日，即中国大年初二的上午，我们早早地来到暹罗百丽宫，它是曼谷乃至整个东南亚地区最现代和繁华的商业中心之一，"韩美林全球巡展"第六站选择在这里，无疑是一次新的尝试。

　　不一会儿，诗琳通公主来了，她首先听取了泰国旅游局对生肖展览的汇报。随后，在美林的陪同下，她在红色的宣纸上用中国书法写下了此次展览的主题——欢乐春节，并对韩美林说，今年是她学习中文的第四十年，中国文化，尤其是书法，对她影响深远。在随后的参观过程中，诗琳通公主表示："泰中两国都有生肖文化，

高光时刻

143

韩美林生肖艺术展览对于泰国民众是非常亲切的，这也是泰中两国文化艺术交流的一个平台。"她在熊猫雕塑前驻足，不停地说这些小熊猫简直太生动、太可爱了；她在生肖羊的作品前驻足，说她自己就是属羊的，这个展览太好了，因为每个人都能在这里找到自己；她在吉祥象雕塑前驻足，说韩美林先生非常了不起，他不仅擅长中国艺术，还能够将泰国、印度的佛教艺术融入自己的作品，这样的作品在泰国也能看到，真是太棒了。

美林表示，能在自己本命年的第一天来到泰国参加自己全球巡展第六站的活动，感到很高兴，感谢中泰两国政府及民众对他艺术作品的喜爱。美林还说，泰国曼谷是东南亚文化艺术交流中心之一，能够在此时、此地举办自己全球巡展的第六站，体现了一种天时、地利、人和的景象。

大年初三，泰国出现新型冠状病毒性肺炎疫情。一时间，酒店工作人员全部穿上防护服戴上口罩，处于"一级战备"状态。美林和我则仍按照日程前往曼谷金佛寺拜见副僧王颂德通猜。

美林一生与佛有缘，这次与僧王亦是一见如故。副僧王颂德通猜请徒弟拿来了泰国佛教文化中的一尊"象神"送给我们。他说大象无论在泰国还是中国都是吉祥的象征，最近武汉的新型冠状病毒感染的肺炎疫情防控牵动全世界的心，用吉祥的"象神"祈祷中泰两国人民都能获得平安吉祥。韩美林也拿出了自己为金佛寺专门准备的雕塑作品，巧的是，也是一尊小象。副僧王颂德通猜看到后惊

▼ 在曼谷"韩美林生肖艺术展"上与诗琳通公主合影

▲ 美林与颂德通猜副僧王

喜万分，不停用手抚摸着小象的耳朵。他的徒弟说从来没有见过师父如此喜爱一件艺术品。更让他所有徒弟没想到的是，会见到最后阶段时，副僧王拿出了自己的加持手杖，向韩美林介绍说，这是他师父传给他的，已有百年历史。是一根由纯实心的竹子打造，刻有四面佛、经文的手杖，是师父和自己最为珍爱的信物。今天与美林有佛缘，决定将手杖赠予美林，不是认为美林年纪大需要手杖，而是祝福美林吉祥如意、平安喜乐。美林接过手杖，动情地说，这几天身在泰国，心系疫情中的中国，祈愿天下众生转危为安。

在泰国国家旅游局局长育塔萨·素帕颂为我们饯行的晚宴上，我们看到了泰国旅游局发出一封倡议书，倡议中泰两国人民同舟共济，战胜疫情。他在倡议书中提到，泰国国家旅游局对疫情的发展一直予以密切关注。他希望中泰两国人民、各政府职能机构和民间组织都该以力所能及的恰当方式，为在一线奋战的中国医护人员、驻守人士和患者送去关怀和帮助。宴会上，育塔萨局长不停地接着记者电话，他说记者询问接下来泰国是否不再接受中国游客。育塔萨回答：既然中泰一家亲，兄弟姐妹感冒我们就不应该排斥。

▶ 泰国国家旅游局局长育塔萨派副局长专程送来了关切礼物

— 高光时刻 —

翌日，我们起程回国，泰国旅游局派代表到机场为我们送行，临别递给我们两百只 N95 口罩，令我们感到无比温暖，真正感受到了中泰一家亲！回到北京，新冠疫情扩散到全国，美林以沉重的心情拿笔写下《民瘼怀忧》——祝祖国人民健安。

因为疫情，韩美林全球巡展暂时"停摆"。但 2020 年 12 月 21 日，"美林的世界在深圳——韩美林艺术展：天·地·人·和""美林的世界在深圳——韩美林生肖艺术展"如约而至，分别在深圳关山月美术馆、深圳南山博物馆隆重开幕。

▲ 故宫展开幕式美林戴上"天书"围巾

展览开幕式上，冯骥才说：韩美林总是一刻不停地改变自己，瞬间万变地创造自己。每一天都在和昨天告别，每一天都被他不可思议地翻新。

一年后，2021 年 12 月 22 日，全世界新冠肺炎疫情还未停止，"纳天为书·韩美林天书艺术故宫展"在故宫博物院午门正楼展厅如期开幕。王旭东院长在开幕式致辞中表示，故宫博物院、韩美林艺术基金会共同主办"纳天为书·韩美林天书艺术故宫展"，是传统文化和当代艺术的一次碰撞与融合。故宫是中国古代劳动人民的智慧创造，是中华五千年文明的承载者，是中华优秀传统文化的汇聚地。冯骥才发来祝贺视频贺词，他说，当韩美林这些当代作品悬挂在故宫古老而沉静的宫室中，在海量的艺术宝藏之间，我们仿佛

▼ "纳天为书·韩美林天书艺术故宫展"开幕式揭幕嘉宾（左起：谢维和、莫言、马锋辉、于再清、郑鑫淼、黄洁夫、常沙娜、王旭东、韩美林、李群、刘玉珠、阎崇年、演觉法师、丘成桐、彭刚、姜昆、徐里）

▲ "纳天为书·韩美林天书艺术故宫展"团队合影

可以听到一种无声的对话。古老与现代的对话。在这对话中，我们能够感受到一种美妙的根性的联系，一种长流不息的传统，一种时代的更新，从而引起我们的深思。一周前刚做了心血管支架手术的美林在致辞中慷慨陈词："天书"在我的艺术领域里，是特殊的存在，对我的艺术和灵感是质的提升和改变。故宫是中华文化的一个最大的家。能够两次进故宫办展览，是我对民族文化的温情敬意。

开幕式上，联合国教科文组织原总干事伊琳娜·博科娃、联合国教科文组织前战略规划助理总干事汉斯·道维勒、西班牙著名艺术家胡安·里波列斯，日本和纸艺术家堀木惠理子，韩国艺术殿堂首尔书艺博物馆馆长李东辇，分别发来热情洋溢的贺词。

美林常说，八十岁是书画家的黄金年龄段，诸如老编审、老中医、老船长……这些均是经历了从量变到质变的过程的、属于经验积累的职业。所以说，自己的艺术生命才刚刚开始……

我相信，一切真的刚刚开始，美林已经做好了准备，张开双臂，拥抱全世界，因为所有这一切，都是恰逢其时。

高光时刻

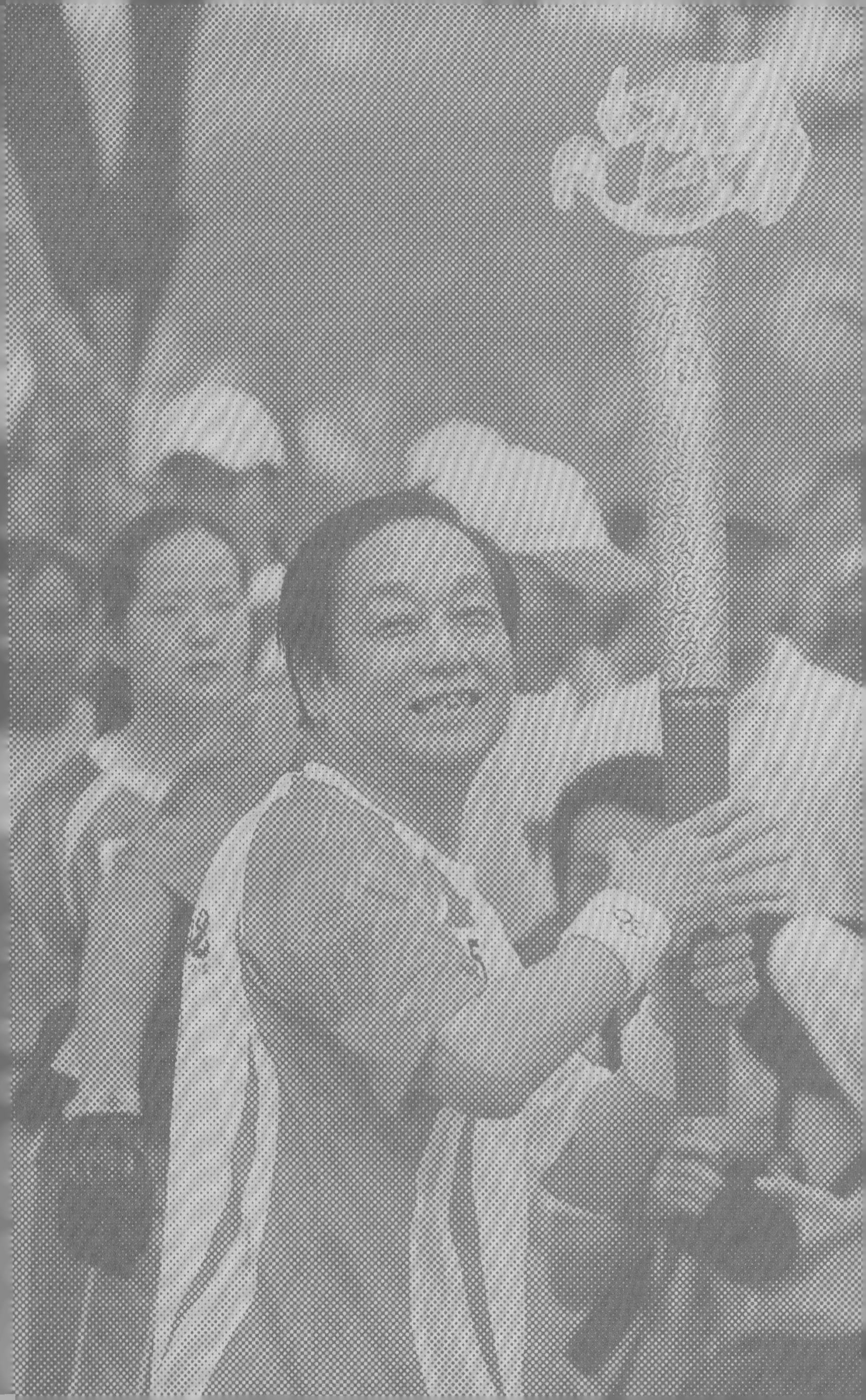

厚积薄发

对于"80后"的美林来说,艺术生命才刚刚开始,他正百折不挠地突破艺术的藩篱,向着更高、更远的——"未知数"进发。

美林说,他这辈子连个小组长都没当过,20世纪80年代落实政策从安徽调回北京时,由于害怕再被美术界"窝里斗",自己主动要求去中国作家协会。他说,在作协,如有人跟我过不去,我就说自己是搞美术的。

没想到去了作协没多久,因为美林是张光年和冯牧调来的,受到了其对立面的排挤,被发配到作协下属的"文友出租汽车公司"当负责人(享受副科级待遇),总共管了八辆黄色"面的",但一次也没让他坐过。不过,对于一个被下放了二十多年,且坐了四年七个月监狱的美林来说,本就无欲无求,倒也无所谓。

然而,美林却连续当了七届全国政协委员,其中五届还是全国政协常委。三十五年间,他为国家履职无数,并作为党外人士,列席了数次党代会。七届全国政协委员,这在政协委员历史上,也屈指可数。几年前,美林光荣卸任,但依然在中央文史馆馆员的岗位上发光发热。

▲ 美林履职

◀ 奥运火炬手美林

对于美林来说，一生的勤奋和修为换来了无数荣光，然而，属于他人生中的高光时刻应该是跨入"80后"的时代。"厚积薄发"四个字用在美林身上，再恰当不过。

法国当地时间2015年10月13日19时，在巴黎联合国教科文组织总部，美林被正式授予联合国教科文组织"和平艺术家"称号，成为中国美术界获此殊荣的第一人。

当晚，时任联合国教科文组织总干事伊琳娜·博科娃亲自为美林授奖。她在致辞中说道："韩美林作为中国最了不起的艺术家之一，用书法、绘画、雕塑、陶瓷、设计等多种方式表达着自己的热情，他将现代的理念与民间艺术相融合，并且深信有根的艺术才能发展繁荣，经受时间的检验。这些都与教科文组织保护促进文化遗产的使命产生共鸣。可以说，韩美林为世界的多姿多彩做出了贡献。"

美林接过博科娃总干事颁发的"和平艺术家"荣誉后发表感言："在世界反法西斯战争胜利七十周年、联合国成立七十周年之际获得这一荣誉，我感到非常荣幸！更感到一种责任！未来自己有多大能量，就将使多大力，来回馈世界。"

当天下午，巴黎联合国教科文组织（UNESCO）如同"韩美林日"，我们亲历了在电梯口被"围堵"的景象。有很多联合国官员驻足聚集在"Cultivons La Paix"（播种

▲ 时任联合国教科文组织总干事的伊琳娜·博科娃为韩美林颁发"和平艺术家"证书

和平）的牌子下面，那里的电视屏里滚动播放着七分钟的短片——"韩美林艺术"。大家看得入神，久久不愿离去——电梯也暂且呈"休息"状态。

当晚，各国驻联合国教科文组织的代表及各国驻巴黎使节蜂拥而至，座无虚席。那一晚，让我们真真切切地感受到——世界的韩美林。

仅仅过了一年，欧洲时间2016年10月28日，根据威尼斯大学学院选举，韩美林被授予威尼斯大学荣誉院士。在中国驻意大利大使李瑞宇的见证下，身穿院士服、头戴院士帽的美林从校长手里接过荣誉证书和勋章，他感慨地对台下的中华人民共和国李瑞宇大使说："祖国，我尽力了！"此时，在这座具有500年历史，由意大利著名画家乔凡尼·巴蒂斯塔·提埃坡罗（Giovanni Battista Tiepolo）绘制壁画的大礼堂里，响起了雷鸣般的掌声。意大利官媒报道称：韩美林征服了威尼斯！

创立于1868年的威尼斯大学是一所有着全球二十七种语言系、三万名学生的公立研究型大学。美林说，自己在1955年大学期间就知道意大利文艺复兴，那时起便认为中国是东方文化的代表，而西方文化的代表则是

▼ 威尼斯大学校长米切拉·贝格里斯为韩美林授予威尼斯大学荣誉院士证书与勋章

▲ 美林在威尼斯大学结束演讲后，接受记者采访

▲ 国际奥委会主席托马斯·巴赫为韩美林颁发"顾拜旦奖"

意大利。

事实上，这所大学在一年前已经被韩美林及他的艺术折服，那是缘于美林于2015年7月在东方大学著名的海豚（Ca dolphin）礼堂为该大学的师生们上了一堂名为"石魂走心"的公开课。在这个极富巴洛克风格的大礼堂内，美林讲述了自己的艺术探索之路，谈论了东方与西方、古老与现代的差异。东方大学贝格里斯校长总结这次公开课时说："韩美林先生是中国当代最重要的艺术家之一，他的艺术兼具审美理念和国际通行语汇。他即将在银川开幕的第三座韩美林艺术馆，正好在丝绸之路的方向，而威尼斯则是一个起点。正如当年马可·波罗到中国一样，今天韩美林先生的到来，对于东西文化的交流和了解，无疑有着特别的意义。"

与欧洲再一次续缘是2018年4月23日，我们一行来到了瑞士最大的法语区城市、思想家卢梭的故乡——日内瓦。那里聚集了众多国际组织：联合国前身"国联"（目前是联合国欧洲总部）、世界贸易组织总部、世界红十字会总部、世界知识产权总部、世界难民总署、国际电讯联盟总部、世界卫生组织总部，世贸组织总部……数不胜数！一个人口总数才十八万的小城，居然聚集了如此之多的国际组织，究其原因，也许因为这里是中立国家，政治稳定，主张和平，信仰自由。此外，中世纪新教改革奠定了这里繁荣的经济基础。

我们此行的目的地则是距离日内瓦不远的洛桑。

2018年4月24日，瑞士洛桑国际奥委会总部，奥委会主席托马斯·巴赫给中国艺术家韩美林颁发"顾拜旦奖"。这是韩美林继2015年成为中国美术界第一位获得联合国教科文组织"和平艺术家"之后，再次成为中国美术界获得"顾拜旦奖"殊荣的第一人。

"顾拜旦奖"是国际奥委会颁发给为奥林匹克运动做出突出贡献的人士。它与奥运奖牌不同，除了有特殊表现的运动员，那些为推广奥林匹克运动和传承奥林匹克运动精神有着突出贡献的人士也是受嘉奖的对象。在

颁奖仪式上，巴赫主席动情地说："韩美林先生是奥运精神卓越的实践者，是奥林匹克鲜活的象征。"

▲ 1996年美林在亚特兰大雕塑《五龙钟塔》前

巴赫主席说得没错，美林与奥运的情缘，由来已久。

如果说大多数中国人的奥运热情，是在2001年北京申奥成功时被点燃的，那么美林跟奥运结缘要比许多人更早。1996年，为纪念奥林匹克运动会100周年及20世纪最后一届奥运会，美林应邀为第26届美国亚特兰大奥运会设计了高度为9.6米的青铜雕塑《五龙钟塔》，通过"龙""华表"等一系列最能代表中华民族的传统艺术形象，向外国友人真切地展示了中国文化艺术的魅力。经过与十七个国家的雕塑艺术家的角逐，《五龙钟塔》成功胜出。由此，美林也成为第一个将自己的雕塑建立在美国国土上的中国艺术家。

2001年北京申办奥运会，美林是申奥标志设计小组的主力成员。他用国画笔触重新演绎的奥运五环，环环相扣，组成中国传统手工艺"中国结"的造型，将艺术与奥运的人文精神紧紧相连。换个角度，整个标志又像极了中国特有的传统运动"太极拳"的基本姿势，经过极简单的变形又能呈现各式各样的运动项目。

2008年，韩美林不仅领衔设计了北京奥运会的吉祥物"福娃"，还作为奥运火炬手北京第一小组的成员，参与了火炬传递。与此同时，韩美林把他的第二座韩美林艺术馆落户在了北京大运河畔，捐赠了两千多件艺术作品，其中也包含"福娃"的设计手稿。

此后，韩美林艺术基金会以五个福娃的名字，分别命名并资助了位于全国东、西、南、北、中的五所希望小学。除了建立"美林教室"外，还不定期举办各类夏令营活动，聚齐百余名希望小学的师生，在"鸟巢"举行盛大的开营仪式，参观国家体育总局体操训练中心，在姚明篮球学校的体验课程……所有的活动都为这些之前从没来过北京的孩子们插上了梦想的翅膀，给奥运精神的传承播撒了种子。

韩美林作为艺术家，他的艺术门类包括书法、绘画、雕塑、紫砂等多个领域，他始终将奥运精神贯穿在艺术创作生涯中，用一系列作品感染着人们向"更高、更快、更强"的奥运精神奋进。

在瑞士洛桑奥委会总部，见证韩美林获得"顾拜旦奖"的中外人士，在向"和平艺术家"韩美林热烈祝贺的同时，无不称赞本次国际奥委会最高奖"顾拜旦奖"实至名归。

获得"顾拜旦奖"后，韩美林发表了题为"我向世界致青春"的获奖感言。美林说："站在国际奥委会总部，我虽然八十二岁了，但似乎感觉又青春了一把。'更高、更快、更强'，是奥运精神的内涵。我理解这样的'奥运精神'，就是赋予这个世界青春活力。只有青春活力，世界才会勃发生机，永续文明。在我看来，青春与年龄无关，

▼ 2008年美林传递奥运火炬

因为，生命是份礼物，年龄只是个称呼，我的青春我做主。青春也无关民族、无关性别、无关肤色。而最重要的关乎，是对生活的热爱，是对自然的敬畏，是对创新的激情。奥运精神，就是给人类、给世界注入青春活力。由顾拜旦先生缔造的奥运精神，薪火相传，生生不息，犹如奥运火炬。你、我、他共同创造的世界，在奥运的旗帜下，我们一定会向着'世界和平，人类文明'奋进。在获得'顾拜旦奖'的这个时候，我的最大祝愿，是祝咱们的世界永葆青春。"

仅隔半年之后，2018年10月24日下午，一场隆重的颁奖仪式在韩国首尔国立现代美术馆举行。韩国政府向美林颁发了"韩国宝冠文化勋章"，以表彰他在中韩文化艺术交流领域做出的突出贡献，这又是中国美术界获颁"韩国文化勋章"的第一人。勋章上镌刻着：阁下通过文化活动对国民文化的提升做出了巨大的贡献。根据大韩民国宪法，授予"宝冠文化勋章"。

众所周知，国际上许多国家早已实行文化勋章制度。例如，英国的功绩勋章、法国的金棕榈骑士勋章，都与"韩国文化勋章"类似。在接受记者采访时，美林说："作为一个艺术家，我的'根'在中华民族，我的眼睛看着世界，我的脚步向着未来。我在创作上秉持空灵与充实的精神，从而让人们的生活更艺术、更美好。这些年获得的各种奖项，是对我的鼓劲。对于一个艺术家来说，现在是我创作的黄金年龄段。等着我的新作品吧，朋友们！"

可以说，跨入到"80后"行列的这几年间，美林仿佛进入"开

◀ 美林荣获"韩国宝冠文化勋章"

挂"的人生轨道，拿奖拿到"手软"，应验了美林的一句至理名言："几十年来我埋头拉车，一抬头，走向了世界。"

其实，这些年来，美林艺术的闪亮标签还有不少，在大众的认知里，或许美林只是"福娃"之父，其实你经常乘坐的中国国际航空公司（以下简称"国航"）航徽及内饰，中国人民解放军军服，港澳通行证，丁酉年（2017）、己亥年（2019）、庚子年（2020）生肖邮票等设计均出自美林之手。每年，美林还要完成不少国家级任务。

诸如，飞得最高的设计——国航凤凰标识和机舱内饰。

美林与中国国际航空公司有着跨度达二十五年的长情合作。此生，美林最崇尚科学，敬仰科学家。当波音总裁告诉他，一架飞机上有六百万个零部件分别来自全球七十个供应商时，美林肃然起敬。

1988年，美林首次与国航牵手设计了国航航徽。从此，一只灵感来自西汉时期云南石寨山杖头的简约、美丽的凤凰，伴随着国航几百架飞机飞越五湖四海，将中国的文化传播到了世界各地。2011年，对飞机有着特殊情结的美林与国航第二次握手，接受了国际航空业规模最大的"中国国际航空公司机舱内饰"的升级换代的艰巨任务。

▼ 美林设计的国航机舱内饰

国航当时的诉求是：无论在头等舱、商务舱，还是普通舱，无论你是中国人，还是外国人，无关你的性别、职业、种族、信仰或教育背景，只要你登上国航的任何一架飞机，你都会感到"很国际又不失中国，很现代又不失深厚，很舒适又不失安全"的氛围。

美林率领的国航内饰项目设计团队通过对素材缜密的梳理与分析，从纷繁的文化关联中，找出了"客舱内饰"设计的学理，与承担本项任务统合的英国JPA公司很快达成共识，最终归集到三个关键词"祥云、瑞凤、大地"。美林用现代的手法传达出丰富的设计内涵，从纹样形态、色彩搭配到整舱统合，周全考虑到了文化的表达与包容，终于用他的智慧与才情，完成了此项艰巨的任务。

最难忘的莫过于美国时间2013年3月22日上午，刚刚参加过美国西雅图波音公司777-300ER交付仪式后的第二天。雪后的西雅图阳光明媚，首架承载着国航新航空内饰的波音777-300ER静静地等候在生产线外的停机坪上。当我们与前来迎接本架飞机的国航人豪迈地走向由美丽凤凰和五星红旗元素涂装的全新777-300ER准备起程时，我们心潮澎湃。

迈上飞机舷梯，走进国航崭新的777-300ER机舱，看到眼前呈现的由美林设计的国航新航空内饰，此时幸福指数最高的莫过于美林。因为，所有机舱内饰，包括座椅、门帘、地毯等，均实现了美林曾经允诺的"即便一个从未来过中国的外国人，一进国航机舱便感觉到已经来到中国"的愿望。

诸如，最接地气的设计——生肖邮票。

饱含年味的生肖邮票，对于全国的集邮爱好者来说，一直以来备受追捧，因其巨大的升值潜力，成为集藏界的"明星"。每到年初生肖邮票发行日，均会出现"邮迷"在邮局门口彻夜排队的火爆景象，堪比春运抢购火车票。

2020年，岁次庚子，中国邮政再次力邀韩美林担纲设计《庚子年》生肖邮票，这是继《癸亥年》猪票（1983）、《丁酉年》鸡票（2017）、《己亥年》猪票（2019）之后，美林再次为中国邮政设计生肖邮票。这在中国邮政生肖邮票设计史上是绝无仅有的。

从 2016 年到 2020 年，按照中国的农历，依次为丙申年、丁酉年、戊戌年、己亥年、庚子年。这五年间，中国的生肖邮票设计，可以说被美林与他的两位老师黄永玉、周令钊包揽了。他们仨，均是第一轮生肖邮票的设计者。从 20 世纪 80 年代第一轮生肖邮票到如今的第四轮生肖邮票，虽然历经了岁月变迁，但不变的是他们师生的初心。

1981 年，黄永玉先生率先设计的庚申猴年（1980）邮票成为生肖邮票史上的里程碑。1982 年，时年六十三岁的周令钊设计了壬戌狗年邮票之后，推荐了自己的爱徒韩美林设计 1983 年癸亥猪年邮票。从此，在生肖邮票的长河里，师徒仨心有灵犀，创造了中国邮票史上不朽的业绩。

▼ 美林设计的《癸亥年》猪年特种生肖邮票（1983）

"小邮票，大世界"生肖邮票设计史上历来高手云集，其中不乏国内顶尖画家。2016 年末，猴年未尽，中国邮

厚积薄发

▶ 美林设计的《丁酉年》
鸡年生肖特种邮票 (2017)

政集团公司的领导就早早来到北京韩美林艺术馆，为 2017 年丁酉鸡年的生肖特种邮票特别邀请美林担纲设计。美林不负众望，历时半年，深度构思，共创作了数十幅生肖鸡形象。经过专家研讨、广泛听取意见，中国邮政最终选定了两幅写实与装饰风格相结合的韩美林水墨鸡画作。

2017 年 1 月 5 日，美林与中国邮政李国华总经理共同为《丁酉年》邮票揭幕，宣布 2017 年《丁酉年》特种邮票正式全国首发。《丁酉年》特种鸡票一套两枚。一枚为白色底色，另一枚为彩色底色，延续了第四轮生肖邮票的设计风格。鸡票第一枚图案表现了一只威武强壮、高傲奔放的雄鸡，第二枚则为呵护幼崽的母鸡与抽象可爱的小鸡组成的"合家欢"形象，寓意幸福美满的一家子，既突出了雄鸡起舞、大吉大利的生肖贺岁主题，又展现了和谐团圆的家庭生活。美林说："时隔三十三年之后，再次参与生肖邮票的设计工作，我感觉这是一种缘分，是民族传统文化与艺术的缘分。"

丁酉鸡年之后是戊戌年，很多人关心狗年邮票由谁设计。中国邮政也向美林提出了"韩老师，您还愿意继续为我们设计狗年生肖邮票吗？"这样的问题，因为大家都知道在美林人生最低谷的时候，是一只忠诚的小狗终日围绕陪伴在他的身边。所以，美林一直以来喜欢养狗、喂狗、爱狗、画狗……在他看来，"狗"是人类最真诚的朋友。

然而，美林却推荐了自己的恩师周令钊来设计戊戌年的生肖邮票。这位百岁老人可谓新中国第一批国宝级艺术大师。他绘制了天安门城楼上的第一幅毛主席像、构思了人民大会堂穹顶的满天星、参与过国徽团徽队徽的设计工作，还担纲过第二、三、四套人民币的设计。美林觉得，三十六年经历了三个轮回之后，恩师再度为狗年生肖邮票操刀再合适不过。终于，周先生在百岁生日之际向全国集邮爱好者交出了满意的"答卷"，不愧为励志的典范。

接下来连续两年，美林设计了己亥年、庚子年生肖邮票。

2019年1月5日，"韩美林生肖艺术大展"开幕式在故宫文华殿前隆重举行，与此同时，《己亥年》特种邮票首发仪式也拉开了帷幕。美林与中国邮政集团公司董事长刘爱力共同为2019年猪年邮票揭幕，宣布《己亥年》特种邮票正式向全国发行。在首发仪式上，主持人白岩松介绍说，《己亥年》全套邮票以"家"为核心概念，将生肖的形象特点与中国人的家国情怀巧妙结合，赋予生肖形象以"合家欢"的生动设定。

《己亥年》邮票一套两枚，邮票第一图名为"肥猪旺福"，肥猪肚藏乾坤，憨态可掬，以奔跑的动态表现灵动生风的喜感，象征着正在奔向美好的生活；第二图名为"五福齐聚"，是首次在一枚生肖邮票中完整体现"全家福"的概念，两只大猪和三只小猪同时出镜，其乐融融，寄托新春佳节阖家团圆、五福临门的美好祝福。

美林在致辞中说："十二生肖和人类有分不开的感情，这就是人间有情。所以说，鼠牛虎兔，人间有情；子丑寅卯，天上密码。为设计己亥猪年邮票，我画了很多手稿，我的画室差点成为'养猪场'。"

等到国内放开三孩政策，又有评论说是美林设计的《己亥年》第二枚"五福齐聚"的生肖邮票有先见之明。那只是坊间笑谈，当初美林设计该枚邮票时主要是从构图以及合家欢概念出发，完全没有考虑到三孩的因素。

2020年1月5日，《庚子年》特种生肖邮票在中国国家博物馆白玉厅举行了首发仪式。在首发仪式上，中国邮政集团公司副总经理康宁介绍说："《庚子年》特种邮票，

◀ 美林设计的《己亥年》特种
生肖邮票（2019）

▶ 美林设计的《庚子年》鼠年
特种生肖邮票（2020）

延续了第四轮生肖邮票的'家国'概念，由韩美林先生担纲设计。第一图名为（子鼠开天），取自民间传说'鼠咬天开'，萌动之鼠腾空跃起，咬破混沌，遂成宇宙，同时鼠的奋力跳跃，也寓意继往开来的发展不断迈上新台阶；第二图为（鼠兆丰年），三只小鼠一副欢喜自得的模样，并缀以花生图案一派丰收景象，寓意2020年五谷丰登、阖家欢乐。"

出生于1936年的韩美林生肖属鼠，担纲设计新一套生肖邮票的开门鼠年邮票，可谓缘分使然。对于自己的本命年生肖，他自然是有着特殊感情，更希望把自己的属相画得惟妙惟肖。美林给庚子鼠年邮票设计了七百多幅可供选择的稿样，每一幅都画得传神可爱。

谈起鼠年邮票设计，韩美林在采访中告诉记者："都说老鼠丑，但我不这么认为，艺术家要解决造型问题，最根本的是要善于发现形象的优点并加以造型表现。大家看美国迪士尼的米老鼠多可爱，我也觉得小老鼠那个光溜溜的小尾巴很好玩儿，所以我怀抱这种友爱的心情去画出它们的可爱劲儿。"

与美林结婚二十多年，其中三年与中国邮政亲密接触，对于我来说，与有荣焉。我是邮政家属，自小在邮政家属院里长大，这也是这些年来我助力美林与邮政结缘的重要原因。以至于在这些年生肖邮票设计的过程中，当美林与中国邮政设计理念出现分歧时，都是我一直充当"救火队员"角色。

打开中国生肖邮票史，每一枚邮票都寄托了中国传统文化的生动寓意。先后设计四套生肖邮票的韩美林，将艺术家的家国情怀和真诚祝福寄予在邮票中，为中国邮票做出了连续性的、载入史册的贡献。

诸如，最有学术价值的《天书》。

1985年，在香港，著名书法家启功先生在看到美林构思本上的一些"美人儿"之后，开玩笑地说："美林，你这是办'古文字收容所'啊，那你就当这个'收容所'的所长吧！"这把美林和周围的人都逗乐了。幽默过后，启功先生语重心长地说："美林，把古文字描下来，只能说是资料，不能说是艺术。你能把他们写出来就好了，你是画家，又有书法底子，别人还真写不了……"

正是这番话，启发了美林把"天书"写出来的夙愿，给这些"无家可归"的文字建一个真正的家园，书名就叫《天书》。因为写的过程非常枯燥，需要耐得住寂寞并排除一切干扰。直到2005年启功老师去世，美林还未完成。因此，美林大哭一场，他在启功老师灵堂前说："启功老师，我太懒了，我答应您，尽快将《天书》完成。"

自那以后，美林开始发愤图强，每天十八个小时沉浸在天书的创作中，不能自拔！他的手因为长时间握笔引发炎症直至溃烂，现在右手中指因为写字留下的凹槽已经不能复原了，成了天书创作永久的纪念。

美林将自己三十三年来从甲骨文、石刻、岩画、土陶、青铜、陶器、碑铭、石鼓等各种古代文物上搜寻记录的三万多个符号、记号、图形和金文、象形文字集中起来，重新阐发这些尚未考辨音义的符号和文字，以书法笔墨的形式表现出来。终于，2008年1月，中华书局出版了《天书》，让三万多个无家可归的字有了自己的"家"。《天书》

出版前，学术泰斗季羡林先生为《天书》题写了书名。

国学大师冯其庸说："我感到韩美林是一座时时在喷发的活火山，在他并不高大的个体里，却不知蕴藏了多少能量。拿这部《天书》来说，全书不知有多少字我没有统计，但只让我感到如面对着汹涌的大海，我是站在海边，望不到对岸。或许韩美林是一个特殊材料，常人是无法与他比拟的。"

清华大学国际汉学研究所所长李学勤说："我们需要艺术的眼光和思维，韩美林已经指示我们，古文字不是冷冰冰的化石，而是有性格、有气质、有神韵、有活力、有创造性的，他以一支妙笔，写下了这部不仅有字而且有情的《天书》。"

著名作家冯骥才说："有谁知道，在韩美林完成这件《天书》之前，对古文字的搜集长达三十多年。从大量的古陶上、铜器里、碑文与考古报告中，被韩

▶ 《天书》

美林搜罗到的古文字竟达三万之多，然而韩美林不是将这些被遗忘的古文字重新书写出来，而是将他个人的性灵投入其中，透过漫长岁月的重峦叠峰，去聆听与叩问古人最初的所思所想，以及原发的想象和创造的自由……《天书》是一部文字学的大书，又

厚积薄发

165

是一部特立独行、无限美妙的书法巨作。这是韩美林倾尽一生心血的终极成果，它的意义究竟多大？老天生了一个韩美林，韩美林生了这部《天书》。"

▲ 美林创作《天书》

美林自己说："天书就像个聋哑美人，为什么一定要问她姓什么叫什么呢？难道她还不够艳压群芳吗？音乐里，C大调F小调可以用'无标题'音乐让人们去听、去品、去联想、去享受，而遗存下来的《天书》，不正是这样的C大调F小调吗？"

中国当代画家黄苗子为《天书》赋诗：

仓颉造字鬼夜哭，
美林天书神灵服。
不似之似美之美，
人间能得几回读。

2021年12月22日，美林的最新著作《天书》在故宫博物院建福宫举行首发仪式，这是继2008年首部《天书》出版之后，韩美林对古文字的再记录与创作。冯骥才老师在新版《天书》的序言中写道，韩美林的当代性，不同于任何"业内"的时髦。他不追随任何"国际"潮流，而是坚定地立足于博大精深的传统的高山上，立足于雄厚与灿烂的民间大地上，寻求自己的当代——当代的精神、当代的意味、当代的审美与当代的表达。可是，这种精神与意味最终要在审美上确立，需要当代人的认可与认同。由是说，韩美林进取的路一定是艰辛的，必须苦苦以求，不离不弃。成功从来不会伸手可得。在寻找到光明之前，一定经过黑暗中顽强而执着的摸索与探究。个中成败垂成，唯有艺术家自知。

《天书》是美林倾注心血的一部力作，无论现在还是未来，相信其在中国文字史、书法史、文化史上均将获有一席之地。

诸如，最具研究意义的"韩美林艺术大系"。

喜欢埋头拉车的美林很少有时间去总结自己的艺术成就，作为他的追随者，我们有责任去梳理和总结海量的美林艺术，这首先便是出版一套"韩美林艺术全集"。

起初，美林一听说出"全集"，坚决不干。在他的概念里，"全集"是对故人的总结，是已完成的全部作品，而美林每天还有大量奇思妙想的创作，怎么可能全呢？思来想去，还是陈履生老师想出了用"大系"作为丛书名，这个名称是开放的，美林创作多少，我们就出版多少。面对浩瀚的作品，我们从 2015 年开始筹划到 2017 年申请

▼ "韩美林艺术大系"

到国家出版基金，再到 2019 年 12 月正式出版，其间，大家所付出的心力是巨大的。

美林的艺术创作具有高度的综合性和独特性，故"韩美林艺术大系"没有按照传统的分类方法对他的作品进行分门别类的展示，而是按照不同的主题用不同类型的作品来共同阐释，这是这套艺术大系的编辑特点，这种方法能够呈现一个更为立体的韩美林艺术。

"韩美林艺术大系"目前已经出版了《城市雕塑卷》、《动物卷》、《人物卷》、《书法卷》（一、二）、《陶瓷卷》（一、二）、《工艺卷》。大系总序是由中国现代杰出的美术家、设计艺术家和美术教育家，韩美林的恩师"百岁老人"周令钊先生所作。他在序言中写道："欣闻此套大系获得了国家出版基金的支持，这也从一个方面证明了美林的艺术不仅仅是他个人的创作，更是代表了时代艺术发展的高度。美林在获得联合国教科文组织颁发的'和平艺术家'称号之后的演讲令人动容。这是一个艺术家的责任与担当，在他的艺术创作中，融入了上古文明历经数千载的生生不息，融入了民族地域特色文化的精华集萃，融入了当代人类共同的命运思考和审美语汇。"

时任中央美术学院雕塑系主任、教授、博士生导师吕品昌在《城市雕塑卷》中称赞："韩美林的雕塑古朴而不乏清新之意，严谨而不失浪漫之情，善于把我国传统文化的精神与现代意识融会贯通，并有机结合起来，从而增强新的时代感，是学习传统并开辟了自己独创的成功的道路的成功典范。"

中国国家博物馆研究员陈履生在《动物卷》论述："动物是美林绘画中最为重要的题材，也是他最为得心应手的表现对象。一方面基于他内心的博爱，另一方面又得力于其在造型与表现上的功力，创造了一种属于他的独特形式和品类，特别是韩美林动物画中的水墨品格，表现出了与'美林体'书法相关的用笔，以及对于水墨的理解和认识，而结合装饰手法的运用，化解了文人艺术的孱弱而走向了雄强与刚毅，装饰性则丰富了水墨语言而表现出现代性。"

清华大学美术学院美术史论专家张敢在《人物卷》中指出："韩美林的人物画将西方人体艺术的比例和谐之美与中国人强调精神韵味的审美特征相融合，创作出了带有明确美林风格的人体绘画。他将人体简化和抽象，突出了线条的律动和美感，揭示了生命的蓬勃和美丽，表达了他对生活的热爱。"

时任中国书法家协会秘书长的张旭光在《书法卷》中评价韩美林的天书创作是前无古人的，也将启迪、引领未来的发展。韩美林雄强大气、苍茫浑重的楷书取法唐人颜真卿，并且在忠诚于经典中迈出了现代审美的步伐，而韩美林的草书一出手就站到了草书创作的最前沿，进入了"无行无列"的"阵地"。

清华大学陶瓷系主任白明在《陶瓷卷》中将韩美林的陶艺归入"远古"与"天真"，称韩美林在陶瓷造型的空间线条上显示了独有的才华与浪漫的想象，将远古的岩画、图腾、篆隶楷的文字结构、植物、人体、山水、光影等具象与抽象之形拆解成基本而极简的元素再随意抽取组合，幻化成他脑海里的韩氏之形，落于笔下成于器中，使我们现代陶瓷图谱中又增添了韩美林样式。

清华大学美术学院教授方晓风在《工艺卷》中阐明："韩美林的工艺美术审美上以装饰性为内核，大量吸收中国传统文化的营养结合现代审美意识，扎实的图案功底和对民间美术的持续关注，使他在题材的创新上游刃有余。总的来说，韩美林先生拓宽了中国当代工艺美术的概念和疆域，对工艺美术界的流弊有'拨乱反正'之功，为中国传统工艺美术的发展找到了活力的源泉。"

此次出版的"韩美林艺术大系"是对美林艺术从创作实践到理论研究的一次整体总结和深度提炼，其全面且系统地展现了当代视野下对韩美林的最新理论研究成果，将为学术界研究韩美林提供重要凭借和理论依据，对进一步扩展中国美术理论界的研究范畴，推动当代美术史的繁荣发展起到了积极的作用。

再诸如，最励志的雕塑《良月流晖》。

美林最喜欢写的书法是"沙场点兵"，这四个字用在美林设计、制作、安装雕塑《良月流晖》上再合适不过。

中华文明一千年前看北京，两千年前看西安，五千年前看良渚。2019年7月6日，在阿塞拜疆举行的联合国教科文组织第43届世界遗产大会上，良渚古城遗址成功列入《世界遗产名录》，申遗成功权威性地实证了中华五千年文明史的存在，标志着中华五千年新石器时代文化史得到国际社会的认可。由此，7月6日，也被设定为"杭州良渚日"。

当杭州市领导希望雕塑《良月流晖》在首个"杭州良渚日"落成时，只剩下短短的三个月时间。而此时的美林因椎动脉狭窄刚在北京医院做了手术。听到这个消息，美林从病床上跳了起来，他顾不上术后恢复中的身体，拿出了"沙场点兵"的勇气，将静谧洁白的病房布置成为临时创作室。

为了使雕塑设计得兼具文化内涵和视觉审美，美林查阅了大量的相关史料，复印了数百页文物资料，绘制了无数质朴的线条和神秘的文字图案。从具象的火焰、玉器图案，到意象的江南山水，无论是火焰的夺目，还是玉璧的温润；无论是陶器的质朴，还是江南山水的典雅；无论是古代文字的厚重，还是良渚器物的丰富……每一个形象元素，在美林的创作中都显得生动和传神。

终于，《良月流晖》的设计稿，在北京医院北楼病房里诞生了。

该雕塑由火焰、玉器、基座和水池几部分构成，彰显了良渚古城遗址的价值内核和精神延展。顶端跳跃灵动的火焰，象征着中华文明生生不息、蓬勃向上的原动力。圆形的玉璧既代表上天，也是古文字"良"的变形。居于中间的三叉形器，代表人与天地的相互

▶ 美林与《良月流晖》

良渚

① "良渚"雕塑的要点说明：

一、如果水是生命之源的话，火则是人类文明的源泉。自从人类以火烤在一起之时人类文明便是一个伟大转折点的开始。
这是为什么这组雕塑选择"火"为主题的重要根据。
"火"亦是良渚文化的一个重要特色。

二、玉璧为第二形象。
"良渚"文化玉壁是第二个特色。玉壁的制作是文化与母系氏族阶级，它的制作形成了与后来之玉完全不同的过程。艺术形式、形象、造型上的特点令人刮目。

三、陶瓷为良渚文化的第三个选项。
大量的陶瓷的烧造、窑温、造型、纹饰、以及大量的古文字、符号、记号……除了文明价值与人类之关系，这都是良渚文化

②

特有的突出的特点。尤其是古文字。

四、在河湖遍布的钱塘江、太湖流域，良渚文化群更突出了它的最高位置。它就是一颗璀璨的明珠。在众星拱助下，见证着五千年文化不可替代的壮丽之冠。
西湖代表了灵性的江南，山水女神的画，这是第四个特点。

五、五千年来战火纷飞、三皇五帝、暴洪野火……仍然在良渚文化之群里打成一个传承。这是多么令人仰止的文化遗存。
……

"良渚"雕塑创作的要点浅说明：

一、"火焰"：火的雕塑不好做，它不如画，能画出来则是主题。借助于漆器上的纹饰做发了我用瘦化手法（钢笔）完成了这组创作，看上去它们之间有很大的连续性的风格趋于一致。

③

这种契合是我想到的，脱俗后又现实。它是良渚文化之一的漆器代表，它使这个主题一下有施展开朗的切入点。

④

二、陶、玉材料综合以玉璧形式设计的第二款造型。
"良渚"雕塑当然要用本土取材料为主，这两种材料都是良渚文化的主要切入点。
这切入我加进了富有哲理的内涵。

古琮砚
良渚
陶刻盘
良渚
陶盘底

请参见图

以上都是定型前的有地方改的良渚文物。
最后我定下形象：

它正在雕塑中间的黄金位置是"良渚"的安放处。

⑤

三、石器。
这造型很多点，向这代表性形象"山"形最多。故选用以山字为代表的石器造型。

最后，放慢制作序章，如玉璧之间的关系运用的是下面的井缘
量设计中突出这个

⑥

四、江南山水、杭州最有代表性。忆江南最忆是杭州……（山光）
我大胆地引导江南一绝制引雕塑为基座。良渚文化代表了江苏、安徽、江西、浙江等地区都是江南好去处，故此上下结合效果很好。
加之基座下面是水池，而且造型是江南水乡，池子的造型用良渚的纹饰表达为多。
这样石水相映，江南山水一目了然。

水池图画
山字形石器

为什么用？因为良渚的一大特点是很古老。我必须用上它的古朴的美。我想，它一定很沧桑。另外，这地方

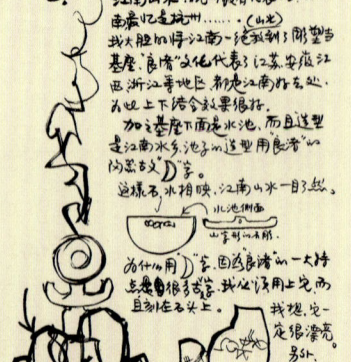

呼应。玉器的组合，融合了天、地、人的意象。琮形基座，象征矗立良渚大地的古城和水利系统。刻在玉琮上的神秘符号，则来自远古的良渚陶器。

激情是灵感的火焰，文明是灵魂的淬炼，艺术是放飞的想象，《良月流晖》雕塑小样在雕塑落成前两个月同步完成。

紧接着，在美林的亲自指挥下，《良月流晖》经历了小稿制作，3D 扫描放样，青铜铸造以及现场安装。就这样，一座致敬五千年中华文明、被冯骥才赞为"韩美林最有灵气的"二十米的城市雕塑，在 2020 年 7 月 6 日首个"杭州良渚日"神奇亮相。美林这位朝圣者奉献出了真诚礼赞。

古往今来，良渚文化作为令人仰止的文化遗存，其人文内涵早已渗透到华夏文明的各个层面，成为整个民族的精神信仰之源。美林创作的《良月流晖》雕塑，将成为国人连通古今的精神通衢，守望绵绵不绝的华夏文明。

林林总总，如此这般美林的业绩不胜枚举。对于"80 后"的美林来说，艺术生命才刚刚开始，他正百折不挠地突破艺术的藩篱，向着更高、更远的——"未知数"进发。

美林说，一万年太久，只争朝夕。

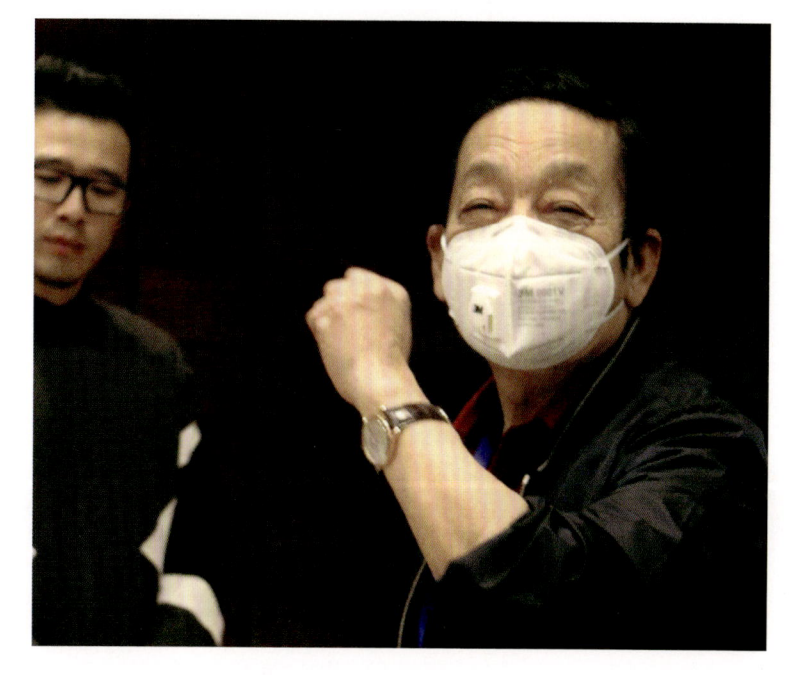

◀ 《良月流晖》手稿
▶ 向"未知数"进发

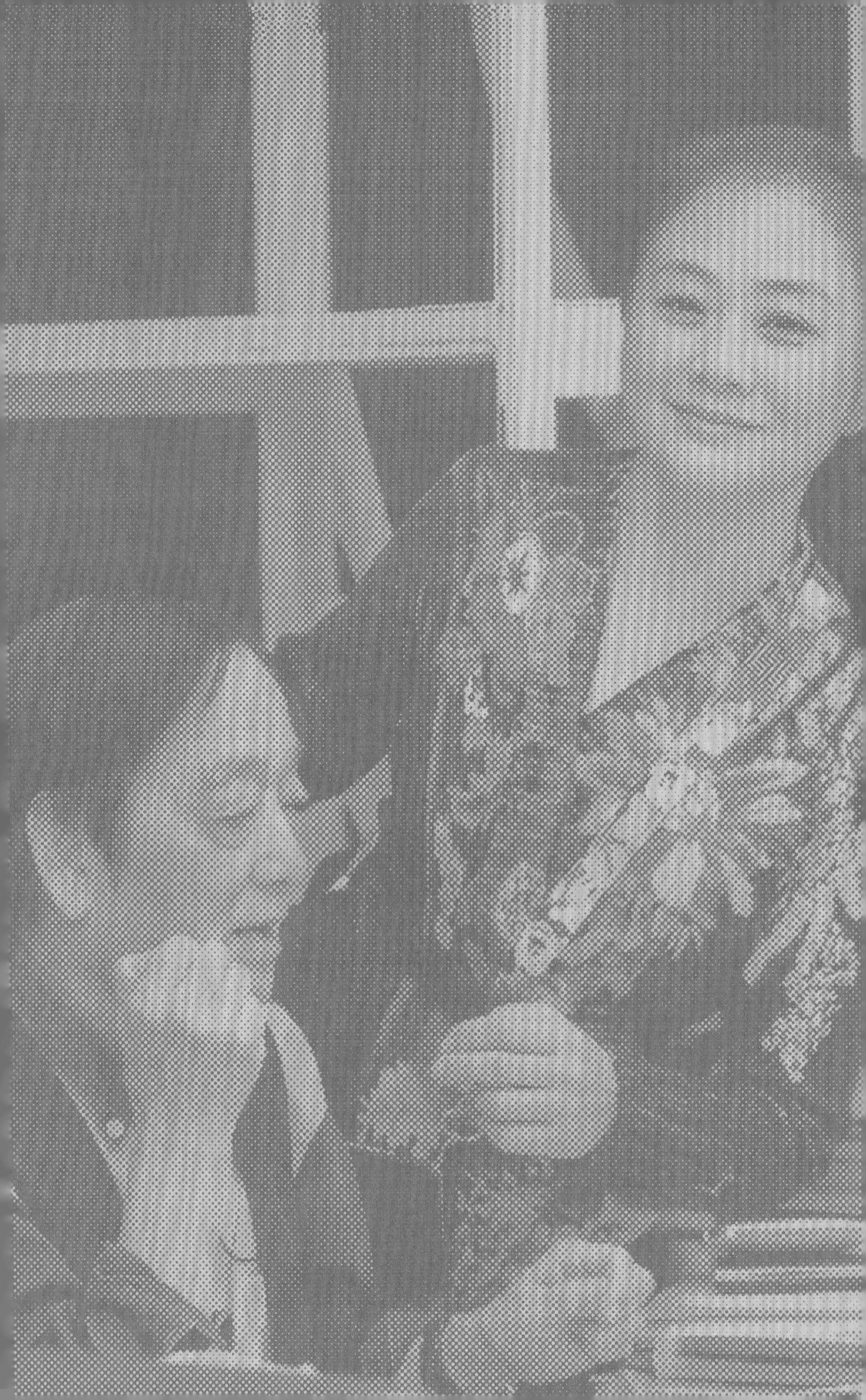

固若金汤

冯骥才曾说:"韩美林是一个人的敦煌。"
余秋雨曾说:"韩美林是千年后的汉唐。"

二十多年前,美林因冠心病,在心血管造影放支架的过程中突发血管撕裂,情况危及生命,被紧急送往手术室做心血管急诊"搭桥"术。与此同时,阜外医院开出了病危通知单。当时我想,如果有个闪失,美林几千件作品该何去何从?

三天后,待美林从"阎王爷"那儿走了一遭又回到人间时,我便问了他这个问题。他毫不犹豫地回答,捐给国家!于是,从 2005 年开始,中华大地上陆续矗立起了四座韩美林艺术馆。

作品捐给了国家,国家设立了以艺术家个人名字命名的艺术馆。这看似完美,但如何捍卫、发展、研究韩美林艺术,是摆在我们面前的一个刻不容缓的课题。

2013 年,我们成立了韩美林艺术基金会。基金会是由中华人民共和国民政部批准设立、中华人民共和国文化和旅游部主管的全国性的非公募基金会。它的宗旨是研究韩美林艺术和学术思想,探求符合中华文化艺术传承与发展的规律;传扬艺术家韩美林的爱国情怀以及为民族文化的奉献精神,弘扬韩美林艺术所蕴含的文化精华;开展各项学术活动,加强国内外文化交流,致力于推动中国艺术创新发展，为文化繁荣与民族复兴而服务。

我们的宗旨是：艺海无涯，美美与共。

韩美林艺术基金会的理事均是由理事长韩美林亲自定夺的，除了志同道合外，三观也需要较为端正。从年龄架构上来看，理事们从"70后""60后"到"50后"不等，每次理事会头脑风暴后，下一步工作思路就变得明晰明了。

我们的理事是：冯骥才、王石、陈东升、白岩松、万捷，监事是几十年来在雅昌集团指挥"千军万马"的何曼玲女士，我是办具体事务的秘书长。此外，基金会设有若干个专家委员会，如战略发展专家委员会和筹资投资专家委员会。别看这么个小小的基金会，这些年来，它所释放出的能量是巨大的。

当一个人的人生观和价值观升华到一定程度时，他思考的最多的或许是此生能为人类留下点什么，怎样让自己的能量最大程度地发挥。那么，成立基金会是个不错的选择。

韩美林艺术基金会成立那年，我们做的第一件事便是将每年的12月21日确立为"韩美林日"，它是美国纽约曼哈顿区将1980年10月1日定为"韩美林日"的延续。

我们的理事白岩松说："我觉得'韩美林日'选在12月21日挺有意思的：这是世界上最简单的数字构成——'1'和'2'，也有加油的意思。更重要的是，它还是一种平衡，它是对称的，12月21日顺过去倒过来怎么念都成立。"事实上，"韩美林日"就是奉献日、推动日、回报日、感恩日。

自2013年第一个"韩美林日"起，我们围绕着文化教育、文化艺术、文化遗产、文化培基等四个领域进行了广泛的捐赠，履行了"韩美林日"是"奉献日"的本质追求。

韩美林日，更是思想日，每年的"韩美林日"均

▶ 韩美林艺术基金会第二届理事会第一次会议

会有一个韩美林艺术讲坛。迄今为止，已经举办了"公共空间的艺术审美""艺术设计的十字路口""远古文明与当代艺术的生命联系""跨越时空的艺术力量""美·好生活""故宫对话：古老的现代""泥土的光芒""艺术的力量"等八个主题讲坛。

十年间，著名建筑学与城市规划专家吴良镛，著名雕塑家、书画家、美术理论家钱绍武，世界著名建筑大师、纽约新世贸中心大楼设计师丹尼尔·里伯斯金，全国政协常委、中国文联副主席冯骥才，著名文化学者余秋雨，著名作家、诺贝尔文学奖获得者莫言，故宫博物院原院长、故宫学学会会长郑欣淼，敦煌研究院原院长、敦煌研究院名誉院长樊锦诗，故宫博物院原院长单霁翔，著名历史学家阎崇年，中国围棋协会副主席聂卫平，美术馆高级策展人乔纳斯·斯坦普等多位重量级嘉宾，在白岩松的主持下，同台共论，激荡思想。每年的"韩美林日"活动现场，各界名流云集，国内外媒体纷至，深度报道迭出，反响热烈，成为影响广泛的文化盛事。

韩美林艺术基金会做的第二件事便是打假。由于造假成本低，法律还不健全，以至于制假、贩假者猖獗，如今拍卖市场上流通的韩美林作品大部分为赝品。这些赝品，经鉴定笔墨、落款、题词等尤为拙劣。面对层出不穷的伪作现象，深受赝品坑害的，既是艺术家本身，更是众多艺术收藏者。美林多次向社会疾呼，这种有损公序良俗的恶劣行为，应该动员全社会的力量予以清除。

记得有位花了大半辈子积蓄买来美林画作的八十岁老人，辗转找到美林予以鉴定，当得知是赝品时，老人伤心欲绝。美林看着心里很不好受地说："别难过了，我画一幅真的送给你吧。"另有一位山东艺术爱好者带着他收藏的韩

美林各类作品数十箱前往我们馆鉴定，遗憾的是，百分之九十九是赝品，这位收藏者当场流下了泪水……

2006年，美林的一个所谓的澳门籍"老友"登门拜访求字，自称"挂在家里"，请美林为其题写书法《雅廉居》。没想到，与美林的合影、赠送的书法，都成为其非法牟利的工具。由他策划、主编的《雅廉居收藏》画册中署名为美林的作品全都是赝品。我们将触目惊心的赝品与美林原作刊登在香港《大公报》上，以正视听。对于这种性质恶劣的侵权行为，我们保留了追究法律责任的权利。

更有胆大包天者，光天化日之下来到我们馆门口卖假画。当时，我们的保安亲眼看见一位身着满是颜料的工作服的年轻人在艺术馆大门口交接赝品，还煞有介事地对买方说："我在车间干活呢，老爷子去午休了，这是老爷子刚画好的。"

是可忍，孰不可忍！

2013年12月21日，韩美林艺术基金会维权中心正式成立。维权中心通过法律维权、新闻传播的途径，既为收藏爱好者的作品鉴定真伪，又为韩美林艺术的新进展、新动态、新作品及时发布新闻。韩美林艺术官方网站为艺术爱好者及藏家提供韩美林艺术作品免费鉴定服务，以辨别真伪，避免艺术爱好者、藏家遭受损失。此外，我们与雅昌艺术网开展了CARS认证和鉴证备案等合作，决意将打假进行到底。

2019年8月，韩美林的学生发现济南某公司在其经营场所陈列并销售署名"韩美林"的紫砂壶五十八把，并附有署名"韩美林"

▼ 2013年首届韩美林艺术讲坛的嘉宾们

▲ 美林手书"惩恶扬善"致谢济南市中级人民法院

及载有韩美林肖像的"作品证书"。后经美林确认,所有紫砂壶非其所作,考虑到侵权行为影响恶劣,为避免藏家受损,我们在第一时间公证取证,同时申请法院进行证据保全。通过庭审发现新的侵权线索后,承办律师及时调整诉讼方案,追加被告并增加诉讼请求。

主审法官转达伍某有悔改之意后,美林本着惩前毖后、治病救人的原则,希望其接受教训,潜心钻研业务,不要把路走歪了,并将所得赔偿悉数用于韩美林艺术基金会的公益事业。结案后,韩美林为济南中级人民法院书写了"惩恶扬善"四个大字。

秉承将作品回馈国家和人民的宗旨,美林长期与艺术品商业圈分身而立。数十年的艺术之旅,从未沾染浮华与喧嚣,但直面泛滥成灾的伪作市场,我们的打假决心从未动摇。

2020年11月11日,我国颁布了最新修改的《中华人民共和国著作权法》,增加了惩罚性赔偿制度,并将法定赔偿上限从之前的五十万元提高到五百万元,充分体现了国家对知识产权保护的重视,以及加大对侵权行为打击力度的决心。侵权成本的提高,对侵权人会有所警示,也给权利人维权增添了信心和勇气。希望通过法律从业者及艺术界同人的不懈努力,正本清源,还艺术市场一片纯净的天空。

美林此生担任过无数个社会职务,例如,全国政协常委、清华大学文科资深教授、清华大学学术委员会副主任、中央文史研究馆馆员、中国美术家协会陶瓷艺术委员会主任、世界华人协会副会长、中华海外联谊会常务理事、中国工艺美术学会名誉会长、中国美术家协会陶瓷艺术委员会主任……但我觉得，让美林感到最为荣光的应该是清华大学学术委员会副主任，因为美林自小就崇拜科学家。

清华大学学术委员会是清华大学的最高学术机构，委员们均是各学科的带头人。美林经常跟我说，清华大学学术委员会里的委员们都是国家栋梁，他们中有建筑学专家、物理学专家、量子力学专家、材料化学专家、经济学专家、国学专家等。

从 2011 年到 2020 年履职期间，美林时常倡议学术委员会会议在我们馆召开，希望科学与艺术时而碰撞一下。记得学术委员们受邀第一次来到北京韩美林艺术馆时，就被美林的艺术震撼到了。

在陶瓷厅，材料化学专家张希教授对钧瓷烧制产生了浓厚的兴趣，感慨釉质中金属元素化学反应时的颜色变化，在韩美林手中竟可以呈现如此炫美的艺术表达。

在设计厅，国学专家陈来教授看到韩美林艺术馆的馆标时，为大家介绍了太极图的演变与含义，并评价说："韩美林艺术馆的标志设计，不仅有深厚的文化内涵，更有让人过目不忘的独特造型。"

在书画厅，经济学家钱颖一教授对书法《民胞物与》分外欣赏，认为这幅书法所传递的"世界万物与我平等"的哲学理念令人钦佩。

在雕塑厅，看到五十八米高的《关公》雕塑图示，物理学家薛其坤院士赞叹不已："韩美林不仅是艺术大家，也是大工程师。"

经教育部批准，清华大学成立了由韩美林担任主任的"清华大学中国古文字艺术研究中心"。成立该中心是基于美林在三十多年间，从中国各地的甲骨文、石刻、岩画、土陶、青铜、陶器、碑铭、石鼓等各种古代文物上，搜寻记录了三万多个符号、记号、图形和金文、象形文字。美林将这些尚未考辨音义的符号和文字重新阐发，以书法笔墨的形式表现出来，汇集成《天书》。

这些文非文、书非书、画非画的文字和符号，并非美林的凭空臆造。它们都是祖先曾经创造并使用过的，至今还保存在上古的陶片、竹简、木牍、甲骨、岩画、石刻、钟鼎、彝器的铭文中。它们或许是秦代李斯统一文字之前的异体字，或许只是先人标记某些事物的符号，但其中的真正含义，早已被历史忘得干干净净。这些

▶ 清华大学学术委员会委员们参观韩美林艺术馆

◀ 清华大学学术委员会委员们在韩美林艺术馆

▶ 胜因苑 26 号
清华大学中国古文字艺术研究中心
清华大学韩美林艺术研究中心

固若金汤

181

◀ 2020年鲁晓波宣布"清华大学韩美林艺术研究中心"成立

遥远而艰涩的符号，却让美林如痴如醉，他一头扎了进去，耗费三十五载光阴，用心搜集并描摹在随身携带的构思本上，聚沙成塔，竟达三万字之多！

由中华书局出版的第一部《天书》，是美林倾尽心血的卓越成果。其在文字史、书法史、文化史中都具有较高的价值，并为后人研究古文字提供了坚实的基础。

目前，清华大学中国古文字艺术研究中心在美林的统领下正在做"中国古文字艺术大典"系列专著的基本编纂工作，这部大典将是迄今为止最为全面地收集、整理中国古文字艺术的历史性典籍。

在2020年第八届"韩美林艺术讲坛"上，清华大学美术学院院长鲁晓波宣布："清华大学韩美林艺术研究中心"正式成立，聘请周令钊、常沙娜、冯骥才、余秋雨、郑欣淼、单霁翔、范迪安、冯远、陈履生、王鲁湘、潘鲁生、宋建明、刘正、吕品昌、赵力等十五位艺坛权威人士进入该中心的"学术委员会"。

鲁晓波表示，"清华大学韩美林艺术研究中心"的成立，旨在以专业眼光、跨界视野和智慧力量，梳理韩美林的艺术脉络，探寻韩美林的艺术世界，解读韩美林的艺术思想，研究韩美林的艺术精神。这是一件美美与共的大事。这不但是清华大学美术学院的一件大事，也是清华大学的一件大事，而且还是中国艺术界的一件盛事。

"韩美林艺术大系"收录了国内相关艺术领域的专家撰写了研究文章，其中包括了以周令钊先生为首的"清华大学韩美林艺术研究中心"学术委员会委员们的论文。

"韩美林艺术大系"是对韩美林艺术全方位、多角度、立体化的展示。从内容、年代、形式，到对韩美林各门类艺术的包罗，都是空前的，展现韩美林各阶段代表性作品及各品类的精华之作，对研究发展美林艺术将起到推动作用。

固若金汤，顾名思义，是指防守坚固。

美林的作品气势磅礴又洞察精微，艺术风格独到又个性特征鲜明，尤其致力于汲取中国文化和民间艺术精髓，并创作出具有现代审美理念和国际通行语汇的艺术作品。所以，美林可以说是中国文化传承与创新的代表人物。

继承和发扬中华传统文化，是美林的毕生修为。除了自己拼搏以外，当务之急是为国家培养人才。自2011年被聘请为清华大学教授、学术委员会副主任以来，美林开创了国内以专业能力突出而免试英语的先河，在清华大学招收博士生之后又招收了一些年龄更小、可塑性更强的硕士生，分别指导他们在美术史论、现代陶艺及理论以及设计学理论等方面的研究。

自2015年首位博士生陈楠毕业以来，博士生熊开波、沈磊、景怀宇、杨晋，硕士生霍巍、常燕、祖玮、管玉磊都已顺利毕业。盛恬子、付少雄在顺利取得硕士学位后，选择了继续师从美林攻读博士学位。

陈楠在成为美林首位清华博士前便参与了由美林领衔的2008年奥运会吉祥物"福娃"的设计团队，因此，与美林结下了不解之缘。美林与陈楠的关系，我想除了师生以外更像是父子。十几年来，师徒俩经常为了完成一件又一件国家级设计任务而并肩作战，有时望着师徒俩在画室里边吃简餐边探讨设计方案的情景时，感觉更像一对父子。陈楠从事美术工作的父亲因病过早离世，美林对他来说亦师亦父。尽管是师徒，但在艺术的推陈出新上，他俩有着常人难以想象的默契。如今，已是清华大学美术学院博士生导师的陈楠，除了教书育人以外，举办艺术设计主题展、出版学术著作，在其专业领域成绩斐然，俨然是中国设计界的翘楚。

▲ 美林与其首位清华博士陈楠

其他学生中有主修陶瓷艺术专业、视觉传达设计专业、工艺美术专业等，如今，已经毕业的硕士生除了已在工作岗位上大显身手的以外，大都继续攻读美林的博士学位。此外，美林陆续招收了一些新博士生，虽然目前博士生培养机制依然没有大方向上的变动，但韩美林不拘一格求人才的锐意革新，对中国艺术教育事业的发展必将产生推动作用。

记得有一年毕业季，当学生被问到，毕业了有什么想对导师说的吗？学生们纷纷说出了心里话：

博士熊开波：韩老师，您在国内外的学术地位举足轻重，您的艺术成就大家有目共睹。对我来说，您是我敬重的导师，也是像父亲般关心帮助我的亲人。五年来，您百忙中抽出时间指导我，才有了我今天的成绩和收获。这五年中跟您一起的历练，也将是我人生和未来创作最珍贵的财富。您的言传身教，我将受益终生。虽然毕业了，但我永远是您的学生，将会继续研究您的艺术和学习您的创作方法。

硕士管玉磊：韩老师横跨众多艺术门类，在每个艺术品类里都大放异彩。在学习期间，韩老师的一言一行都对我产生了非常大的影响，其中记忆最深刻的莫过于那句"造型解决了，工艺不是问题"。简单明了的几个字，却实实在在道出了设计的深刻内涵。我们常说的所谓 KV 主视觉、主题延展、IP 衍生品，无一例外都要遵从"把视觉根源抓住"这一原则，没有好的造型基础，衍生再多品类也是徒劳无功。相反，一件出彩的原始造型，其本身就已经大放光芒，对其的延展设计便无须过多繁复的修饰便可锦上添花。

硕士付少雄：跟随韩老师学习是一件非常幸运的事情，韩老师的艺术理想、生活状态和精神品格深深地感染着我们。韩老师对学生毫不保留，希望学生能学到更多的东西，我们从观摩创作和研究手稿的过程中理解艺术规律，从"艺术大篷车"的实践中体验风土民情，从"韩美林全球巡展"的征程中感受"美美与共"。一日为师，终身为父。研究生毕业只是一个学习阶段的结束，我们将继续追随韩老师的艺术，学习韩老师为人为学的态度。

硕士盛恬子：在硕士学习阶段，我充分地参与了韩老师的设计实践项目，从"韩美林全球巡展"的视觉形象设计、《韩美林艺术大系》的编排设计，到艺术衍生品的包装设计。在陈楠老师的设计指导下，不仅学会分析和研究韩老师的艺术表现形式和创作过程，并且将其恰当地体现在设计的工作中。为了深入学习韩美林艺术，曾在艺术馆学习过一段时间，每天观摩韩老师的艺术创作，学习对古老艺术的理解以及现代艺术的表现形式。韩老师不仅传授我们知识，还在学习的过程中不断教导我们为人处世的道理，感受到了家庭般的温暖，让我对未来的路充满了信心。

硕士李琳：研究生阶段遇到韩老师是幸运的，能领略到韩老师极高的艺术造诣，欣赏到韩老师潇洒的绘画过程。此外，韩老师对待学生就像大家长一般，既有严格的学术要求，又时常亲切地寓教于乐。我们也亲眼见证了韩老师"起早贪黑""挥笔不倦"的勤奋，八十有余的韩老师仍旧在艺术之路上奋力奔跑，相比之下，二十多岁的我们都深感惭愧，却又备受激励。跟着韩老师学习，收获的不只是知识学问，他对艺术执着追求的态度、对自身品行的严格要求以及不知疲倦的求知精神，更是激励着我。未来我也将从事绘画创作的工作，韩老师是我一生的榜样。

▶ 美林带领清华大学博士生到欧洲游学

　　区别于以往的教学方式，美林培养博士生，会经常邀请学生来到自己的工作室，让他们观摩自己的创作，向他们讲解积累素材的方法。这种在学院教学中无法体验的学习经历，令学生们大大受益。在学习与毕业创作期间，几位博士生不止发表论文，还不断坚持艺术实践与创作，并与韩美林共同完成了多项国家级设计任务。

　　2017年3月，结束了"美林的世界在威尼斯"巡展之后，美林便带领着他的博士生、硕士生们风尘仆仆地来到米兰。之所以在下一站"美林的世界在巴黎"开幕之前造访米兰，是因为此次欧洲之行同时也是博导韩美林带领学生们的游学之旅。米兰被称为世界时尚与设计之都，是全世界设计工作者的向往之地。作为中国首屈一指的艺术大家，韩美林不仅践行着艺术与设计等领域的跨界创造，同时，在艺术教育方面也不断开创崭新的教学模式。此次欧洲游学，便是韩美林给学生们上的一堂鲜活而珍贵的课程。

　　一来到米兰，美林和学生们便马不停蹄地直奔亚力山德罗·门迪尼的工作室。门迪尼被尊称为"意大利后现代主义设计之父"，曾两次获得过"金圆规"奖、纽约建筑联盟荣誉勋章、法国"艺术文学骑士"称号。两位因艺术而结缘的老朋友再次相聚于米兰。这次拜访门迪尼工作室除了老友重逢共叙彼此艺事之外，也是美林带领学生们深度了解和考察意大利艺术设计的难得机会。

　　门迪尼热情地向一行人介绍了他最新的设计作品。美林则毫不吝惜地对其新作发出赞赏之词，同时也现场教学，向学生们深入讲解门迪尼作品的造型设计和色彩之美。

每年的教师节，学生们会从四面八方赶来。记忆犹新的是2020年的教师节，因为疫情稍有缓解，美林准备了"重量十足"的教学工具——109本手稿本，给学生们上了2020年新学期第一堂导师专业课。当学生们每人捧着一摞手稿本整齐划一地走向课堂时，情景颇为壮观。

开课前，美林说："疫情防控期间咱们哪儿也去不了，但几个月来，我的手稿本从编号85画到了109，我的《天书》第二部也快写好了，还为即将动土的美林公园设计了些雕塑。今天是教师节，但其实我也要感谢同学们，你们也鼓励了我，让我必须与时俱进，这样才能更好地回答你们的问题。"

手稿，是美林创作的"素材仓库"和"造型词典"，它见证了艺术家的不断积累和突破。这堂颇有"分量"的专业课，就是从美林的手稿本开始的。

109本手稿本，是怎样一个概念？叠加起来是两个两米高的巨人，是真正意义上的"著作等身"。这一本本厚重的手稿本，满载着老师韩美林的殷切希望，承载着清华学子们在艺术的大地

▼ 门迪尼米兰工作室

固若金汤

▲ 可爱的博士生"搬运工们"

▲ 为导师"著作等身"而骄傲

▶ 美林在疫情防控期间为全国中小学生录公开课

上自由的梦想驰骋。青春无问东西,岁月自成芳华。

  2020年是韩美林艺术基金会成立的第八年。这是一个特殊的年份,新型冠状病毒性肺炎疫情突然袭来,个人、组织、社会的各项工作都无可避免地受到了冲击。作为公益组织,韩美林艺术基金会坚守初心,在风险与机遇并存的情况下结合自身特点及优势,探索机会,寻找工作和项目的突破点。

  美林这位"80后"艺术家,素来以"民瘼怀忧"的拳拳爱国之心,忧国忧民忧天下。在疫情肆虐之际,看到孩子们因为疫情不能上学的无奈现实,他深深感慨:"孩子们是祖国的秧苗,教育关乎中国的未来,'停课不停学'绝对不能只是一句口号,利用信息时代的便利,网上学习必须成为孩子们的每日必修课。"

  于是,美林欣然接受"一起公益"的邀请。因为疫情,员工们赶鸭子上架担起摄影、摄像、剪辑的重任,我自己充当起化妆师。连续为全国的学生和家长朋友们录制了三堂精彩纷呈的美术课,在疫情防控期间为大家送上了急需的艺术食粮。三堂以"远离病毒、爱护生灵"为主题的韩美林系列美术课程,在这个疫情肆虐的假期,给孩子们留下了色彩斑斓的回忆。

  三堂特别的美术课,内容分别为:"天地大美——当你有了方和圆""鲜衣怒马,沙场点兵——水墨马""良'功'在手——设计的奥秘"。

  这三堂课,创下了300余万中小学生线上观看的骄人业绩。

▲ 疫情防控期间录制网课充当临时化妆师

　　通过这一系列美术网课，美林不仅将绘画技法传授给全国的小朋友，更重要的是，他将自己对于生命的感悟和美的理念传递给大家。他认为："人类虽然有智慧有语言，是地球上所有生物的引领者，但这次疫情的暴发再一次告诉我们，给其他生物一个生存的机会，我们才能更好地生存在这个世界上。"

　　在韩美林眼中，"一切的生命都是美的"。他曾说："一切都是生命，一切都有灵性。创作者只有心怀对生命的热爱与敬意，笔触才能蘸满美。"

　　美林的"远离病毒、爱护生灵"系列美术网课，旨在引导全国青少年深刻地意识到人类与动物是相生相伴的命运共同体，从而学会敬畏自然、爱护动物，保护这一片我们共同生存的天地。

　　这个理念在 2019 年初我们与世界自然基金会（WWF）、一个地球自然基金会（OPF）联合举办的"1864 熊猫巡展"大型艺术公益活动中再次得到了印证。

　　1864 这个数字是全国第四次大熊猫普查中得知的野生大熊猫的数量。我们希望借此引起公众对大熊猫和其他野生动物的关注，发起关于生物多样性保护的全民话题。美林作为世界自然基金会在中国的艺术顾问，特别授权了多款熊猫造型，用于本次巡展的熊猫形象设计。

美林说："我在创作这些熊猫的时候，想到是人类的婴儿。我用宝宝的形象塑造出1864只环保纸熊猫雕塑作品，希望唤醒人们心中最柔软、最温暖的爱。让大家意识到大熊猫和其他野生动物和我们自己的孩子一样，也需要关爱。"

在全球新冠疫情仍然不容乐观的情况下，相信艺术的力量仍然可以鼓舞大家的意志。于是，2020年12月21日，深圳迎来了两个独具风格的艺术展览，"美林的世界在深圳——韩美林艺术展：天·地·人·和""美林的世界在深圳——韩美林生肖艺术展"，两展分别在深圳关山月美术馆、深圳南山博物馆隆重开幕。

韩美林与深圳有着很深的情缘。自1994年起，他先后为深圳设计并制作了《盖世金牛》《祥瑞福辇》《龙盈乾坤》等多座城市雕塑。早在1999年，韩美林就在深圳举办过艺术大展。时隔二十一年，韩美林艺术回归深圳，通过"生肖"这一中华民族共有的文化符号，以及领异标新的艺术语言"天·地·人·和"，唤醒人们共同的文化记忆和艺术感动。

开幕当天举行的第八届"韩美林艺术讲坛"，特意选择"艺术的力量"作为主题。因为艺术的力量，是审美的力量，是抚

▼ 疫情防控期间员工"赶鸭子上架"做起临时摄影师

慰的力量，是潮流的力量，归根到底，是文明的力量。这样的力量，在当今抗疫进程中，在方方面面的实践中，都充满着打动人心、催人奋进的美好传奇。

论坛上，清华大学美术学院院长鲁晓波，中国国家博物馆研究员陈履生，万科企业股份有限公司名誉主席王石，雅昌文化集团董事长万捷，中央美术学院艺术管理与教育学院副院长、"韩美林全球巡展"总策展人赵力，红砖美术馆高级策展人、资深研究员乔纳斯·斯坦普，围绕主题同台共论，以辽阔视野、独到观察、真知灼见，汇成一股激荡心灵的艺术力量，成为一场提升审美的文明盛宴。

冯骥才老师虽然没能来到论坛现场，但发来了精心录制的视频演讲。冯骥才说："我们的生活中有亲近的力量，有科技的力量，有军事的力量，有政治的力量，有各式各样的力量，我们人还有感情的力量。那什么是艺术的力量？它跟经济的力量、科技的力量这些都不同。它是看不见摸不着的，是无形的，但是它作用于我们。它无形中给我们以感染，使我们冲动，使心灵抖擞，或者是感到震撼，给我们以冲击。这样的力量它的实质是什么？我觉得实质就是艺术的本身，是真善美的，就是真善美的力量。在艺术中，它是用美的形式来体现。它使我们内心变得善良，会影响我们对事物的判断，会影响我们的价值，会提升我们的修养和自身

▼ 美林和他的熊猫宝宝们

的境界。美的力量不能小看，美的力量紧紧联系着一个社会的文明，一个社会的进步。它陶冶人们的情操，提升人们的境界，它使社会更文明。现在我回到韩美林艺术本身。韩美林的马给我们奔腾的激情；韩美林的牛给我们所必需的性情；韩美林的小动物给我们温柔；韩美林的人体画让我们欣赏，让我们尊重人；韩美林的书法、陶瓷唤起了我们对传统的热爱。而且他把传统文化里的精髓糅合他的个性，记录了我们现代的生活。我说过，艺术家的本职就是在生活的任何地方，都让'城市更美'成为胜利者，韩美林就是这样的一个艺术家。"

中国国家博物馆研究院陈履生用了无数个排比句阐述了自己对《艺术的力量》的真知灼见，现在读来仍为之振奋。

> 艺术没有建造巨大历史建筑的力量，却是这个建筑内部不可缺少的软装。正如同屈原所看到的楚先王庙内的壁画一样，虽然没有建筑的巍峨，却有着"成教化，助人伦"的力量。
>
> 艺术没有建造金字塔那样众多的劳力，却有着设计建造金字塔的图纸。
>
> 艺术不能移山填谷，但是，能用特有的方式记录这排山倒海的力量，并使其传之久远。
>
> 艺术不能像火箭那样瞬间刺破天穹，而是润物细无声，潜移默化地滋养心田。
>
> 艺术不像高铁那样极速地穿行而过，却像"大珠小珠落玉盘"那样，余音不绝，绕梁三日。
>
> 艺术不能（像）万吨水压机那样以巨大的力量来改变其他硬质材料的物理空间和体形，却以水滴石穿表现出审美的持之以恒。
>
> 艺术不能改朝换代，但改朝换代却离不开艺术，（艺术）是战场上的投枪和匕首。
>
> 艺术不是一座看得见的巨型机器，却是这一巨型机器上不容易被人发现的齿轮和螺丝钉，有其独有的作用。去之不能，少之不得。
>
> 艺术没有产业更替的推动力量，却有着维系其百年、千年传承的内在动力系统。

艺术的力量是推动人文发展的历经千年的教化，是审美的传承。如同东汉王延寿所看到的鲁灵光殿壁画中的"图绘天地，品类群生"，既是现实中的"借鉴贤愚"，又是社会历史发展中不可或缺的镜鉴。

艺术的创造力是无限的，在数以千年的历史发展中，有无数的影响后世的艺术作品，为了它们的传承与分享，世界上建造了无数的博物馆、歌剧院等等公共文化服务设施，使艺术能够代代相传，并为世代人所享用。

艺术的吸引力是巨大的，卢浮宫中达·芬奇的《蒙娜丽莎》每年吸引了来自全球的超过800万人来此观瞻，而其中有百分之六十以上的是来自中国的观众。而《最后的晚餐》在那不大的教堂中，同样吸引了无数人的朝拜。

艺术的力量是一己之力。齐白石不经意间造就了后世的当代产业集团，收藏、拍卖、造假、鉴定、研究、出版，等等。韩美林何尝不是，同样是以一己之力造就了他的艺术王国。

今天在艺术推动社会的发展过程中，艺术的力量更是表现超乎寻常。法国政府在朗斯用建造卢浮宫分馆来挽救一座没落的矿山城市。韩美林的艺术力量是以其艺术的成就而有了四地的四座韩美林艺术馆，与当地的社

▼ 深圳第八届"韩美林艺术讲坛"观众

▲ 陈履生在第八届韩美林艺术讲坛上演讲"艺术的力量"

会发展融合到了一起，成为城市中的文化地标。

韩美林的艺术力量是艺术大篷车的动力，是巡展的年复一年，是从国内走到国外。

韩美林的艺术力量是审美的多样性的渗透与融合，是在不同材质上的不同品类的造化。

韩美林的艺术力量是一以贯之，是经久不息，是老当益壮。

……

冯骥才曾说："韩美林是一个人的敦煌。"

余秋雨曾说："韩美林是千年后的汉唐。"

无论如何，这种"艺术力量"是值得我们用尽一生去捍卫的！

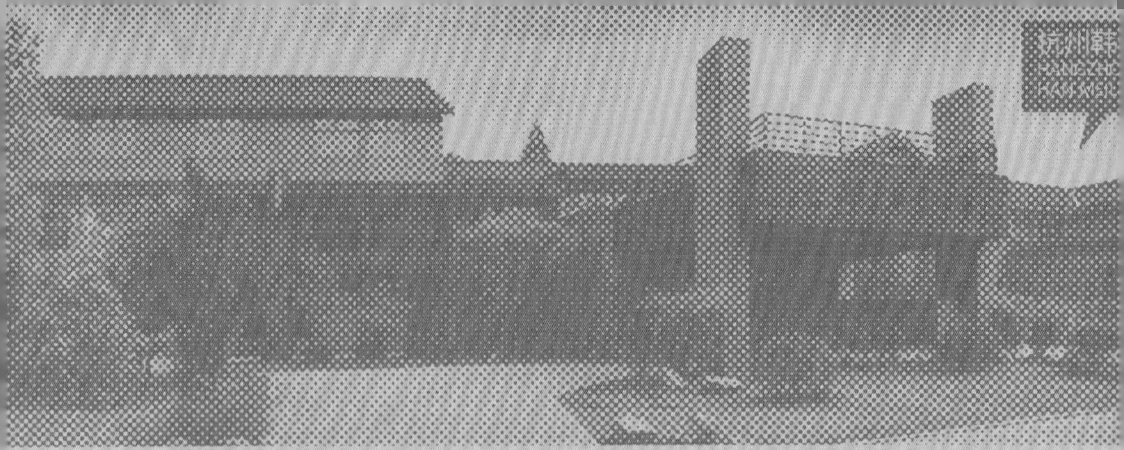
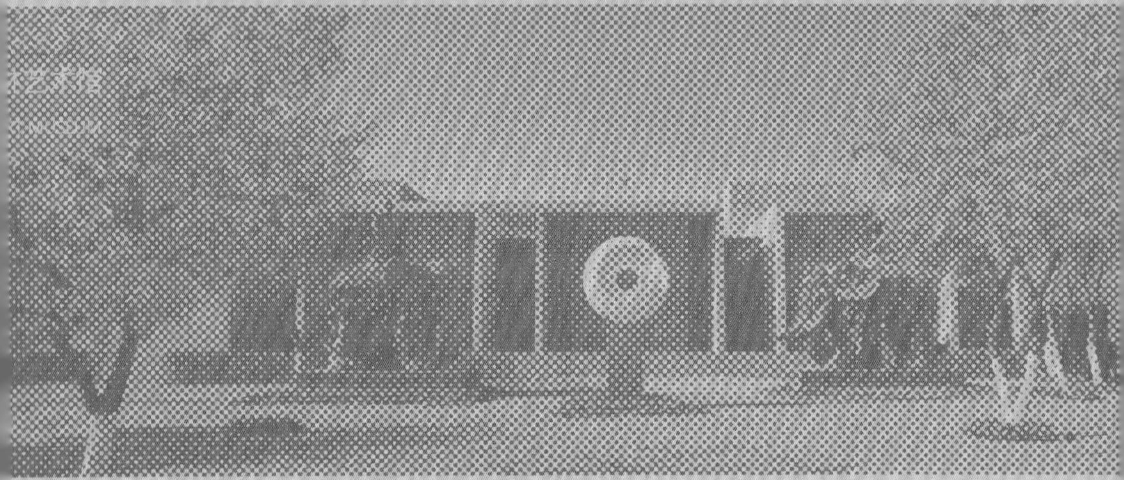
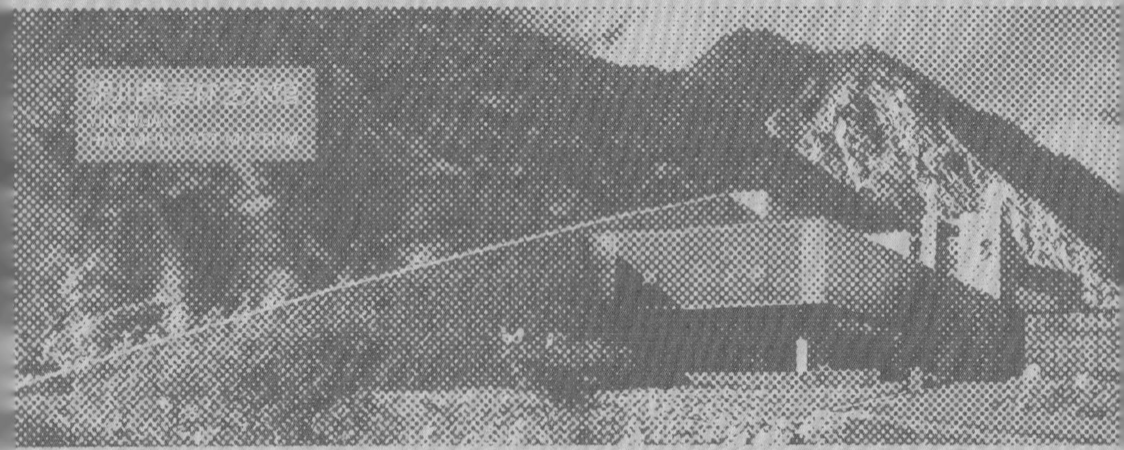
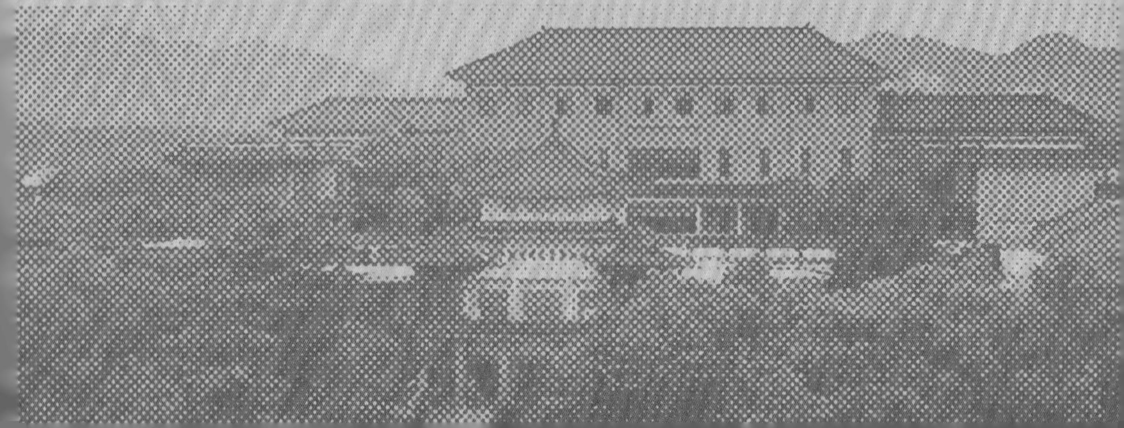

四驾马车

时光荏苒，生命短暂。如果美林和我在有生之年能为几百年，甚至几千年的后人们留下些许文化财富，与有荣焉！

作为一个三十五岁才开始北上的杭州人，在北漂的二十多年间，我努力实现自己的价值最大化。自四座韩美林艺术馆的诞生，我想我起码完成了一半的使命。俗话说，万事开头难，剩下的一半，比起创业初期的艰辛，难度恐怕要小些，因为我们有了"四驾马车"。

如今，这"四驾马车"在中国大地上呈 3+1 态势真实地存在着，他们是我和美林的三个"儿子"——杭州、北京、银川三座综合艺术门类的韩美林艺术馆和一个"女儿"——一座专题艺术门类的宜兴韩美林紫砂艺术馆。

2023年，杭州馆十八岁，北京馆十五岁，银川馆八岁，宜兴馆四岁。四个"孩子"，这样的年龄架构，是可以抱团取暖且齐驱并进的。最近，中国刚刚官宣开放三胎政策，其实按照我爷爷奶奶那一辈"孩子多好养活"的老理儿，生一个孩子和生一群都是养。的确，孩子多有多的好处，至少他们可以互相借鉴、取长补短，互通有无。

很多人可能不知道，美林的四座艺术馆均是国家全额拨款的事业单位，我们的员工均是"公家人"。政府为四座韩美林艺术馆均配备了具有法人资格的馆长。而我，虽然号称总馆长，反而是个虚职，除了关注几个馆的发展外，在美林的授意下，在专业上，我与几个馆保

◀ 四座韩美林艺术馆

持信息畅通；在业务上，我历来主张四馆百花齐放、各具特色。就如美林经常说的，艺术家要强调个性，强调独立性。

美林和我此生做得最正确的一件事便是十八年前决定将作品捐给国家，留给人民，由国家建馆，政府运营，这也是我们的初衷。其实，做出这样的决定并不容易！

宋雨桂生前为了在他的家乡建馆，经常"小嫂子、小嫂子"地喊我。把酒言欢中，"鬼哥"（宋雨桂）向我咨询建馆秘诀，我也是将"秘笈"和盘托出，但直到他离开人世时都没有将他的馆交给国家。据说现在运营遭遇了"瓶颈"，从长远来看，这些都是可以预见的。而今，我和美林倒是可以做"甩手掌柜"，十多年来的用心呵护与培育，换来了目前几个馆的蒸蒸日上，这得益于我们培养了一支爱艺术、懂专业的团队。我们现在需要做的仅是为几个馆锦上添花的事。无疑，我们是成功的。

2021年10月19日，杭州韩美林艺术馆迎来它十六岁的生日。杭州馆是四馆中的老大，且坐落在我的家乡杭州，是它开创了韩美林艺术馆的先河，我是如此骄傲与自豪。都说叶落归根，试想，未来回到自己的家乡，有美林艺术相伴，人生该是多么圆满！想起拜伦那首诗："假若他日重逢，我将何以贺你？以沉默、以泪水。"那些拥有几千亿甚至上万亿的富豪，在精神层面上，有我富足吗？

作为"父母"，虽然我们常与"二儿子"——北京馆在一起，但春秋两季我们必定去看望"大儿子"——杭州馆，夏季去看望"三儿子"——银川馆，偶尔也去看望"闺女"——宜兴馆。美林作为"父亲"，所到之处必定会给"孩子们"留下一些新作，层出不穷的作品势必令各馆的展陈推陈出新。

面对几百名员工，美林和我，通常一个唱红脸、一个唱白脸。好人基本都是美林做，恶人都是我做。但令人百思不得其解的是，员工都怕美林，不怕我。大概率是我平时唠叨得太多，员工们见怪不怪了。

白岩松在我们新员工入职时说，别人是学习艺术史，你们是参与艺术史。因为，这儿就是艺术史的一部分。任何人在自己的单位都有三份"工资"构成，物质工资、情感工资、信仰工资。大家往往用第一份工资来衡量一份工作。但是，人们大多会长久

▶ 杭州韩美林艺术馆之"工艺厅"

▶ 北京韩美林艺术馆北展区中庭

▼ 银川韩美林艺术馆之"四号厅"

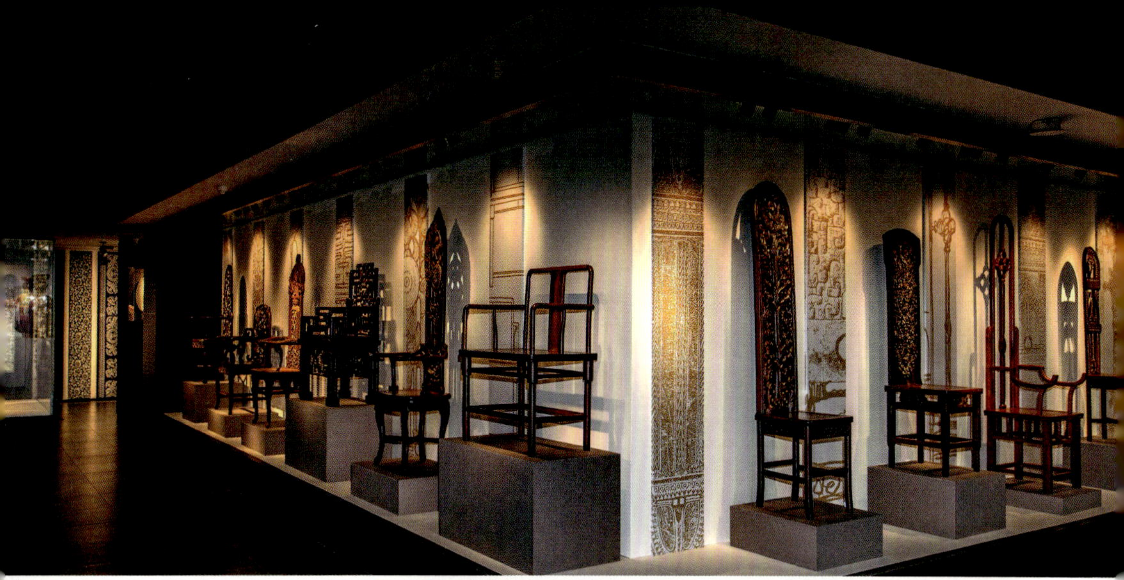
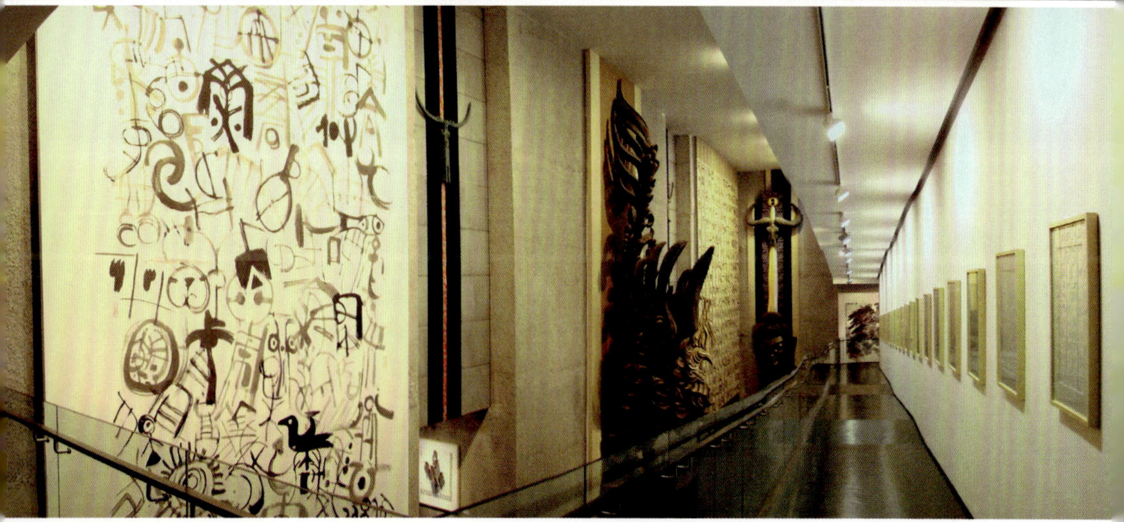
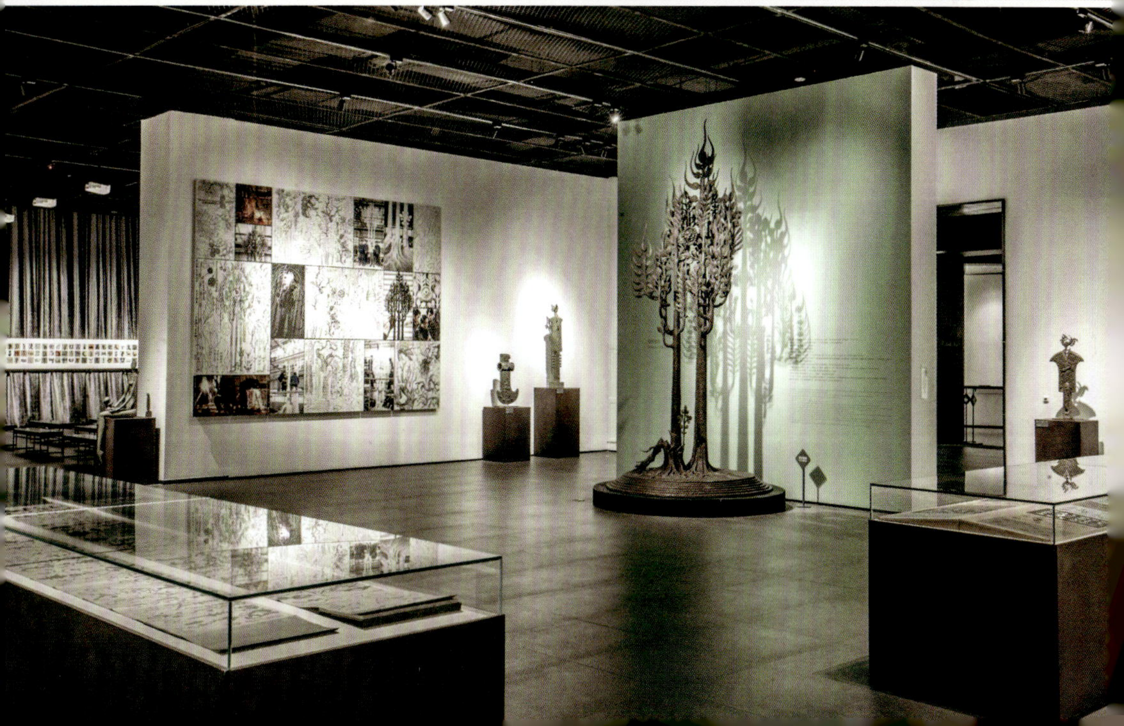

▲ 韩美林紫砂艺术馆之"壶中冰心"厅

地留在有第二份和第三份工资的地方，韩美林艺术馆就是这样一个地方。

美林不卖画，比起别的画家，我们并不富有，但每年坚持拿出不少钱来普惠员工，这里是一个大家庭。我们深知，靠政府发给员工这点工资是留不住人才的，这就是美林在颐养天年之际还需努力工作的原因。我们在每个馆设立了"韩美林爱心基金"，美林经常将一些"外快"捐入这个"小金库"，只要是政府不能开支的项目，诸如游学、稿费、生日、生病、活动、福利、补助等统统从这里开支。美林还时不时地向爱心基金"输血"，那是基于我们历来主张"富养"孩子的理论。前些年，我们还买了几套小产权房送给了馆里的一些骨干，美林对他们说："你们有了自己的房和车，以后找对象腰板就会硬些。"

美林经常跟我说，家长们将他们的孩子放心地交给我们，我们就要对他们负责。为了让成家后的孩子们有个安定的小窝，我们向政府申请了一批北京市事业单位公租房，孩子们乔迁之喜时，我送给每家一个红色的冰箱，让大家感受到些许温暖。

2016年年底，美林在国家博物馆举行八十大展时还专门给员工家长写了一封邀请信，信中说："我取得的一切成绩，都离不开韩馆员工的辛勤努力和无私奉献。作为'钢铁战士'，您们的孩子因为工作太忙，不能经常回家，我们知道您们对孩子的牵挂和期盼；我们知道您们担心孩子会不会受苦受累，钱够不够花；我们知道您们担心孩子能不能吃饱穿暖，生病有没有人照顾；我们知道您们关注孩子能不能学到一技之长，未来能否成家立业……我们都知道，因为，我们和您们的心情是同样的。在此，我们希望您们一百个放心，韩馆就是一个大家庭，我和建萍就是孩子们的'大家长'，孩子们之间也亲如兄弟姐妹，我们会把每个人都照顾好！"最后，美林希望家长们都来北京看他的展览，来回机票和吃住我们"包圆儿"。展览结束后，春节期间，我们还开了一个别开生面的家长会，每个家长代表上台发言时，感激之情溢于言表。

美林在家长会上说："一个国家最大的财富，是人民；一个单位最大的财富，是员工。这些年来，我是看着身边的'财富'成长的，而且越看越喜欢……"当晚，我们向坚守在"美林的世界在威尼斯"巡展，无法回家过年的员工们致以亲切的问候，外派组长张琪发来了一段视频，感谢父母照顾孩子，感谢家人支持自己的工作。看到了妈妈的表扬和鼓励，张琪的小女儿王浩然竟然懂事地说："我向大家保证，一定乖乖的，听姥姥、姥爷的话，不让妈妈担心，让她可以安心工作。"平素不善言谈的大厨凌祥酒过三巡后动情地说："我当厨师十六年，

▶ 万圣节的员工们

在韩老师、周老师身边十五年,韩老师、周老师像父母一样关心我。我是个厨师,我当厨师我光荣!"全场顿时掌声雷动。

2020年新冠肺炎疫情防控期间,我们响应政府号召,就地过年。大年三十,美林和我邀请全体员工来家里过了一个大家庭的除夕夜,我们全体录了祝福视频发给了每位员工家长。相信这个大年三十,一定会在这些员工的一生中留下美好的回忆。每年,从大年三十到正月十五,抢红包是我们馆的保留节目。那段时间,我们四馆的微信群总是热闹非凡。那些日子,美林啥事不干,专心坐在我身边催促并监视着我发红包。每一次红包的战绩他都要审看,当看到自己喜欢的员工没抢到红包时,美林会为他们惋惜并敦促我接着发,直到他的爱将抢到红包为止。当发现有的员工署名用的是匿名或者昵称时,他会让我提醒他们必须改为实名。就这样,年复一年,日复一日,四馆微信群日益壮大,很多离职的员工不愿意退群,所以,每年春节,对于韩馆人来说,也是一次久别重逢。

杭州馆坐落在西湖腹地——杭州植物园内,它的上级单位是杭州市风景名胜区西湖名胜管理委员会。由于杭州市政府向来重视文化,仅西湖腹地各种博物馆、美术馆、艺术馆便有数十座之多。标准化管理机制令杭州馆事业得到蓬勃发展,这些年来,杭州馆除了抓日常运营工作以外,将三项工作做成了品牌:馆藏作品外展、生肖邮票绘画大赛和西

▲ 员工家长会

◀ "艺路·七十"——我和我的祖国

湖艺术史论坛。

　　一年数次的馆藏作品外展，对于原本人力不足的杭州馆来说，工作量是巨大的。他们与省内外的博物馆合作，将不同主题的展览贯穿于美林的书法、绘画、雕塑、陶瓷、紫砂、书法等多门类艺术作品中，力求体现韩美林完整的艺术风格与面貌，从不同角度呈现艺术创作和探索的过程。展览以艺术门类为线索，集中展示韩美林的艺术成就。此外，注重将展览周期贯穿大、中、小学生的假期，这样会迎来多轮参观热潮，为各年龄段的观众带去高品质的艺术鉴赏活动。在展现民族艺术优秀传统的同时，体现当代艺术的创新与变革，将美好传播至每一个角落。

　　每年的青少年生肖邮票绘画大赛，杭州馆均会收到来自全国及海外，包括儿童画、水墨画、版画、油画、水彩画、剪纸等多种艺术形式在内的5000多幅参赛作品。

　　2021年生肖邮票绘画大赛，杭州馆聘请多位美术教育界专家教授担任评委，秉持公平公正的态度，对参赛作品进行评审。经过初评、复评，评选出优秀奖300名，最具潜力奖135名，三等奖30名。本次决赛作品美林在深圳亲自评选，最终选出特等奖5名，一等奖10名，二等奖20名。前200名获奖小朋友的作品将会在杭州馆临展厅做为期一个月的展出。5 名获得特等奖的选手，还将正式成为杭州市美术家协会青少年分会中的一员，未来在他们满十八岁之际，如果仍然热爱艺术事业，便可直接成为杭州市美术家协会的一员，继续在更广阔的天地中翱翔。颁奖仪式现场，播放了韩爷爷为孩子们专门录制的加油鼓励视频。视频中，韩爷爷给予了孩子们最高的赞美和最真心的祝福。

2012 年杭州馆创办了"西湖艺术史论坛"。该论坛以原创性研究为基础，选取目前国内外艺术史领域有所建树的学者主讲，为艺术家及学者专家搭建交流、沟通的平台。最近，西湖艺术史论坛第三十八讲《邂逅宋版书》在韩美林艺术馆学术厅开讲。

这次讲座邀请了杭州市社会科学院南宋史研究中心兼职研究员姜青青老师，分享与宋版书的编写、雕印、流传、收藏有关的知识与故事。本次讲座结合书籍本身，在讲述与传递知识的同时，也将最优质的出版咨询传达到了听众眼前，让来参与的人品尝到文化大餐。

杭州是我的家乡，每年我都期盼着回去。

记得十多年前，杭州馆一名保安的太太难产，当时我们正好在杭州，于是让馆长送了些钱去表示慰问。没想到第二天早上起来，居然看见家门口有两只老母鸡在"咯咯咯"地叫，原来这位保安用这种特殊的方式向我们表示感谢。这两只下蛋的母鸡我一直没舍得吃，离开杭州时我将它们托付给了我的小学同学。

杭州馆一位漂亮女孩曾经是北京馆的爱将，开馆元勋，十多年前她为了追随爱情，要求调到了杭州馆工作。当她带着乘龙快婿回到"娘家"北京馆请我们喝喜酒时，得知男孩的家在浙江温州，出于直觉，我便多问了富二代男孩一句："婚后你们准备在杭州买房还是租房？"男孩的回答令我诧异，他说婚后还是想让他妻子住在杭州馆宿舍，这样他比较放心。当时，我觉得很意外，预感我们的爱将将离我们而去。果然，没多久，女孩提出辞职并追随丈夫定居浙江瑞安，之后对这个远嫁的闺女，我一直牵挂于心，杭州馆朱馆长每次去温州出差时，我定会让他去看望她。朱馆长向我报告说女孩情况还不错，但男人毕竟还是粗心，两年前我得知她婚姻面临一些问题，带着儿子回了老家。

其实，每个人都有选择人生的权利，感情的事我们左右不了，

▲ 杭州馆生肖邮票绘画比赛

但出现这样的结果，我还是感到自责。自责当初我们对员工过于宠溺、放任了。不过，所有的经历都是过客，所有的挫折都是成长。我自己也是过来人，相信她在接下来的人生中，一定能成为更好的自己。

四馆中，唯独北京馆政府没有派驻馆领导，所以，对于这个馆，我更亲力亲为一些。事实上，北京馆很了不起，虽然是一个区级馆，但这些年来与其他三馆不同，担负起了不少的国家级任务，完成了诸多外事接待工作，策划并实施了多场多姿多彩的活动以及韩美林的国内外巡展。

北京馆也是国家 AAAA 级旅游景区，是全国第一个成功升级 AAAA 级的艺术家个人作品展示的艺术馆。

2018 年 4 月，我们得知应中国政府的邀请，泰国诗琳通公主访华期间将专程前来北京韩美林艺术馆参观。凭借诸多重要外事活动的实战经验，我们准备了详尽的接待方案和各种应急预案，但还是领教了具有强大阵容的公主团队和各种缜密的接待细节。我们从没有遇见过有着如此强大组织能力的团队，九十人的服务团队，无比敬业地通过数次彩排，甚至按照公主的步履速度算好了每一分钟所到之处的时间节点，还几乎改造了我们馆的洗手间。

◀ 韩美林全球巡展"美林的世界在威尼斯"社会大课堂

▶ 威尼斯全球巡展期间轮值员工在欧洲过年

▼ 韩美林全球巡展"美林的世界在首尔"社会大课堂

更令我们难以忘怀的是，2018年4月5日下午，公主参观完我们艺术馆，享受了文化的饕餮盛宴之后来到美林画室，与美林一同愉悦地在画案上谱写了中泰文化艺术交流的新篇章。

在我们家的餐厅，公主坐在美林设计的阴沉木（乌木）椅子上享受了充满艺术气息的韩府家宴后，起身与我们辞别。此时，外面下起了鹅毛大雪，公主的豪华天团居然齐刷刷地跪拜在我们家门口的红毯上，静候公主起驾……

初春的夜晚，寂静留痕。

2016年开始，北京馆的员工跟随着美林的步伐，开启了全球巡展，意大利威尼斯—中国国家博物馆—法国巴黎联合国教科文组织总部—列支敦士登—韩国首尔—中国故宫博物院—泰国曼谷。每一站，北京馆各个部门都会拿出惊艳的展陈设计，精彩的活动计划，精准的宣传方案，温馨的接待流程和性价比极高的预算，等等。感觉这不是一支涉世未深的年轻团队所为，而是一支久经沙场的部队在作战。

当我们来到威尼斯，看到大运河中贴着"美林的世界在威尼斯"的广告大游艇和贡多拉时，真是心潮澎湃。在美林威尼斯展览闭幕之前，我们的员工在威尼斯大学公教厅内举行了最后一场"韩美林艺术课堂"活动。三十多名意大利观众，现场临摹韩美林创作的《百鸡图》，他们用手中的画笔，共同描绘出一幅千姿百态的长卷。闻讯而来的威尼斯市市长路易吉·布鲁尼亚诺（Luigi Brugnano）表示："感谢韩美林大师让威尼斯的民众，得以感受到当代顶尖艺术家的高超境界。" 世界自然基金会意大利总干事加埃塔诺·贝内代托（Gaetano Benedetto）在致辞中表示："从韩美林先生的艺术中，我们能感受到他对自然、对动物的真切热爱，对整个人类的深情热爱，这是他的艺术之所以能够打动所有人的重要原因。因为普天之下，人同此心，心同此理。"

闭幕式上，我代表韩美林艺术基金会，对威尼斯大学、威尼斯大学基金会、威尼斯国际大学、意大利布展团队、

▲ 国博"韩美林艺术大展"——"空箱之夜"

餐饮团队、导游服务团队及展厅志愿者等团队和个人进行了表彰和感谢。在四个月展期中，这些意大利的工作人员与我们的工作团队结下了深厚的友谊。我更要感谢的是，由北京馆领衔的三馆员工们对中国文化走出去所做出的卓越贡献，这必将是他们人生中闪亮的一笔。

要说最令人难忘的一幕，当数令所有韩馆人一战成名的"空箱之夜"。

2011年12月26日早上9点，历经四年重新装修后的中国国家博物馆迎来首个艺术家个展——"韩美林艺术大展"。开幕前，我们给嘉宾准备了最完美的展览画册和礼物，但直到当日凌晨三点，带有墨香的所有书籍才从印刷厂运到国博，它们堆满了整个国博西大厅。此时馆内保洁人员早已下班，于是我向全体韩馆员工总动员，用了不到五个小时装好了3000份开馆礼品。此时的中国国家博物馆西大厅里听不到一点声音，只剩下堆得像山一样高的需要马上处理掉的纸箱子。眼前的一切让所有人必须打起一百二十分的精神，在极短的时间内清理掉这些箱子。

8点的钟声一响，大家已经来不及回宾馆梳洗，列队依次在国博的卫生间换上馆服，系好丝巾，化上精致的妆容、蹬上高跟鞋。9点，所有人英姿飒爽地站在了中国国家博物馆西大厅，迎接参加开幕式的嘉宾的到来。

这就是"钢铁战士"的由来。

每年的"5·18"国际博物馆日，四馆均会有不同创意的活动推出。2021年北馆为配合国际博物馆日推出了"艺术进社区：美好回收·文明旅游"的公益宣传活动。参与者可以利用手中的废弃物，共同打造2021"福牛辞旧"环保装置。当日上午10点，绿色的活动背景板刚在通州梨园云景街心广场竖起，就引起了散步人群的围观。被放大的美林的福牛作品，环绕着数字2021，象征着"福牛辞旧"的美好寓意。小朋友们被"福牛辞旧"所吸引，纷纷聚拢过来。听着艺术馆的哥哥姐姐们讲解着废弃物"变废为美"的过程。孩子们立刻动手制作了环保艺术装置，体验到了废弃物变废为美的过程，享受了动物绘画作品带来的艺术魅力。望着在烈日下暴晒的员工们，我唯一能做的是去超市买了冷饮送过去给他们降温。

2021年6月25日，在北京韩美林艺术馆十三岁生日之际，"牛光溢彩——北京韩美林艺术馆第一届青少年生肖绘画大赛颁奖典礼暨优秀作品展开幕式"在北京韩美林艺术馆南展区拉开帷幕。本次绘画大赛自2021年4月份启动以来，吸引了来自北京市通州区、天津市武清区、河北省三河市的四千多名中小学生投稿，大赛累计收到参赛作品4016件，作品类型包括以"牛"为主题的水墨画、油画、水彩画、篆刻、剪纸、手工制作等多种艺术形式。

参赛作品经过初评、决赛、复评多轮评选，评审坚持以作品符合孩子创作的年龄段，秉承"原创"为评选原则，

▼ 韩美林八十大展成功开幕，员工雀跃

同时兼具设计感、想象力为评选标准，挑选出富有特色、符合大赛主题的作品。大赛设置一、二、三等奖和优秀奖，共463位小朋友荣获奖项，37名指导教师和3个美术机构获优秀辅导奖。

荣获一、二、三等奖的参赛作品，将参加为期两个月的"牛光溢彩——北京韩美林艺术馆第一届青少年生肖绘画大赛优秀作品展"。颁奖典礼后，北京韩美林艺术馆暑期小小志愿者开营及接旗仪式隆重举行。美林将志愿者旗帜传递给小小志愿者，旗帜在孩子们的队伍间飘扬，开启暑期少儿志愿服务的新征程。

馆长助理郭莹总结了这次活动："自年初牛年特展紧张筹备开始，北京韩美林艺术馆就和各种'牛'分不开了，'牛金岁月''牛光溢彩''牛转乾坤'……公教活动持续举办、宣传推广多元丰富、绘画大赛环环相扣、儿童展览面面俱到，志愿招募立志深远，各项常规工作也丝毫未落，紧张而有序，积极且扎实。"

直到颁奖典礼结束，历时近四个月，北京馆每一位同人都忙碌其中，各司其职，有求必应，通力合作！北京馆人豁达担当、稳健干练，最重要的是昂扬团结，想来这是大家送给韩馆十三周年最好的礼物！

记得有一天我看了"樊登读书"视频号，樊登说："人生的转折是你工作的态度，工作是治愈一切最好的良药，在每一个细节、每一件工作中认真地对待，持续地改善，他才有可能成为跟别人完全不同的人。否则的话，做一天和尚撞一天钟，你给我多少钱我给你做多少事，人们把这个东西误以为是所谓的职业，是应有的职业态度。其实荒废的是你自己的人生。"

十几年来，馆里各项工作我基本上事无巨细地过问。考虑到美林年事已高，员工们大多亦已培养成才，我才计划慢慢放手。为了给馆里的中层干部一个良好的工作环境，我痛下决心，解聘了若干年来不思进取、没有作为的员工，美林支持我的做法，他说："知道狐狸吗？大狐狸等小狐狸断奶后将它们扔出去，让它自己去觅食，小狐狸一旦跑回来，大狐狸就会咬它们，然后再把它们扔出去。"

解聘的过程自然是痛苦的，也是残酷的。我找每个解聘对象谈话，其中有好几个是跟随了我们十多年的老员工。俗话说，没有功劳也有苦劳，但是为了创造一个公平的、竞争的、有公信力的环境，我还是决定忍痛割爱。好几个员工哭着问我为何不要他。我说自从他们来到我们身边，韩老师就像一个老母鸡那样成天护着他们，安逸到有的员工一心想过朝九晚五的生活，没有了锐志。希望他们去社会闯一闯，去看看这个世界，哪怕未来再回归也不晚。

我们馆这样的案例也有不少，回归后的员工现在均成了馆里的中流砥柱。大部分即将离职的员工醒悟后表示接受这个事实，但也有个别的想不通，上诉到劳动仲裁机构，对于这样不懂得感恩的员工，我们宁可赔偿也坚决放弃，因为他们与我们的馆训不符。

郭莹是四馆中我们培养出来的最为优秀的一名将才，没有之一。惭愧的是，我一直不知道她是中共党员，而且是为数不多的、高中阶段便入党的优等生。

十几年前，她的到来，终结了我在馆里不时暴怒的不雅形象，而且她的到来也给我们的家庭带来了福利，这意味着我有更多的时间照顾家庭、照顾美林和孩子。如果说，美林这样的艺术家八百年才出一个的话，那么，郭莹这样有能力的帅将也起码是五百年出一个。美林和我都是爱才之人，这十几年来，每当我们看到郭莹拿出沙场点兵的气度指挥着国内外美林的大展，指挥着四馆联动的每一个项目，指挥着基金会的公益事业，指挥着美林的城市雕塑落地……我仿佛看到了从前的我、初入韩门的我。

郭莹是我的影子，我的镜子。有时候看着她工作的状态，我就在想，这是伟大的神派给我们的吗？因为她的智商和情商与我不相上下，她的坚韧和果敢也与我旗鼓相当。每当大活动出现突发事件，我会第一时间给郭莹打电话，她会迅速、漂亮、准确地处理好一切事情并且不留后患，更会危机公关，将损失减轻到最低程度。

当然，人不是万能的，郭莹也有她的另一面，比如，她有两个昵称，一个是"长"，一个是"二姐"。

"长"应该是对领导的尊称，馆里所有员工都对郭莹心服口服，只要郭莹布置的任务，大家均会二话不说埋头去干。我想除了郭莹自己的魅力以外，她还有着很强的公信力和领导力。冯骥才老师经常对我说，郭莹好得让人心疼。我们就经常因为她的"太好"而希望她多自我一些。

"二姐"是因为郭莹她在自己的生活中经常丢三落四。比如，从馆里到家里需要刷电梯卡。当我经常发现郭莹的电梯卡丢来丢去的时候，我就在去日本出差的时候，从一个美术馆买了一个很大的西瓜玩偶，回来后拴在了郭莹的电梯卡上，结果她连西瓜玩偶也一起丢了。

还有一次，美林和我去威尼斯参加展览开幕式。郭莹坐着火车来机场接我们，下了火车才发现电脑包和钱全丢了。当我们在机场看到沮丧的郭大秘时，美林笑着说："没关系，人没丢就好！"

威尼斯展览的展期比较长，为了保证大家的生活品质，我们为在那里的员工们租了公寓。郭莹不会做饭，但洗碗拖地的活也没少干。每当我坐船买菜回来，老远就见她在码头等候着我，准备卸货。

爱护员工是美林和我的共识，我们都希望郭莹有一个美好的家庭，一个爱她的丈夫，这一切，上帝都让她如愿了。郭莹在她的婚礼上闪着泪花告诉大家："我嫁给了爱情。"这句话听得在场的每个年龄段的人都无限感慨，仿佛回到了那个纯真年代。

我经常对美林说，你不可复制，郭莹也是。

关心是北京韩美林艺术馆导视部部长，一个长相端庄、懂得好几国语言的典型文艺青年，2021年是她来到北京馆的第十二个年头。我可以大言不惭地说，她的讲解水准至少在我所知晓的范围内，无人可及。她是用心、用情在向观众娓娓道来美林艺术之真谛。我经常对员工们讲，如果别人在我面前夸奖你们，那含金量一定高，关心的夸奖频率自然是最高的。李肇星部长听了关心的讲解说，他走过全世界无数博物馆，关心讲得最好！

其实，我心里也明白，培养一个关心，所花的精力是巨大的。我们常常带着她满世界跑，家里来了尊贵客人都会请她们来陪伴，无形中，培养了她们的能力、修养和气质。

记得多年前的一天，关心竞聘导视部部长，经过激烈的角逐后胜出。当时的我特别高兴，可就在当晚，她忐忑地来找我，拿出法国一所大学的入学通知书说，她还是想出国深造，当时我差点儿崩溃！但随后镇定下来，觉得孩子要求上进，是好事，尽管

▶ 郭莹在威尼斯码头接货

▼ 郭莹大婚，韩馆员工做伴娘

▲ 关心为泰国公主诗琳通现场讲解

给我们的工作造成了很大的被动，但我必须接受这个事实。美林还当场给了关心学费，尽管不舍，但还是送走了她。关心也不负众望，完成学业后回归，如今成了北京馆不可或缺的一员大将。大家都叫她"关点点"，因为她点子多，馆里的各种大小活动大多出自她的创意。

后起之秀银川馆，美林甚为偏爱。除了"90后"员工居多外，因该馆坐落在贺兰山上，员工们每天须上山工作，相对在城市工作的员工而言较为单纯。这些年来在专家型馆长张建国的率领下，带着满满正能量的银川馆的员工们除了工作以外养成了良好的阅读习惯，英语角也开展得有声有色，短短几年时间，多项工作已经走在了四馆前列。开馆不到三年时，银川馆便以其独特的建筑美感备受瞩目，又凭借其丰富的艺术展品令人驻足，跃然跻身"中国最美十六座美术馆"。此外，2016年6月12日，在由美国环境体验设计协会主办的全球设计大奖（SEGD GLOBAL DESIGN AWARDS 2016）西雅图颁奖典礼上，中国银川韩美林艺术馆的环境标识设计，荣获全球设计大奖的最高荣誉奖。2018年7月10日，美国建筑界的奥斯卡 Architizer A+ Awards 奖公布获奖结果，中国银川韩美林艺术馆荣获博物馆类特别提名奖（Special Mention）。2018年9月25日，中国台湾历史最悠久、最权威的专业设计奖项"金点设计奖"公布获奖名单，银川韩美林艺术馆再获殊荣，成为唯一入围年度最佳设计奖（空间设计类）角逐的中国大陆项目。

2016年宁夏讲解员大赛，银川韩美林艺术馆的武娟取得银川市讲解员大赛第一名、宁夏讲解员大赛第二名的好成绩。2018年银川市导游讲解员大赛，银川韩美林艺术馆的冯静婷、杨慧超获得银川市十佳（景区）讲解员，其中冯静婷在银川市十佳（景区）讲解员中总分第一。对于一个新成立的艺术馆来说，这样的业绩弥足珍贵。得知这个好消息时，美林正在洛桑领取"顾拜旦奖"，我们当即录了祝福视频发给了两位获奖者。美林说，等我回去给你们发奖金！

　　2017年，银川馆开启了一项针对社会大众的艺术漂流之旅，招募560位艺术爱好者共同创作一幅画的活动取得了良好的社会效益。560块艺术画板全部漂流出去。这其中，有不同地区、不同年龄、不同职业的参与者，该计划旨在鼓励和支持艺术爱好者的艺术创作活动，搭建一个艺术展示的平台，并将所有漂流作品汇集拼接成一件新的艺术作品，体现了大家对生活的热爱和对美好的向往、对世界的信任和对友谊的见证。

　　此外，银川馆还有一道独有的亮丽风景，那就是保安

▼ 银川馆艺术漂流之旅成果展

讲解员。

所有去银川馆的观众都会感到诧异，为什么安保人员对馆里的每一件作品都能讲得头头是道？这些来自不同地区、说着不同方言、平均年龄五十一岁的保安，因发自内心对美林艺术的热爱，在完成本职工作的前提下，主动担当起了艺术馆的"讲解员"的角色。

"只要功夫深，铁杵磨成针。"这句话用在艺术馆保安身上十分符合，尽管讲解不是他们的本职工作，但是他们下功夫、花时间、勤学习，志愿服务的精神在他们身上得到了最美的体现。他们不仅是艺术馆发展的见证者，也是参与者。他们一直在用自己的方式，向每位游客讲述着这座艺术馆的故事，也通过这些艺术作品，讲述着美林的故事。

"小妹妹"宜兴馆已经快四岁了。2019年12月21日，"韩美林紫砂艺术馆"在宜兴隆重举行开馆仪式。这是继杭州馆、北京馆、银川馆三座综合性展馆之后，落成的第一座韩美林专题艺术馆。至此，韩美林艺术馆正式开启"3+1"的新格局，即三座综合馆加一座专题馆，从此一个韩美林，有了四地艺术馆。

韩美林在开馆仪式上动情地说："四十年前来到这儿——丁山，今天这个馆开馆了，我感觉自己也是一个丁山人了。我与紫砂结缘四十年，与宜兴有着不可分割的关系，我的成长离不开这里。宜兴陶瓷有着丰富的历史资源，紫砂、均陶、美彩陶、精陶、青瓷——让我的艺术富有活水源头。"

著名作家冯骥才作为嘉宾代表，在致辞中说："我们一次又一次见证了韩美林的艺术举动，每一次举动都是韩美林非凡艺术的展示，每一个举动都是一种艺术震撼。他从一个领域跨入另一个领域，匪夷所思。他的规模和体量不可思议。我的感觉，韩美林就是一个艺术的原子反应堆，他的创作就是一个艺术的核爆炸。韩美林是一个经常让我感动的人，我始终想韩美林的秘密在哪儿？我研究了一下，天才的秘密还是天才，不能解释。我觉得还应该加一个词——责任，艺术家的责任。艺术家的责任是在任何地方都让美成为胜利者，韩美林是为美而活的人，是美的创造者。韩美林每跨入一个领域，都给这个领域带来了耳目一新的东西。我相信韩美林的艺术永远是鲜活的富有生命力的。艺术家本

▲ 宜兴馆的工作人员在深圳社会大课堂

人永远是他作品的钥匙。韩美林还像孩子般地活着，一定还会带给我们更多奇迹般的可能。"

是的，美林每一天都在更新自己。明天将创造出什么奇迹，连他自己也不知道。

俗话说，背靠大树好乘凉。我以为，韩美林宜兴紫砂艺术馆是背靠宜兴陶瓷博物馆，是典型的"近水楼台先得月"，各项专业工作都进步飞快。

在最近一次的四馆联动会议上，宜兴馆大胆地向三馆宣战，倡议四馆"讲解大比拼"，结果四岁不到的"小妹妹"宜兴馆取得第二名的好成绩。

会上宜兴馆褚馆长说："记得2008年北京奥运会韩老师作为文化教育界优秀代表之一参加了火炬接力。从这个意义上说，我们从杭州馆到北京馆到银川馆再到宜兴馆，这其中的过程又何尝不像是火炬接力？衷心希望我们四馆能接过韩老师手中的火炬，把韩老师的艺术展示好，把韩老师的精神弘扬好，把四馆办得红红火火，一棒接一棒地传递下去，直到永远！"

2020年年底，宜兴馆员工们与三馆的"大哥哥"们一起背起行囊南下深圳，担负起了深圳关山月美术馆和南山博物馆韩美林艺术大展的轮值工作和社会大课堂之重任。记忆犹新的是，宜兴馆所创意的题目为"大珠小珠落玉盘"的公教课给深圳小朋友们留下了深刻的印象。轮值期间，前方宜兴馆的"小战士"们无论多晚，均会向我汇报当天的业绩。通过这一次实战，宜兴馆与美林艺术大家庭做到了无缝衔接。

一个艺术家，四地艺术馆，面积之大、门类之广、作品之多、扩展之快堪称中国乃至世界艺术家之最，而最值得自豪的是我们拥有一支热爱艺术、热爱传播、热爱美育的久经考验的年富力强的队伍。十几年来，这支队伍在实战中磨砺，在风雨中锤炼，攻克一个又一个"堡垒"，成功地到达了一个又一个巅峰。

我喜欢"四馆联动"这个概念，每当韩美林艺术基金会发出一篇原创正能量的文章，四馆齐刷刷地转发时，我的心情超级美丽。如四馆联动项目之一——疫情防控期间"360°云参观"，号令一下，四馆齐刷刷地响应。

每个馆除了发布能佐证本馆魅力的视频和图片外，它们的推荐词也是各有千秋——

> 杭州馆：一片西湖水，半部文化史。西湖春水，历经人文灌溉，方能延绵千年，成为中国人寄情山水的心灵栖息地。位于西湖世界文化遗产核心区的杭州韩美林艺术馆，这里，四季物候更迭变换，人文和自然翩翩共舞，艺术和山水交相辉映。一园芳草，四季笙歌，在艺术馆里，接受春风化雨般的艺术熏陶，如夏日蒸腾的热烈般拼搏进取，收获饱满的金秋粟粒，在冬雪皑皑的恬静中安放心灵。来这里，你可以扫落一身风雨尘埃，观摩欣赏韩美林无边而神奇的创造。
>
> 北京馆：这里是国家 AAAA 级旅游景区，是全国唯一被评为国家 AAAA 级旅游景区的个人艺术馆。在这里，不仅可以感受到美林自由的心、率真的爱、深厚的情和神奇的笔，还可以体悟一位艺术家的风雨人生，看到一位在多个艺术领域中均取得非凡成就的卓越艺术家的面貌。他就像一座活火山，不断喷涌着艺术的岩浆，永难停歇。如同韩美林所说：余此生只抓一个"艺"字为"耕"，收拾凡心，不思功名，不谋衣冠，上苍告诉我："韩美林，你就是头牛，这辈子你就干活吧！"

  银川馆：贺兰山下，苍穹之间，银川韩美林艺术馆与古老的贺兰山岩画交相辉映，共叙恢宏篇章。在这里，五湖四海的游客及广大艺术爱好者，可以看到岩画对韩美林艺术的启示和影响，从而深刻理解岩画对韩美林艺术的激荡与升华。可以尽情欣赏远古人类文明与当代智慧碰撞迸发出的激情火花，感受五千年前的历史、艺术、自然与现代精神的交融与对话。

  宜兴馆：宜兴故地，平添新馆，实众望之所归。杭州、北京、银川三地，美林艺术馆蔚为大观，足见美林艺术之大成，宜兴紫砂馆精致入微，当显美林艺术之绵延。四千年古镇，八百里竹海，四十载躬耕，美林紫砂焕放异彩尽呈于斯，后人流连而往返者，睹美林紫砂之蔚为大观，不亦唏嘘乎？作为大家庭中的"小幺"，7300年陶瓷历史文化给予她深厚的底蕴和独特的韵味。心动不如行动，宜兴韩美林紫砂艺术馆欢迎你。

  为了温故纳新，四座馆每年招聘新人，即便疫情防控期间也从未间断。美林此生一直在与时俱进，新人经过培训、试用、实习到录取，第一个岗位便是在美林身边学艺术和学做人。对于刚出校门就能到大师身边工作的新人来说，起点的确有点高，但我们对四座馆的每一个员工一视同仁，都有这么一段美好的时光。

  新员工中从不乏优秀人才，比如，二十五岁从中国传媒大学毕业的硕士研究生郭莹，便是"黄埔第八军"的主力队员。她没有按计划步入传媒行业，反倒是被韩美林艺术馆的魔力吸引，通过十一年的历练，成为当之无愧的馆长助理。比如，中国人民大学的硕士毕业生杨陶陶，她来艺术馆应聘时觉得不能错过这个有情有义的大家庭，虽然中途出去闯荡了社会，但最终还是在美林父亲般的感召下选择了"回归"。她目前是北京馆展陈研究部部长，为四馆的展陈和美林国内外巡展做出了卓越的贡献。再比如，历史专业研究生姬明星，早就听闻韩美林的作品博古通今，来到北京韩美林艺术馆工作后没想到自己的专业知识都用上了，比如天书和贺兰山文化研究等，如今扛起了北馆宣传资料部的大旗，将韩美林艺术基金会的公众号做成了品牌。再比如，外交学院的

▲ 北京馆招聘笔试现场

日语硕士姜文波，尽管专业不对口，但应聘当天的细节感动了她，诸如签到、排队、笔试、午餐、面试等一切都井井有条，且每一个韩馆人都面带微笑，亲切得像久别重逢的师哥师姐们，于是她坚定地来到北京韩美林艺术馆工作。没想到，韩美林的全球巡展，令她的外语功底和外交能力得到了极好的发挥。如今，她当之无愧地成了美林事业的小管家。再比如，杭州馆于露，十多年前我亲自面试入职的一个小女孩，如今因其品学兼优、博学多才、秀外慧中等优点晋升为杭州馆副馆长。再比如，历史系毕业的银川馆青年才俊张旭，因其内敛稳重的性格、博学多才的能力成为该馆的中坚力量。

这样的例子太多了，我唯恐落下了谁……

2020年6月25日，北京馆十二周年一个轮回。因为疫情，员工创意了"踏浪前行，俯首一纪"馆庆活动，以一场"博物馆奇妙夜"的特殊直播方式，在咪咕平台上与热爱美林艺术的广大粉丝们亲切见面。用短短一个小时的时间，穿越了北京韩美林艺术馆十二年的发展历程。与近二十一万观众同祝北京馆十二岁生日快乐。

记得2018年阳春三月，那时候宜兴馆还未开馆，韩美林三地艺术馆联手写了《春风十里不如你》的文章发在各自的公众号上，令春风吹动下的杭州、北京、银川三地韩美林艺术馆颜值上线，更令三地和而不同的春色靓景展现无遗。

杭州植物园内的杭州馆，春景晴和，晓日照临，红杏春风，绿杨烟水，更有玉兰、桃花、早樱交相错映，花影婆娑，争妍斗丽，让人感觉误入桃源仙境。

北京通州梨园公园的北京馆，泽畔斜桥，夹道芳菲，微波拍岸，柳色撩人，鸟鸣树梢，花压枝头。

宁夏银川贺兰山下的银川馆，山有云烟，气象万千。苍茫的贺兰山脉，得鲜花点缀，映衬在碧空青山下，艺术馆焕发勃然生机，塞上江南。

如此这般美好的画卷，都在韩美林艺术馆。

时光荏苒，生命短暂。如果美林和我在有生之年能为几百年，甚至几千年的后人留下些许文化财富，与有荣焉！

▼ 与员工们庆祝北京馆十二周年

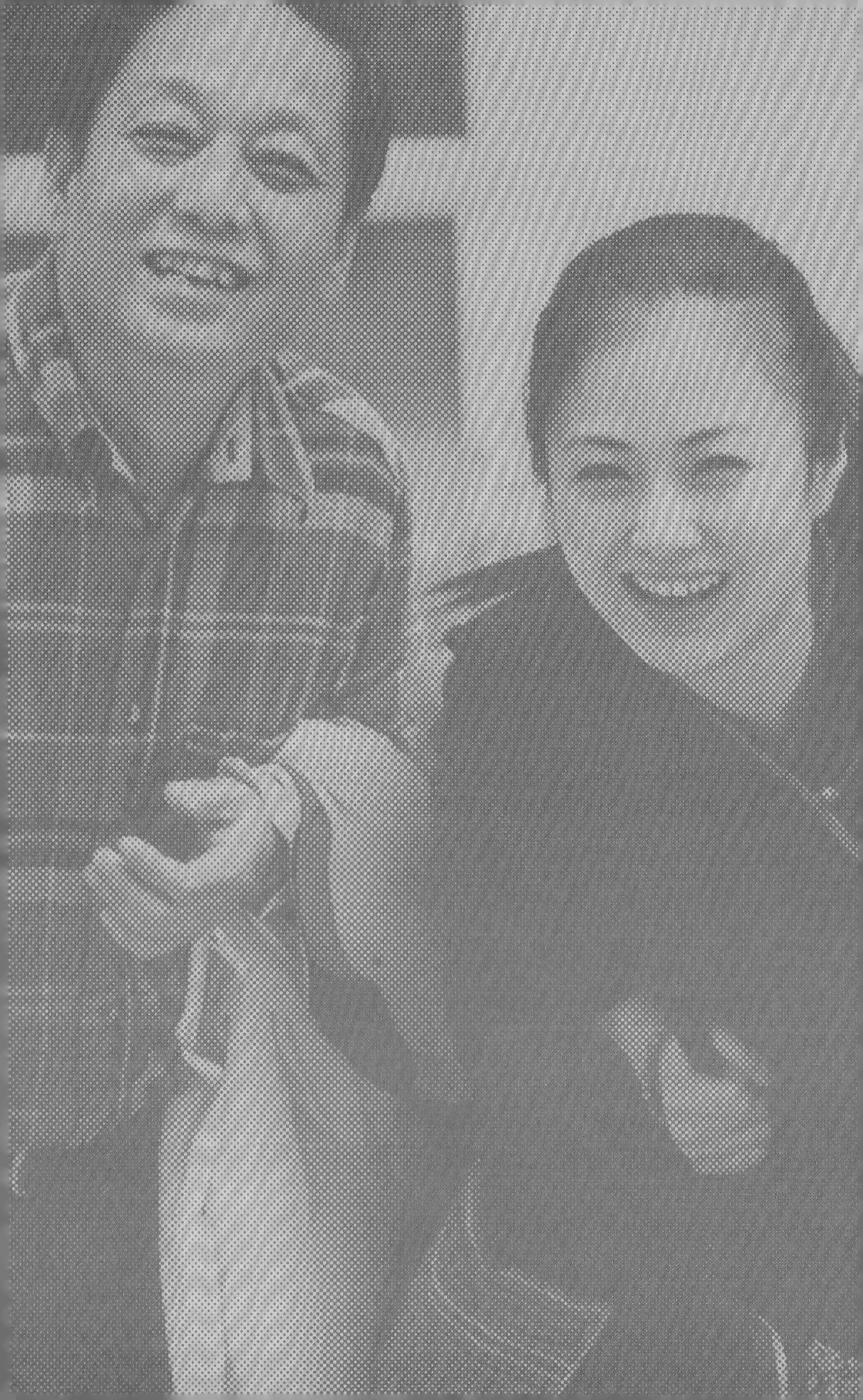

爱情红利

如果用金融概念里的"利润"
比喻从爱情中的"获利",
那么将"爱情红利"
翻译成"Profit of Love"再合适不过。

我和美林在一起的时间是彼此曾经有过的婚姻里最长的,从 2001 年到 2023 年,整整二十二年。只可惜,我们相遇晚了,否则一路直抵金婚甚至钻石婚,应该没有问题。美林经常对我说,他怎么不早认识我?我说,那是缘分没到。

前几天,无意中翻出了 2003 年我生日那天,美林在日本真冈益子町创作陶瓷时写给我的"欠条"。

二千零三年十二月十五日,东渡日本。晨起见阳光灿烂,白云放彩,顿觉今日其下有大事出现。幻觉神游,不能自已。霎时忽见王母娘娘率其徒子徒孙,宫女官婆,举幡抱盘笑嘻嘻,情迷迷,来到日本真冈之益子町……余止此尚未醒过神来,只见众仙男仙女扔下一堆堆蟠桃便走。我疑惑之时,我妻建萍翻了翻身大声曰:韩美林!你听着,今天老娘的生日,王母娘娘都来送桃,你怎么还像木头一样傻愣着。我当初嫁你时是王母娘娘给我托的梦,她说,天下有一大傻帽,虽有才气但无灵气,让人骗得上吐下泻。至今挣钱虽多,仍无分文。衣服无人补，饭没人做，他已八年没喝过汤，十年没饭桌，二十年没有亲情相偎……你是我最小的女儿，能不能去一下京城先看看他有没有爱你之心，如果不错，你就留下来，助他一臂之力。他虽傻帽但也是天子之身，菩萨心肠，一生坎坷。他不忘穷人，不忘恩人，不忘长年，不忘恩师……你去吧！他正在阜外医院再换人生……

余与建萍完婚已三载，欠她多少已无从计较。她潇洒，我亦潇洒，故我常逗吾妻笑泪擦抹不止。余已六十有七，老年得吾贤妻，仰天感悟：我是否仍在混沌世界？！咬舌头——是真的。我有此家室，事业有此辉煌，友人如此之众，精力如此气旺……无不与建萍在我身边有关。我乃天下第一福人，千百羡慕和祝福的眼睛都关心着我们。

日本益子町没有卖花人，我也不买日本花，故我欠吾妻九十九朵红玫瑰。

日本没有中国桃，桃亦寿，故我欠吾妻北京大水蜜桃三十九个。

日本面条不如中国的炸酱面，故我欠吾妻炸酱面一大碗（肉丁放得多多的，面酱一定是六必居制造的）。

日本真冈没见太师椅。中国人过生日叫老寿星，而且一定要坐在太师椅上。我家有两把太师椅，吾妻可以白天坐一把，夜里坐第二把，累了两把椅子一凑，两腿一圈，至少可以四五个小时腿不麻、腰不酸。

中国人过生日得有许多孩子凑热闹，这日本真冈没见多少孩子，这里人口是负增长。为此我欠我妻孩子一大堆，回国一定叫上丹琳还有德宽那个疙瘩妮子，实在不够，到食堂给师傅商量商量把扫地的小红红借出来，她才一米四〇的个子，当小孩没人讲她是大人。如果寿星婆——建萍嫌孩子少，我一定想办法把梨园派出所的所长叫上，去云景里各家搜它几个（不过有一个条件：得会唱，祝您生日快乐）。

老寿星周建萍若是不满意，可以请不超过三个的狗头军师，如史大爷之流的出点子（坏点子、馊点子，都可以）。只要老寿星高兴，一切都小意思。但是中国人过生日，都是老寿星出钱，请客吃长寿面。老寿星那个小金库必须得松缓松缓，拿出两叠来请祝寿的人，猪八戒吃酒糟——酒醉饭饱。

我欠得太多，请老寿星再添几条。

傻帽老公美林
二〇〇三年十二月十五日于日本真冈

这便是我跟美林的生活日常。这二十多年来，我之所以和美林过着"蜜里调油"般的生活，只因为他是一个性格和灵魂均有趣的人。

世上所有的相遇都是久别重逢，小儿子的到来的确是老天所赐，因此，冯骥才老师为我们小儿子取名为韩天予。

我们的家庭也因为天予的到来而变得更加完整，尽管他姗姗来迟。

天予气场真是大，出生不到两个月就上了热搜。他也真该上热搜，因为这一路，他实在太不容易。

天予还没出生时秘书就帮我在手机上下载了一个叫"亲宝宝"的APP，并建议我待宝宝出生后每天将有关他的照片或者视频上传，为了未来给孩子留下珍贵的记忆。在我们准备带孩子回国的那日下午，红彤彤的晚霞照亮天际，抱着孩子的我拉过美林，让秘书为我们录了一段视频，祝福儿子来到人间。

▲ 2002年为周建萍生日打的欠条

上飞机前我将这份幸福分享给了我们的几个好友，也许是好友按捺不住喜悦的心情，将这个貌似"官宣"的视频分享到了不知哪个微信群里，这条消息就像泄了堤的洪水一发不可收。我们飞机还未落地北京，这个视频已经上了热搜。诚惶诚恐之后，我想，这何尝不是一件值得大家祝福的好消息呢？

记得2005年的一个上午，杭州植物园里丹桂飘香，我和美林正准备从杭州韩美林艺术馆出门，一群大妈将我们的车团团围住。我们赶紧将车窗摇了下来，只听大妈们大声地说："我们没啥事，希望你们生个小韩美林。"

这句话一直萦绕在我耳边，挥之不去。

其实，在2005年，我和美林便怀上过一个孩子，因为我公务员的身份，按照当时的计划生育政策，如果将孩子生下来，不仅我自己要罚款并辞职，连带我们单位的相关领导每人还得降一级工资。

考虑到当时韩美林艺术事业的蓝图刚刚打开，考虑到我的父母比较在意我的公务员身份，考虑到美林的女儿小草刚成年、我自己的儿子了然还未成年……前后思量，只能忍痛舍弃。后来，再有人提及"小韩美林"时，我的心都会隐隐作痛。

随着事业层层上楼、父母的释怀、儿子的成年……在我心灵深处，为美林生养一个孩子的期盼越来越强烈。但随着美林和我的年龄越来越大，我还是义无反顾地踏上了试管婴儿这条不归路。按我的个性，只要认准了道，不管有多难，我都会一条道走下去。

十年中，这条道路何其艰难，只有我自己最清楚。前面七年，我基本是在摸索中前进，走了很多弯路，甚至受到了不少打击，因为用了激素，体重增加了十公斤。直到遇到了一位资深的国际IVF（体外受精技术，俗称"试管婴儿"）大夫，他说为了确保卵子质量，将身体伤害减轻到最低程度，建议我在自然周期内取卵。为了这个梦想，我整整取了三年，为了节约时间，我与我们家附近一家医院的一位年轻的女B超医生成了闺密，她监测卵泡的精准程度，令 IVF 医生叫绝。三年间，与我结伴而行的几位圆梦人均没能坚持下去而中途放弃了，只有我一直在路上。

其实在 IVF 的道路上，取卵才是万里长征的第一步，接下来还要经过胚胎培育、移植、监测、孕育、生产等各种艰难的过程。

我无法忘记，在一个大雨滂沱的秋日，经历了五次失败的我，在杭州馆长朱学斌的陪同下前往灵隐寺，在送子观音下，我的情绪一度崩溃，久跪不起。

三座韩美林艺术馆不就是我们的"孩子"吗？老天对我们足够厚爱，我们该知足了！一本名为《自私的基因》的书中这样写道："由于文化的出现，我们人生的终极任务，将不只是繁殖，还有文化的创造和传承。"任何一个伟大的人，他的基因也不过几代，但他的思想、他的作品几百年后还在被人们传颂，这在书中被称为"觅母"（Mimeme），可以看作是文化基因。所以，人生的价值，有很多方式去实现，不是非要传递自己生物的基因。

我一度和美林商量放弃要孩子，但是我们的好友卢燕老师的一番话又让我重新鼓起了勇气。她说在 2012 年 6 月 20 日的时候，她在湖南大庸市拍戏，当地有个"求儿洞"据说很灵验，卢燕老师就在"求儿洞"挂上了为美林和我祈福的求儿锁，之后一直在心里为我们祈福。她建议我们不要气馁，继续努力。

听了卢老师的话，我决定再试最后一次。

而这次，居然成功了！

2018 年 1 月 13 日，韩门添丁，天予降临。他很幸运，因为他拥有一个能一生引以为傲的父亲——韩美林。他的到来可谓占尽天时、地利、人和，国家开放了二孩政策，美林的事业蒸蒸日上，三座韩美林艺术馆发展稳健，全球巡展的号角已经吹响……真可谓是恰逢其时。

我们的好友魏明伦发来贺词：

> 梁灏八十岁中状元，
> 美林八十二岁得麟儿！
> 当今佳话，
> 载入史册！

◀ 天予降临

我们的好友杨龙看了天予的照片说：

天庭饱满，天资聪颖。
两耳厚贴，可爱可亲。
双目黑白，爱憎分明。
鼻准有肉，心地善良。

在天予出生第三十八天的早上，美林开始各种折腾。他拿出一件自己穿过的背心，又找出天予的一只袜子，把袜子缝在背心上之后，他在袜子下方写上天予的拼音并剪了一个"38"的数字，又设计了个 logo 做装饰，愣是用这些元素拼凑出一件"天予牌球衣"。美林穿着这件"38 号球衣"，摆着 POSS 让我给他拍照，并发给他的众好友，他想用这样特别的方式昭示韩门添丁——老蚌生珠的好消息。

其实，最初我将想要个孩子的念头告诉美林时，他是不怎么赞成的。因为担心我们年纪已大，日后没有精力培养孩子。在我的坚持下，美林妥协了，并与我携手成就我们的梦想。自从孩子降临以后，美林对孩子的爱出乎所有人意料，几乎到了玩"儿"丧志的地步。

当儿子的口水滴落在爸爸正在创作的画上时，美林说："没关系，这是我跟儿子共同创作的作品！"一手抱着儿子一手作画，那么长时间不撒手，我们担心他太累，想让他休息一下，他哪里舍得。

有时，我跟美林打趣说："美林，哪天要是你得罪了我，我就带着儿子离家出走。"美林说："那你就真要了我的命了！"天予从小就喜欢他房门外爸爸写的那幅"上善若水"的书法，每当儿子看着这四个字傻笑时，美林总是打趣地说："这是老子第几代返祖了吗？"

有一次，我们带着儿子去打疫苗，儿子痛哭流涕时也不忘对爸爸说："爸爸，你身上有我的鼻涕，快擦擦。"当儿子经常骑着他的小车，让爸爸在后面追，爸爸追了两圈后说："爸爸累了，追不动了。"儿子会说："爸爸你注意身体啊！"说着骑车走了……此时，美林的父爱爆棚，他说："以后我不干事业了，我的事业就是我儿子。"

在天予周岁那天，美林写了"生命"两个字送给儿子。美林说："生"是父母给予的，尽管过程曲折，但相信这是天意（美林在"生"字的下方盖了诸多"天意"和"大吉"印章）；"命"交给你自己掌握，一人一条命，希望你一生圆满，长命百岁（美林在"命"字的下方盖了诸多"佛"和"寿"的印章）。

也许是基因的缘故，天予不到一岁便会画画。他画的扇面，我都

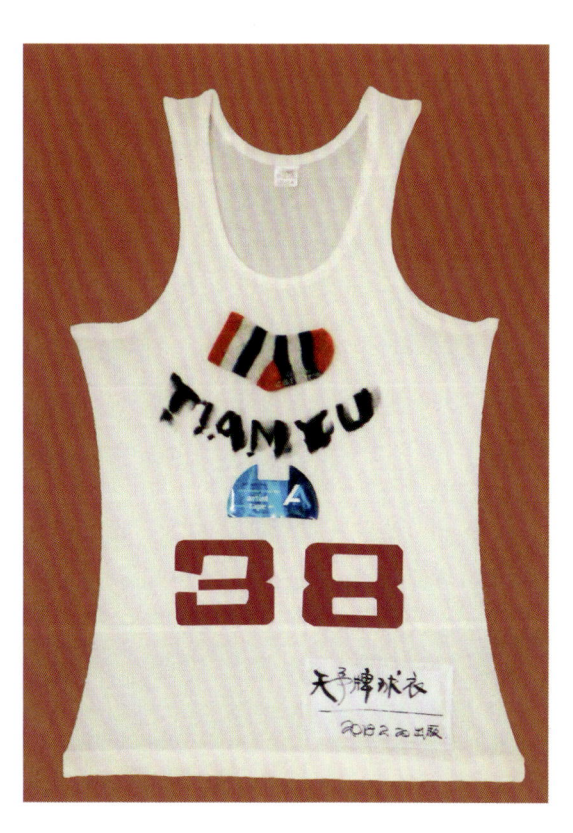

▼ 天予牌 38 号球衣

▲ 爸爸送给天予周岁生日礼物

自愧不如。儿子自从学会走路后，便喜欢到处画画，到处盖章。美林对儿子说："你才不到一岁就抢我饭碗啊？"儿子不到两岁时，有一天，秘书拿下来一幅水墨牛，准备去装框，我一看便很喜欢，以为是美林的新作，但秘书说是天予画的！我简直不敢相信自己的眼睛！直到发现画上美林为儿子作品的题跋才欣然接受这个事实："二〇二〇年十二月二十四日，我家老大画完老虎又画老马，老爸添了三笔，颇有点老子味。"美林得意地说："我这个儿子不是天才就是人才，起码不是蠢材。都说犹太人生五个孩子才能出一个优秀的。我儿就是那五分之一。"每次看到天予的成长，哥哥了然总是说："现在的孩子基因都怎么优化的？"

凤凰卫视的王鲁湘老师说，美林因为小儿子的到来，他的艺术生命折射出了新的维度。是的，自2018年以来，美林的作品数量之多、质量之上乘恐怕创下了历史纪录，这在2019年1月5日故宫博物院文华殿举行的"韩美林生肖艺术大展"上可以得到佐证。此外，美林还连续创作了《丁酉年》《己亥年》和《庚子年》邮票，这在中国生肖邮票史上也是史无前例的。

2019年12月21日美林的另一座专题馆——宜兴韩美

▶ 天予不到三岁时画的牛

林紫砂艺术馆成功开馆,面对来宾,美林说:"我年轻时受了那么多苦,希望我的儿子以后不要受苦了,我都替他受过了。"

美林经常感慨地对朋友们说:"我儿子的到来居然没影响我的创作,反而让我的艺术更上了一个台阶,这是我没想到的。我的人生因为小儿子的到来画了一个圆满的句号,没想到我晚年修成了正果。"

自天予上幼儿园后,美林坚持自己接送儿子。有一天,因为有事送不了儿子,他将儿子送到大门口,儿子让爸爸追他的车,爸爸一直追到车开出大门……当美林独自往回走时,一个晨练大爷冲着美林喊道:"韩老师身体健康!"美林不好意思地说:"谢谢,谢谢!"回到家后,美林跟我说:"活在人心便永生。"

我和美林的"爱情红利"远不止一个小天予,还有大女儿小草和大儿子了然。姐弟俩除在事业上齐头并进以外,还有一个共性是:美林和我重组家庭后的第一时间,小草喊了我"妈妈",了然喊了美林"爸爸",姐弟俩现在尤其喜欢他们的小弟弟,他们呵护教育弟弟有着当代年轻人的理念,值得我们学习。

我与美林结婚的时候小草十八岁,她是一个非常纯情的少女,长得很像美林。五岁前小草受到了很好的教育与呵护,与现在的孩子一样,琴棋书画都会一手。五岁以后因为与母亲分开,从此,美林对女儿也疏于培养。父女俩相依为命,大家经常看见美林用自行车驮着女儿出门。那时正值事业旺盛期的美林，经常将女儿托付给家里的阿姨照顾，直到小草去加拿大留学。学成回国后的小草在社会上摸爬滚打了很多年，做过电影发行，办过宠物杂志，开过日料店，做过会所经理、文创店长等，积累了丰富的社会经验，判断人和事有时比我还精准一些。

儿子了然十五岁来到北京，经过美林和我的言传身教后赴美留学，毕业于美国南加州大学，获得经济学学士学位，回国后完成清华大学 EMBA（高级工商管理硕士）项目，获得香港中文大学工商管理硕士学位。目前除担任北京天品艺轩文化艺术有限公司董事长、韩美林艺术基金会副秘书长外，仍在清华五道口金融学院 EMBA 深造。他已成长为一名谦谦君子。了然曾就职于中银国际（香港）投资银行部，在一线 IPO（首次公开募股）执行团队工作两年，负责大陆企业在香港 H 股及红筹股上市等业务。由于前几年的金融风暴，我和美林希望儿子转行文创领域。他听从我们的意见，专注于艺术衍生品研发、艺术家 IP 孵化运营。目前创办的天品艺轩是国内首家专注于艺术家 IP 运营及衍生品研发的公司，在行业内树立了国内艺术家 IP 授权运营的标杆；推出的艺术衍生品获得了业内一致好评。在投资领域，了然作为个人天使投资人，投资范围涵盖 TMT（Technology Media Telecom）、泛娱乐等新兴行业；曾发掘并投资多个细分领域内的明星企业，包括良业照明（十三亿卖给碧水源）、汉鼎股份（创业板 300300）、ICONIQ（艾康尼克）新能源车、蜜蜂矿机、和尔萌等，取得卓越的投资业绩。

从去年开始，姐弟俩联手开发艺术 IP，在国内外取得了不俗的业绩。

直系亲属应该是我和美林爱情红利的直接受益者，比如我的父母。尽管我父亲比美林大两岁，我母亲比美林小两岁，但从没有影响他们之间的辈分，美林每次见到丈人和丈母娘时总是尊敬有加，行山东人之大礼。这二十多年来，对于我爸妈来说，美林早已成为我们家里的顶梁柱，尤其是天予的出生给我们的家庭平添了一份欢乐。

我的爸爸是一位非常正直的人，看不惯社会上的一些不良风气。有一次，他得知所在小区的业主委员会将在岁末的最后一天

▶ 与女儿小草

▼ 与儿子了然

爱情红利

233

▲ 父子

"改朝换代"，将会引进一家大家不认可的、资质不足的物业公司来取代现有的合同到期的物业公司。我父亲心急如焚地给我打电话说了大众之心声。美林听说后，二话不说拉起我的手迅速飞回了杭州，当天晚上美林与小区业主们一起在小区大堂"守岁"，直到街道派了顶级物业先行入驻，解除了业主们的心病，这也让我父母喜笑颜开。

美林说，只要让岳父母心情舒畅，让他干啥都行。为了让爸妈持续开心，美林送了一尊3.5米高的青铜雕塑《白马骄嘶》立在爸妈住的小区门口，美林说："让爸妈每天进出小区就能看到他们女婿的雕塑。"

雕塑《白马骄嘶》石碑上镌刻着杭州女婿对大运河、对杭州人民，当然也包括对岳父岳母的深情厚谊，碑文写道："大运河悠悠千载，如玉带般守护着沿岸城镇的繁华，京杭两地的韩美林艺术馆，则如玉带上闪烁的明珠，诉说着与大运河不尽的情缘。在中华人民共和国成立七十周年之际，韩美林将他的精品力作——雕塑《白马骄嘶》捐赠给杭州人民，更让这份情缘历久弥新。该雕塑为青铜铸造，造型风格取法汉唐，奔马后蹄踏浪腾空跃起，前蹄探出伸展状似跨越，整体造型富有韵律和动感；马身装饰古朴灵动，与造型相得益彰，突出了奔马的气势，马头高高昂起，阵阵嘶鸣似乎响彻云霄；马尾非同凡马，如龙似蛟，与浪花融为一体。"

《白马骄嘶》展现了勇往直前、驰骋千里的天马精神，天马踏浪而来，焕发出勃勃生机，是大运河历史与现实交汇、自然与人文交融的时代见证，也寄托了作者对大运河的深情厚谊与美好祝福。

这二十年，也是美林和他的哥哥和弟弟关系最为融洽的二十年。如果说之前美林因受难和创业无暇顾及亲人的话，那么这二十年当美林的事业渐入佳境后，首先想到的是将自己的幸福分享给亲人。

我们给美林的哥哥和弟弟分别在当地买了房子，让他们过着儿孙绕膝的幸福生活。逢年过节，我们会接他们来北京，或者去外地旅游，遇到美林的展览，哥哥弟弟全家均会前来捧场。只可惜，我们相聚的时间还是太短太短了，美林的哥哥和弟弟分别于2018年和2020年因病离开了

▼ 与父母在《白马骄嘶》前合影

▲ 美林三兄弟

我们。

美林的大哥是一位厚道且儒雅的人，部队转业后到了上海松江博物馆当馆长，工作上认真严谨，在家里却是甩手掌柜，所有家务事都是大嫂包揽。

当年我和美林结婚的时候，因为怕朋友们送礼而没有跟大家提前透露我们结婚的消息。在中国美术馆韩美林第五次个展的开幕式上，当美林直接宣布我们结婚的时候，我们甚至不知道大哥事先专门准备了婚礼贺词。直到那次大哥离开北京时，才将没能表达的亲笔写的婚礼贺词交于我，我珍藏至今。如今，大哥已经驾鹤而去，翻看这份新婚贺词，我仍觉音犹在耳：

今天，是美林建萍新婚的大喜日子，我代表美林的亲属向各位领导、亲朋好友的光临表示感谢。

美林和建萍在事业上都有骄人的成就，他们在各自的事业中做出了连同行们都为之惊喜的辉煌。也许是天公早已钟情于他们吧，让他们的生活多有磨难，鼓励他们逆境奋发，锻炼意志，当他们深知人生真谛时，再让他们幸福地结合。今天这个幸福的时刻终于来临，我感谢建萍和她的家人把这么一个优秀的新娘嫁给了美林，这是美林的福气，也是美林家的福气。希望他们今后在生活中，如同梁鸿、孟光相敬如宾，永远幸福。在这里，我再一次感谢今天光临的亲朋好友。我提议：我们大家举杯，祝美林建萍生活美满幸福，干杯！

韩夫荣　苏宏奇

人生苦短。大哥这封婚礼贺词，至今念来，依然应景。

美林的弟弟老三在保定飞机制造厂工作，印象最深的便是他特别爱扮演圣诞老人。每年圣诞节前他一定会从保定提着自己养的鸡，坐着长途汽车来北京，一来扮演圣诞老人，二来给他二哥过生日。我在给美林买衣服时通常会给大哥和老三也顺带买了，老三一来家里，我总是让他第一时间穿上新衣服，身着新衣的老三会走着模特步逗我们开心。

老三尤其喜欢吃肥肉，我担心血脂高嘱咐他少吃。老三跟我说他经常在铁道上锻炼身体，我赶紧给他媳妇儿打电话，嘱咐她看着老三，千万别让他再去那儿锻炼，不安全。老三与二哥美林不见面时总想，一见面就掐，有时为了汤圆还是元宵都会争执不休。这种时候，我会批评美林，做哥哥的应该让着弟弟！

2017年年底，美林在国家博物馆举行八十大展期间，上海的大哥已经病重，我们让在保定的老三和老三媳妇先去上海看望大哥大嫂，我们随后就去。2018年的大年三十，我和美林赶赴上海，与大哥大嫂、老三媳妇等团聚在一起，过了一个团圆年。没想到，老三那次离开上海回到保定后也一病不起。2019年春，我与美林还有大嫂去保定看望病中的老三，神志不是很清的老三拿出一本笔记本给我，我看字迹工整，像是在完成一部小说。再一看，原来老三是在抄写我写的书《永不凋谢》中的段落，我不明白老三为何抄写这个，难道是为了练字？

至今，我脑海中难以磨灭的还是那年我们在北京逛庙会时，我给老三戴了一顶红色假发套的可爱造型以及老三每年春天风尘仆仆地送来草莓和香椿的身影。

美林的妈妈生前嘱托是：三兄弟要团结。如今，团结的三兄弟，只剩美林。

好在，美林还有三位不是儿子胜似儿子的徒弟，他们是徐德宽、赵金鑫、卢五科，徐德宽跟随美林三十余年，赵金鑫和卢五科跟随了二十余年，他们每天伴随在美林的左右，寸步不离。我从内心感谢他们，因为美林有了他们的陪伴，我才得以甩开膀子干事业。我更要感谢他们对天予弟弟无微不至的照顾，每当我看到三位哥哥趴在地上假装被击倒，看到他们被弟弟的水枪淋了个落汤鸡时，我感到很欣慰，因为我深知与哥哥们玩更能培养孩子的男子汉气质。

美林逢人便会骄傲地说："你们知道这些年我们几十座城市雕塑是怎么完成的吗？就是我带着这三个徒弟干出来的！"令人纳闷的是，按理说这三个徒弟比我与美林在一起的时间还长，但他们都有点怕他们的老师，这恐怕就是"严师出高徒"。在艺术上，老师对学生永远是苛刻的。但在生活中，美林对他们却像大家长一样，在我们经济不宽裕的情况下，美林给徐德宽买了房和车，之后又给赵金鑫和卢五科买了房，让他们全家在北京生活衣食无忧。此外，如徒弟们家里有诸如亲人生病、孩子上学等之类的事，我们都管。

其实，韩美林工作室以前是很强大的，美林之前还有很多徒弟，有的在美林培养下茁壮成长，成绩斐然并已自立门户，如今在社会上也小有名气，比如纪峰、王志刚等。有的因为不思进取、格局太小而被自然淘汰，有的更走上了造假售假的不

◀ 美林与三位徒弟

归路……

所有人都知道我们家有位陈管家，她叫陈丽华。我跟美林结婚二十年，她就陪伴了我们二十年，最初她是美林朋友的律师。因当时美林的事业急需一位律师，丽华便顺理成章地担当起了这个角色。

丽华是西北政法大学的高材生，从小在银川长大，家里排行老二，是一位既理性又感性的才女。也许因为我与丽华均是射手座的缘故，我们各方面都很投缘，且射手座与摩羯座关系也甚好，故我们都与美林合得来。于是，"三人行，必有我师"的格局形成了。我们彼此经常"择其善者而从之，其不善者而改之"。就这样我们一路携手走到了今天。

那个时候还没有韩美林艺术馆，除了美林的一些作品外，我们基本是白手起家。我的父亲是浙江邮电管理局人事处处长，为人处世颇为严谨。我北上时，父亲告诫我说，最好将家里的旧账弄清楚，新账从头开始。于是，我和丽华一起将别人欠美林的以及美林欠别人的账目都梳理了一遍。那个时候我才知道，一个大艺术家的家底是如此之薄，薄到年底发

▼ 与陈管家风雨二十载

奖金时我需要拿出自己从杭州带来的积蓄。于是，我和丽华励志奋发图强，开创美林艺术事业新局面。

二十多年来，我们披荆斩棘，竭尽全力地将美林艺术发扬光大，在全国矗立了无数座城市雕塑，建立了四座韩美林艺术馆，成立了韩美林艺术基金会，修建了很多所希望小学，设立了很多个美林教室……我和丽华可谓是黄金搭档，她是律师出身，做事谨慎心细，我则行事大胆果断。当我在前方冲锋陷阵的时候，她总是在后方为我收拾残局，并且无怨无悔。

记得前两座韩美林艺术馆建设论证时，我俩的意见出现了分歧。我看问题的乐观与她看问题的悲观形成两个鲜明阵营。而我的性格常常不是循序渐进地说服她，而是以实战后的业绩向她炫耀。最后，她在接受我的胜利成果的同时也会由衷地心疼我的付出，以至于之后两座韩美林艺术馆的建设，她选择相信，并与我一起并肩作战。

十年前，我们便开始酝酿成立韩美林艺术基金会，当丽华了解到初始资金是两千万人民币后，工作迟迟没有进展。直到有一天我一语道破丽华的心思，我说："丽华，不就是2000万注入基金会账上未来就是国家的而不能反悔吗？我愿意啊！"于是，丽华正式开始启动基金会注册程序。还有一件刻骨铭心的事，2013年12月21日第一届"韩美林日"的当天，丽华因为要张罗活动而没能回银川为她父亲送行，这件事，我至今也没能原谅自己。

为了方便工作，很多年前，丽华俨然成了一名半退休的律师，她将家搬到离我们很近的地方，将大部分精力投入到了美林的事业中，韩美林艺术基金会和韩美林艺术馆的诸多工作离不开她。她的小家布置得犹如一个小型艺术沙龙，相信一定深得她同行们的青睐。

能将一个资深的律师"策反"成一个资深的艺术从业者，这何尝不是我和美林的爱情红利呢？

我俩的爱情除了造福于我的父母、美林的兄弟、孩子们及我们的朋友外，也辐射到我们的员工身上。为了工作方便，我们长期住在馆里，每天长时间与员工们厮守在一起，潜移默化地将我和美林平时的言行举止传递给了大家，按照孩子们的话说是"撒狗粮"，其实在我们看来，这就是生活日常。

记得有部电视剧叫《父母爱情》，记录了父母爱情与孩子们的成长史，而我们这里又何尝不是呢！大部分员工一毕业便来到我们馆里工作，岁月荏苒，转眼就到了女大当婚的年龄了。这些年来，我和美林一直为我们的优秀女孩找不到好的婆家而犯愁，于是我们成立了"韩美林婚姻介绍所"。自任所长的我将适婚女孩登记造册，发给我们各方朋友。三星中国区总裁造访我们家时，我抓住机会向他提出了我馆女孩与三星男孩们联谊的建议，他听懂了我的诉求，欣然安排了一次"韩馆·三星相亲会"。我还特意在"韩美林婚姻介绍所"前面加了"国际"两个字。相亲会由化装舞会开始，貌似顺利，但结果一对也没成，令我备受打击。之后，我们国际婚姻介绍所还组织员工参加了诸如"金融结男女，月谈对姻缘"等各种相亲活动，均没有收获。究其原因，或许是我们的女孩在美林身边接触优秀才俊太多了，都按照白岩松的标准找，一般的男孩她们哪里看得上？

我甚至还动用了通州区领导的资源，将我们馆一位优秀女孩介绍给了区里一名大龄未婚干部。相亲那天正好是端午节，我的心情莫名地激动，为"准女婿"准备了一大袋礼物，其中包括我亲手包的粽子。结果，我们姑娘回来后带回来的却是大龄男孩送的一本书和一把伞，当得知北方人送"伞"就是"散"的意思时，我立刻火冒三丈，愤愤不平！之后，每每通州区领导来访，我都要像祥林嫂那样唠叨这件事，至今还未解气。

好在也有成功的案例，比如，韩馆大管家常静，身材修长，五官精致得无可挑剔，以我三十余年电影从业者的眼光，这个女孩长着一张典型的巴掌脸，特别上镜。如果不说来自乌鲁木齐，一定会将她往江南美女上靠。我清楚地记得，2009年秋天的一个下午，北馆招聘面试来了一位妆容细腻、站姿专业的女孩，出于本能，我打开了她的笔试试卷，当最高分96分映入我眼帘时，我眼睛一亮，别人是"外貌协会"，我是"分数优先"。很多人开玩笑

▲ 三星公司与北京馆相亲会

▲ 常静和原韩国大使金夏中共同过生日

说我们馆的试卷比考公务员都难，但至少我认为，这个女孩的知识结构是丰富的。常静当然被录用了，而且十多年来，成为韩馆一名不可多得的、坚强的"钢铁战士"。如今作为办公室主任的她俨然成为我们的大管家，馆里扩建、改造、培训、临展、外联、物业、安保等大大小小事无巨细统统不在话下，最为难得的是，这个独生子女特别能吃苦，她的爸爸告诉我，他的闺女从小就是个不让家长操心的学霸和三好学生。至今我还在为自己慧眼识珠而自豪。但或许是工作繁忙，或许是缘分没到，直到嫁人的年龄，常静依然单身，美林和我甚为着急和愧疚。2017年春节前夕，在国家博物馆韩美林艺术大展上我第一次见到了从乌鲁木齐专程前来观展的常静爸妈，我当时很忙，想着单独约她爸妈吃顿饭谈谈常静的婚姻大事，没想到她爸妈怕影响我们工作去了海南。时光荏苒，转眼，两年过去了，2019年1月9日，我们给原韩国大使金夏中和常静一起过生日时，常静幸福地告诉我们，她找到了一个巨蟹座的男孩，我们欣喜不已，除了祝福以外，希望她勇敢地去追求真爱。之后他们便有了一个爱情的结晶——人见人爱的小公主七七。

再比如，我们的馆长助理郭莹，当她找到了自己的如意郎君后，我和美林也是满心欢喜，我们在宴请了双方家长之后像嫁自己闺女那样，风光大嫁了郭莹。

2019年6月18日，是我平生所参加的最为动容的一个婚礼，无关乎婚礼排场和婚礼嘉宾。新娘以"爱情本来该有的模样"为主题的婚礼发言，在当今多元社会观念中堪称教科书级别。这个外表干净、内心纯净的新娘对新郎的表白所迸发出的能量，撼动了在座所有韩馆其他未出嫁的姑娘们的人生观、价值观及婚姻观。我和美林为她感到骄傲与自豪，对郭莹这十年来与美林及美林艺术的相伴相随表示感谢，记得我在婚礼上动情地说：

"我穿的这身衣服是我与韩老师认识时候穿的，二十年后的今天，我再次穿上它，是希望新人的爱情与前辈一样，历久弥新。记得有部电视剧叫《风光大嫁》，希望台下我们馆每一位单身女孩不久的将来都像今天郭莹一样——'风光大嫁'。愿郭莹、唐岳幸福一生。去年三月，郭莹把天予接回家，之后，我们的事业和生活一路凯歌。如果天予算是一个小福娃的话，那么希望天予将美好继续传递给大家。祝新人早生贵子。龙应台说过一段话：所谓父女、母子一场，只不过意味着，你和孩子的缘分就是：今生今世不断地在目送他的背影，渐行渐远。今天在新人大婚之际，希望郭莹和唐岳以孝顺父母为天职，开启一个崭新的幸福人生。再一次祝福新人——百年好合！"

事实上，馆里所有"儿子"大婚，"女儿"出嫁，我和美林均会送上祝福。但郭莹这次超凡脱俗的出嫁仪式令我记忆犹新。说心里话，如果回归到属于我们自己的那个青葱岁月，又何尝不想拥有一个这样的非公式化、非程式化而是遵从内心的婚礼呢？

说起美林的另外一位爱将田莉，尽管她在来到我们馆十一年后选择离职回归家庭，那也并不妨碍她"一日韩馆人，终身韩馆人"，更何况田莉是我们"开馆元勋"。

这个毕业于北京第二外国语学院中文系，长相端庄秀丽的湖南女孩，2008年春天来面试时，一看便是个讨人喜欢的乖乖女。可以说，田莉集美林和我的万般宠爱于一身。随着我们事业的发展，员工队伍的不断壮大，很多员工没有像田莉那批"黄埔第一军"那样独享尊荣的待遇了。智商和情商并举的田莉英语口语尤其不错，来我们馆工作前，她的妈妈刚病逝不久，故美林和我对她尤为关注和关照，可说是比自己的亲闺女还亲。

当美林得知田莉的昵称是"小狐狸"时，曾给她画了很多狐狸。令我印象最深的是，有一天，田莉向我提出一个请求，想去杭州馆工作，理由是：想给自己心灵放个假。对于这样一个很文艺的理由，我想一般领导是不会考虑的，何况北京馆正值发展期，人力也不够，但我还是尊重了她的选择，让她去了杭州馆工作。

杭州馆领导也很重视，在馆附近专门为田莉租了一栋农民的二层小楼，让其他的几位单身女员工也一同搬了进去，与田莉做伴。记得一个大年三十，大雪纷飞，杭州馆朱馆长夫妇带着田莉去灵隐寺烧了头香后便去馆长家吃年夜饭。出于对田莉

▲ 在郭莹和唐岳婚礼上致辞

▼ 美林与爱将田莉在欧洲

爱情红利

245

工作的认可，杭州馆有意将田莉正式调入杭州。此时，田莉又突然给我写信提出离职想去北大读书，弄得我和丽华一头雾水，我们反复劝导田莉，反正不是全脱产的读书，可以工作和学习两者兼顾。我们好说歹说又将她留了下来，当然也辜负了杭州馆的一片深情。但我和美林坚持"疑人不用，用人不疑，养人如种树"的原则。当然白羊座的女孩工作是靠谱的，田莉回归北京馆后依然表现出色。

我经常说，我有两位馆长助理，一位叫郭莹，一位叫田莉，一个务实，一个务虚，配合默契，属于黄金拍档，"上得厅堂，下得厨房"在她们身上得以完美诠释。

比如，刚陪韩老师接见完某国政要，回去就得彻夜赶微信公众号文章。

比如，刚在米其林三星享用了美食，回到酒店还得彻夜整理资料。

比如，韩老师可以在一个小时内买一百件工艺品，她们就得以最快的速度完成付款、打包，因为韩老师会迅速地进入下一个

▼ 丽华与两位爱将在卢浮宫

既定目标。

比如，韩老师去书店起码得两个小时以上，她们得紧随其左右，因为一不小心就会把韩老师跟丢了。

比如，家里来了客人，她们时而会上来帮我喝几杯，回到宿舍恍惚一夜，第二天还要准时上班打卡。

所谓韩门"钢铁战士"，由此可见一斑。

美林比我心疼孩子们，有时候心疼得近乎溺爱，他经常说"穷家富路"，孩子们无论出差还是出国一定要带够钱，让大家吃好住好玩好。我则私底下经常告诫大家：你们要做宠得起的孩子。

记得有一次，出国的前一天当大家忙到半夜时，我突然想起那天是田莉的生日，赶紧拿出早已准备好的生日蛋糕。但那时她已经回到宿舍，于是第二天，我们将蛋糕拿上了公务机，大家在一万多米的高空中为田莉补过了一个特殊的生日。

美林开启了全球巡展后不久，田莉找到了她的真爱，选择结婚生子回归家庭。我们尊重她的选择并为她高兴，因为一个人选择伴侣要看缘分，是可遇而不可求的，而对于一个单位来说，选择员工余地就会大一些。十三年来，我们馆应聘者年龄段从"80后"进展到了"00后"，一路生生不息。在这个时间碎片化、注意力分散化、价值多元化的时代，我们尤其关注新生力量的加入。

2021年以来，我们馆不少员工的身体出现了大大小小的状况，我感到很焦虑。除了要求员工们平时注重身心健康以外，适当运动还是有必要的，我尤其反对一公里内还需打车的"懒惰主义"者。我们家有电梯，但我几乎不坐，每天上下楼梯十几趟就相当于做了运动。新冠疫情让大家或多或少地多了些许惰性，这是需要反省的。没有一个健康的身体，于公于私都不利。好在我和美林平时比较注重医疗资源的维护，关键时刻都能替员工们保驾护航。

我们有个老员工叫周思妤，有基础高血压，找了个如意郎君怀孕后擅自停了降压药。结果有一天，她妈妈在电话里哭着说，救救她的女儿！八个月的孩子马上就要从肚子里掉出来了，那天还是周末，医院只有实习医生……我们马上找了北京市卫生局，启动应急机制，医生迅速到位给思妤做了剖宫产手术。但结果还是晚了一步，孩子出来前窒息了几分钟，没能抢救过来，但母亲的命总算保住了。

之后很长一段时间，思妤因为身心受到了伤害，我们尽量给她安排一些力所能及的工作，不想给她太大的压力，直到她又一次怀孕。这次我们可不能大意了，我找到协和医院院长，将她送去协和医院妇产科进行产检，以确保产前健康，直到孩子降临。记得孩子出生前一周，思妤全家邀请我和几位员工去她家吃饭，她丈夫拿出大瓶装茅台，那天大家一醉方休，预祝孩子的诞生。

我们对员工的爱真是渗入了自己的血液中，我们的一位员工得了重病，我一夜两鬓发白不说，刚种植了的牙也因为压力过大而出现种植失败这样的只有几千分之一的概率的状况。

自从我和美林有了天予之后，员工们在育儿方面俨然成了我的导师。他们中的很多孩子与天予年龄相仿，对于三十多年没有带孩子经验的我，如何用现代理念培育孩子，还真是一个挑战。我很庆幸生活在这样一个大家庭中，我从来不曾像现在这样认可艺术馆是培养孩子的圣地。除了感受艺术本身外，艺术馆强大的艺术教育功能是孩子们在课堂上学不到的。无论是在杭州馆、北京馆，还是银川馆，每一次我带着孩子去蹭课时都会觉得我们设计的一系列美育课，对孩子们来说是多么地受用；反观我们现在的工作，对大众来说，也起到了美育心灵的作用。

◀ 与北馆三位准妈妈

要说我们爱情红利中关乎于朋友的,那非冯骥才莫属。

大冯——美林,我们两家的缘分似乎命中注定,因为我们的结婚纪念日都是12月31日,只不过,我们比他们晚了三十五年。

1967年新年来临的前夜,在天津一间不足十平方米的婚房里,在"造反派"的手电筒肆无忌惮的照射下,在"红卫兵"随时可以破门而入的恐慌中,大冯与顾老师战战兢兢地度过了新婚之夜。

大冯说:"顾老师从来不把每年的12月31日作为他们的结婚纪念日,她要挪到转一天,改为1月1日——元旦。她想从生命里切去这一天,或者跨过这一天。"

五十多年并不遥远,"文化大革命"是抹不掉的记忆,但恰恰是这段痛苦的记忆,将冯老师推上了文学的巅峰。

美林与大冯相识于1983年,如今两人的友谊已经有四十年。他们年龄之和超过一百五十岁,艺龄之和超过一百岁,他们是人生的知己,更是艺术的知音。年龄上,美林比大冯大了六岁,而个头上大冯比美林高了三十五公分,于是"矮大哥"和"高小弟"便成了他们之间最风趣

▼ 大冯与美林考察云冈石窟

的昵称。

在我看来,大冯就是我的兄长,因为他给了美林足够的安全感。大冯在各种场合各种活动上多次提道:"站在美林对面的时候,由于我个子太高,我的眼睛不得不用俯视的目光来看他,但是我的心经常仰视这位尊贵的朋友。因为他是我们这个时代的一个艺术的巨人,一个身高只有一米六五米的艺术巨人。"

美林说:"大冯和我在人群里特别好认,一高一低,我们这对高低搭档能携手为民族、为历史做点事,很好。大冯口才好,我不像他那么会说,我们就像一对相声搭档,他负责总结原则、讲解艺术,我负责渲染气氛、描绘蓝图。"

在身体上,大冯与美林是糖尿病病友,在尝试各种新药上,大冯总是冲锋陷阵,等觉得新药安全且有效后,大冯会在第一时间告诉我们。记得二十二年前,2001年夏天,降糖药文迪雅刚出来,大冯便将该药的说明书寄了过来,并在上面亲笔指示:"建萍,快快去医院找医生开这个药!"

之前,美林不愿意打胰岛素,大冯劝导美林说:"身体里缺胰岛素,咱们就打胰岛素,这是物理作用,而降糖药是需要化学反应后才奏效的……"美林一听便明白了,马上乖乖地用起了胰岛素,如今血糖控制得比大冯还好。

在生活上,美林喜欢吃天津"狗不理",大冯喜欢吃"韩家包"。彼此见面时这两种包子便是我们两家之间礼尚往来的标配。2021年3月我们在杭州,朋友送来了前一晚采摘的连夜赶制的"明前龙井",美林交代我说:"赶紧寄给一百零五岁的大冯妈妈!"并即刻在茶叶包装上写道:"三月十日采的茶,晚上炒出来的,今天早上给大冯妈妈寄出——美林孝心于杭州。"这对"最萌身高差"好兄弟,平日里,他们就是这样频频地传递着彼此心中的爱。杭州女婿美林每年收到的第一份龙井茶一定是先孝敬大冯的妈妈,这是惯例。因为美林经常对大冯说:"我没有妈妈了,你的妈妈就是我的妈妈。"

为了兑现"我和你几乎是一生的朋友,可我一直欠着你一件事,我应该为你写一本书"的承诺,大冯天天奋力干活。即便是在外出开会往返的火车上,他也奋笔疾书,活脱脱一个快乐的"打工仔"。

▲ 圣马可广场上两个幸福的家庭
▼ 圣马可广场庆祝冯骥才夫妇金婚五十年

终于在2016年12月，大冯为韩美林撰写的《炼狱·天堂——韩美林口述史》正式发行，近十万字的新著，倾注了大冯极大的心力以及对美林的爱。这本书是一位作家和一位画家的对话，又是两位大家对生命和历史、对现实和艺术的理解与碰撞，更是两位"老铁"之间友情的互动和深度的交流。

2016年10月29日，威尼斯圣马可广场，拿破仑当年称这里是"欧洲最美丽的客厅"。前一日，我已经带着秘书来这儿踩过点，预订圣马可广场的一支乐队，我们相约晚上11点不见不散。

当晚，我们带着冯骥才老师夫妇和所有的嘉宾抵达这个"欧洲美丽的客厅"，提前为冯骥才和顾同昭夫妇庆祝金婚，之所以选择这个时间段，是因为深夜游客相对少些。

那天，跟随我们来到圣马可广场的有陈履生、赵力、王开方、陈楠、王培、卫恩科、杨健、章展等三十多位嘉宾。乐队奏起了圆舞曲，大冯拉起夫人翩翩起舞，在座的嘉宾纷纷起身伴舞，顿时，圣马可广场上的各国游客朝我们这边簇拥过来……舞群越来越大，乐队越奏越起劲，音乐划破圣马可广场的天空！

这时有个卖玫瑰花的老人向美林走来，十欧元一株，美林全部买下。瞬间，无数卖玫瑰花的人都簇拥过来，美林又都买下，美林将手里的大捧的玫瑰花全部都交给了顾老师，顿时，全场掌声雷动。

零点，圣马可教堂的钟声响起，大家沉浸在幸福温暖的海洋里，感觉经历一场半个世纪的婚礼。此时的乐队的成员更加不能自拔，我们约定演奏的时间已到，但领队说他们不要钱，希望一直祝福到天明。

五十年弹指一挥间。也许大冯和顾老师没有想过五十年后会在"欧洲的美丽客厅"举行这样童话般的金婚仪式，但接下来他和顾老师却选择相约去了罗密欧和朱丽叶爱情发生地——意大利维罗纳小镇。我想，这应该是他们夫妇在心底曾经许下的愿望！

半个世纪以来，他们之间的爱，从未缺席！

两个月后，在北京韩美林艺术馆举行了一个特别的活动——"五十·十五感恩夜"，祝贺大冯和顾老师金婚五十周年、美林与我结婚十五周年。北京馆的孩子们为两对大家长策划了一场别

▲ 2016年12月31日"五十·十五"感恩夜庆祝冯骥才夫妇金婚五十周年，我和美林结婚十五周年

开生面的感恩晚宴，旨在"致敬真爱"。

当大冯夫妇隔着纱幕相对而坐，通过投影默默观看了对方五十年来岁月沧桑的容颜变迁时，大冯用深沉的声音说："爱情是不可轻言的两个字，如果你没有一同经历生活里的患难或者挫折，那么你不能随便谈爱情。"

谈到"爱"字，大冯也忽然解开了自己心中的"韩美林之谜"，他体会到了美林的艺术原创力其实就是一种"大爱"。爱的本质是主动地给予，这个本质与艺术的本质正好契合，艺术不是获取，也是给予，于是，爱便成了美林艺术激情勃发的原动力。大冯说："美林以爱、以热情和慷慨对待朋友、对待熟人，甚至对待一切人，以至看上去他有点挥金如土。这个爱多得过剩的汉子自然也常常吃到爱的苦果，不止一次我看到他为爱狂舞而稀里糊涂掉进陷阱后的垂头丧气，过后他却连疼痛的感觉都忘得一干二净，又张开双臂拥抱生活去了。然而，正是这种傻里傻气的爱和情义上的自我陶醉，使他的笔端不断开出新花。然而，爱是一定有回报的，因为爱，韩美林拥有天南地北的那么广泛地热爱他艺术的人。如今韩美林已经是当今中国画坛、当代中国文化的一个符号，由国际航班带上云天，也被福娃带到世界各地，更多的是他创造的千千万万、美妙而迷人的艺术形象，五彩缤纷地传播于人间。这个符号的内涵是什么呢？我想是：自由的心灵，率真的爱，深厚的底蕴，无边而神奇的创造，而这一切全都溶化在美林独有的美之中了。"

知韩美林，冯骥才也！

我偶尔会给大冯发一些美林和天予玩耍的照片，大冯会开玩笑地说："建萍，累死你了，每天要管着一个小小孩，一个老小孩。"

记得2020年12月26日美林生日这天，在北京馆举行的"美林的世界在深圳——韩家军出征仪式"上，三岁不到的天予穿着小军服、拿着活动道具——羽毛球拍与哥哥们打球的情景。

那一刻，

我，恍若隔世……

当我开着车带着美林和儿子出门，天予奶声奶气地为我们唱起了：

五星红旗迎风飘扬，
胜利歌声多么响亮，
歌唱我们亲爱的祖国，
从今走向繁荣富强。
越过高山　越过平原，
跨过奔腾的黄河长江，
宽广美丽的土地，
是我们亲爱的家乡。
…………

美林说，这首歌的词曲作者叫王莘，1951年他将这首歌投稿给了《歌曲》杂志社后被退了回来，接着他自己成立了"天津新歌合唱团"，亲自指挥演唱这首歌，结果唱红了大江南北。

十二岁参军的美林在烈士纪念塔做勤务兵时，每当听到这首《歌唱祖国》，想到胜利来之不易，就会抹眼泪。美林说，他做梦也没想到七十年过去了，小儿子也最爱这首歌。

英雄的人民站起来了，

我们团结友爱坚强如钢！

每当唱到这两句歌词时，三岁的小天予总是将嗓音提高到极限。

这是血脉传承吗？

开着车的我，有点莫名的激动。

这是实实在在的——

Profit of Love。

▼ 在爸爸师友会上，小天予用道具羽毛球与哥哥们开战

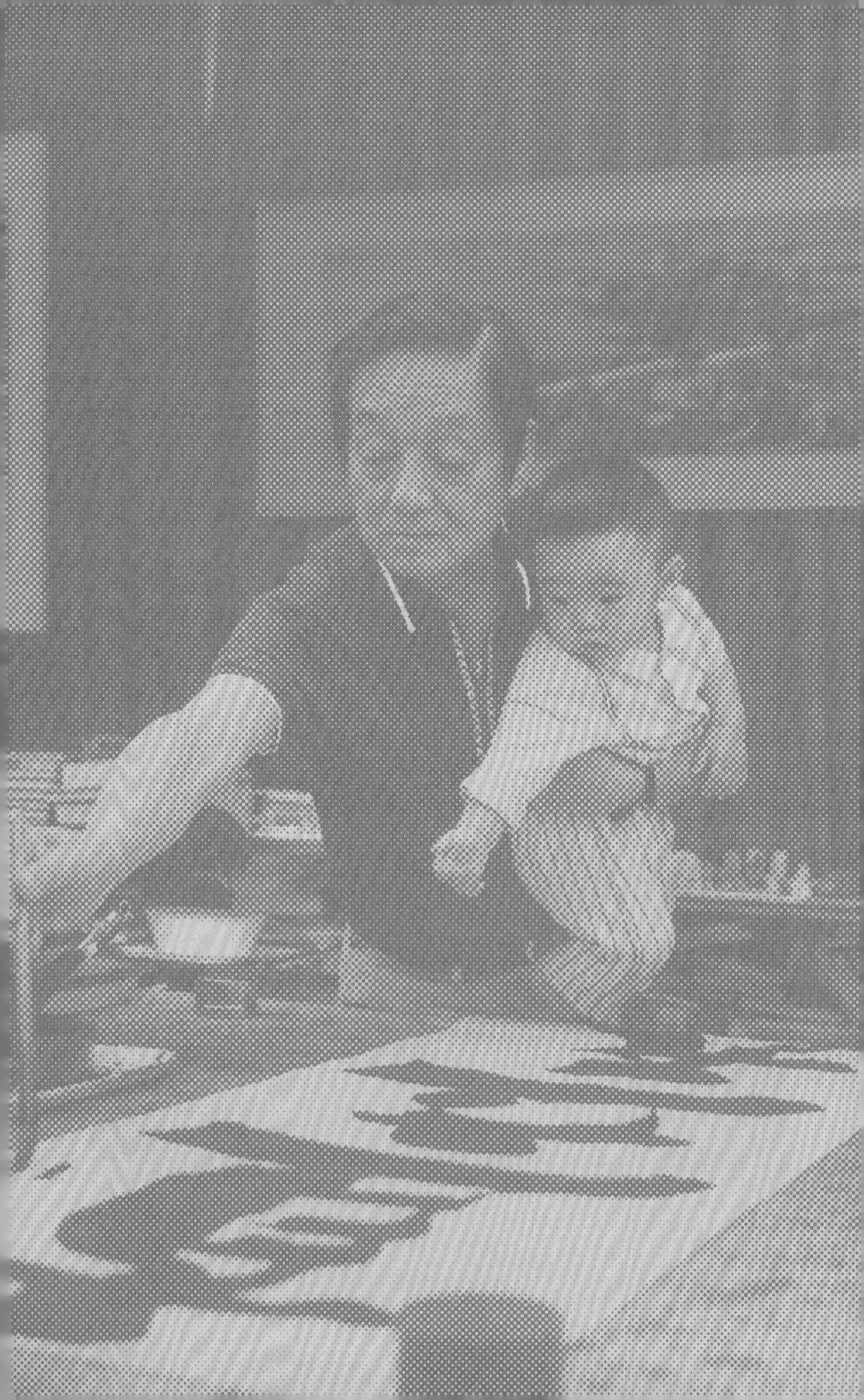

和解苦难

著名文化学者、凤凰卫视主持人王鲁湘说，
韩美林因为小儿子的到来与所有苦难和解了。
与此同时，他的艺术生命也折射出了一个新的维度。

▲ 1972年出狱后，美林体重仅剩三十六公斤

◀ 美林与小儿子

  我和美林结婚以来，他经常晚上做同样的一个梦——在安徽淮南洞山一百号监狱里备受折磨的梦。每每被自己哭醒，翌日早上起来，美林便会呆坐在那里说："做人没意思。"我很不理解，因为当时美林艺术事业正在大踏步地挺进，几座艺术馆拔地而起。

  "文革"期间遭遇的那些闻所未闻、几近极致的屈辱与折磨，对于美林来说，真的是挥之不去。

  但是，我们在美林的作品里找不到任何历史的阴影，他给人的全部都是阳光，犹如凡·高和莫扎特。美林说，真正的艺术家是艺术的圣徒，他们用生命来祭奠美，即使在苦难中，身边堆满丑恶，他们的心灵向往、寻求和看到的仍然是美。

  我非常理解并同情美林，但我们除了辅佐他的事业，给予他满满的爱以外，还能给他什么呢？那些年，无论我们事

◀ 1988年美林与黄永玉

业多么辉煌，家庭多么幸福，但美林心底里那个"阴影"总是铭心刻骨地存在着，直到2018年1月小儿子的出生，美林的噩梦才奇迹般地消失了。

我跟美林说，早知这样，咱们早生孩子就好！

美林说，现在也不迟，我的艺术生命才刚刚开始呢。在给儿子画的题跋中，美林将喜得麟儿的心情表现得一览无余："爸爸是你的大洋马，天天驮着你笑哈哈，你妈笑得像个大傻瓜，你说好不好啊？"

在中国美术圈，我最喜欢两个属鼠的男人，他们均有才、有趣、有情、有义，那就是黄永玉和韩美林。2021年3月，我们收到黄老给美林写来的一封信，甚为感动。五页工工整整用小楷写的信，充满对美林的爱和鼓励，黄老信中说："自己一辈子以自己身体经熬而自满，现在不行了，摔了三跤，醒悟已迟。"

收到黄老这封信，美林在家里足足徘徊了三天，为老师的身体而担忧，他说，到底是自己的老师，如此懂他。受到老师的赞扬和鼓励，美林自然是欣喜的，犹如老师批改学生作业时，学生得到高分般的欣喜。那几日，美林一直在酝酿给老师回信，美林说："黄老用毛笔小楷给他写信，我则以钢笔小楷回信。"这封长达十八页信纸的回信,美林写了很久……

> 黄先生:您好!
>
> 非常想您。
>
> 接到您的信时,已经过了二十多天,看完信后又激动了好几天,因为我真不知道怎么回您这封工整加繁体字的长信,所以就"卡壳"了。
>
> 首先,您对关公雕塑的关心我很感动和感激,这是老师给学生加油和鼓励,我永志不忘。您的信让我感到了我们艺术上的惺惺相惜……我深知,世界上有太多的作品都经历了时间和岁月的锤炼,并且大多是有故事的。事实上,我只是"关公"雕塑的形象设计者而已,至于其他诸如规划、选址等均与我无关系。我想,还是交给历史去见证和评说吧。我是五五年进中央美术学院的,正式见到您是五六年在青年艺术剧院看原版电影时,您给大家打招呼,也给我打了。学生都用敬重的眼神看着您。当时的我更是激动,因为您也给我打了招呼……这是学生心态,像吃了糖一样发甜,对吧!
>
> "文革"最黑暗的时期,我刚出狱,来到北影给大家画画。跟着李准、肖马、韩瀚来到京新巷。那时大家都没有去处,这些人几乎天天在美院宿舍大院东南角上那小小的罐斋里有说有笑,忘乎所以……令我一生不忘。
>
> 在这小小的罐斋里,放着一个大铁炉(据说是波兰产)。

▶ 2021 年黄老给美林的来信

梅溪来加煤，哗啦哗啦，这炉盖声都成了我永久的回忆。几平方米的小屋环墙是一圈土座，中间一个小小桌，这个小桌上曾趴着一个大画家，画了围着墙的一张"大蒜头家族"（水仙花，从发芽到盛开）。东墙是一张画出来的窗户，谁也不知道那冰封时代，尚有这么一个"小暖窝"。来凑堆的尚有李准、白桦、肖马、韩瀚、陈登科、阿明、范曾……梅溪那时只能躲在内屋，偶尔出来加加煤对大家友好一笑，然后进屋去了。屋子虽小，笑声挺大，大笑以后又戛然而止（怕隔壁那个"右派"变"左派"的那个掀门帘侧耳偷听的报密人……）。

那时您是主角，李准、肖马、白桦等虽是才子，怎么也比不上黄先生的幽然（默）风趣，智慧的火花令在座叹了又叹，直到饭点子时，各奔西东，嘴角虽没有油却嘴角翘着都收不起来，那时没有茶更没有点，听到"米"字就流口水时代，离开黄家就像吃了一顿饱饭一样，就差没抹嘴巴子了……那一段时期，我没插嘴也没有勇气，我是个学生，可这段历史我一生难忘。

人生有无数个转折点，京新巷就是一个，您给了我做人的启示，艺术给我开了窍，挥洒自如，让我撒欢撩（蹽）蹄，天马行空的画架势。

想当年您和梅溪做客合肥稻香楼宾馆，画了那么多应酬画，梅溪不忍劝您休息，我和永厚站在旁边看把您给累的，您都站不起来了还硬撑着画下去。当时讨画的人都不肯走，也有点身份。什么省、厅、局、经理、厨师、秘书、服务员、司机们……还有厚着脸皮冲您来了一句"我儿子属狗的，给他画张狗吧！"……

黄先生！当时我泪要掉下来了。您把笔停下来对我说："你的画送人不？"我说："送。"您心情十分复杂地点了一下头，说："好。"

回家路上，我哭了……这就是黄永玉，黄先生，为人师表的恩师，他竟教我这样做人。

在您的罐斋，我也看到您对学生的无私关爱与引

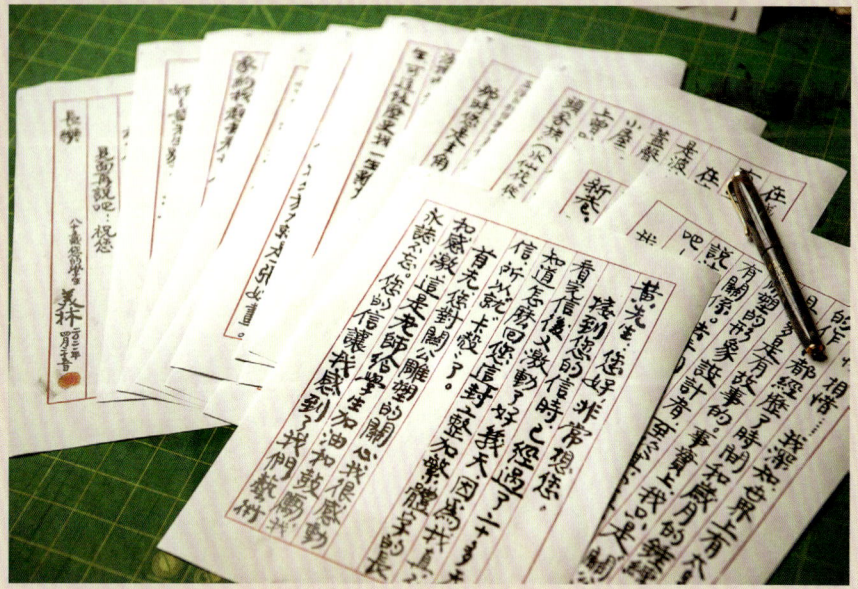

▲ 美林给黄老的回信写了三天

▲ 美林给黄老的回信

和解苦难

导。有一次，范曾拿您送他的白描《山鬼》感慨忘形，当时在座的有韩瀚、李准、阿明、肖马、我。您看好他艺术的前途，偏爱那么一点，我们都羡慕不已，我当时还真有那么自卑加那么一点"山西老醋"……这时您说："范曾，你是不是别画那些法家连环画了？你摘出一个人物来放大就是一张好画。"

范曾聪明，一时顿悟，天顶盖一亮，豁然大开。当时我想，这不也是说我吗？画小狗小猫绝不是我的出路！后来我的书法、绘画都像野马脱缰獠（獠）蹄撒欢横涂纵抹，一发不可收……

黄先生！不是您沙场点兵，哪有我今天大笔任挥的嘴上叫着喊着"去他妈的，纸破了再换！"后来几十米大画完全不在话下……这架势就是跟黄永玉学的，就差没叼烟斗了……这样启发，使我受用一生。

我不跟风也是跟您学的，时代变了，葡萄、牡丹、七十二法的山水是不是有些过气了？他们说我是工艺画，是刷子画……我不生气，画着玩不可以吗？我没说我是大师，我是大师傅，油盐酱醋都一样，怎么炒法各有各招，大不了自己吃。

从前的房子都不大，没有画大画的机会，庙里的壁画归到匠人行列，从不署名。现在不同了，不同时代，不同空间，不同视觉……丈二的马一个屁股一米五。不用刷子用毛笔行吗？黄先生，这是您的路，踢掉一大片八股画家，您的功。

大数据时代，一切都在革命，多头的学科不革就落后，我的记忆力不错，但是我连一个学科的名词也记不住。我们清华的量子所，一伸头就缩回来了，就那"子"也不能记住（量子、粒子、反粒子、介子、强子、超子、费米子……），看看我们靠嘴皮子活得挺滋润的人，能给学生多少真才实学呢？

工具材料革命必须跟上这个时代，那就不只刷子的问题了……

九十多岁的黄永玉赶在时代的前头，谁也想不到他竟然开着法拉利呼啸而过？真潇洒！也真时髦！

在走民族民间的路上，您也是我的老师。黄先生！您还记得四十多年前您画的黑山和阴山岩画吗？您是不是看到我现在的画有它们的影子？这启蒙老师不是您吗？不谢您谢谁呢？

黄先生！在做人和艺术上，我学了您不少玩意儿，尤其是勤奋。近年我放下毛笔和刷子，拿起了钢笔，洋为中用试着来吧！

另外，《天书》第二部也写完了，手不颤还要写下去（共四部），没人写了，得给后人留下点再也见不到的东西。我的眼都快写瞎了……

近日出版了一套"大系"奉上，还请您多多对我说："你哆嗦什么？写！"我写篆书本来写着玩儿，黄先生！我当时心里没底气能不哆嗦吗？

从这次让我在您本子上写大篆，给我很多启示，近些年还多写出汉简、岩画……我做错的事，加上别人对我的侮辱，成了我一生的动力。

黄先生！我一生比着您，您七十岁什么样，我的七十岁也得什么样，您八十我也八十，您九十，我也得比您九十岁的成就。这不算竞争，这算您命里有个跟您闹着玩的人，是学生。

近年我的身体也不太好，我的腿不怎么样，最让我难受的是我已经头晕了五年了，加上四肢麻木，我亦感我也老了……

黄先生！我想您。马凯总理近日来我家，约我一起去看望您，不知道您是否还叼着那个大烟斗吗？"吸烟有害健康"怎么也没轮上黄先生呢？这结论肯定是错的！

黄先生！在您有空的时候，约上我媳妇和孩子来看望您，看一下我的儿子，看完他马上回去，不打扰您，只想您拿下烟斗笑一下就行了。可您别忘了在他们头上敲一下，这把您的灵气传一点给他，保准大了又一个黄永玉！

好了，黄先生！别忘了我是那个跟您飙上劲儿的韩美林，尽管晕头晕脑，但爬着也要跟上我的老师黄永玉，我想您一定高兴这只有一根筋的我——您的学生"韩某某"。

写得哆哆嗦嗦，颠三倒四，凑合着看吧！

钢笔写在宣纸上，有点洇。

祝您健康，活他一百八十八点八八岁。

见面再说吧！祝您长乐

八十五岁您的学生

美 林

二〇二一年四月二十五日

这两封信可以说是九十七岁老师和八十五岁学生之间情感的赞歌。

美林经常跟我说："我不如黄永玉老师有才，他有才且勤奋，我只是勤奋。我的才不如他大，他永远是我的老师。"

得知黄老去年因摔跤骨折住院数月，信送出后不久，美林便带着我和儿子去了顺义看望了黄老。好久未见，美林见到老师长跪不起，黄老过来扶起美林，师生相拥而泣，此情此景，令人唏嘘。

黄老看到天予甚为高兴，美林请黄老摸摸儿子的头，说让黄老加持下，未来成为"小黄永玉"。黄老高兴地摸着天予的头，天予对黄老说："我理发了。"这一句话把黄老逗笑了。

黄老说："美林，我们的朋友都走了！你的'大系'排在我的计划里了，我正准备看。你的《天书》应该还原于山上才好。现在，我书都读不完，外面的事没时间关心。如果时光倒流二十年，我们都是栋梁啊！"

谈起周令钊时，黄老说："人以群分，物以类聚，周令钊是个老实人，在广州，他自己剪个五角星贴在帽子上。"

谈到夏衍，黄老说："记得夏衍将自己的猫送给廖承志，第二天便打电话跟廖承志说，你不能把我的猫给吃了啊。"谈到拳击时，我才知道，师徒俩竟然有着相同的爱好，都爱看

▶ 天予被黄老摸头"加持"

拳击比赛,爱看"非诚勿扰"……

那天,黄老请我们吃了火锅,他自己也吃了一盘牛肚。在别人眼里,可能想象不到如此高傲的黄老在学生面前竟是如此温暖。我告诉黄老,迄今,我还珍藏着十八年前我们去黄老通州的万荷堂家,美林围上了他那搞笑的"大卫"围裙,我们与丁聪夫人沈峻的合影照片。还记得有一天他自己开着红色法拉利,提着刚画的、送给我们夫妇一张未干透的题为《在水之湄》的荷花图来我们家吃饭的情景……所有这些,九十七岁的黄老说,他都清晰地记得。

夜幕下,当美林推着老师的轮椅到大门口相拥告别时,他俩是如此的不舍。

何日君再来?

还有一位便是美林和我共同的朋友、我们的媒人谢晋导演。自谢导 2008 年魂归故里后,我们一直关心着他的夫人和儿子的健康和生活。2011 年,美林在中国国家博物馆举行个展,我们将徐大雯老师和儿子阿四从上海请到了北京。自父亲走后,阿四变得尤为懂事,他特别喜欢美林,一到我们家就直奔美林画室,尤其喜欢美林的画和紫砂壶。

徐老师这位伟大的妻子和伟大的母亲,承受了生命之重,无怨无悔地走完了一生。她身前给阿四的未来做了很好的安排,成立了谢晋艺术基金会,将存款和房产悉数捐给了基金会,并

和解苦难

▲ 美林为恩师周令钊戴上"顾拜旦奖章"和"韩国宝冠文化勋章"

▲ 美林师友会上跪谢恩师周令钊

托付给了最信任的人管理，连照顾阿四的保姆也亲自选定。美林也是该基金会的理事。父母走了以后，阿四越来越好，变得前所未有的聪明与乖巧，一定是父母和哥哥们在天之灵在护佑着他。

美林还有一位尊敬的师长——周令钊老师。

2018年11月22日，十一位白发苍苍的耄耋老人如约而至，来到北京韩美林艺术馆。他们是六十三年前韩美林在"中央美术学院"就读时的老师和同学。十一位老人当中，年龄最小的八十一岁，年龄最大的九十九岁。这位九十九岁老人，便是德高望重的周令钊先生。人们所熟悉的人民大会堂的顶灯"满天星"、十大元帅的军服、开国大典天安门城楼上的毛泽东画像，都是誉满天下的周令钊先生主笔设计的。

六十多年前的夏天，美林破格考入了当时的"中央美术学院"，周令钊先生正是美林所在班级的班主任。我们上一次见到周令钊先生，还是在2016年12月21日在中国国家博物馆举行的"韩美林八十大展"开幕式上。那天下午，周先生坐着轮椅缓缓行至舞台中央，面向在场的上千名中外嘉宾，在万众期待中朗声宣布："韩美林八十大展开幕！"

当年在班里年龄最小、性格最活泼的美林，更加珍惜老师和同学之间的深厚情谊，每隔一两年便召集大家相聚。那天美林说："借着今天的机会，我想向周先生表达我的敬意与谢意。这几年我一下拿了三个国际大奖，联合国教科文组织'和平艺术家'、国际奥委会'顾拜旦奖'以及韩国总统签发的文化勋章。我深深感到，能有今天的成绩，离不开年轻时中央工艺美术学院对我的培养，离不开老师们的教导！如果没有当年庞薰琹教授对我的'逼上梁山'，没有周令钊先生、常沙娜先生等老师的教诲，没有同学们的帮助，哪有我韩美林的今天！"

工作人员拿来了美林这几年获得的证书及奖章，美林将它们全都挂在了周令钊先生的脖子上说："周老师，这些荣誉都是属于您的！"说罢，美林来到周令钊先生面前，双膝跪地，认认真真地磕了三个响头，跪谢恩师。

此时，员工们推上了九十九朵玫瑰的生日蛋糕，我抱着十个月的天予来到周先生身边。完成了几代人对周先生的美好祝福。

每年春天，当我们家门口的玉兰花盛开之际，便是美林的师友们相约之时，2021年3月28日下午，美林早早地等在玉兰花下，那是他们老工艺美院人的"接头暗号"。

"恰同学少年：2021年中央工艺美术学院师友会"在北京韩美林艺术馆隆重举行。师友会上，美林携全体师友与嘉宾，共同庆祝原中央工艺美术学院院长常沙娜先生九十华诞。1956年，中央工艺美术学院正式成

▲ 玉兰花下迎接美林师友们

▼ 这个春天，玉兰树下再次相聚［第一排从左至右：温练昌、常沙娜、韩美林、袁杰英；第二排从左至右：祝韵琴、梁任生、谷嶙、邵博艳（崔栋良夫人）、崔栋良、李骐、朱军山、卢德辉］

▲ 情景剧《少年沙娜》

▼ "恰同学少年"

立，常沙娜在染织系担任图案与设计课的教师。就在这一年，十九岁的美林随着当时就读的中央美术学院院系调整，成为中央工艺美术学院的首届学生。这段跨越世纪的师生情，伴随着中央工艺美术学院更名为清华大学美术学院，一直延续至今。

当日，北京韩美林艺术馆的员工，根据常先生的自传《黄沙与蓝天》，编排了情景剧《少年沙娜》，回顾了常先生从法国出生到十八岁美国留学归国的传奇少年经历。看完演出，常先生不由自主地起立，动情地说："非常感动，没想到还有年轻人能这么认真地读完我的故事。我对敦煌的热爱与执着，要感谢我的父亲常书鸿，他坚守了敦煌一辈子。现在能为保护和宣传敦煌艺术而奋斗，也是我最大的心愿。今天看到年轻人也被他的精神感染，我更加欣慰。我们虽然年纪大了，但心态不能老，如果我们还能做点什么，就让我们继续做下去吧。"

自上大学起就备受老师和同学喜爱的美林，再次向师友们表达了自己的感恩之心，他大声地对师友们说："让我们都争取活到188.88岁！"

可能是受到了师友会活动的感染，今年的六一国际儿童节，北京韩美林艺术馆又迎来了原中央工艺美术学院1961级的七位学生，他们前来拜访他们当年的班主任——

◀ 老班长苏彦斌难掩心中激动，向恩师韩美林磕头表达感谢

八十五岁的韩美林老师。七位学生中年纪最小的也有七十八岁了。

在同学们观看短片《少年》时，他们心心念念的班主任韩美林悄然来到了他们的身边，老班长苏彦斌难掩心中的激动，代表在场的、不在场的同学，给恩师韩美林跪下磕了三个响头。此情此景如此令人动容，不禁让人回想起了美林跪谢他的班主任周令钊先生的情景。这是真正的师道传承，传承的不仅仅是知识、技艺，更是"尊师重道"的品德。

八十五岁的美林连忙扶起已经八十岁的学生，激动地与大家一一拥抱。美林一口气叫出了所有学生的名字和外号。回忆的闸门倾泻而开。这场别开生面的"甲子之约"与其说是班会，不如说是一场作业汇报会和时光穿梭之旅。同学们一个接一个地拿出自己的作品集向老师汇报，请老师点评，紧张的程度像极了六十年前的他们。

学生范贻光说："记得开学第一学期，韩老师给我们上动物变形课前对我们说：'一个礼拜，谁也不要来找我！'一周后，我们再去老师那儿，满走廊的小动物

▼ 美林给学生们的祝福

画啊，我们都惊呆了！我们最喜欢在晚上去宿舍找老师，关上灯躺着，看您用夜光粉在屋顶涂的星星。十家艺术院校的联欢，您带着我们做的别在胸口的小玩具，是最受欢迎的，舞蹈学院、音乐学院的学生们都抢着用……"

学生王益鹏说："我们很多人入学时都有美院附中的绘画基础，但我们能'照着画'，却完全不懂什么是变形，曾经一度非常迷茫。但韩老师的变形课把我们带上了'道'，第一次知道了什么是'设计'，这一课真是受用终身。今天是六一儿童节，我们在您这儿又当了一回'儿童'，时隔六十年，又当了一回'学生'，上了关于生命不止、创作不停的宝贵一课。"

学生李淑敏说："老师，您还记得1962年元旦晚会，我是主持人，结果舞狮表演的同学突发状况缺席，我简直慌了神，当时您说：'不要担心，我来顶替。'于是，您亲自带上狮子头舞起来，救了场，还用自己攒了四年的花生票换来的花生，给台下的学生们撒着吃，本来砸了的演出却变成了整个晚会最热闹的一个节目。"

面对着也已是"80后"的学生们，美林说："我没有别的送给同学们，给大家每人写了幅《康祥》，祝福大家健康吉祥！"

那天，八十岁的学生们全都激动地带回了八十五岁老师的满满的祝福。

著名教育学者朱永新说："我们每个人都曾是孩子；我们每个人，仍然可以葆有童心；我们每个人，都可以努力成长为更好的自己。"

自全国抗击新冠肺炎疫情以来，美林大概写了200多幅《康祥》送给朋友，其中一幅捐赠给"姚基金"做了慈善拍卖，60万元人民币拍卖所得捐给武汉抗疫事业。

2020年年初，美林因椎动脉狭窄经常感到头晕，秘书尝试了网上"秘方"——搓脚后跟缓解眩晕。也许用力过猛，没想到第二天美林的脚后跟发炎了，这对于糖尿病人来说是一个不良的信号，于是我们赶紧将美林送入北京医院，在治疗脚伤的同时也顺便检查下椎动脉狭窄的问题。糖尿病人的

▲ "歌词"处女作

伤口比较容易感染，美林治疗了两周才愈合，外科大夫纪泉每天都会来给美林换药，美林每次都疼得龇牙咧嘴。有一天，他居然给纪泉大夫写了一首歌词，还给大家唱了一遍，大概是纪泉大夫属兔，美林还在歌词边上画了个小兔子，歌词大意是：

> 纪泉大夫，纪泉大夫，
> 你轻着点，你轻着点
> 怎么这么疼呀！怎么这么疼呀！
> 你忍着点，你忍着点。
> 纪泉大夫，纪泉大夫，
> 你狠着点，你狠着点。
> 治病能不疼吗？治病能不疼吗？
> 你挺着点，你挺着点。
>
> 美林 2020年3月25日

这首歌词的原作送给了纪泉大夫，相信他一定如获至宝，因为，这绝对是美林歌词"处女作"，而且是孤版。

美林此次入住的是北京医院神经内科。经过全面检查，发现他的右侧椎动脉初始端狭窄，故造成小脑供血不足而出现头晕症状。一直为美林的身体保驾护航的原卫生部黄洁夫副部长建议美林做椎动脉药物球囊扩张术，这种手术技术目前是很成熟的，并且北京医院神经科王大明主任也是这方面全国最好的专家，但我还是跟黄部长谈了美林庚子本命年的顾虑。黄部长跟我说："建萍，你要相信科学，这种手术风险目前在国内是千分之一。但是，美林这次手术我保证他千分之一都没有！"就这样，4月17日上午，继2001年心血管搭桥术，2009年颈动脉斑块剥脱术后，美林又一次被推进了手术室。

手术当天上午，与2009年美林颈动脉剥脱手术一样，中国佛教协会会长、广济寺方丈演觉法师特意安排了广济寺众僧人为手术中的美林诵经祈福。

这次手术与以往不同的是，我们能隔着玻璃看到美林。早上我跟随黄部长、季院长进入导管观察室，造影显示美林双侧颈动脉血流良好，尤其是2009年做的颈动脉剥脱手术的左侧颈动脉情况非常好，右侧颈动脉狭窄也不严重，前循

▼ 美林术后与王大明主任（左一）

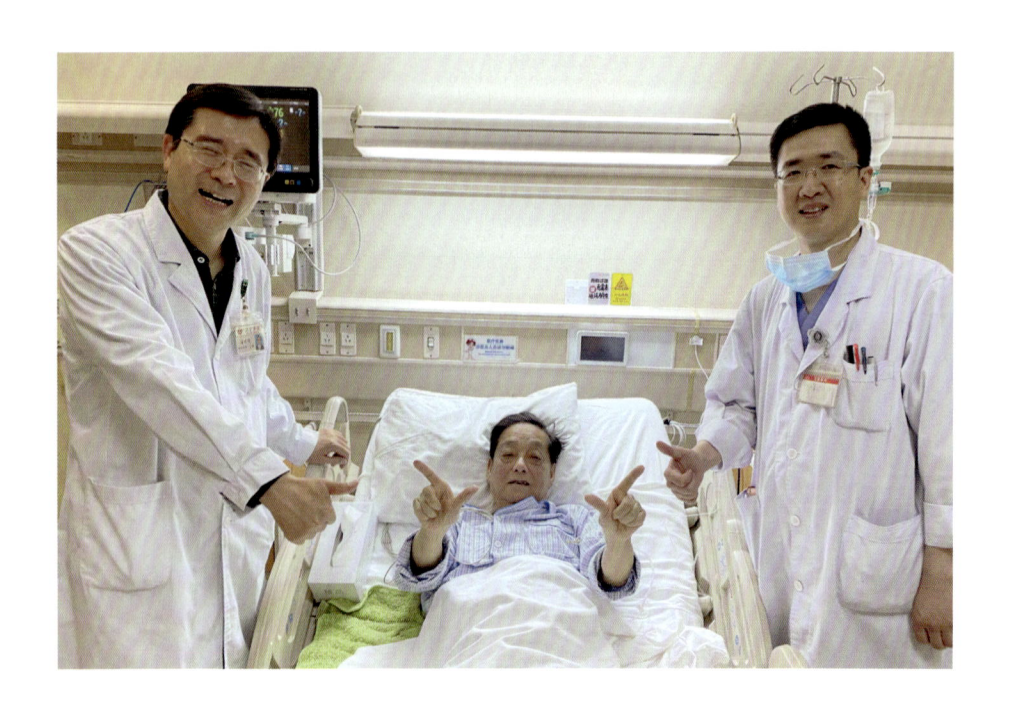

环很好。但在进行手术过程中,当阻断血流准备放药物球囊时,美林的心脏开始出现严重不适,据他后来说有种生不如死的感觉,我们看到美林冲着满头大汗的王大明主任说:"胸口、胸口……"大明大夫不停地安抚着:"快了,快了……"当时美林难受得掉下了眼泪,大明主任用纱布轻轻地替美林擦掉了眼泪。此时,美林的脉搏和血压均有所升高,在季院长的亲自指挥下,医生果断用药后状况得以缓解。紧接着,药物气囊成功植入,专家们在导管室看到美林的椎动脉造影,血流良好,宣布扩张术成功!于是,大家起立,为王大明主任鼓掌!

此时身着沉重铅衣的大明主任,前胸后背已被汗水浸透。

美林被推出导管室。

术中输液加造影剂一共输入美林体内1000毫升,最大的挑战是美林必须自主排尿,否则需要借助导尿管完成。由于术后美林大腿根部的创口必须用沙袋压四个小时,故躺着排尿比较困难,美林却完成得很好。事后,我问美林是何等的毅力让他成功排尿?他说:"用意念。"他说当时自己心里只想着两个词:"尿失禁"和"狂风暴雨"。

之后,美林各项身体指标趋于平稳,伤口愈合圆满。美林对朋友们说:雨过天晴,风平浪静,笑谈依旧。术后第二天,美林便给大嫂打电话:"大嫂,雨过天晴啦!咱家留下我这个活宝也不错。医生说我的大脑比年轻人还好,一点脑白质脱髓鞘都没有。"

美林出院前一天,正是北京医院250余名医护人员支援武汉抗疫凯旋的日子。美林甚为感动,让家里拿来自己设计的庚子年邮票给前方归来的战士每人一份,我与秘书在病房以流水线作业的方式协助美林在每份邮票上签了字。

出院那天,院长、书记和大明主任等医护人员前来送行,美林说他此生最佩服的就是科学家,其中包括救死扶伤的医生。他回去要创作一幅巨作送给北京医院,献给抗疫归来的光荣的医护人员。

美林是一个言而有信的人，出院后不久，巨作《庚子祥英归飞图》完成了，题跋应景和动人：

> 北京医院二〇二〇年一月二十六日，龙抬头后派出三批医护人员共二百五十一人驰援武汉抗击新冠疫情，历时七十一天的紧张奋战圆满完成党和国家交予的救治危重症患者的重任。于二〇二〇年四月六日全体凯旋返京，经隔离十四天后，于二〇二〇年四月二十一日胜利返回北京医院。为此写英雄荣归以志。
>
> 　　　　　　公元二〇二〇年八十五叟美林
> 　　　　　　其时客次之北京梨园镇

一年后的 2021 年 11 月 28 日，现在想来仍心有余悸，那天凌晨三点，美林突发心绞痛，望着他痛苦的神情，我赶紧给秘书姜文波打电话。文波通常有临睡前将手机调至静音的习惯，但那天鬼使神差地偏偏没有，她第一时间接听到我的电话。我说，韩老师需要马上送医院。不到十分钟，文波与司机便来到了家里。感谢通州区人民政府，为我们的员工安排了就近的事业单位公租房。文波见韩老师痛苦的表情后果断地说，心脏问题不能疏忽，咱们打 120 叫救护车吧！五分钟后救护车来了，这是我第一次了解到救护车的神速，车内氧气、心电图、血压机等设备一应俱全。我们联系好了北京医院，但救护人员坚持就近抢救，结果，我在签署了责任书后救护车开到北京医院，季院长和专家们已经在医院等候良久。到了医院不多时，美林的症状开始缓解。翌日，说说笑笑的美林又回到"大男孩"状态。但经过 CTA 检查，美林的右侧冠状动脉重度狭窄是事实，它唤起了我二十年前那个小年夜美林在阜外医院因左侧冠状动脉狭窄放支架时血管破裂急诊搭桥的记忆。说实在的，尽管医学一直在进步，但这次又遇到心血管问题，还是有点后怕。我给美林的贵人——黄洁夫部长打电话，黄部长断然说先请北京医院安排一次会诊，他亲自参加。12月10日，在季院长的主持下，来自北京阜外医院、解放军总医院、协和医院、安贞医院及北京医院心血管内科的专家们齐聚在北京医院，只用了十分钟时间，专家们一致认为，马上为美林做冠状动脉造影，确认心血管狭窄程度后决定治疗方案。

12月13日，我陪美林再次入住北京医院，两天后的12月15日上午7点45分，美林被推入导管室。二十分钟不到的时间，黄部长和季院长出来告诉我，美林真是福大命大，右侧冠状动脉狭窄程度远比CTA结果要严重得多，堵了百分之九十五，只剩如头发丝般空隙支撑着有限的血流，按照美林如今的工作强度，心梗的风险实在太大了！有着长期心内科专业治疗经验的季院长和于雪主任亲自给美林做了手术，他们在美林右侧冠状动脉主干近端成功地安放了一个支架，事后季院长跟我说，要说不紧张是假的。手术中，他们请了阜外医院的乔树宾主任等前来协同作战，并安排了各种后续保障，包括麻醉科、心外科待命等。考虑到美林的创作，季院长说他们刻意将导管从美林的左手导入，对于医生来说，尽管做起来不是很顺手，但对画家来说，保护了他的右手。一个半小时之后，美林被推出了导管室，他笑着说，医生将我的"发动机"修好了。

▼《庚子祥英归飞图》

这个时候，我们不得不再一次感慨科学之伟大，美林之幸运。12月15日也是我的生日，在我半个世纪的人生中，这个生日过得是何等有意义，因为上天给了我一个最大的礼物——韩美林。

一周后，12月22日，当美林站在故宫的午门宣布"纳天为书·韩美林天书艺术故宫展"开幕时，谁又能相信这是一位刚获重生的人？

2019年12月21日，原卫生部黄洁夫副部长参加了宜兴韩美林紫砂艺术馆开馆仪式，他在"泥土的光芒"艺术讲坛上发言时说：

"我怎么有缘认识韩美林老师的呢？那是2009年，我接到全国政协领导的电话，说有一个重要任务交给我，一位国宝级的人物得了很严重的病，要保证手术成功，你去主持。国宝级人物是谁？韩美林。我接到任务还是有压力，他的颈动脉堵塞百分之九十五，手术可以做但是有风险。怎么办？哪个医院都比较难接收，我就组织全国最强的医生。责

▼ 2021年12月19日，员工们迎接美林出院

▲ 联合国教科文组织和平奖获得者（右一）与亚洲国际和平奖获得者（右二）"肩碰肩"

任是我的，行也得行、不行也得行。后来就送进手术室，手术非常成功。

"手术以后，我跟美林的接触就更多了。越来越觉得他确实是个很特殊的人。他的大脑像原子弹爆炸一样，不断产生激情。我在他家里看他创作时，无法想象他大脑是如此有活力！美林被联合国教科文组织授予'和平艺术家'，成为中国美术界获此殊荣第一人。我呢，是'亚洲国际和平奖'获得者。这样的国际荣誉，归根到底，来自我们生活的这片土地。记得星云法师讲过人要做到三好：生做好事、口说好话、心存好念。口说好话是说真话不是说假话。韩美林就是这样的人，我们要向韩美林学习做'三好'，为国家和民族，为我们的土地，做出我们应有的贡献。"

有了国家和专家对美林身体的保驾护航，无疑，美林是幸运的。

一个人随着年纪的增大，会尤为珍惜过去和未来，美林也不例外。自从儿子降临，对往事越来越释怀的美林，选择与过去、与自己和解，变得更加阳光，更加温暖。

如今，他再也不是我们所熟知的那个愤世嫉俗的美林了。往年两会期间，我会拜托大冯或者我的老领导覃志刚看住美林，不要让他在会上乱"放炮"。现在不同了，温暖的美林经常会做出一些出乎我们意料的温暖的举动。

比如，我俩吃饭前，美林通常会将好吃的菜直接给秘书送去。

比如，我们出门时，他会给司机导航。

比如，秘书叫外卖时，他会给外卖小哥送书、送邮票……

创作间隙他还不忘与儿子玩耍，我要是带儿子出个门，他会不停地来电话，问我们还有几分钟回家，然后在大门口迎接我们。

如今的美林比我更了解年轻人的审美和价值取向。每天刷几个小时抖音的美林，按他自己的话说："我要跟着这个时代走。"

儿子的幼儿园在顺义，美林经常送他去上学。因为孩子小，只上半天课，学校也没有午餐，每次送完儿子后，美林均会在学校附近的咖啡馆写生，在那儿画鱼、画天鹅……

远远望去，我们仿佛看到一位勤奋的励志青年。美林经常标榜自己说："能拿出大部分时间陪儿子，还没耽误自己干活的真是少见。"

到了接孩子的时间，美林会与其他家长们一起在学校门口守候，当家长们认出美林，提出跟美林合影时，美林保持一贯风格，来者不拒。

有一次，美林说他手机坏了，我们一看，原来是他手机内存满了，里面重复存了无数小儿子的照片和视频。美林经常说："俺家有大宝、二宝、充电宝。大宝是我媳妇儿，二宝是小儿子，充电宝是因为随时要关心社会和看儿子照片，不能让手机没电了。"

王鲁湘说："在外人面前，韩美林是个硬汉，所有的悲苦都能咽下，他更要求自己绝不言苦。只有最亲近的妻子，才了解他的痛苦始终啃噬着他的内心。韩美林大半生时间用艺术与坎坷的命运和解，小儿子的到来让他再一次跟自己灵魂最深处的呻吟和解。有了小儿子之后，韩美林的艺术生命如孩子一般充满了生机！"

如今，与悲苦和解的美林的生命哲学是——

身体无病，心情无忧，灵魂无恙！

美林说："尽管我是时间穷人，但时间不是我的生命，我的儿子才是我的生命。"

▼ 和解

旭旗高く国登みて
両地充に十全を示す

生生不息

"艺"路七十，美林饱含着对祖国的深沉爱恋，一路走来。无论命运如何多舛，那颗拳拳爱国之心，那份深深赤子情怀，从未缺席。

把民族和自己揉进去——这是美林投身艺术的执念！

半个世纪以来，美林兑现了自己的承诺，将四十余年历经"艺术大篷车"洗礼的几千件"古老而现代"的作品悉数捐给了国家，由国家在全国范围内建立起四座韩美林艺术馆。在完成了对祖先和祖国的回馈之后，美林在八十岁之际，吹响了全球巡展的号角，这是艺术家不忘五千年华夏风骨的胸怀，是对中华民族的执着眷念。如今，美林的艺术也早已越过艺术馆的藩篱，踏遍大江南北，遍布世界各地，成为一座无墙的韩美林艺术馆。这些是美林为中国文化交上的一份沉甸甸的答卷，为泱泱中华献上的一份最深情、最尊贵的礼物。

在当今美术界，我最欣赏美术史论科班出身的陈履生老师的美术评论文章，出类拔萃。尽管陈老师也是一位资深的书画家，在全国也有其博物馆群，但其美术理论仍然位居第一，就如美林总说自己的散文排第一那样，其实还是书画第一。

以下是陈履生为2020年年底美林在深圳关山月美术馆"美林的世界在深圳——韩美林艺术展：天·地·人·和"展览而写的文章。文章的题目是《美林的世界真奇妙》。之所以将全文和盘托出，那是因为这篇文章详尽地阐述了美林经常说的一句关于艺术上的至理名言——"形象解决了，材料不是问题。"

美林的世界是奇妙的，真奇妙。奇妙的美林世界因为丰富多样，并在丰富多样性中表现出了独具中国特色的文化价值和审美意义。其核心是"和"，《周礼》中有"六德"——知、仁、圣、义、忠、和，而"和为贵"是最基本的表述。"和"在艺术中是一种美的境界，也是关联的一种追求。美林世界的不同凡响正在于"和"的表现，因为"和"，就能在不同类别、不同材质的艺术表现中以"和"而统之，"和"而化之。将美林的艺术世界放到艺术史发展的过程中考察，如此的丰富多样所构造的美之林，难以一眼洞穿。人们所面对的是一片有着内在生态系统的绿洲，有山有水，有高峰有主流，有绵延有弯曲——和和美美。

基于当代美术史来审视美林艺术发展的各个不同时期以及今天的创造，他所呈现出的当代精神，既不同于传统的书画家，又有别于当代诸多的艺术家，可以说是中外艺术史上的一个特别的案例。尽管在世界艺术史上有很多具有多方面才华的艺术家，如达·芬奇，也有很多在某一点上有杰出成就和伟大创造的画家和雕塑家，如罗丹和凡·高。但是，美林艺术的丰富多样性所呈现出来的艺术之复杂，可能难为常人所知。美林的世界从中国展到外国，又从国外转到国内的不同地区，这让我想到了他的艺术大篷车的持续性。随着在国内外的每次巡展，美林的艺术在新的组合中，都是在不同时空中的一次新的呈现，不仅给我留下了深刻的印象，同时，又给我一个新的期待。美林的世界在不同地区的展出中，其艺术与美都展现了没有国界和地域的共同认知。尽管人们可以根据自己的喜好来判断和决定喜好的程度以及爱好的方面，但是，美林之美是客观的存在，而对于美林的艺术却需要慢慢地品才能获得个中美的滋味。

美林世界的复杂性，正如同组成这个世界的天地人一样，其间有和谐，有冲突；有彼此的呼应，也有彼此的矛盾；有彼此的融合，也有彼此的对立。美林的世界正是在天地人的自然观的影响下的一种趋向和谐方面的努力，并在艺术的多方面使之相互地融通与融合。因此，融会贯通与和谐相处，正是美林在艺术世界中的作为。他以天地人和谐的方式来处理艺术中的各种关系，这就是在技术和艺术之间尽其可能将它们融汇到一起。美林的这一融汇从纸上到布上，从壁上到土上，从平面到立体，从书写到绘画，从烧制到铸造，如此等等，都是通过各种手段使之相互贯通，又能各美其美。因此，人们看到"美林风格"的呈现以及"韩家样"的特点，正是这样一种融合的方式，所呈现出的具有他个人的特点的自家的风貌。

美林世界的多样性，表现在多年来他奋战在不同的专业领域。因此，在绘画、书法、设计、雕塑、陶瓷、印染、家具等多个艺术领域间辗转，其来来回回在每一个方面的精心，正是为了让人们看到艺术的多样性。在不同的材质之间，在与材质相关的艺术表现方面的转换，以及多样的表达方式在作品中的灵光闪现，对于他的艺术世界来说，都是极为重要的一种特质。显然，在比较中，人们可以看到艺术家在发展中的局限性，往往是因为单一的形式和语言以及同一的材质与表现，固化了才情，也限制了创造。

复杂而多样在艺术上能够达到"和"的境界，是很多艺术家的梦寐以求，却是很多艺术家难以企及的。"和"是技术的造化；是艺术的超凡脱俗。"和"需要工巧的实现，需要艺绝的表现。美林在技术层面上的主观努力，是其经年累月研究和探讨的结果，如今，他到了超越技术层面上随遇而安的境界，这是一种"和"的化境。美林烧制的那么多的瓷器，在窑变的过程中有着难以把握和随机出现的各种效果，正是在烧制过程中的技术上的把握，才有了超于想象的一种特别的境界。而他的家具作品不仅是那种榫卯结构的无缝对接，还有装饰中的图案在一个用木头营造的有限范围之内的相互关系，既有内在的结构，更重要的还有着超越结构的彼此之间的和谐关系。这种和谐与功用的关系，与审美的关联，正是美林多年来为之努力的一种方向。毫无疑问，就某一方面而言，要达到一种和谐的状态相对容易；实际上很多书画家在自己惯常的纸上，书法或绘画要表现出和谐，实现气韵生动，那也是非常困难的。美林离开了纸上到了布上，他的蓝印花布中的图案，以及在深蓝和白的对比关系中，图案的疏密、大小、多少、聚散等各种矛盾关系统一于一体，完美地表现出了他的艺术特点。在属于他的特点中，有很多美妙

▼ 韩美林雕塑作品《和风迎祥》

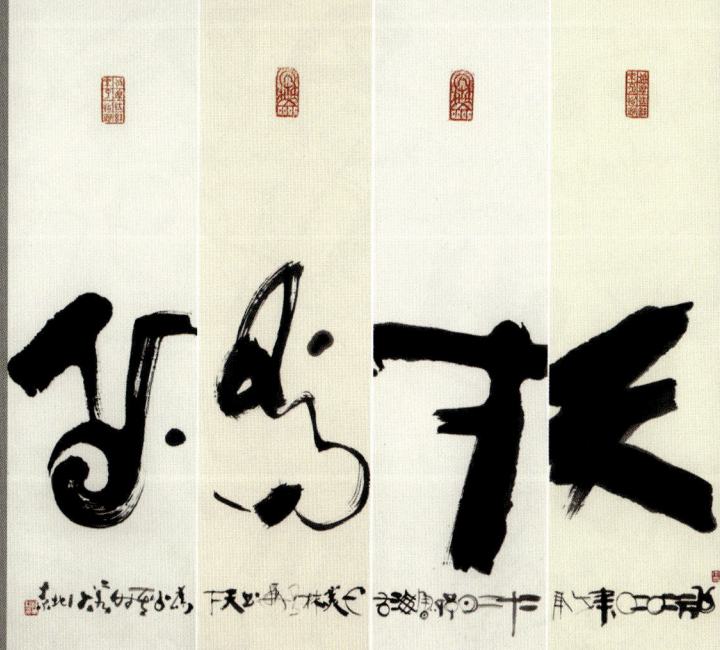

▲ 韩美林绘画作品
《春鹿图》

◀ 韩美林书法作品
《天下为公》

一 生 生 不 息 一

287

◀ 韩美林绘画作品《女人体》

▼ 韩美林《天书》

的细节，表现出精心和匠心，表现出"和"的内在关联。

在美林的艺术世界中，每一种语言，每一种材料，每一种设计，每一种表现，都有着他自己的特点，其中彼此之间的差异性可能成为一种矛盾的冲突，而处理彼此之间的和谐关系正成为他展现才华的一个方面，也是他艺术成就的一个重要方面。

在美林的种种努力中，所传达出的是一种精神的力量——执着、执信，坚忍、坚持。他以指挥千军万马的将帅风度，令各个方面同赴一个共同的目标，而令旗上就是一个"和"字。这是"大珠小珠落玉盘"的那种感觉，其境界如同声律中的各种音符的和谐相处，又如同我们看到的世界一样，当没有暴风骤雨，没有地震、泥石流、海啸，没有瘟疫等自然灾害，人们看到的一切都是风平浪静的天地人的和谐。这是超越自然之外的一种祥和的景象，是人们所期待的，也是人们所追求的。因此，尊重自然，尊重天地人，正如同尊重艺术的审美一样，这就是"和"。美林的表现就是在这样一种尊重的相互关系中呈现出一种美的创造。

美林八十岁开启的全球巡展，因为新型冠状病毒性肺炎疫情中断，这两年我们将巡展转入国内的城市，同样深入人心。将展览做成品牌，这也是韩美林艺术基金会理事们的期望，我们当不辱使命。好在美林艺术作品之丰富，为我们的巡展打下了坚实的基础。

2021年年底开始，故宫午门及西雁翅楼的"韩美林天书艺术故宫展"，海口"韩美林生肖艺术展"以及安徽美术馆的"韩美林艺术展"三个展览均为跨年展，这就预示着三个大展的作品将不能重叠，谁又能有那么大能量和如此丰厚的作品呢？

非韩美林莫属！

美林犹如一头不知疲倦、终日耕耘的老黄牛，用大冯的话说："美林一刻不停地改变自己，瞬间万变地创造自己。每一天都在和昨天告别，每一天都被他不可思议地翻新。"

水不激不跃，人不激不奋。我则带着团队一路追随着美林前进的步伐，一刻未曾懈怠。

除了巡展，美林每年还要完成不少国家级任务：

比如，十二岁参军、对部队有着深厚感情的美林，十多年前便圆满完成了中国人民解放军07式军服设计总顾问的任务，最近又接受了中国人民解放军新时期军服总顾问的新任务。

比如，美林又接受了国家贺岁生肖钞的设计任务。

姜昆老师说，美林就像一个巨大的"盲盒"，谁也不知道里面装着什么，打开了才恍然大悟。

为了跟着时代走，大儿子了然秉承着父亲跨界创新的理念，让"生活的艺术"融入"艺术的生活"。经过几年的拓展，美林艺术陆续与国内外一些潮玩品牌开启了合作，华晨宇主理的潮牌 Marsper 的新衣就是以美林的《天书》为创作灵感。美林《天书》与 Marsper 的相遇可以说是一次潮流文化与艺术的碰撞，两者在"LOVE AND GUARD"的"玩味"理念上不谋而合。秉持着热爱的力量和守护的初心，倾注浓厚文化底蕴的力量，向人们展现了潮流与艺术完美融合的世界。

与美林艺术合作的另一个国际潮玩是 BE@RBRICK。这是由日本 MEDICOM TOY 公司出产的一款玩具，本次合作也精选了韩美林《天书》系列作品中最有形象张力的部分，将白色宣纸底和黑灰色笔触做了颜色的反转，在原有作品的基础上，增添了更强烈的"现代感"，"潮"范儿十足，可谓传统与现代的完美结合，也展现了真正的中国风"复古"的"潮"。

以上两款潮玩在得物上均出现"秒光"的现象，美林因此"圈粉"无数。2021年春节期间，在深圳南山博物馆举行的"美林的世界在深圳——韩美林生肖艺术展"上，因为展出了 Marsper 和 BE@RBRICK，

▲ 美林艺术联名款——BE@RBRICK 天书款

◀ 美林艺术联名款——Marsper 天书款
▼ 美林艺术联名款——BE@RBRICK "美林的礼物"

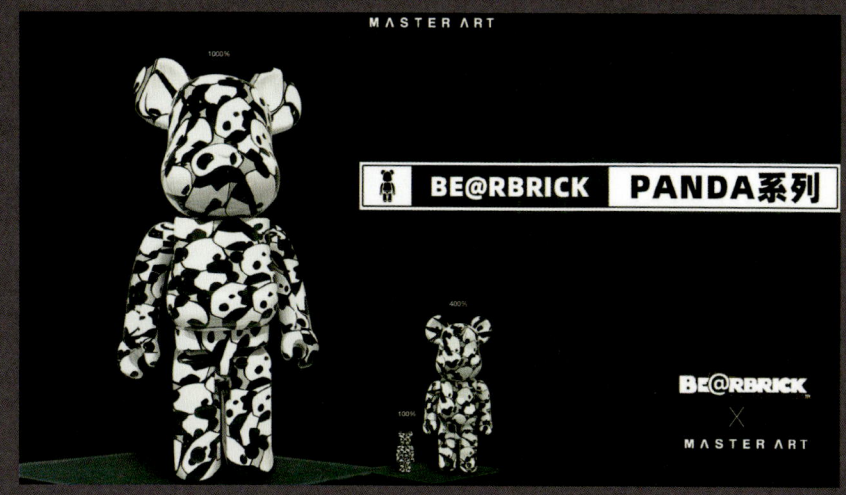

观众人满为患，冲着潮玩而来的年轻人，最后在美林艺术中流连忘返，他们说："没想到还有如此精彩的艺术作品。"此外，国内潮玩领跑者泡泡玛特以美林天书为元素推出——"美林·密码"SPACE MOLLY。2020年年底，由一汽·大众奥迪与美林携手合作，共同打造的全球唯一的奥迪A8L艺术车，在北京开启展览首秀。奥迪A8L艺术车在简约现代的汽车造型设计中，融入了美林以"8"为核心元素的数字艺术设计。从0到9共10个阿拉伯数字，在中国书法的顿挫笔画下，呈现个性、高品质的艺术风格，这不仅是艺术与科技的有机融合，同时也是传承与创新的热烈碰撞。

美林在创作一个个经典艺术作品的同时，也为年轻一代提供了丰富的文化滋养与精神支持，充分诠释出了让"生活的艺术"融入"艺术的生活"的价值内涵。谈及设计理念，美林表示："数字，对人类的贡献很大。我们的科学，不管是物理，还是化学，都离不开数字。数字的语言非常丰富，涉及面也很广泛。不管是阿拉伯数字，还是我们中国的一二三四五，都是有着几千年的文化。从古老而来的数字，通过我用现在的工具钢笔来描绘，最终呈现在汽车上，感觉很有意义。作为一个艺术家，必须跟着这个时代走。因为这个时代不只是大数据时代，它也是人工智能革命时代，是感知智能革命时代，是认知智能革命时代，同时又是比特时代，又有区块链，有云计划，这是一个全面发展的多元化的时代。这个时代的发展，离不开数字，我们连声音都能用数字记录下来。我不仅用数字创作，还用ABCDE来创作，这

▼ "美林·密码"SPACE MOLLY

▲ 美林艺术联名款亮相韩美林天书艺术故宫展

二十六个字母也是有悠久的历史的。把这些古老的东西拿到现在重新创作，也体现了一种创新精神。"

近年来，美林艺术与中国珠宝市场的领跑者，有着近百年历史的周大福集团陆续推出了"韩美林艺术·传承"系列金饰。这些金饰集观赏价值、精湛工艺、传统文化、时尚美感、大师之作于一体，既能够体现首饰佩戴的时尚美感，又将中国传统文化的精华传承开来。其中部分作品更以1∶1还原自美林的紫砂壶，它们不仅仅是别具特色的黄金饰品和摆件，更堪称寓意美好、融汇古今的艺术藏品。

美林亲自指导周大福的年轻设计师和工艺师，将自己的造型设计以周大福精巧细致的黄金工艺来呈现，无疑是一次完美的艺术再造。除了美林艺术传承系列，美林艺术生肖系列每年也会有几十款全新的产品推出，遍布周大福全国四千多家门店。

— 生生不息 —

293

▲ 疫情防控期间临时充当了一次"车模"

▼ 奥迪 A8L 艺术车

此外，美林艺术与中国建设银行、中国邮政储蓄银行、中国农业银行等建立了长期的合作伙伴关系，"品牌金"项目多年来受到收藏爱好者的追捧。

在接受《收藏投资导刊》记者采访时，了然说："我们是国内最早一批做艺术IP衍生品的公司。文化艺术与商业经营成功融合的前提一定是'艺术成就价值'。这个'价值'是商业与文化艺术共同的价值。我们通过注入文化艺术的独特价值，帮助品牌规避同质化竞争，艺术和文化的注入满足了消费者潜在的品质期待，进而提升原有的消费形式。因此，对潜在的文化和艺术元素足够的了解和严谨甄选，这是文化艺术与商业融合成功百分之八十的先决条件。在我们确定了可以成就文化艺术与商业共同价值的文化艺术元素后，就需要精准的商业定位使'艺术IP表达'的、'商品承载'的正是'消费者所期待的'。商业经营的思维要去为文化艺术元素'扬长避短'，结合市场规律，将产品中的文化元素'最恰当''最优化'地呈现。"

当今世界正经历百年未有之大变革，科技创新成为影响和改变全球竞争格局的关键变量，跨界创新已经是推进科技创新和发展的重要源泉。洞见未来，才能运筹帷幄，在文化艺术领域同样如此。步入21世纪以来，很多优秀的艺术家纷纷进行跨界尝试。在这个领域，美林无疑是成功的。

美林尤其关注当今年轻人的喜好、审美和价值取向。这方面，美林的清华博士们受益良多。这些年来，他们在导师言传身教下茁壮成长。

2019年12月26日，美林生日那天，已经放寒假的九位博士生和一位硕士研究生，来到北京韩美林艺术馆，每人给恩师送了一个"福"字。他们从祖国的四面八方相约北京，一起来给恩师祝寿并贺新年。他们分别从自己的专业角度，融合导师的书法"福"字，设计了十个富有特色的"福"。

学生盛恬子设计的"福"，是将韩老师最新创作的小

▲ 与大儿子了然

▲ 周大福"韩美林艺术·传承"系列

猫和小鼠组合成一个"福"字，因为是爱让它们和谐共处，借此祝福导师开心永远，幸福安康。

学生黄尚设计的"福"，是采用熏烧刻纹陶上现代云纹的装饰和质感，结合笔墨字体的飘洒俊逸，呈现了一个祥瑞之"福"。

学生付少雄将金属雕塑的语言和韩老师隽永潇洒的书法进行重构，云纹等装饰图案寓意吉祥。金色增加了喜庆氛围，祝愿韩老师永远处于黄金状态。将"福"字放在田字框中，寓意好的艺术设计在规矩方圆之内，谨记恩师教诲，砥砺前行。

学生沈磊设计的"福"，是用钢铁材料制作而成的，将韩老师的书法与铁艺合二为一。在学生心中，韩老师是一位拥有钢铁般意志力的艺术创造者，他可以妙笔生花、使顽铁生辉。谨以此"福"祝愿韩老师在新的一年里身体健康，"铁"定幸福！

学生王京成说，众所周知，恩师韩美林行大爱、持佛心；在艺术创作上一直彰显真善美；日常生活中处处传递真性情。因此，他以韩老师书写的这个"福"字为根基，再配合以他自己创作的这尊佛像，共同祝福韩老师佛光普照身康健、吉祥如意福泽长。

学生熊开波设计的"壶·福"，紧密结合他自己的陶瓷艺术研究方向，利用谐音，在中间位置用紫砂土铺出一把紫砂茶壶的造型。紫砂壶的造型又把"福"字融合进去。茶壶的外面用代表瓷器的青花吉祥图案装饰。创作立意是恭祝恩师韩老师福寿绵长、艺术常青！

学生刘灿明设计的"福"，用传统拼布工艺诠译韩老师创作的雄鸡绘画作品，是他在第十三届全国美术作品展入选进京作品《代码集成》中主要的创作灵感及表现手法，并将此艺术特色融入"福"的创作中，是学生对导师艺术作品的致敬，感恩导师的教诲。祝福恩师艺术之花盛开，快乐无限，幸福无边。

学生景怀宇设计的"福"，将韩老师的草书"福"字与刷水画"鼠"重新组合成一幅绘画小品。登高回眸的小鼠隐喻着艺术家独特的审美视角与曲高和寡的艺术境界，画面清新却表达出了对恩师浓浓的祝福。

学生钞子伟设计的"福"，是和韩老师的书法"福"结合，运用陶瓷手法，塑造出一个具有历史感和岁月痕迹的艺术效果。因陶瓷在地球上可以存在数十万年甚至更久时间，所以又寓意韩老师艺术之树永远常青！

学生杨晋设计的"福"，是"福"字与"生肖鼠"的结合，将韩老师的艺术特点整理归纳，并解构重组为装饰吉祥图形，以此祝福导师夫妇鼠年快乐、永远幸福！

收到学生如此厚重的心意，美林激动地说，在他心中，最为敬重的便是祖国、老师、母亲。庆幸自己在有生之年回归母校任教，能为国家培养人才。希望这些学生将来成为国家栋梁之材。未来可期！

我也经常跟人说，咱们这些年的成就不仅仅是建了四座韩美林艺术馆，而且培养了一支弘扬中华文化、研究美林艺术的生力军。这可比建馆难多了。

5月18日是世界博物馆日，那天大冯来我们这儿开理事会时对我们员工说："我们都是美林的好朋友，每次来总要看看美林的新作。我没你们有福气，你们天天能跟美林的艺术在一起，你们还有一个责任，就是让更多的人来享受美林的艺术，你们应该研究美林作品背后的故事，了解其创作的特点。将来我带着我的学生们与你们一块来研究韩美林艺术。"

如今，四座韩美林艺术馆在大冯、韩美林、白岩松、王石、万捷等理事的激励下，在美林艺术的感召下，从馆内走向馆外，在学校、社区开展了诸如"美林艺术课堂""美林艺术进校园""美林艺术进社区""美林艺术进乡村小学"等活动，激发同学们的天性，用笔触发挥他们的创造力与想象力，创作出属于自己的作品。

2021年，在韩美林艺术基金会的统领下，四座韩美林艺术馆与江苏凤凰美术出版社合作出版了苏美童书绘本——《韩美林的动物艺术世界》。通过美林动物元

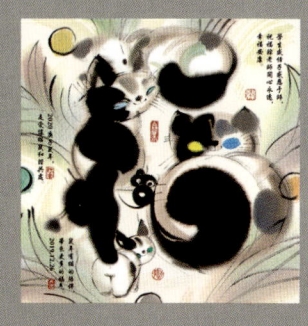

盛恬子设计的"福" 　　黄尚设计的"福" 　　付少雄设计的"福"

沈磊设计的"福" 　　王京成设计的"福" 　　熊开波设计的"壶·福"

刘灿明设计的"福" 　　景怀宇设计的"福"

钞子伟设计的"福" 　　杨晋设计的"福"

生生不息

素拓展手工创意课程，让孩子们在手工的快乐中感受艺术的魅力。十几年来，我们在浙江省丽水市、湖南省常德市桃源县、内蒙古自治区呼和浩特市土默特左旗、甘肃省敦煌市、甘肃省白银市、云南省建水县、云南省迪庆藏族自治州德钦县、重庆市奉节县、宁夏回族自治区银川市永宁县建立了韩美林希望小学。并在北京、银川、海口、杭州、西宁建立了"美林教室"，这是一个依托于美林艺术，发挥学校管理和生源优势的品牌项目，旨在通过对学生艺术欣赏和美术教学等活动，提升少年儿童的艺术审美和修养，以陶冶孩子们的情操和丰富孩子们的精神世界。

"美林教室"目前形成了东西南北的格局。第一个"美林教室"于2016年落户北京通州的育才学校，第二个"美林教室"于2017年落户银川贺兰山脚下的黄夷小学，第三个"美林教室"于2018年落户海口北京大学附属小学，第四个"美林教室"于2020年1月2日落户杭州新华实验小学，第五个"美林教室"于2021年6月落户西宁西关街小学。五个"美林教室"均由韩美林的多项艺术作品布置而成，同时配备专业的中小学生绘画书籍，为学校的艺术教育提供良好的环境和氛围。

如果说一个馆的能量有限，那四个馆意味着什么？

▲ 我们的孩子来北京参加"福娃"夏令营活动

▲ 美林艺术课堂

◀ 美林与其清华大学博士、硕士们

生生不息

意味着能辐射到东南西北四个方向。美林艺术这"四驾马车"齐驱并进的同时还形成了你追我赶的态势，每个馆均在有序地发展中。就拿"老大哥"杭州馆为例吧。

杭州韩美林艺术馆缘于"杭州女婿"韩美林有感于自己和杭州那割舍不断的情缘，将一千余件精心创作的艺术作品留在了美丽的西子湖畔。

美林唯美诗意的创作风格和江南特有的地域文化以及西湖柔美的山水融合相契，将古朴与现代、灵动与壮阔的艺术审美，融入植物园的自然景观之中。

2010年10月，杭州韩美林艺术馆进行了二期扩建。扩建后全馆总用地面积一万平方米，有效地改善了艺术馆的整体水平，提升优化了自身的配套功能、展陈设施，加强了馆区的互动性，美化了周边自然与人文环境。让艺术馆真正地成为展示、教育、研究休闲为一体的新型艺术馆，成为杭州一道亮丽的风景。

2015年10月22日，美林再次向杭州人民政府捐赠了五百件力作，同时举行了杭州韩美林艺术馆三期奠基仪式。通过三期的建设，杭州韩美林艺术馆将在现有的展馆东南侧进行扩建，新建展馆将通过连廊形式与现有展馆连成一体，同时周边环境也进行了提升。扩建完成后，将进一步完善艺术馆的展陈设施，丰富馆藏，打造更加精美的艺术殿堂。

对于美林的这份心意，时任中共杭州市委副书记、市长张鸿铭动情地说："韩美林先生再次捐赠的五百件力作，是给杭州市民和浙江人民再次送来的艺术厚礼、人文厚礼，世界文化遗产西湖将再添一份艺术之美、人文之美。"

2019年12月22日，杭州韩美林艺术馆三期开馆暨作品捐赠仪式在杭州韩美林艺术馆公教厅隆重举行。白岩松主持了本次活动。

新建的公教厅主要用于为青少年游客提供互动体验，以"寓教于乐"为核心理念，帮助观众参与探索实践，增长知识产生互动，从而达到艺术馆教育传播的重

▲ 青海省西宁市西关街小学"美林教室"

▼ 浙江省杭州市新华实验小学"美林教室"

要职能。

工艺厅首次展出韩美林创作的黑陶、青瓷、琉璃、蓝印花布、木雕等门类作品，展现了他多才多艺且互融共通的美的世界。

学术研究厅主要用于开展学术交流活动、展示学术文献、阅读休闲，观众还可以通过韩美林先生创作的场景布置及他发表的学术资料，更加立体、全面、深入地了解韩美林的艺术世界。

韩美林从未停止对人类当下生活的关注和思考，他不断拓宽艺术美的边界，攀登艺术的新境界。韩美林近年来在各个艺术领域不断创新，为了回馈社会和人民，给杭州市民奉献自己最新、最好的作品以及充实、补充三期新展厅的展览陈设。

迄今为止，共捐赠给杭州市人民政府两千件作品，加之北京、银川、宜兴韩美林艺术馆几年来所捐赠的作品，实现了美林的心愿：共和国培养了我，我把作品献给国家。在捐赠仪式上，美林动情地说："八十多岁是一个艺术家的黄金年龄，我一天也没闲着，我是杭州的女婿，为了感谢杭州政府和人民一直以来的关心和支持，我感觉我有责任、有义务，将自己最新、最好的作品奉献给杭州人民。"

如今，杭州馆刚完成四期前期审批手续，等待发展与改革委员会下发可行性研究报告和土建工程概算后将开启四期建设。

北京馆一期、二期之后，目前正进入三期规划和可行性论证阶段；

银川馆刚完成二期建设和布展；

宜兴馆二期建设正在进行中；

在我们为四地韩美林艺术馆的落成与发展欢呼雀跃时，第五座艺术馆或许已悄然在酝酿中……

2019年4月12日，八十三岁的美林迎来了他从艺七十载的光荣时刻。北京韩美林艺术馆举行了"艺路有你　久别重逢——韩美林从艺七十周年庆祝活动"。

让我们回顾一下美林从艺与中华人民共和国同龄的峥嵘岁月：

1949年，中华人民共和国成立，举国欢庆；

2019年，中华人民共和国迎来七十周年华诞，屹立东方。

1949年，十二岁的韩美林参军，一身戎装；

2019年，韩美林"艺"路走来已然七十载。

回眸过往，美林笑称"弹指一挥间"，美林说："我十二岁参军，因为个子矮小、热爱艺术被分到了三野二十四军烈士纪念塔浮雕组，从那时起，就跟着我们祖国一路走来，今天已经整整七十年了。"记得在威尼斯大学接受终身荣誉院士头衔时，美林请这座拥有五百年历史的世界名校见证，请我们驻意大利大使李瑞宇代表祖国倾听他的心声："祖国，我尽力了。"

那天，美林的很多好友纷沓而至，共同见证"艺路70年"。嘉宾们来到一个活动特殊安排的拍照留念区——按照七十年前的老样子，原景重现出当年小兵韩美林刚参军时的宿舍。

部队的番号是三野二十四军，墙上糊着几张老式报纸，窗边挂着一套整洁的军服，床上的被子叠得像豆腐块儿般有棱有角，最醒目的就是一面迎风飘扬的五星红旗和一张小兵韩美林刚入伍时的照片……嘉宾们纷纷拉着韩美林一起合影，留住一份跨越七十年的美好回忆。

此情此景，追忆不禁悄悄地爬上韩美林的心头，他忍不住拿出自己珍藏的老物件——一个已经掉了浆的袖珍小板凳，向朋友们一遍又一遍地介绍它的来历。原来，这是韩美林1949年参军时，部队给每个战士配发的"行军小凳儿"，累了就把它放在地上当板凳儿坐、困了就把它置于床铺当枕头睡。辗转七十载，韩美林一直将其视若珍宝、随身收藏。在大家的一致建议下，这特殊的行军小凳儿被摆在了主桌的中央，与韩美林和嘉宾们一同忆往昔。

随着情景剧《"艺"路走来》的上演，所有嘉宾都跟随北京韩美林艺术馆的员工表演，共同回顾韩美林从艺七十年的蹉跎岁月。随着剧情的跌宕起伏，大家更是回忆起自己在一个个故事中，曾与美林结下的一段不解之缘。

从小参军的中国传记文学学会原会长万伯翱也不禁回想起自己三十几年的部队生活。他觉得："正是青少年时代的部队经历，让韩美林锻炼了意志，更让他树立了热爱祖国的信仰；同时也因参与建塔工作，让韩美林的艺术灵性得以激发，让他的艺术悟性得以彰显。那段部队经历奠定了美林人品好加艺术好的基石，所以今天才得了大成就。"

说起学校生活，大家似乎总有讲不完的故事。著名艺术家朱军山是韩美林的大学同学，1955年他俩分别从张家口和济南奔赴北京开启求学之路，至2019年二人的友谊已经持续了六十四年。朱军山回忆道："韩美林是学生会秘书，更是同学中的佼佼者。他是班里年龄最小的，却是我们班唯一曾经出版过绘画书籍的同学，他的《绘画基本知识》大家都很佩服。他既是全班最努力刻苦的学生，工艺美院的校徽和大牌子都出自他手；他也是全班最风趣幽默的学生，不管有人没人总喜欢唱歌。"

看着"文化大革命"期间美林受迫害的那段情景剧，特意从淮南赶到北京祝贺韩美林从艺七十周年的陶世良几度泪下，不禁回忆起当年的一幕幕往事："那个年代，我从部队下来就去了看守所工作，没想到可以与韩老师相识相知相交。当时有一个韩老师的朋友托付我一件事——能不能把韩美林接出来见一面并且吃顿好饭，改善下生活。我左思右想，终于想出一个假借带他看病的主意，因为那个时候韩老师的身体确实不太好，体重只有七十二斤。没想到，当我去监狱提人时，韩老师却坚持说自己没有病，无奈之下我只能厉声呵斥'韩美林，给你看病是对你的关爱，你不要不知好歹'。就这样，我好不容易把韩老师带到了那个朋友的处所，一见朋友他很激动，以为自己的问题即将解决、冤屈即将洗清。

▲ 美林与姜昆（左三）、李扬（左一）穿越到七十年前三野二十四军部队生活场景

▲ 美林讲述"行军小板凳儿"的故事

生生不息

▲ 情景剧：《四年零七个月监狱》

结果当时的情形却并没有那么乐观，带着再一次的失望，韩美林忧郁地回到狱中。说实话，那个时候我只是出于人最根本的良知，而对韩老师进行了力所能及的帮助，没想到他却一直很惦记我——每次画展都邀请我，欧洲旅游也不忘叫上我，还帮我从企业的下岗困境中拉回到机关单位，真的是给我带来了幸福的生活。"

作为工作室建立初期的好朋友，中国美协书记处原书记戴志祺最有发言权："我和美林相识于20世纪70年代，当时他的艺术大篷车带着我一起去淄博考察古法琉璃工艺。我真的从未见过像美林这样深入生活的艺术家，他与工人同吃同住同劳动，即便是高温一千摄氏度的琉璃车间，他也坚持天天在现场与工人共同创作。不得不说，是韩美林救了琉璃厂，让中国的古法琉璃再一次火起来。当时我在美协工作，我很看好韩美林，因为他的艺术空间很大、在各个艺术门类都是高手。所以，中国美术家协会建立韩美林工作室是很有必要的，从1989年到今天，工作室四十一年的成绩见证美协当年的这个决策是百分百正确的。我认为，韩美林带给我们所有人以美，他是当之无愧的'美的使者'。"

全国政协副秘书长卢昌华说，当年对外友好协会想邀请美国总统布什在访华期间来做一个演讲，但不知道用什么礼物好，就想到求一幅韩美林的画，却又受到经费紧张的限制。于是，卢秘书长帮忙向韩美林转达了外事局的请求。没想到韩美林得知后，痛快地就画了一幅，而且拒绝收钱。今卢昌华仍记得韩美林的原话："国家的事情我不要一分钱，祖国需要我韩美林的地方，召之即来、来之能战。"卢昌华由衷地致敬韩美林的三颗"伟大的心"——充满活力的心、奋斗不止的心、无私大爱的心。

覃志刚和韩美林当年同为全国政协常委，因为姓氏笔画比较多，所以二人经常是一起坐在政协会的最后一排。美林是艺术家，他的任务就是用画笔给祖国留下更多的大美，有时开会的时候也见缝插针地创作。久而久之，覃志刚就成了韩美林在政协的"托儿"，谁想要韩美林的画都得先通过覃志刚的联络，于是覃志刚风趣地说："那几年和美林一起在政协，我过得很快乐，他画得好的我都留下，画得一般的都由我决定可以送给谁。"一席趣谈逗得大家哈哈直乐，伴着笑声，覃志刚总结道："韩美林是个大气的人，不仅给朋友送画、签名大气，请朋友们吃饭更是大气。"

活动最后，音乐人舒楠带着自己与覃志刚精心录制的歌曲《我和我的祖国》来到现场，并邀请韩美林、孙晓梅、郁钧剑、殷秀梅、王刚、姜昆与李静民夫妇、徐沛东与赵丹宇夫妇、王铁成、冯英、卢昌华等各界好友们共同现场高歌，那一夜，歌声响彻北京韩美林艺术馆南展区。

  我和我的祖国，
  一刻也不能分割；
  无论我走到哪里，
  都流出一首赞歌；
  我歌唱每一座高山，
  我歌唱每一条河，
  袅袅炊烟，
  小小村落，

路上一道辙；
我最亲爱的祖国，
我永远紧贴着你的心窝；
你用你那母亲的脉搏和我诉说。
我的祖国和我，
像海和浪花一朵；
浪是海的赤子，
海是那浪的依托；
每当大海在微笑，
我就是笑的旋涡；
我分担着海的忧愁，
分享海的欢乐；
我最亲爱的祖国，
你是大海永不干涸；
永远给我，
碧浪清波，
心中的歌。

"艺"路七十，美林饱含着对祖国的深沉爱恋，一路走来。无论命运如何多舛，那颗拳拳爱国之心，那份深深赤子情怀，从未缺席。

▲ 韩美林的好友们齐聚舞台，共同高歌。左起李静民、孙晓梅、郁钧剑、殷秀梅、舒楠、王刚、覃志刚、姜昆、徐沛东、王铁成、卢昌华、赵丹宇

▼ "韩美林从艺70周年庆祝活动"合影

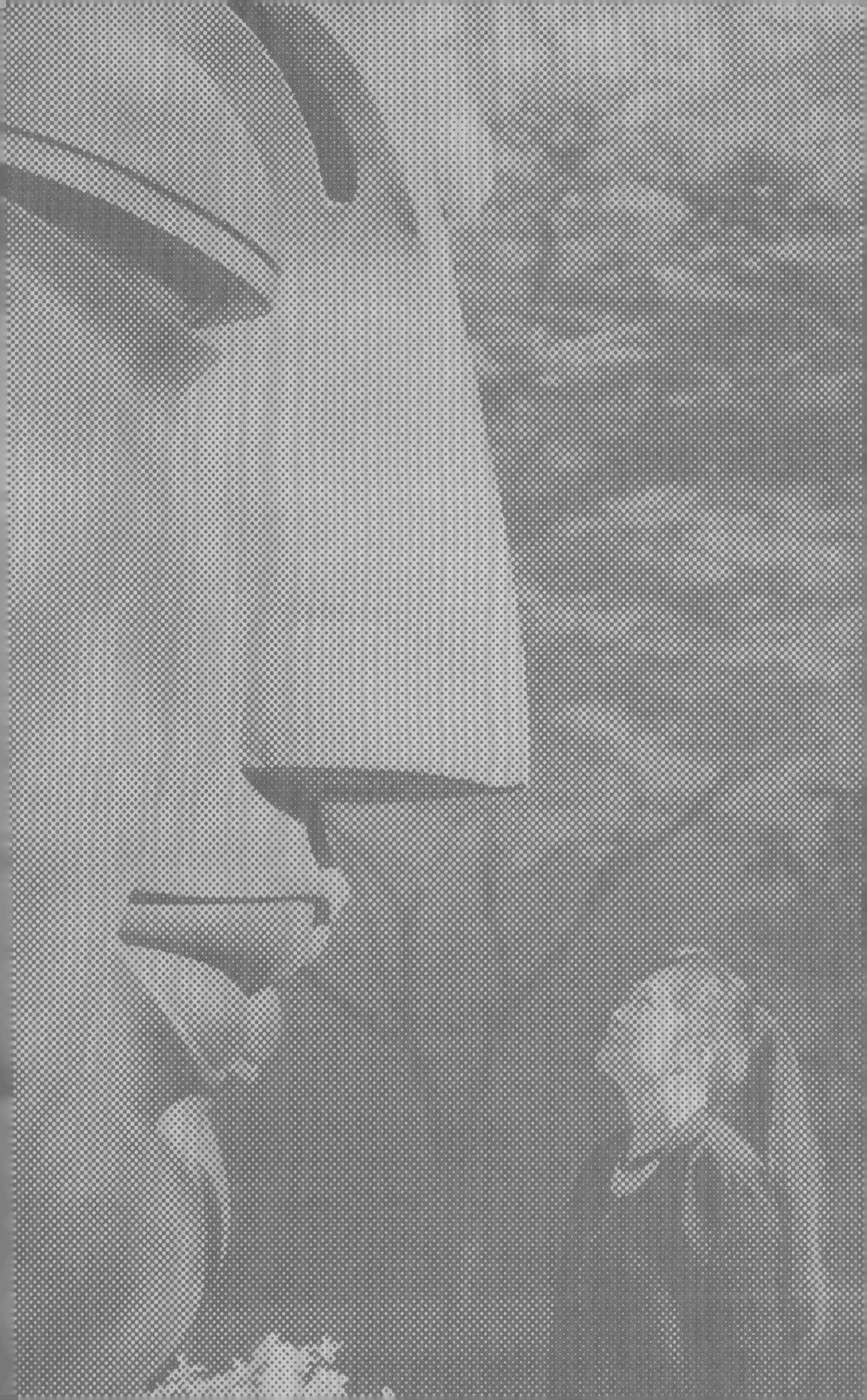

向阳而生

北京时间 2022 年 12 月 19 日凌晨，
2022 卡塔尔世界杯足球赛决赛，阿根廷队夺冠。
梅西毫无悬念地加冕球王。

► 韩美林与冯骥才"煲电话粥"

当日，两位体育爱好者——韩美林与冯骥才"煲电话粥"。

坐标：北京—天津

美林："大冯，前几天给你打电话你不接，听说你'阳'后转肺炎了，这可急死我了，现在和你媳妇怎么样呀？我'阳'后刚'活过来'了，你老母亲怎么样啊？"

大冯："我们都转阴了，放心！我家与你家一块'阳'的，人们都说从'阴界'到'阳界'，咱们现在是从'阳界'到'阴界'，'阴界'算是'阳康'了，现在真是'阴阳颠倒'了。从'黑暗'到'光明'，又从'光明'到'黑暗'，再从'黑暗'到'光明'，咱们这辈子都体验过了。但不管是光明也好，黑暗也好，我们一生都在为艺术、为

◄ 仰望

美而奋斗，这就是咱俩能永远站在一起的最根本的原因。如今，咱们是既碰到天灾，又遇上'国难'了，在这个特殊的时代，我们经历过了从'黑暗'到'光明'，现在我们从'光明'到'黑暗'，不过，我们终究还是携手度过了。"

美林："这个世界是怎么了？那么多天灾人祸？不管怎么样，中华民族十四亿人口中，咱俩算是活明白的人，不管是下地狱也好、上天堂也好，咱俩的灵魂永远在一起。阳光总在风雨后，接下来咱俩活得再优秀些。"

这对灵魂挚友，虽然疫情三年未见，但彼此间的心灵沟通，从未缺席。

他们彼此关照着、温暖着、鼓励着……羡煞旁人。

刚刚圆寂的星云大师在《一半一半》中曾这样讲，世事都是"一半一半"的：

> 白天"一半"，黑夜"一半"；陆地"一半"，河海"一半"；好人"一半"，坏人"一半"；贫穷"一半"，富有"一半"……随着时移世迁，"一半一半"虽然互有消长，却无法使这"一半"全然统治那"一半"，然而就因为如此，人生才有无限的希望。

这段话很有道理，我在想，这个世界上的人男人一半，女人一半；佛一半，魔一半。所谓佛与魔，谁也没有统一世间，不过信佛的人总想用其慈悲、智慧、能力将世界净化一点，少一点魔。

或许，新型冠状病毒便是来到人间的魔，无论是阿尔法（Alpha）、贝塔（Beta）、伽马（Gamma），还是德尔塔（Delta）、奥密克戎（Omicron）。

网络上有一种人们自嘲的说法，叫"丧偶式婚姻"，近来又多了一个词，叫"强迫式休假"，这真是个漫长的假期，整整三年时间！拿我们家小儿子来说，在他五岁的人生中，有大半时间是在核酸检测中度过的，幼儿园也常常关闭，上课改为网课，弄得孩子的视力出现"早

▶ 美林与大冯

▼ 疫情中的北馆大家庭

熟"现象，即便在新冠安全的间隙开了学，也是让家长带着孩子们在校外集合，无论酷暑严冬，均列队由老师检查体温后统一入校。望着孩子们满头大汗和瑟瑟发抖的样子，家长们唯有心疼！时至今日，已实现了入校接送的自由，当家长们在校园内享用咖啡、陪孩子们在校园游乐场嬉戏时，宝妈们有种恍若隔世的感觉……

人类社会发展至今，战胜瘟疫、灾难、战乱等，所依靠的正是人与人之间的连接和互助。"大疫"之下，美林和我，以及整个艺术馆的员工，也更加深刻地感受到了彼此的温暖。

2022年12月10日，一早醒来，体温38.7度，我"阳"了。

▲ 自我隔离

好在早有准备，我打开前几天收拾好的装有衣物、药品的行李箱，顺便拿了两本平时没来得及看的书，拖着行李箱，走向走廊尽头正在外出差的大儿子的房间。不瞒大家，此时我的真实想法是，终于有机会名正言顺地逃离这个上有老、下有小，公事、私事一大堆的地界，去享受几天属于自己的时光了。

路过小儿子的房间，他看到我拉着行李箱，便追着我喊："妈妈，妈妈，你这是去哪儿？"此时，我头也不敢回，坚定地说："去了然哥哥房间。"小儿子当时有点蒙。进入房间，刚躺下没几分钟，美林的电话就过来了，问："建萍，你是不是染上瘟疫了？（这三年他一直这么说，在各种大会小会上都将'新冠'说成'瘟疫'。我纠正过他好多次，让他别叫'瘟疫'，叫'病毒'，但无济于事。）我说："老公，我'阳'了，需要隔离，我不能照顾你了，这几天你好自为之吧！"我感到电话那头的美林有些手足无措，一时没了声音，瞬间我也有些哽咽，便匆忙挂了电话。

没过几分钟，电话又响了。

这次是山西宇达青铜文化艺术股份有限公司的老卫。老卫第一句话说："周老师，你'阳'啦？那韩老师咋办呢？"

这之后我的电话就一直没断，知道我"阳"了消息的人一个接一个，而所有人打来电话中的最后一句话必定是："一定要把韩老师保护好！"我干脆起来不睡了，大家的消息也太灵通了！问了秘书，才知道原来是美林挂了电话后，觉得有些迷茫，就给他觉得该通知的人都通知了个遍。

此时，美林也在有序地安排着自己，他跟阿姨说："我媳妇儿不在，我就不回卧室住了，直接睡画室……"

现实真的很"骨感"，没过多久，从秘书那里突然传来一条爆炸性消息："韩老师也'阳'了！"

我赶紧拨通北京医院季院长的电话。季院长当时给我吃了颗定心丸，他说："没事，建萍，现在'阳'就好比考试，早考比晚考强，有北京医院，有我呢！"我赶紧追问了一句话："美林和我都'阳'了，现在我能取消自我隔离回去照顾他吗？"季院长说："当然可以！"

这真是一个好消息！

在大儿子房间屁股还没坐热的我，又拉着箱子回到卧室——我选择与美林并肩作战，共同应对奥密克戎。这不禁让我想起二十三年前北京阜外医院那个凄冷的冬日，当时美林因心血管搭桥术被送入ICU（重症加强护理病房），生死未卜，而我断然决定不回杭州，留下来照顾他，怎么看二者也颇为相似。

老天对我和美林也真是"厚爱"，竟让我们同一天"阳"，让我们可以不用分开！我再怎么难受，也要使出浑身解数照顾好美林！

在这段日子里，还发生了一件让我难忘的事。

那一晚，在看过央视CCTV3播出的《我的艺术清单——韩美林》下集之后，我实在难受得不行，安排美林吃了安眠药躺下之后，我也"偷"了美林二分之一片安眠药吞将下去，想着等睡着了头就不痛了，嗓子也不痛了，也不会呕吐了，于是我很快进入了梦乡。

半夜，屋里隐约传来的呻吟声惊醒了我，我一看美林不在身边，再往床下一看，美林全身是水地坐在地上。原

▼ 老天"厚爱"——同一天阳

来他半夜起来喝水时，因为虚弱没拿住水杯，连人带水地掉下了床。

我赶紧下床，努力地想把美林抱起来、拖上床，但怎么也抱不动。于是，我打电话叫来了还在弱"阳"中的小徐。小徐过来后在朦胧中看到的情景是：美林坐在撒满了水的地板上，而我抱着垃圾桶在一边狂吐，看到此情此景的小徐，眼泪"唰"地下来了。

小徐怕韩老师再倒下去，先用她那瘦弱的身体挡住美林，我们两个人使出全身力气，终于将韩老师挪回到床上。天亮后，我们检查了美林的身体，发现他只是脑门上磕红了一小块，其他无大碍，真是阿弥陀佛！

美林还开玩笑地说："如果病在沙漠里可怎么办，水都没得喝。"

难熬的日子里总有些温暖人心的时刻让人难以忘记，病中的美林和我收到了北京韩美林艺术馆员工们发来的集体慰问视频，视频做得很有意思，一开篇是老员工关心在接电话，她惊讶地大喊："什么！凌大厨'阳'了？张二厨也'阳'了？周老师'阳'了，啊！韩老师也'阳'了……"当时北京韩美林艺术馆的人似乎还没有几个是"阳"的，于是那些暂且未"阳"、活蹦乱跳的员工一起给我们加油，祝福我们早日"阳康"。有的员工建议用西瓜霜喷剂喷嗓子，有的员工说赶紧吃冰西瓜，虽然收效甚微，却也令人难忘。

"阳"后第五天，2022 年 12 月 15 日，美林奇迹转"阴"。

美林转"阴"是我们全家最快的，前后只用了五天时间，而且是在我生日当天转"阴"的，这无疑是为我生日送的一份大礼。

"阳"后的几日，是我人生中的至暗时刻，每天蓬头垢面地度日，美林的"阳康"给了我莫大鼓舞，让我看到了曙光。那天醒来，我暗暗窃喜：今年终于可以不让孩子们为我的生日而操心了，因为似乎是一夜之间，全馆员工几乎都"阳"了，我和美林一样，最不爱过生日，除了每年大一岁以外，不想让别人为我俩费心费力，但无论我们制造怎样的理由，比如，到了生日那天，找借口出差、出国或者溜出去会友等，仍无法逃脱员工们精心设置的"温暖的陷阱"。记得去年12月15日，我逃脱过一次。那天我和美林是在医院里度过的，当时美林因心梗被推入北京医院心血管内科导管室，成功地完成了心脏支架手术。一周后的2021年12月22日，八十五岁的美林登上了故宫的午门，与众嘉宾们一起为"韩美林天书艺术故宫展"揭幕，根据防疫要求，台下的嘉宾尽管都戴着口罩，但我们的天书口罩和天书围巾应景而夺目，将每一位嘉宾都衬托得无比光鲜，这种特殊时期的审美，或许百年不遇。

　　一早，我和美林还没起床，小儿子便抱着用自己的压岁钱购买的鲜花冲了进来，大喊："妈妈，祝您生日快乐！"看着我的"小情人"送来的黄玫瑰和红玫瑰，我的疼痛症状顿时好了一半！我赶紧起来，想着最近每天邋里邋遢的，今天得收拾一下自己，怎么也得拿着玫瑰与我的小情人合个影，留作纪念。我刚收拾完自己，只见正发着烧的三个"小阳人"戴着N95口罩、左提右抱地带着四馆的礼物来了，她们是北馆"三剑客"——常静、文波和陶陶。她们带来了东、南、西、北四座韩美林艺术馆的祝福。这几日清冷的家顿时成了礼物、蛋糕和鲜花的海洋，客厅里粉色的九百九十九朵玫瑰，是大儿子送的，这是他每年的标配。大儿子最近一直在上海出差，昨晚为了给我过生日赶了回来，我勒令他住在酒店不许回家，怕我们家唯一的"幸存者"也被感染，这似乎是我们家最后一点"尊严"了。北馆孩子们真是用心，送的蛋糕居然是用我三本书的封面图案做成的，看着眼前的一切，我的心里能不暖洋洋（阳阳）吗？收了四馆的礼物，唱了生日歌，吹了蜡烛，吃了蛋糕，我敦促着三个咳嗽声此起彼伏的"小阳人"赶快回去休息，今年的12·15，注定是一场"阳阳"聚会，铭记心田。

　　回到卧室，我突然感到眼珠子疼，疼到睁不开眼睛，

◀ 三本书（下）与蛋糕仿真书（上）

▲ 小儿子的爱

可能是我过于亢奋了，奥密克戎再次给了我一个"下马威"。

混沌中，小徐来拉窗帘，应该是天黑了，小儿子又冲将进来，大喊着："妈妈、妈妈，我给你做了长寿面，快起来吃！"天哪！一个不到五岁的孩子亲自给妈妈做了长寿面，从擀面到煮面，并在六点零六分那一刻送了过来，祝福妈妈今后的日子"六六大顺"。

我这是何德何能？人间竟有如此洪福？

我一直敬畏达尔文的物竞天择论，但由于"新冠"的到来，似乎它的规则被打破了？奥密克戎横扫着地球人，包括疫情政策调整后的中国人。我们身边有人被奥密克戎夺去了生命，悄然去了天堂，其中就有美林最敬爱的班主任周令钊老师。尽管周先生的女儿容容提前给我们打过电话，告知先生的病情，美林也有心理准备，但当得知恩师真的驾鹤西去时，他寝食难安，于是连夜写了悼念文章：

痛失恩师周令钊

今天下午，我的恩师周令钊溘然长逝，享年104岁。

我告诉容容，不要太难过，你父亲一辈子为国家做的贡献，我们的国家和人民是会铭记的。

在世人眼中，周先生是中国著名艺术家、美术教育家、中国艺术设计大师，中国壁画运动开拓者之一。

在我心中,周先生不仅是一位多才多艺的艺术家,他永远是我的班主任,我的恩师。

他影响了我一辈子……

1955年我考入中央美术学院,第一个班主任就是周令钊先生,我至今仍能记得在他的带领下,学习掌握各种艺术规律,参加各种艺术实践创作活动的场景。那时候新中国刚刚成立,百废待兴,急需各类艺术人才,美院的师生们经常出现在各个工地,贡献自己的才智,为建设新中国而奔忙。

大家都说我韩美林挺聪明的,但是我认为,比起周令钊先生,我可差远了。他的点子总能让你不断成长,一生都取之不尽。

周令钊先生出身于一个文化世家,家中的兄弟姐妹在各领域也多有成就。他曾经在郭沫若领导下的国民政府军事委员会政治部第三厅工作,参加漫画宣传队、抗敌演剧队,从事舞台美术设计。1948年应徐悲鸿先生聘请,任教于北平国立艺专,在美院教师队伍中,资历老、本领大,但是周令钊先生却是为人朴实低调,从不宣传自己。他参与了中国第二套、第三套、第四套人民币的设计,1955年授衔八一勋章、独立自由勋章、解放勋章三大勋章的设计,国徽、团旗、少先队旗的设计、中日友好医院院徽、中央财经大学校徽的设计等。

尤其是人民大会堂的主会场穹顶的设计最令人叫绝。我目睹了这一方案的诞生,对周令钊先生的才华钦佩不已!这种即兴的创作,是我韩美林倾尽一辈子都在学习的东西。他的水墨课更是启发了我的刷水画,创作出了毛茸茸的小动物。他对学生创作教学上的毫无保留,也深深影响了我日后对待学生的态度。我这个二十几岁的小青年当时最朴素的想法,就是立志要做周令钊先生这样的人。

我们师生二人的情谊,不是两个不靠边的人拉在一起互称恩师爱徒，周令钊先生对我没有丝毫的保留，任何东西都教给我们。我们和容容一起长大，他把我们当儿子。每每思及此，怎会不泪流满面？

中国人讲红白事，一百岁去世的都是白喜，先生是寿终正寝。

可是我仍然忍不住掉眼泪，从1955年至今，已和老师学习了快七十年，这样的感情，用笔也是写不完的。

感谢周先生，您就放心地去吧。作为您的学生，韩美林是不会给您丢人的。

周先生对我的影响，永志不忘。

韩美林
2023年1月3日晚

这难道不是师生情的最高境界吗？人生就是一场漫长的别离。而追忆，是让逝去的人"永生"的唯一方式。《道德经》中说：死而不亡者寿。

也许是周先生一生的修为和仁慈感动了上苍。半年前，容容来我们家时说老家岳阳将建"周令钊艺术馆"，她要带着一百零三岁的父亲回趟老家，请美林为她父亲的艺术馆题词，这当然是学生义不容辞的事，更是学生的荣幸。美林当即铺纸研墨为老师题字，没过几天，容容便从老家发来照片——周先生精神矍铄地出现在岳阳"周令钊艺术馆"，圆满完成任务后坐在回程高铁上。在新冠"假期"，百岁的周先生竟然完成了这么一件伟大的壮举，真是幸事。半年后先生驾鹤西去，现在想来，也令人欣慰。

回首2019年年底，武汉"疫情"爆发，全国人民被这场突如其来的病毒弄得惶恐不安。正是在那个时候，由文化和旅游部主办的韩美林生肖艺术展即将在泰国曼谷举行，这是半年前就确定了的项目。2020年

▲ 2018年11月22日，韩美林祝贺恩师99岁生日

▼ 2022年9月22日，韩美林为周令钊艺术馆题字（从左至右：中国书画院副院长陈海安，艺术家韩美林，周令钊先生之女、清华大学美术学院教授周容）

1月23日，武汉封城；1月24日，我们全家在北京过了一个简单的大年夜后，怀着忐忑的心情于大年初一凌晨率团奔赴大兴机场，飞往泰国曼谷。

飞机落地，泰国温暖的气候和泰国人民的热情暂且扫去了我们心中的阴霾。"欢乐中国年"在曼谷的市中心举行，我们怀揣着复杂的心情欣赏着中国传统的舞龙、舞狮表演，既庆幸来到了一个安全的国度，又担心国内的同胞和家人。

当日，我们受到了诗琳通公主和总理巴育的接见，并与公主一起参加了泰国春节庆祝宴会。翌日，诗琳通公主亲临暹罗百丽宫欣赏了"泰国欢乐春节——韩美林生肖艺术展"。参观前，公主听取了泰国旅游局局长育塔萨关于韩美林生肖艺术展的汇报，然后在美林和我的陪同下认真地欣赏了每一件作品。之后，公主在红色的宣纸上用中国书法写下了此次展览的主题"欢乐春节"，并对美林说："今年也是她学习中文的第四十年，中国文化尤其是书法对她影响深远。"

此次观展并不是诗琳通公主第一次欣赏韩美林的艺术作品，早在2018年4月5日，诗琳通公主访华期间曾专程前往北京韩美林艺术馆参观，并品尝了韩家菜，记得当时我们的小儿子天予才三个月，餐后公主满心欢喜地抱着天予合影。时隔一年半，诗琳通公主在泰国首都与我们再次见面，公主感叹着：这是一种缘分，不仅是个人之间的缘分，也是泰中两国人民的缘分。

没想到，到了曼谷后的第二天，"空气"便紧张起来，因为泰国也出现了"新冠"病毒，原定请我们吃晚饭的泰国旅游局局长育塔萨拿着一沓油墨未干、准备翌日向泰国民众发布的"中泰一家亲"倡议书，姗姗来迟，倡议书中倡议泰国民众关爱并帮助疫情中的中国人民。育塔萨说，中国人民犹如我们的家人，现在家人生病了，我们理应去照顾和帮助他们，希望大家携手，共渡难关。

▲ 诗琳通公主抱着天予合影

在那种非常时期，这份来自异国他乡的倡议，令人动容。

2020年1月28日夜，载着寥寥无几乘客的波音747飞机降落在空无一人的大兴机场，我们回到了祖国，回到了北京。

回国后，正是新春假期，几乎所有的员工都回家过年了，因为疫情的原因，考虑到回程途中的风险，我们要求随行的"泰国小分队"先"按兵不动"，就地陪伴家人，而泰国小分队几个人便承担起了秘书、宣传等工作。我们知道，在这样一个特殊时期，大家唯有齐心协力、抱团取暖，才能披荆斩棘，共渡难关。

在全民打响疫情阻击战的特殊时刻，面对全国的中小学生春节后推迟开学的状况，韩美林艺术基金会和一起公益共同发起了"'远离病毒、爱护生灵'韩美林给中小学生的在线'抗疫'美术公益课"，美林在线为延期开学的全国中小学生上了三堂特别的美术课。这三堂课创造了300万人观看的良好业绩，面对镜头，美林张弛有度，款款道来，并用手中的画笔，向大家展示了一个美好的世界。相信在听课的时候，大家心中暂且忘记了病毒，缓解了压力……但这300万观众或许并不知道，在当时那个几乎一切"停摆"的特殊时期，摄影师来不了，剪辑师来不了，化妆师来不了，我们只能关起门来、"赶鸭子上架"全部自己解决，当然，我们的确做到了。

秘书小月为了拍摄韩老师的创作视频，将手机绑在一个杆子上，只身爬到高高的架子上，一举就是几个小时；充当摄影师的办公室主任常静现学现卖，如今我的脑海里还时常浮现她在摄影机前英姿飒爽的形象；导视部部长关心更是通过网络学习收音和剪辑技术，片子做出来后送审，居然通过了；我呢，第一次充当了化妆师，幸亏是给自己先生化妆，不怎么紧张，但刚开始总觉得

▶ 名家大师公益课

▼ 就地过年，"抱团取暖"

粉底压不实，粉总是浮在脸上，咨询了专业人士后才知道，化妆前如果先敷一张补水面膜，妆就会比较实，实施后果然奏效。

老子曰："祸兮，福之所倚；福兮，祸之所伏。"在缺少专业设备、专业人员的情况下，我们向全国300万人传递了美、传递了爱，也是在这个时刻，美林真正感悟到互联网的神奇魅力，同时，也锻炼了只有五六个人的"泰国小分队"，大家迅速提高了学习能力，看到了自己的潜能。

这三年，我们遇到了太多的"不确定因素"和"不可抗力"，于是，我们学会了尽人事、听天命。

这三年，我与美林成为员工们的精神支柱和衣食父母。由于病毒一般在冬天更容易传播，每当跨年，我们便会接到政府"就地过年"的号召。美林说，我们可不能委屈了孩子，于是我开始疯狂囤积年货，从大鱼大肉到热带水果，再到各种甜品，应有尽有。员工们说，比他们在家吃得还好。年夜饭时，美林和我跟员工们的家长视频，请家长们放心，孩子们在我们这儿很好、很安全。最有趣的一件事是2022年春节，当美林和我带着几十名员工吃完年夜饭，说好与大家一会儿在客厅看春晚，没想到，韩老师"失踪了"。原来，他被我们吃的猫山王榴莲的"臭味"给熏跑了。

就地过年，"抱团取暖"。

还记得有一次，中层干部们在我们城里的家正开着会，突然接到通知，隔壁小区出现阳性病例，要求我们这个楼只进不出。这就预示着这十几位有家小的员工将被封在我们家，与我们同吃同住一段日子。听到这个消息，我第一反应是去卧室搜寻被子、牙刷等……

事实上，我们的祖祖辈辈，在几千年间，不就是这样与自然灾害搏斗，与病毒瘟疫搏斗，与战争屠戮搏斗的吗？这三年里，我们以不变应万变。我们拥有随时拼搏的勇气。

正因为有了这样的认知，接下来抗击新冠疫情的三年，我们创造了无数常人难以想象的奇迹，化神奇为力量。正如我们员工所说：

春天，我们在天书故宫展和海口生肖展间来回跳跃；

夏天，我们将美林艺术带回了韩老师第二故乡——安徽；

秋天，韩老师的有声书取得了出其不意的效果，周老师的三本新书持续引发关注；

冬天，我们沉浸在各种美林艺术的联名款里不能自拔。

▲ 阳后状态还未恢复，开会中居然睡着了

2020年五月初五端午节，恰逢北京韩美林艺术馆开馆十二周年纪念日，在没有嘉宾的情况下，我们策划了一场"一个奇妙夜，穿越十二年——北京韩美林艺术馆俯首一纪踏浪前行"的云庆祝活动。从戊子鼠年到庚子鼠年，俯首一纪、转瞬即逝，十二年，整整一纪轮回，我们以一场"博物馆奇妙夜"的特殊方式直播，在咪咕平台上与韩美林艺术的亲朋好友以及广大粉丝们见面，带大家用短短一个小时的时间，穿越了北京韩美林艺术馆十二年的发展历程。美林说："我们想低调地用云直播的方式庆祝北京韩美林艺术馆的十二周年，但线上还是有几百万人关注，感谢大家。"对于一个面向公众的艺术馆，因为疫情无限期闭馆，是失落和迷茫的；但全体韩馆人居安思危，没有懈怠：馆内留守员工，认真消毒、防止疫情传播；居家隔离的员工，通过读书会、网络会议、线上课程等开展学习，乐此不疲。大家没被新冠疫情打倒，反而学会了利用疫情思索、整顿、学习、提高，相信疫情过去的那一天，也将是北京韩美林艺术馆"俯首一纪"后，继续"踏浪前行"的日子。

或许是上天的眷顾，或许是我们的坚持，在全国新冠疫情此起彼伏之际，2020年12月21日，深圳迎来了两个独具风格的艺术展览——"美林的世界在深圳——韩美林艺术展：天·地·人·和""美林的世界在深圳——韩美林生肖艺术展"。在美林的艺术世界里，牛的干劲与品质，频频跃然于他的画笔下，这与深圳"拓荒牛"的城市精神象征，异曲同工。在深圳特区成立四十周年和辛丑牛年即将到来之际，韩美林的这两个艺术展，在同一天，分别于深圳市关山月美术馆和南山博物馆联袂开幕，意义非凡。当日，也是第八个韩美林日。开幕式后，举行的"艺术的力量"韩美林艺术讲坛，嘉宾们的思想汇聚成震撼的语言：艺术的力量，是审美的力量，是抚慰的力量，是潮流的力量，归根到底，是文明的力量。这样的力量，在当时的抗疫进程中，在其他方方面面实践中，都充满着打动人心、催人奋进的美好故事。

为期七十天的展览，近五万名观众前来观展。人们通过美林的平面、立体作品，以及陶瓷、紫砂、木雕、铁艺等不同媒介的创作，感受到了美林对传统技艺、传统风格、传统美学的理解与传承，让大众见识了突破艺术藩篱的美林艺术。

▼ "博物馆奇妙夜"北京馆线上直播

◀ 韩美林在开幕式上动情致辞

◀ 中央电视台著名主持人白岩松主持"美林的世界在深圳——韩美林生肖艺术展"开幕式

▼ 深圳南山博物馆"韩美林生肖艺术展"
▼ 深圳南山博物馆"韩美林生肖艺术展"

2021年6月26日，在北京韩美林艺术馆成立十三周年之际，北京韩美林艺术馆第一届青少年生肖绘画大赛颁奖典礼暨优秀作品展开幕式在北京韩美林艺术馆南展区拉开帷幕。

本次绘画大赛自2021年4月份启动以来，吸引了来自北京、天津、河北等省、直辖市四千多名中小学生的投稿，累计收到参赛作品四千零一十六件，作品类型包括以"牛"为主题的水墨画、油画、水彩画、篆刻、剪纸、手工制作等多种艺术形式。经过初评、决赛、复评等多轮评选，评审坚持以作品符合孩子创作的年龄特点，秉承"原创性"的评选原则，同时兼具设计感、想象力，挑选出富有特色、符合大赛主题的优秀作品。大赛设置一、二、三等奖和优秀奖，共四百六十三位小朋友荣获奖项，

▶ "美林的世界在深圳——韩美林艺术展：天·地·人·和"之展厅"地"
▼ 韩美林在开幕式上动情致辞

▲ "美林的世界在深圳——韩美林艺术展：天·地·人·和"在深圳关山月美术馆开幕

三十七名指导教师和三个美术机构获得优秀辅导奖。其中，荣获一、二、三等奖的参赛作品，将参展"牛光溢彩"——北京韩美林艺术馆第一届青少年生肖绘画大赛优秀作品展。本次展览将在北京韩美林艺术馆南展区做为期两个月的展示。这次绘画大赛跨越两个城市、一个省，看似规模不大，却汇集了北馆员工们的巨大心力，尤其是在疫情防控期间。但当看到孩子们这么多优秀作品时，我们甚是欣慰。

对于美林来说，人生有多个至暗时期，也有多个高光时刻，其中有一个必将留给历史的高光时刻是2021年12月22日的"纳天为书·韩美林天书艺术故宫展"的开幕。

美林说："天书"在他的艺术领域里，是特殊的存在，是他对艺术和灵感品质的提升和改变。故宫是中华文化一个最大的家。能够进故宫办天书展，是他对民族文化的温情敬意。此次展览是继2019年"韩美林生肖艺术大展"之后，美林艺术第二次进故宫展览，我们戏称美林是"二进宫"。与美林以往的艺术门类综合展览

▼ "纳天为书·韩美林天书艺术故宫展"在故宫午门举行

▲ "纳天为书·韩美林天书艺术故宫展"

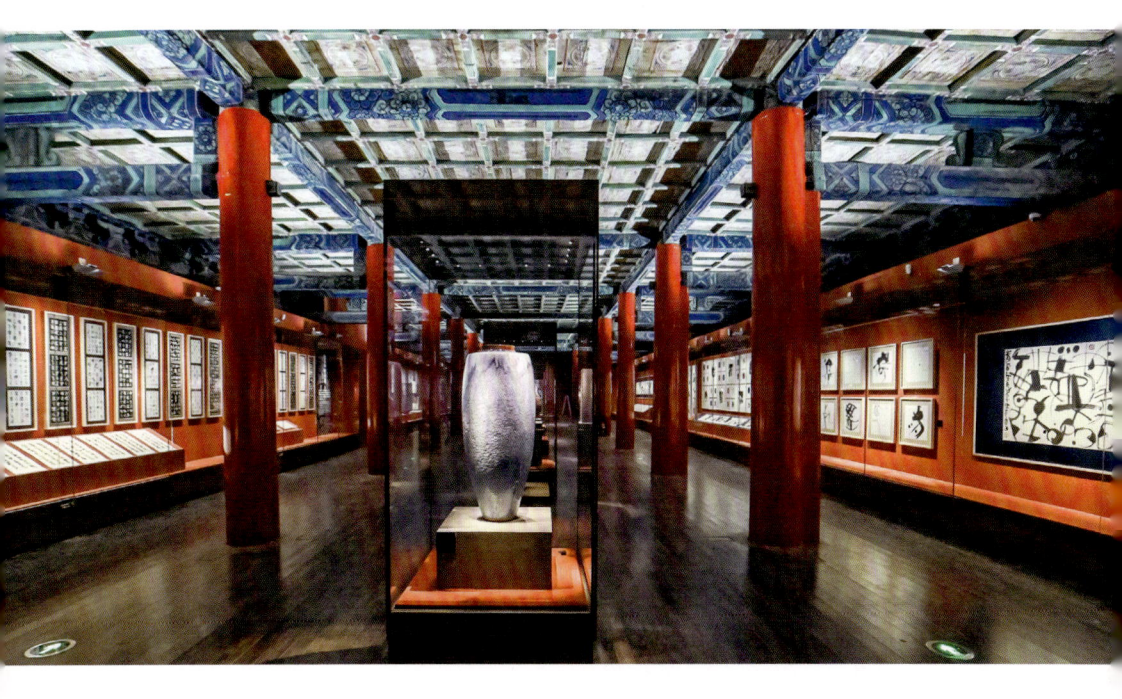

不同,"纳天为书·韩美林天书艺术故宫展"是韩美林的艺术元素第一次单独呈现、特列成展。

历经数十年,韩美林从散落多地的甲骨、石刻、岩画、古陶、青铜、陶器、砖铭、石鼓等历代文物上,搜寻并记录了数万个古文字符号,又耗时数年将这些历史文化遗存汇集成"天书"。古文字的神秘、历史的旷远、书法的韵致,以及艺术家的才情,融会贯通于一体。展览以韩美林的"天书"艺术为元素,拓展至水墨、陶瓷、紫砂、印染、木雕、铁艺等各个领域,分为"千里路,万卷书""观其全,知其通""取其宜,铸今风""游于艺,竞自由""界未界,任西东"五个单元,共展出作品一千五百件,呈现丰富多样的韩美林"天书"艺术。

《天书》分上下两册,由中华书局出版发行。这部书汇集了韩美林的"天书"作品,由冯骥才作序,李学勤、冯其庸等专家学者对作品进行了深度解读,以向世人展示中华文明的广博与厚重,为中华文化平添了一份独特魅力。

韩美林《天书》首发仪式,中国出版集团党组成员、

— 向阳而生 —

◀ 同一天，韩美林著作《天书》在故宫举行了首发式

中国出版传媒股份有限公司总经理李岩与韩美林共同为新书《天书》揭幕。

仅仅一个月后的2022年1月22日，"韩美林生肖艺术展"在海口会展工场隆重开幕。此次展览是继北京故宫博物院、曼谷暹罗百丽宫、深圳南山博物馆之后，"韩美林生肖艺术展"的第四站。"韩美林生肖艺术展"，与故宫博物院正在展出中的"纳天为书·韩美林天书艺术故宫展"共同以平行展的形式相伴而行。一个月内，两个展览，南北同步，艺术共振，"韩美林现象"，令人瞩目。

尽管这次展览成功开幕，但我们却没有那么幸运。我带队去海口参加开幕式，没想到受新冠疫情影响，北京去的人落地海口机场后，手机上均收到了"下马威"——行程码上带了"星"。无奈，我只能在外围指挥！好在馆长助理郭莹是从安徽开车去的海口，她没有带"星"，可以代表我们参加展览揭幕。记得开幕的那天，我带去的北京团几乎"全军覆没"。习惯于重大活动时化着精致妆容的姑娘们因不能进入开幕现场，只好趴在开幕式场馆的玻璃门外看着里面的"风景"，我也是隔着玻璃，用手机遥控指挥内部的"战役"。开幕仪式结束后，玻璃门上出现一层令人尴尬的"粉黛"，这令我想到谢晋导演的小儿子阿四，曾经为了等爸爸归来，每天趴在防盗门上的门孔儿巴巴地望着……

记得当时海南的一位朋友为了安抚我们破碎的心，特意为我们送来热腾腾的咖啡，苦中带甜的咖啡正好应了我们当时的心境。

▶ 隔着玻璃门"参加"开幕式

　　大概是举办地为了安抚我到了海口却不能进到开幕现场而失落的情绪，事后让我作为导视员解读了一遍展览，在海南卫视播出。那次解读，我尤为卖力，想着既然来了海岛，不能白来一趟，总得为海南人民做点什么。

　　接下来的一场展览则更为悲壮！因为疫情原因，当时的我们连离京的条件都没有，展览开幕式只能全权拜托当地政府，美林所能做的也只是通过视频发表祝贺。

　　2022年5月25日，是安徽省美术馆的开馆日，这座美术馆投巨资建设了八年，由于新冠疫情的原因，展览一拖再拖，这一天终于开馆了。首个重磅展览便是安徽人民的老朋友——韩美林的"韩美林艺术展"。这次展览包括书法、水墨、雕塑、陶瓷、紫砂、木雕、铁艺及民间工艺等创作类型，全面展现韩美林生动、乐观的作品形象与丰富、多样的创作风貌。韩美林与安徽之间的创作关系与文化来源，也是本次展览研究与探讨的核心话题，借助参展作品、文献资料、回忆影像，力图还原韩美林在安徽工作

▶ "韩美林生肖艺术展"之巳蛇展厅
▼ 在海口会展中心前推介"韩美林生肖艺术展"

生活的历程和收获，重温韩美林与安徽二十二年的情缘与故事。扎根民间艺术沃土，博采古今众长的韩美林，在安徽工作、生活了二十二年，这里是他沉淀积累、浴火淬炼的地方，也是他厚积薄发，走向艺术巅峰的根基。这里不仅留下了韩美林人生的青春岁月，也留下了艺术家韩美林对这片热土的眷念与感恩。美林说，安徽是自己艺术起飞的地方，他在这里结识了许多患难之交，可以说安徽是自己的"第二故乡"。时隔三十七年再次踏上这片土地举办展览，他希望通过这些作品回馈自己的"第二故乡"。

安徽见证了一位饱经磨难的艺术大师辛勤耕耘、厚积薄发、涅槃重生的艺术人生，故这次展览我们定位为"回归展"。

2022年8月，待新冠疫情稍事缓解，美林便踏上故土，来到了曾经待过十四年的安徽淮南，真可谓荣归故里。回想1972年11月，刚结束四年零七个月牢狱生活被平反的韩美林，来到了淮南瓷器厂。为了方便他创作，好心的厂长将倒烟窑边上放置工具的六平方米小屋收拾出来，给韩美林居住。因为小屋外有一颗梧桐树，所以就给小屋命名为"桐斋"。韩美林这一住就是七年，在这里诞生了美林最著名的动物刷水画系列作品，也激发了韩美林对陶瓷艺术的热爱。如今时光变迁，桐树依旧挺立，"桐斋"却早已不在。

◀▼ 安徽美术馆"韩美林艺术展"

▲ 20世纪70年代居住在"桐斋"的韩美林

▶ 淮南留下了当年的"桐斋"

看着眼前留下的倒烟窑的残存砖瓦，韩美林无限感慨："当年在这里的日子真不好过，挺苦的，刚出狱的时候只有七十二斤……但也正是那些苦难，塑造了现在的韩美林。"

接着来到合肥，数十位老友集体来看美林时，他居然能叫出每个人的名字。午宴时，当音乐《友谊地久天长》响起时，来自当时淮南文工团的老友们纷纷起立，将相聚的热情化作优美的舞步，为现场其他朋友再现了青春洋溢的芳华年代。

韩美林跟老友们说："这次展览，我比哪一次都更紧张，因为要给老朋友们一个交代，要给家乡做个汇报，不敢有半点马虎。"为致敬韩美林"艺术大篷车"成立四十五周年、欢迎韩美林回归第二故乡，安徽省美术馆特意准备了一场别开生面的"美林美育"大课堂活动。当韩美林一出现在活动现场，雷鸣般的掌声和此起彼伏

▼ 一起相约来看展

— 向阳而生 —

▶ 在安徽省美术馆馆长王岭（左一）的陪同下，老友们再次齐聚安徽省美术馆

的呼喊声响彻展厅。孩子们自发地奔向韩美林爷爷，拉着手欢迎韩爷爷回家。这一幕让现场的观众们湿了眼眶。如果说老朋友们半个世纪的友情是韩美林"回家"前的牵挂，那孩子们简单、热情的爱就是送给韩美林"回家"最好的礼物。听说韩爷爷当年的"艺术大篷车"因没有高铁，走的都是山路，孩子们争着要为韩爷爷亲手涂装一列艺术的"回家专列"。在纸板搭建的小火车上，孩子们回忆着刚才展厅里的艺术作品，井然有序地用纯真的色彩和形象装点了一列"欢迎韩爷爷回家"的小列车。孩子们纷纷钻进小火车，向韩爷爷齐声说了三遍："欢迎韩爷爷回家。"

此时的韩爷爷终于没憋住，泪崩了。

疫情三载，让我们对生命的意义和价值有了更深刻的认识，病毒在考验我们生理免疫能力的同时，也在考验我们的心理免疫能力，美林经常跟员工们说："有人想用苦难或者灾难毁掉你，结果却成就了你，用不

◀ 孩子们高兴地围绕在韩爷爷身边

同的心态去理解这个世界，将会有不同的结果。我们也正是这样努力的。"

2021年4月，第41届全国最佳邮票评选颁奖活动，韩美林设计的《庚子年》荣获最佳设计奖；

2021年8月，第29届"金牛杯"优秀美术图书评选，《韩美林艺术大系》荣获金奖；

2021年11月，"美林美育"艺术体验课在首都师范大学美术学院主办的全国首届"美育好课"评选中获评"教学风采"奖；

2022年4月，由韩美林艺术基金会主编、江苏美术凤凰出版社出版的儿童美术读物《韩美林的动物艺术世界》出版发行；

2022年8月，中央广播电视总台有声读物《韩美林艺术随笔》正式启播；

2022年9月，周建萍三本新书《恰逢其时》《关门夫妻》《美好生活》在新华社录制首发；

2022年11月，韩美林艺术基金会被评为全国4A级基金会；

2022年12月，AET.REMOULD、BE@RBRICK、一汽奥迪Q2L、周大福、AETHOS、ADIDAS、泡泡玛特MEGA SPACE MOLLY、52TOYS、瑞幸咖啡等美林艺术各种联名爆款诞生；

▶ 在新华社举办的新书首发式
▼ 《韩美林的动物艺术世界》
▲ 全国4A级基金会

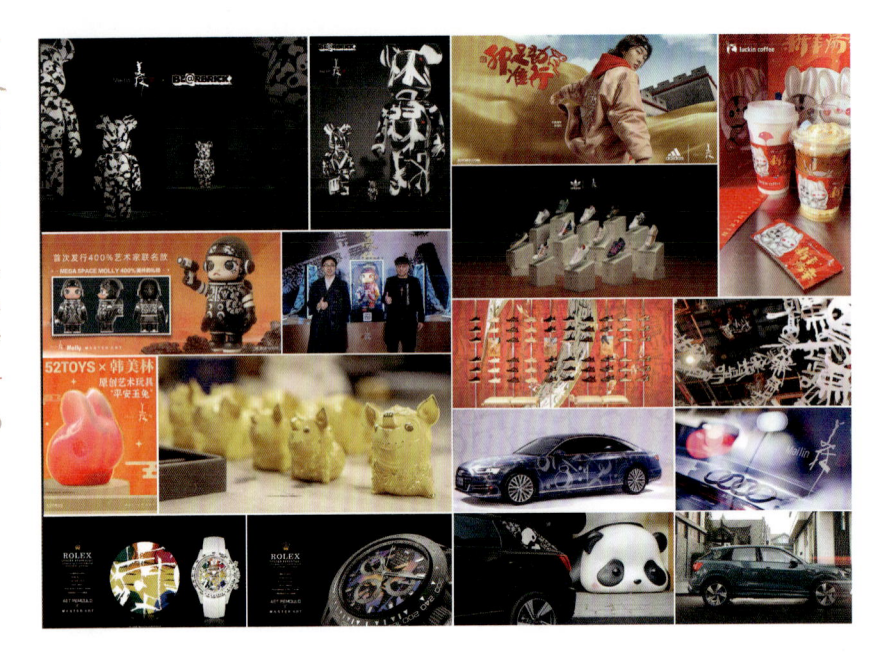

2023 年 1 月，《恰逢其时》荣获《作家文摘》"2022 年度十大非虚构好书"；

2023 年 2 月，由中央广播电视总台社教节目中心创作的大型人文纪录片《韩美林》开机启拍。

2023 年 2 月 17 日晚上，国家大剧院管弦乐团化作一艘承载着远古文明的大船，在音乐总监吕嘉的指挥下，铿锵有力的音符与古老的文字符号遥相呼应，用音乐将观众带入韩美林的"天书"世界。当姚晨创作的交响乐《远渡》首演的最后一个音符落下时，美林与这位年轻作曲家携手登上舞台，他们的合作成就了这一令人瞩目的文化事件，美术与音乐的融汇之美得以完美呈现。

▲ 美林艺术部分衍生产品

▼ 大型人文纪录片《韩美林》开机启拍

以韩美林《天书》为灵感创作的《远渡》迎来世界首演。

这一天，"阳康"后的"80 后"美林格外挺拔英俊，他在台上一百多位管弦乐团成员和台下一千八百多位观众雷鸣般的掌声中款款上台，深情致辞："刚才我们一起聆听了这首来自上天、

▲ 韩美林（左二）与作曲家姚晨（左三）、指挥家吕嘉（左一）携手登上舞台，《远渡》演出圆满落幕

▼ 以韩美林《天书》为灵感创作的《远渡》迎来世界首演

来自宇宙的声音，我非常激动。我创作时离不开音乐，音乐是我们艺术界王冠上的那颗钻石，我们必须'头顶音乐，脚踩文学'。我把这些不知其意、不知出处的古文字搜集起来，创作了'天书'作品，没想到有一天能跨界到音乐界。今天我为什么这么感动？因为听到这些旋律，就像我们画家画白描一样，说明艺术是共通的。我们应该多向音乐界学习，他们以极度抽象的形式来塑造形象。感谢吕嘉，感谢李喆，感谢乐团的艺术家们。更要感谢姚晨，感谢你潜心创作七个月，完成了这首经典传世交响乐。"

作曲家姚晨感悟："作品《远渡》的创作灵感来自我对韩美林先生的巨著《天书》中呈现的瑰丽神奇的符号、文字世界的好奇和想象，它们都是一个个发着光、有生命力、有思想的灵魂。传说上古时期，仓颉造字，'天雨粟，鬼夜哭'，可见文字凿破洪荒的力量。我希望能用管弦乐队这艘大船，承载着这些远古的灵魂渡越

▲ 题跋：一个人一生才活三万六千多天，青春占三分之一，如果天天只是照镜子不行动，肯定你后大悔。记住"青春不来"。

漫漫时空，超越生死离别，传递文明与人性的不朽。"

这一晚，国家大剧院愈加流光溢彩，姚晨的《远渡》让韩美林的《天书》插上了音乐的翅膀，一艘承载着远古灵魂的方舟就此扬帆起航。

对于人文学家来说，一个人在人类历史上最了不起的贡献就是"存亡继存"，美林的"天书"系列作品在某种意义上，就是在做一项有使命感的、存亡继存的工作。或许百年后，"天书"的社会价值和影响力将超过美林的其他艺术成就。

美林在"阳康"后复工复产，第一时间画的一幅画的题跋是"一个人一生才活三万六千多天，青春占三分之一，如果天天只照镜子不行动，你肯定会后大悔。记住：'青春不来'"。

烟火起，照人间，最魔幻的三年，已经过去，让我们一起向阳而生。

▼ 向阳而生，疫情后"韩美林艺术大篷车"抵达贵州苗寨

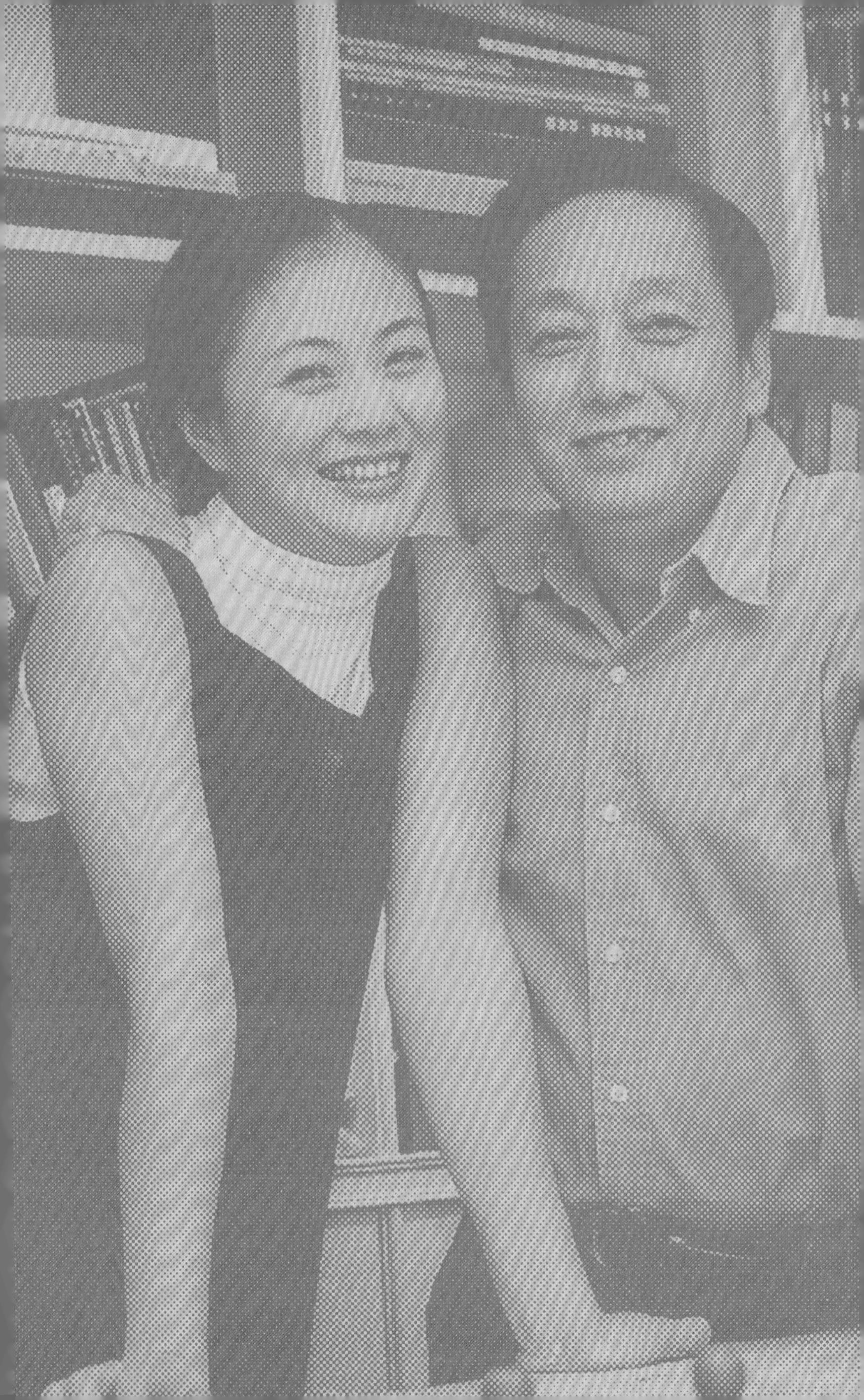

后 记

大冯说，

美林的艺术是由三种基因编码合成的：

一是远古，一是现代，一是中国民间。

▶ 并肩作战

◀ 幸福万岁

2021年4月23日，是世界读书日。

这一天，央视邀请美林为全国人民推荐一本书，美林推荐了影响自己一生、给予自己最大启发、与自己最亲密无间的一本书——《论语》。

美林对这本书的推荐语是："人一生直接知识是有限的，间接知识才是主要的，书就是你最好的助手、一个无言的老师。我是一个既传统又现代的人，我的画也汲取了不少传统文化，民间的、民俗的元素都对我影响

▲ 砥砺前行

很大。如果让我只推荐一本书的话，我推荐《论语》，其实也是推荐我们中国传统的、民族的文化。除了告诉我做人的启示和树立正确的人生观外，《论语》还教会了我如何修身、如何报国、如何观天下。"

也真是巧合，自我懂事起我爷爷也一直教我读《论语》，由此看来，我是嫁对人了。

无论是我的爷爷，还是我的丈夫，他们均提升了我做人的格局，而正是这种格局，一以贯之地支撑着我的意志并照耀着我们前进的道路。

记得李敖说过，人的福气是有数字的，就跟女人的卵子一样。我的理解是，前半生如果不幸，后半生老天也许会给予补偿。其实，老子也说过"祸兮，福之所倚；福兮，祸之所伏"，这个观点，恰恰在美林身上得到印证。

感谢格局，让我在韩美林这样一个"谈笑有鸿儒，往来无白丁"的家里能够游刃有余。这个家的丰富性和多元性是常人难以想象的！在这个家，要做一个称职的女主人谈何容易，不仅需要胸怀、定力和勇气，更需要大爱。

我曾经是个编剧，这二十多年来，我何尝不是在美林艺术的实体环境里编写剧本，然后凭借着勇气和毅力去一个个实现呢？在中华文化复兴的道路上，我和数百名员工均是践行者。

2015年12月21日，坐落在贺兰山麓的银川韩美林艺术馆正式开馆。在开馆仪式上，面向绵延起伏的贺兰山，当着所有嘉宾的面，美林背过身去，以朝圣般的心情，向贺兰山弯下腰，深深地鞠了三躬。这是对巍巍贺兰的眷恋，是对贺兰山岩画所代表的古老文明的膜拜，更是对这方水土的崇敬。

美林发言时说："岩画，特别是贺兰山岩画可以视作我艺术的转折点，这是贺兰山岩画送给我的机缘和礼物，是上苍的恩赐。我要回馈祖先，回馈贺兰山，故我要将作品捐给国家。"

美林和我希望在三百年，甚至三千年以后，我们的后人可以集中研究中华文化，这便是我们在全国范围内建馆的初衷。

贺兰山六千年文明的力量足以征服并滋养美林。

▼ 美林与福娃

贺兰山给了韩美林一把钥匙，更重要的是，也给了我们一把解读韩美林艺术的钥匙。

　　大冯说："美林是评论界的一个难题。这个兴趣到处跳跃的、任性的艺术家，使得评论家的目光很难瞄准他。他艺术中的成分过于丰富与宽广。如果评论对象的内涵超过了自己熟知的范畴，怎么样下笔才能将他'言中'？ 在美林各种形式的作品中，可以找到中西艺术与文化史的极其斑驳的美的因子。艺术史各个重要的艺术成果，不是作为一种特定的审美样式被他采用，而是被他化为一种精灵，潜入他的艺术的血液里。就像我们身上的基因。依我看，美林的艺术是由三种基因编码合成的：一是远古，一是现代，一是中国民间。在将中国民间的审美精神融入现代艺术时，美林不是以现代西方的审美视角去选择中国民间的审美样式，在那一类艺术里，中国的民间往往只剩下一些徒具特色却僵死的文化符号。在美林笔下，这些曾经光芒四射的民间文化的生命顺理成章地进入当代；

▲ 美林与书法

▲ 美林与雕塑

◀ 美林与绘画

后记

◀ 美林与紫砂

▶ 瞧这一家子

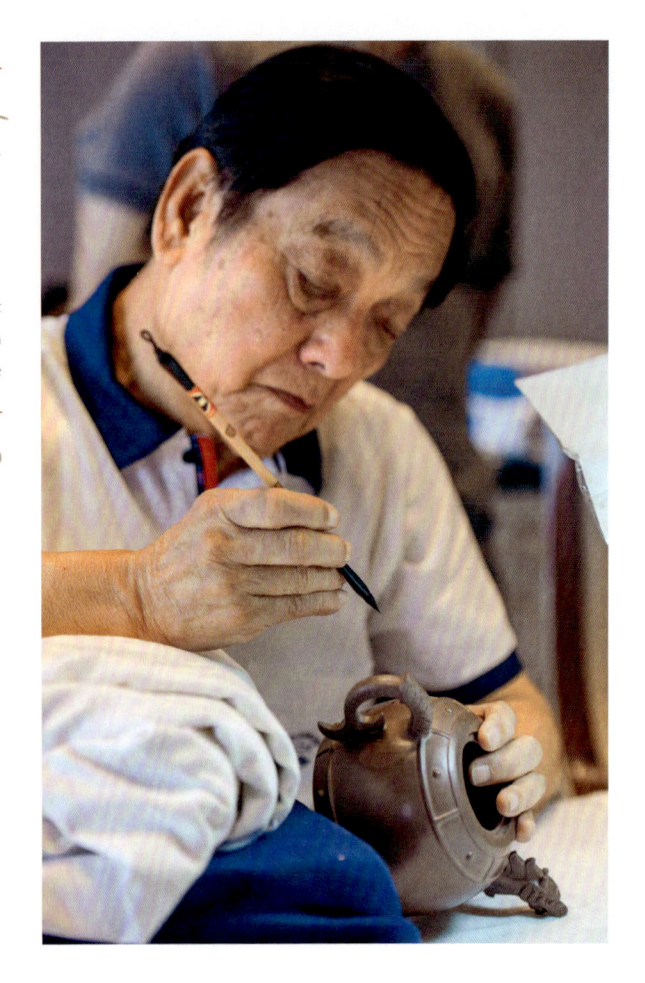

它们花花绿绿，土得掉渣，喊着叫着，却像主角一样在现代艺术世界中活蹦乱跳。同时，我们审视美林艺术中古代与现代的关系时，绝对找不到八大山人、石涛或者毕加索、达里的任何痕迹。然而，中国大写意的精神以及现代感却鲜明夺目。美林拒绝已经精英化和个体化的任何审美语言，不克隆任何人。他只从中西文化的源头去寻找艺术的来由。

"我一直以为，远古的艺术和乡土之美能够最自然地相互融合，是因为这些远古艺术，大地上开放的民间之花，都具有艺术本源的性质，原发的生命感，以及文明的初始性。而这些最朴素、最本色的文化生命，不正是当前靠机器和电脑说话的工业文化所渴望的吗？因此说，美林的艺术既是现代的、人类性的；又是地道的华夏民族的灵魂。"

余秋雨在美林八十大展上说:"我记得在杭州韩美林艺术馆开幕的那天,冯骥才先生说了一句很好的话,他说:'这是一个人的敦煌。'我今天要加一句:'一个人的敦煌,千年后的汉唐。'"

冯骥才和余秋雨均是我们的好友,我心目中的南北英杰。

我想,千年离我们还远着呢,但九十岁还在创作的艺术家名单上,除了毕加索、齐白石、黄永玉,一定会有韩美林。

马蒂斯终生在艺术的求索中朝乾夕惕。而韩美林,一定会开着他那"宇宙密码"的高速列车,与时代同行,与时间赛跑,在艺术的道路上,一路花香一路唱地砥砺前行。

我们都是天地之过客,但对于艺术家来说,艺术不朽,生命将永不凋谢!

——谨以此书献给"韩美森"&"周建馆"结婚二十周年

图书在版编目（ＣＩＰ）数据

恰逢其时 / 周建萍著 . -- 增订版 . -- 北京：华文出版社，2023.8
ISBN 978-7-5075-5806-7

Ⅰ.①恰… Ⅱ.①周… Ⅲ.①散文集－中国－当代 Ⅳ.① I267

中国国家版本馆 CIP 数据核字 (2023) 第 073236 号

恰逢其时 增订版

作　　者：周建萍
责任编辑：方昊飞
特约编辑：常　静
书籍装帧：赵　洁
摄　　影：李天宇　吴　琼
出版发行：华文出版社
地　　址：北京市西城区广外大街 305 号 8 区 2 号楼
邮政编码：100055
网　　址：http://www.hwcbs.cn
电　　话：编辑部 010-58336265　发行部 010-58336202
　　　　　总编室 010-58336239
经　　销：新华书店
印　　刷：北京博海升彩色印刷有限公司
开　　本：787mm×1092mm　1/16
印　　张：23.25
字　　数：329 千字
版　　次：2023 年 8 月第 1 版
印　　次：2023 年 8 月第 1 次印刷
标准书号：ISBN 978-7-5075-5806-7
定　　价：118.00 元

版权所有，侵权必究